江西省"一流本科专业"建设经费(9166-2

古代白话小说中的诗词韵文研究

孙步忠　著

中国出版集团

东方出版中心

图书在版编目（CIP）数据

古代白话小说中的诗词韵文研究 / 孙步忠著. －上
海：东方出版中心，2020.5
　　ISBN 978-7-5473-1633-7

Ⅰ.①古… Ⅱ.①孙… Ⅲ.①古典小说－小说研究－
中国 Ⅳ.①I207.41

中国版本图书馆CIP数据核字（2020）第061573号

古代白话小说中的诗词韵文研究

著　　者　孙步忠
责任编辑　潘灵剑
封面设计　钟　颖

出版发行　东方出版中心
地　　址　上海市仙霞路345号
邮政编码　200336
电　　话　021－62417400
印 刷 者　上海万卷印刷股份有限公司

开　　本　890mm×1240mm　1/32
印　　张　13.125
字　　数　280千字
版　　次　2020年5月第1版
印　　次　2020年5月第1次印刷
定　　价　58.00元

谨以此书
深切缅怀我的导师李时人先生！

目　　录

导言 ··· 1

上　　编

第一章　白话小说融入诗词韵文渊源论 ···················· 27

第一节　史传引诗对白话小说融入诗词韵文的影响 ····· 27

第二节　诗歌传统对白话小说中诗词韵文的影响 ········ 35

第三节　讲唱文学中的韵文是白话小说中融入诗词
　　　　韵文的滥觞 ··· 50

第四节　文言小说融入诗词韵文对白话小说的影响 ····· 57

第二章　白话小说中诗词韵文存在形态论 ···················· 71

第一节　中国古代白话小说中融入的唱词及歌辞形态 ····· 71

第二节　古代白话小说中融入的诗歌形态 ················· 78

第三节　古代白话小说中融入的赋、骈文、词及
　　　　对句形态 ··· 101

第三章　白话小说中的诗词韵文作用论 ···················· 119

第一节　白话小说中用于描写的诗词韵文研究 ········· 119

第二节　白话小说中用于议论的诗词韵文研究 ·········· 139

第三节　作为故事情节组成部分和显示人物性格的
　　　　诗词韵文 ·························· 171

第四章　白话小说中运用诗词韵文发展论 ········· 178
　第一节　白话小说运用诗词韵文的三个发展阶段 ······· 178
　第二节　从"讲唱"到"说话" ················ 181
　第三节　从"说话"到文人创作 ··············· 195

下　编

第五章　唐五代白话小说中的韵文研究 ··········· 211
　第一节　唐五代白话小说中韵文存在的根本原因 ······· 212
　第二节　唐代歌诗及诗歌对白话小说中韵语的影响 ······ 218
　第三节　唐五代白话小说中韵语的描叙功能 ········· 229

第六章　宋元白话小说的发展与诗词韵文 ·········· 252
　第一节　"篇首""入话"及"头回"中的诗词研究 ······· 253
　第二节　"讲史"中的诗词韵文研究 ············· 262
　第三节　"小说"中的诗词韵文研究 ············· 270

第七章　明代白话小说中的诗词韵文研究 ·········· 283
　第一节　《三国演义》及其他历史题材白话小说运用
　　　　诗词研究 ·························· 284
　第二节　《水浒传》中的诗词韵文研究 ············ 293
　第三节　《西游记》运用诗词韵文的特色 ··········· 308
　第四节　《金瓶梅词话》中的诗词韵文 ············ 322
　第五节　"三言二拍"及其他拟话本小说中的诗词
　　　　韵文研究 ·························· 336

第八章　清代白话小说中的诗词韵文 ················· 355

　第一节　"才子佳人小说"中的诗词韵文研究 ············· 356

　第二节　李渔小说中的诗词研究 ················· 361

　第三节　《红楼梦》中的诗词韵文研究 ··············· 371

　第四节　《儒林外史》打破了白话小说融入诗词韵文的

　　　　　结构模式 ························ 385

结论　白话小说中融入诗词韵文评价 ··············· 398

主要参考书目 ··························· 400

后记 ····························· 408

导　　言

　　小说中夹带诗词韵文,是中国古代小说的一个普遍现象。特别是在白话小说中,融入诗词韵文实际上已经成为千余年来小说固定体式的标志,成为中国古代白话小说的民族文化特征之一。业师李时人先生多次说过,白话小说融入诗词韵文与其产生的历史文化背景以及白话小说的渊源形成过程有着密切的关系。所以本书立足于中国古代白话小说形成发展的历史考察,将其作为一种文化—文学现象加以研究。

　　最早注意到古代白话小说中融入诗词韵文现象的是宋代罗烨,其《醉翁谈录》云:

　　　　静坐闲窗对短檠,曾将往事广搜寻。也题流水高山句,也赋阳春白雪吟。世上是非难入耳,人间名利不关心。编成风月三千卷,散与知音论古今。(《小说引子》)

　　　　夫小说者,虽为末学,尤务多闻……论才词有欧、苏、黄、陈佳句;说古诗是李、杜、韩、柳篇章……讲论处,不滞搭,不絮烦;敷演处,有规模,有收拾。冷淡处,提掇得有家数;热闹处,敷演得越久长。日得词,念得诗,说得话,使得砌。言无诡讹,遣高士善口赞扬;事有源流,使才人怡神嗟呀。诗曰:"小说纷纷皆有之,须凭实学是根基。开天辟地通经史,博古明今历传奇。藏蕴满怀风与月,吐谈万卷曲和诗。辨论妖怪精灵话,分

别神仙达士机。涉案枪刀并铁骑,闺情云雨共偷期,世间多少无穷事,历历从头说细微。"(《小说开辟》)

明胡应麟也在《少室山房笔丛》中提及《水浒传》中的诗词韵文,并评论道:

> 《水浒》所撰语,稍涉声偶者辄呕哕不足观,信其伎俩易尽,第述情叙事针工密致,亦滑稽之雄也……至其排比一百八人,分量重轻纤毫不爽,而中间抑扬映带、回护咏叹之工,真有超出语言之外者。余每惜斯人以如是心用于至下之技,然自是其偏长,政使读书执笔未必成章也。此书所载四六语甚厌观,盖主为俗人说,不得不尔。余二十年前所见《水浒传》本尚极足寻味,十数载来为闽中坊贾刊落,止录事实,中间游词余韵、神情寄寓处一概删之,遂几不堪覆瓿,复数十年无原本印证,此书将永废矣。(《少室山房笔丛》卷四一《庄岳委谈》)

袁无涯刻本《出像评点忠义水浒全传·发凡》也痛惜某些旧本删掉诗词,认为它们在小说中有"形容人态"和顿挫人情的特殊功能:

> 一、旧本去诗词之繁芜,一虑事绪之断,一虑眼路之迷,颇直截清明。第有得此以形容人态,顿挫人情者,又未可尽除。兹复为增定,或窜原本而进所有,或逆古意而去所无。惟周劝惩,兼善戏谑,要使览者动心解颐,不乏咏叹深长之致耳。

凌濛初曾极口称赞小说中融入的诗词:

> 小说中诗词等类,谓之蒜酪,强半出自新构。间有采用旧

者,取一时切景而及之,亦小说家旧例,勿嫌剽窃。(《拍案惊奇·凡例》)

他将小说中融入的诗词看得极重,以至于以为是"蒜酪"——有滋味者。毛宗岗亦极注意白话小说中引入的诗词韵语:

　　一、叙事之中,夹带诗词,本是文章极妙处。而俗本每至"后人有诗叹曰",便处处是周静轩先生,而其诗又甚俚鄙可笑。今此编悉取唐宋名人作以实之,与俗本大不相同……
　　一、七言律诗,起于唐人,若汉则未闻有七言律也。俗本往往捏造古人诗句,如钟繇、王朗颂铜雀台,蔡瑁题馆驿屋壁,皆伪作七言律体,殊为识者所笑。今悉依古本削去,以存其真。(《三国志演义·凡例》)

明末清初才子佳人小说,"或以吟咏夸于一时,或以著述传于天下;或寄情于楚馆秦楼,或啸傲于花天酒地;或以抱才不遇,困厄频年,以锦心绣口之才,定国安邦之志,无由发泄,借野史稗官以畅其志者有之"(清沪北俗子《玉燕姻缘传序》)。曹雪芹针对这一滥套批评道:

　　至若佳人才子等书,则又千部共出一套,且其中终不能不涉于淫滥。以致满纸潘安、子建、西子、文君,不过作者要写出自己的那两首情诗艳赋来,故假拟出男女二人名姓,又必旁出一小人其间拨乱,亦如剧中之小丑然,且鬟婢开口即者也之乎,非文即理,故逐一看去,悉皆自相矛盾,大不近情理之话。(《红楼梦》第一回)

无独有偶,晚清小说家吴沃尧在《二十年目睹之怪现状》中借月卿之口批评魏子安《花月痕》动辄吟诗时说：

> 月卿道："天下那里有这等人，这等事！就是掉文，也不过古人的成句，恰好凑到我这句说话上来，不觉冲口而出的，借来用用罢了；不拘在枕上，在席上，把些陈言老句，吟哦起来，偶一为之，倒也罢了，却处处如此，那有这个道理！"(第五十回)

可以说，1919 年以前的古代小说作者及评论家，虽也注意到了白话小说中融入诗词韵语以增强小说的表现力方面存在某些不足，但因为文化环境没有根本变化，基本仍以肯定的为多。

"新文化运动"期间，一些评论家为提倡新小说，猛烈攻击旧小说。1919 年罗家伦先生以志希的笔名撰文批评一些小说作者模仿旧小说，"只会套来套去，做几句滥调的四六，香艳的诗词"①。

1922 年，茅盾先生在批判旧小说时，曾针对其中引用诗词韵文指出：

> 回目要用一个对子，每回开首必用"话说""却说"等字样，每回的尾必用"要知后事如何，且听下回分解"，并附两句诗；处处呆板牵强，叫人看了，实在起不起什么美感。他们书中描写一个人物第一次登场，必用数十字乃至数百字写零用账似的细细地把那个人物的面貌、身材、服装、举止一一登记出来，或做一首"西江月"、一篇"古风"以为替代。全书的叙述，完全用商家"四柱账"的办法，笔笔从头到底，一老一实叙述，并且以能"交代"清楚书中一切人物（注意：一切人物！）的结局为难能可贵，称之曰一笔不苟，一丝不漏。②

---

① 志希：《今日中国之小说界》，载《新潮》1919 年 1 卷 1 号。
② 茅盾：《自然主义与中国现代小说》，载《小说月报》1922 年 13 卷 7 号。

进入 20 世纪,中国古代白话小说的研究工作才真正展开。1920
年 7 月 7 日,陈独秀先生为汪原放先生即将出版的、用新式标点的亚
东版《水浒传》所作《新序》中,说第十五回"智取生辰冈"白日鼠白胜
所唱的"赤日炎炎似火烧"是"施耐庵做《水浒传》的本旨"①。他是用
他提倡民主政治的思想来关注白话小说中的诗词的。

注意研究白话小说中诗词韵文的,当自鲁迅先生始。1920
年,鲁迅先生在北京大学教授"中国小说史"课时所用的讲义,即后
来出版的著名《中国小说史略》是中国小说史研究的开创性著作。
第十二篇《宋之话本》中关于《梁史平话》的研究说:

> 全书叙述,繁简颇不同,大抵史上大事,即无发挥,一涉细
> 故,便多增饰,状以骈俪,证以诗歌,又杂谇词,以博笑噱……

并且还注意到了宋元"小说"引首——"篇首"和"入话"中的诗
词。在第十三篇《宋元之拟话本》中,还提及白话小说中"诗话""词
话"一体:

> 今尚有《大唐三藏法师取经记》及《大宋宣和遗事》二书流
> 传,皆首尾与诗相始终,中间以诗词为点缀,辞句多俚,顾与话
> 本又不同,近讲史而非口谈,似小说而无捏合。
> 《大唐三藏取经诗话》……每章必有诗,故曰诗话。

在第二十六篇《清之狭邪小说》中批评魏子安《花月痕》说:

> 诗词简启,充塞书中,文饰既繁,情致转晦。②

① 胡适主编:《水浒传》(亚东版),海南出版社 1998 年版,第 42 页。
② 鲁迅:《鲁迅全集(第九卷)·中国小说史略》,人民文学出版社 1981 年版,第 114、
119、120、259 页。

1924 年罗振玉在《敦煌零拾叙》中提及敦煌藏卷白话小说借助讲唱的表演手段及运用韵语的情况,他说:

> 残书小说凡十余种,中有七言通俗韵语,类后世唱本,或有白有唱……皆小说之最古者。①

1929 年,郑振铎先生在《敦煌的俗文学》中指出:

> 俗文和变文这两种体制显然都受外来影响的。在印度文学——连佛教文学在内——里,像这一类的体裁是很流行的,他们的戏曲如此,小说也有些如此;经典中也常是在散文之中夹杂以古诗,或于诗歌之中,夹杂以散文。以前,我们的诗歌是决包括不了散文在内的,散文也决包括不了诗歌在内。②

1930 年,陈寅恪先生发表《敦煌本〈维摩诘经文殊师利问疾品〉演义跋》,明确指出敦煌藏卷中的部分讲唱文学作品所采取的"韵散相间"体式是由佛典长行与偈颂相间的体式转化而来的。又说该种体式直接影响了后世的章回小说及弹词的体式。于是将该种文体取名为"演义",这就在敦煌藏卷中的白话小说与后世长篇章回小说之间找到了一种亲缘关系。③

1951 年,美国学者、哈佛大学毕雪甫教授发表《论中国小说的若干局限》("Some Limitations of Chinese Fiction")一文,认为中国传统小说滥用诗词,这种传统在乍兴的时候,插入的诗词或许有特定的功能,后来却只是"有诗为证",徒能拖延高潮的到来,乃至

---

① 罗振玉:《敦煌零拾叙》,见丁锡根编著《中国历代小说序跋集》(中),人民文学出版社 1996 年版,第 681 页。
② 郑振铎:《敦煌的俗文学》,载《小说月报》第二十卷第三号。
③ 周绍良、白化文编:《敦煌变文论文录》(下),上海古籍出版社 1982 年版,第 447 页。

仅为虚设,无关要旨,"实在是中国小说的局限"①。如果不是有意地贬低中国文化,而是从小说研究的角度着眼,看到了中国古代白话小说中融入诗词韵语的局限性,我们也不能不听同仁的批评意见。

1949 年之后,对古代白话小说的研究又进入了一个新的阶段。这期间,许多研究者都注意到了白话小说中融入诗词韵语的现象。1953 年 3 月,孙楷第先生在其《唐代俗讲轨范与其本之体裁》一文中,对敦煌藏卷白话小说的"韵散相间"体式作了详尽的论述。1953 年 11 月,《中国古典文学中的小说传统》一文指出,中国古代"许多小说是讲唱的,讲完一段就由歌伴唱一段,形容一种东西或人物的时候,也唱一段,所以中国小说的特点就有了'有诗为证'或'有词为证'的形式"②。1961 年,程毅中先生在其《关于变文的几点探索》一文中又对变文的体制和影响作了详尽的论述,其中特别对白话小说融入诗词韵文的发展——从敦煌藏卷中的白话小说到宋元白话小说,再到《西游记》运用诗词韵文的情况——作了很好的爬梳总结。③

由于中国古代白话小说在最初发展过程中借助讲唱的传达表演手段而流行,致使白话小说文体形成了一种夹杂诗词韵文的散文体体式。这就与多种文艺理论书籍和百科全书及辞典为小说所下的定义不相谐和。因之,散文体能否作为小说特征的一个硬性要求,也就成了小说文体和小说史研究者的一个议题。

关于中国古代白话小说第一阶段——敦煌藏卷中的白话小说的研究,尽管多数学者注意到了它是中国白话小说的源头,但由于局限于小说文体的散体形式,忽略了当时因为流行传播条件的限制,白话小说只能适应当时时代的特殊情况,借助于讲唱这一传达

---

① ［美］毕雪甫:"Some Limitations of Chinese Fiction", *Far Eastern Quarterly*, 1951.
② 郑振铎:《中国古典文学中的小说传统》,见《郑振铎全集》(6),花山文艺出版社 1998 年版,第 189 页。
③ 周绍良、白化文编:《敦煌变文论文录》(上),上海古籍出版社 1982 年版。

表演手段进行发展的事实,而不敢将"韵散相间"体式的作品纳入研究视野,以致有将"韵散相间"作品剔除出白话小说文体范围的过激表现。

本师时人先生在继承前辈学者关于古代白话小说研究成果的基础上,经过长期的深入研究,颇具卓识地将一些敦煌藏卷中的讲唱文学作品收入他所编校的《全唐五代小说》中①,并认为这些作品是"中国古代白话小说的滥觞"。正是在此基础上,我们以为,小说既然与诗歌、散文、戏曲等文学体裁存在着一种历时性和共时性的兴替、转化、遗传、变异的交互渗透的连属关系,那么单纯局限于文本形态或某一种文化形式,并以此为标准界定小说和非小说,或以此为标准作为小说特征的一个硬件因子,这种小说观就存在着不周延的硬伤。虽然,近现代小说作为大众艺术愈益走向散文化,但没有谁会否认或无视,在中西小说发展过程中,夹杂诗词韵文的小说或诗体小说,作为一定历史时期的小说形态曾经存在过。我们强调,必须运用历史的观点看问题,历史地考察与研究中外小说的发展历程,才能理解中国古代白话小说何以会存在融入诗词韵文的情况。

我们并不否认散文体所带来的小说文体的进步意义。实际上,在小说体式是否一定要求是散文体的问题上,研究者们并非没有共同的认识,而是在使用研究的坐标点或参照物时,在用意或者思路和处理方式上出现了分歧。

在中国古代小说的研究中,专家学者们所最担心的问题是,过分认同小说中夹带诗词韵文则会混淆小说与讲唱文学的区别。所以有研究者煞费苦心地只认同作为白话小说源头——敦煌藏卷中白话小说中的那些纯散文体的作品,对于那些韵散相间的(姑不论纯韵文的)作品则存而不论;对于宋元白话小说的研究也绕开"说

---

① 李时人:《全唐五代小说》,陕西人民出版社 1998 年版。

话"，而只着重于"话本"，根本忘记了中国早期白话小说是以讲唱作为基础的。在研究过程中，话本中的诗词韵文又作为"说话"的有机组成部分，多为研究者关注，成为白话小说研究当中的一场重头戏。有识见的前贤们早已指出，中国古典小说与古典戏曲是有血缘关系的，是姊妹艺术。姑不论这种血缘关系是不是表现在共同脱胎于讲唱这一母体上，但讲唱作为一种传达表演手段，在白话小说的发展过程中确实起了至关重要的作用。窃以为讲唱文学应与阅读文学（而不是与话本）相比对，就小说史发展历程而言，研究白话小说不应单纯地局限于散文体式上。

讲唱文学作为白话小说的源头是当时历史条件的必然要求，但随着历史的进步和社会的发展，白话小说与讲唱文学逐渐有了区分。沿着宋元说话发展而来的古代白话短篇小说和长篇章回体小说在阅读和文人创作成为可能后逐渐定型，白话小说便脱离了讲唱文学这一母体而独立了。总之，因为作为传达表演手段的讲唱扶植或孕育了白话小说的缘故，研究中国古代白话小说诗词韵文时不能忽略白话小说借以存在的历史依凭。

十一届三中全会后，对明清长篇白话小说和短篇白话小说中融入诗词韵文的研究，又进入了一个崭新的阶段。在最初的十几年中，小说评析鉴赏成为热潮，这为后来的古代小说研究打下了极好的基础。其间出现的不少辞典性质的著作，对白话小说中融入的诗词韵文都给予了极大的关注。这方面代表性的著作有蔡义江先生编纂的《红楼梦诗词曲赋评注》（北京出版社，1979 年版）、刘耕路先生编纂的《红楼梦诗词解析》（吉林文史出版社，1986 年版）、黄霖先生主编的《金瓶梅大辞典》（巴蜀书社，1991 年版）、孟昭连先生的《金瓶梅诗词解析》（吉林文史出版社，1991 年版）、李保初、吴修书先生主编的《中国古典小说卷中诗词鉴赏》（华文出版社，1993 年版）、陈东有先生的《金瓶梅诗词文化鉴析》（巴蜀书社，1993 年版）、郑铁生先生的《三国演义诗词鉴赏》（北京出版社，

1995 年版)等。这些著作中,既有专门对小说中诗词韵文进行鉴赏评析的,也有将小说中诗词韵文作为词条考其源流、明其主旨、论其作用的,这些工作对于本书的研究提供了极大的帮助。

这些鉴赏性质著作的序或前言,多数对白话小说中的诗词韵文进行了专门研究,并取得了一定的成绩。如周雷先生在为蔡义江《红楼梦诗词曲赋评注》所作的序中对《红楼梦》中诗词曲赋作了认真统计后,提到了小说中融入诗词的渊源:

> 中国传统的文学,在宋代以前以诗文为正宗,元明清三代戏曲、小说勃然兴盛,蔚为大观。历代各种文体之间的源流演变错综复杂,文言与语体、韵文与散文、文笔与诗笔相互交织,有时文中有诗,有时诗中有文,有时诗文融合,殊难分解。

同时也提到了对于小说中融入诗词的研究方法:

> 不过我们研究的重点,应当在于提示曹雪芹是怎样鬼使神差地调动一切文学体裁和手段,善于综合运用,从整体上为提高小说的思想艺术水平服务的。

这一提法,对研究白话小说中融入诗词韵文有着根本性的指导意义。他从五个方面,即"借题发挥""小说的有机组成部分""时代文化精神生活的反映""按头制帽,诗即其人""谶语式的表现方法",对《红楼梦》中的诗词韵语作了深入细致的分析研究。

周雷先生在为刘耕路《红楼梦诗词解析》所写的序中对《红楼梦》中的诗词曲赋作了细致的"分析和归纳",将《红楼梦》的诗词在小说中的作用大致归纳为六个方面:

1. 注明撰书来由,陈述立意本旨——约有 4 篇诗词。

2. 深化主题思想，表达作者观点——约有 25 篇诗词。

3. 塑造典型形象，隐寓人物命运——约有 130 篇诗词。

4. 描绘典型环境，烘托故事氛围——约有 29 篇诗词。

5. 展开故事情节，贯穿艺术结构——约有 14 篇诗词。

6. 交代历史背景，反映社会风尚——约有 7 篇诗词。

虽然这些问题还有待于深入研究，但这些意见无疑对于后来的研究者多有启发。

朱一玄先生在为孟昭连《金瓶梅诗词解析》所作的序中对其所取得的成就进行肯定时指出：

（注析中）渗透了解析者对《金瓶梅》这部奇书的主题、人物及作家的独特创作观念等一系列重要问题的看法。例如解析者通过对诗词中大量存在的谐谑滑稽因素的分析，认为《金瓶梅》作者在创作观念上与罗贯中、施耐庵的一个很大的不同，在于他不是用严谨的历史态度去说明"分久必合，合久必分"的社会进化规律，从而为后世的统治者提供借鉴，也不是以极其愤激的政治热情去证明"官逼民反"的古老真理；虽然兰陵笑笑生也表现出了对封建政治和伦理道德的强烈的忧患意识，但他显然没有施罗二公那样的历史责任感和对政治的严肃态度，他是采取了辛辣刻薄的冷嘲热讽态度，并夹杂着玩世不恭、游戏人间的色调。笑笑生是用一种灰暗的、悲观的心理看待世间的一切，看待他的描写对象，他觉得眼前的一切是那样黑暗、丑恶、污秽不堪，实在是无可救药，根本不屑以一种严肃的政治批判态度对待，只需以尖锐的嘲讽和滑稽的谐谑手段百般戏弄之。

从白话小说中的诗词韵文出发，对小说作者创作观念的研究是一个极有启发性的视角。

古代白话小说融入诗词韵文有引前人诗词的,这在《三国演义》《水浒传》与《金瓶梅词话》中表现较突出。朱一玄先生说:"《金瓶梅》全书中的诗词曲赋共五百多首,在描写人物、表现主题方面起到了重要作用……搞清楚它们的出处及作者是如何改动的,对研究《金瓶梅》的作者、成书及创作艺术,显然是有重要作用的。"在这方面,魏子云先生的《金瓶梅词话注释》有较详尽的考释;王利器、徐朔方先生等在版本研究方面对于《金瓶梅》中的诗词韵语也已作了大量考辨工作;张兵先生等在黄霖先生主编的《金瓶梅大辞典》的诗词韵文条目中考释寻绎亦较详。

鲁德才先生在为郑铁生《三国演义诗词鉴赏》所写的序中亦探讨了白话小说中融入诗词韵文的渊源。鲁先生注意到了唐代小说中已有大量诗歌成分的现象,认为唐诗是中国诗歌的高峰期,与唐代小说中融入诗词关系极大,他在引述了明人杨升庵认为的唐代文言小说作者借小说传诗的看法后,指出"传奇者多是士林才子,传奇所写大抵钟情男女的悲欢离合之事,作家不免驰骋自己的诗笔,代人物自题自吟、赠答酬对,抒发男女主人公爱情的痛苦与甜蜜的情绪,或让文中的鬼魅以诗自寓,为小说创造了抒情氛围乃至小说的诗化。这种笔法对于后代的才子佳人和白话小说的体制都产生过影响","特别是唐代咏史诗,为后来历史小说提供了判断的资料"。将"早期历史小说填塞了过多的诗歌,到明末清初以来,历史小说逐渐摆脱宋元讲史小说的格局,向小说化小说转折,全部或部分删剪小说中的诗词,力求文气贯通,保持小说节奏和谐统一"的发展轨迹作了符合实际的描述。同时指出作为通俗小说之祖的唐代变文和宋元话本为长篇章回小说,特别是历史小说提供了叙事模式:"变文与宋元话本的韵散相间、诗文结合的基本架构,描写景物、场面、人物时常常用骈俪的诗句加强渲染烘托,类似开篇诗的押座文与散场诗的解座文,无疑是后来说书体小说固定的格式。"这一观点的阐发,对于研究白话小说中融入诗词韵文的源头意义非常巨大。此外,他还针对中国古代白话小说中融入诗词韵文的利弊,发表意见:"只要是诗词与情节和人物性格描写密切相关,能表现人物才情风貌的,并不都是多余的。"这一观点也颇中肯。

陈东有先生在其《金瓶梅诗词文化鉴析》自序《金瓶梅诗词文化二三论》中,追溯了章回小说与诗词关系的文化渊源——唐"变文"与宋"话本",指出章回小说运用诗词韵语的十大动机,并根据《红楼梦》运用诗词韵语的情况,推论说"章回小说发展到清代,与诗词的关系在一些作品中发生了较大的演变。诗词由原来的辅助性作用转变为叙述主体的有机组成,由作者的插入性转变为人物的表达性,由结构意义转变为情节意义"。这种意见与中国古代长篇白话小说发展至《红楼梦》,小说的艺术手法与美学品格走向成熟也是一致的。他还考察了《金瓶梅词话》的诗词文化特征——俗,展示了那个时代的文化特点。

在评析鉴赏向深入研究迈进的过程中,有的学者由于高度的热情,对于白话小说中融入诗词韵文的情形,以及诗词韵文在小说中的存在和作用,认识上不免有些太看重了。如周汝昌先生以为"中国小说与诗词韵语的渊源关系非常久远深切,是一种极大的民族文艺的重要特色……是西方小说所没有的宝贵成分。近现代的小说作者因为本身对民族文学体裁形式不熟悉了,对诗词韵语的写作甚至是不懂了,以致完全仿效西方纯叙述体而丢弃了自己民族传统特点特色,这确实是一个值得研究讨论的重要问题"①。李保初先生在周先生看法的基础上进行发挥,认为"诗词在小说中大量出现,与小说情节、人物、主题融合,发挥着认识、教育、审美等诸般功能,而且在整个古典小说发展中贯穿始终,为广大读者喜闻乐见,这委实是世界文学史上极为罕见的现象,是中华文化的一大独

---

① 李保初、吴修书主编:《中国古典小说卷中诗词鉴赏》,华文出版社 1993 年版。

特景观"①。如果说,周先生所论代表了深感于传统小说中融入诗词韵文形式的"断脉",是长期研究古典文学的老一辈学者对于中国古典诗词有一种"国粹"情结的话,那么,李保初先生的看法,就有些对于研究对象不加分辨地过分拔高了。

随着古代白话小说研究的深入开展,白话小说中融入诗词韵文的现象也受到了关注,这一研究课题也逐渐被提出来。早在1975 年台湾学者张敬就撰写了《诗词在中国古典小说戏曲中的应用》②一文,该文对中国古代小说戏曲融入诗词的特殊情形作了初步的分析研究。由于将古代文言小说、白话小说及戏曲放在一起考察其中融入的诗词,论题太大而容量较小,没有能够深入下去。

1983 年,台湾学者侯健先生的专著《中国小说比较研究》出版,其中《有诗为证、白秀英和水浒传》一文,针对美国学者、哈佛大学教授毕雪甫《论中国小说的若干局限》中提出来的中国古代白话小说融入诗词韵语"实在是中国小说的局限"的观点,进行反驳。侯先生在承认中国古代白话小说中融入的诗词韵语"确实有点腻得慌"的前提下,根据中国古代白话小说发展的实际,"大部分的技巧都脱胎于唐代的变文,本来就是有说有唱的口语文学",结合听书的实际情况,对中国古代白话小说融入诗词韵文的历史必然性进行了中肯合理的分析。同时,又以《水浒传》为例,指出了白话小说中的诗词韵文具有一定的文化蕴含,对于塑造小说人物,增强小说的艺术效果有着一定的作用。③

1987 年,陈平原先生在其博士论文《中国小说叙事模式的转变》第七章"'史传'传统与'诗骚'传统"中,对"诗骚之影响于中国小说"进行了深入的分析研究,他指出"叙事中夹带大量诗词,这无

---

① 李保初:《中国古典小说卷中诗词鉴赏·前言》,华文出版社 1993 年版。
② 张敬:《诗词在中国古典小说戏曲中的应用》,载《中外文学》第三卷第十一期(1975年 3 月 1 日版)。
③ 侯健:《有诗为证、白秀英和水浒传》,见《中国小说比较研究》,台北东大图书有限公司 1983 年版。

疑是中国古典小说最引人注目的特点之一"，"中国古典小说之引录大量诗词，自有其美学功能，不能一概抹杀。倘若吟诗者不得不吟，且吟得合乎人物性格禀赋，则不但不是赘疣，还有利于小说氛围的渲染和人物性格的刻画"，"引'诗骚'入小说在中国文学中由来已久……五四以前主要表现在'说书'人的穿插诗词、骚人墨客的题壁或才子佳人的赠答"，"中国小说在从边缘向中心移动的过程中，主要吸收了以诗文为盟主的整个文学传统"，"引'诗骚'入小说，突出'情调'与'意境'，强调'即兴'与'抒情'，必然大大降低情节在小说布局中的作用和地位，从而突破持续上千年的以情节为结构中心的传统小说模式，为中国小说的多样化发展开辟了光辉的前景"①，等等，这些观点均很有启发性。

　　1995 年，郭杰先生发表《中国古典小说中诗文融合传统的渊源与发展》一文，该文着眼于诗文融合传统的渊源与发展，主要从作者和作品中人物两个角度，考察古代小说融入诗词韵文的情形。②

　　1996 年，李万钧先生发表《"诗"在中国古典长篇小说中的功能》一文，该文主要着眼于中国古代四部成就突出的长篇白话小说中诗词的功能：《三国演义》的诗多用于评论；《水浒传》的诗多用于描写；《金瓶梅》中多用曲词，多写市井生活；《红楼梦》中的诗则起着结构小说的重要作用。③

　　对中国古代白话小说中的诗词韵文进行专门研究介绍的著作是林辰、钟离权两先生的《古代小说与诗词》。它是《古代小说评介丛书》中的一种，本旨是中学生读物，但仍给我们以极大的启发。该书分三部分，第一部分主要着眼于小说中融入的诗词是"小说诗词"的特殊性，对其属性、作用、风格进行介绍；第二部分主要着眼

①　陈平原：《中国小说叙事模式的转变》，上海人民出版社 1988 年版。
②　郭杰：《中国古典小说中诗文融合传统的渊源与发展》，载《中国文学研究》1995 年第二期。
③　李万钧：《"诗"在中国古典长篇小说中的功能》，载《文史哲》1996 年第三期。

于诗词在小说中的作用，归纳出十大作用；第三部分着眼于诗词入于小说的源流，从文体演变、小说诗词的发展及其集结成书进行介绍。①

小说是语言的艺术。中国古代白话小说这一概念的提出，我们是从语言角度考虑的。文言和白话在中国古代语言发展过程中本来就不是"老死不相往来"的东西。文言吸收白话和白话吸收文言在语言发展过程中是一个相互交流、相互丰富、共同发展的过程。更何况文人的创作给文言进入白话小说提供了机缘。所以，在古代文学研究当中就不能过分绝对化。就概念而言，白话与文言对应。以文言小说和白话小说作为中国古代小说发展的"双轨"，来描述古代小说发展的脉络，较易于深入小说的内质。故本书采用白话小说这一概念。当然，有关问题还可以再研究讨论。

中国古代白话小说中的诗词韵文与作为独立文体的诗词韵文有区别。初步阅读中国古代白话小说时，有一种感觉就是其中大量的诗词怎能算作诗词呢？其思想艺术水平实在不能让人许之以诗词。我们之所以将其作为研究对象，并不是从其思想艺术水平着眼的。考虑更多的是，古代白话小说中融入诗词韵文作为一种文化—文学现象，它不仅成就了中国古代白话小说的产生，而且让中国古代白话小说千余年来一直沿袭一种固定的体式，甚至于不这样不成其为白话小说。我们将其放在白话小说的发展流程中来研究讨论，相信是一个颇有意义的论题。

本书所指"中国古代白话小说中的诗词韵文"既指古代白话小说中是诗词韵文和像诗词韵文的东西②，又涉及对句、骈语等与诗

---

① 林辰、钟离权：《古代小说与诗词》，辽宁教育出版社 2001 年版。

② 章太炎先生曾说："那有韵的可归之于诗了。至于《急就章》《千字文》《百家姓》《医方歌诀》之类，也是有韵的，我们也不能不称之为诗。——前次曾有人把百家姓可否算诗来问我，我可以这样答道：'诗只可论体裁，不可论工拙。百家姓既是有韵的，当然是诗。'"（章太炎《国学概论》，巴蜀书社 1987 年版，第 96,97 页）当然，以有韵为诗的形式标准来衡量诗，未免宽泛了点。我们的研究对象不得不将像诗的东西收罗进来了。

词韵文"挂钩"的东西。

　　研究界曾经对中国古代白话小说融入诗词韵语的现象作过热烈的讨论。"西来说"以为是受印度传入的"佛典制裁长行与偈颂相间"（陈寅恪语）的影响，中土小说才有了韵散相间体式；"本土说"以为我国文学中本来就有诗文结合、韵散相间的形式。实际上，中国古代白话小说融入诗词韵语是在我国古代各体文学间相互影响的基础上，加上佛典传译"韵散相间"体式作为诱因产生的俗讲的影响，使得古代白话小说借助于讲唱伎艺发展而来，多种因素共同促成了古代白话小说融入诗词韵语现象的产生。

　　因为史传对于中国古代小说影响极大，所以古代白话小说融入诗词韵文的源头可以追溯至史传融入诗歌的现象。在史传中，如《左传》和《史记》中的引诗和融入诗歌直接开启了古代小说夹杂诗词韵文的风气。《左传》引诗很大程度上是将《诗经》作为"经"来引，这可以说是"有诗为证"的源头。而《史记》中《项羽本纪》《高祖本纪》等，诗歌是故事情节的组成部分，是人物感愤或发抒情志的需要，可以增强史实的真实性和使得人物形象典型化，可以说是情节诗词的源头。

　　中国是"诗的国度"。闻一多先生曾说"从西周到宋，我们这大半部文学史，实质上只是一部诗史"①。唐代诗歌的繁荣发达，更形成了"诗国高潮"。在中国古代几千年的文学发展历程中，诗歌始终处于文学的正统地位。加上作为诗歌支流的赋、词、曲，便形成了一个相当厚实的诗歌传统，它在中国古代文化——文学传统中占有相当突出的地位。它培育了中国文化的一种诗性文化精神。诗词曲歌赋创作和欣赏成为中国古代人们精神文化生活的重要组成部分。小说作为"通过对'形象'的艺术描写展现社会人生图景的一门叙事艺术"，对古人精神文化生活的艺术反映，成为白

———————————

① 　闻一多：《闻一多全集·文学史编》，湖北人民出版社1993年版，第18页。

话小说与诗歌传统结缘的一个重要原因。当白话小说产生的时候,诗词曲歌赋的艺术表现手法业已成熟,白话小说学习和借鉴诗赋的艺术表现手法增强其艺术表现力,便成为相当自然和正常的事情。白话小说在古代人的心目中地位低下,讲唱艺人和文人借重诗赋来提高白话小说的地位也是白话小说融入诗词韵文的一个原因。古代文人将诗赋的创作作为正宗文体,是借此表现其才情的重要手段,在白话小说创作过程中,也有他们爱好此道的原因,等等。白话小说由于诗歌传统的作用,加上它"有容乃大"的气魄,诗词韵文便很自然地进入了白话小说中。

中国古代白话小说是借助于讲唱伎艺产生发展起来的,所以白话小说从一开始便以一种独特的体式——韵散相间体式出现。这也是后来白话小说融入诗词韵文现象产生的直接根源。这种体式影响非常深远,后世白话小说作品融入诗词韵文的形式特征,就是遗传或模范敦煌藏卷中白话小说的韵散相间体式的。这种体式遗传下来并逐渐约定俗成,从而成为白话小说的一种形式特征。

古代小说融入诗词韵文的情形也不尽相同。诗歌因其在古代文学的中心地位,又为文人雅士所尚所好,创作诗词歌赋就成为他们必具的才能。文言小说因为其创作主体是文人,甚至有许多是高层文人的缘故,他们在创作文言小说时,自然会将其生活及精神体验熔铸其中,文言小说融入诗词韵文有一种与生俱来的优越性,其艺术成就也较高。白话小说与文言小说相互影响的过程中,就不可避免地受到了文言小说融入诗词韵文的影响,并借鉴其融入诗词韵语的艺术表现方法。

小说前史中,《穆天子传》《世说新语》和《搜神记》等都与诗歌结缘,它们是继承了史传的气脉,而以记言记事的形式引诗入故事的。它们上承史传,下启唐人小说融入诗歌的形式,在小说发展史上有一定的过渡意义。

中国古代小说发展到唐代文言小说,"无论内容和形式都已合于近世小说的美学要求了"。唐代文言小说与唐诗并称一代奇葩。唐代文言小说中的优秀作品有唐诗的韵致，从风骨上受到了唐诗的浸染。唐人歌诗、作诗是他们精神生活的一部分。唐代文言小说作为一种文学样式，自然成为反映唐人生活的载体。受《史记》融入诗歌来表现人物精神状貌的影响，唐人小说中融入诗歌也是对生活的反映。总体而言，唐人小说中融入诗歌，不仅丰富了小说内容，而且增强了小说的艺术表现力，是小说与诗歌韵文结合的一次成功尝试，这对白话小说也产生了深刻的影响。

　　有相当一部分白话小说融入诗词韵语的情形常常是连篇累牍，拖拖沓沓，破坏了小说故事情节的完整性，让读者常感发腻，但不能因此抹杀了白话小说中的一些诗词韵文在增强小说艺术表现力方面所发挥的功能和所起的作用。应该承认，其与小说故事情节结合紧密，能增强小说的表现力，有助于增强小说的美学品格的诗词，如还能给读者带来美的享受，那当然应该是好的诗词。白话小说中一些用于人物形象、场景、场面描写以及用于说理议论的诗词韵文对于增强白话小说的描述功能和评价效能，还是发挥了它们的应有作用的。白话小说中还有一些诗词韵文是围绕人物和情节的发展而设的，这些诗词韵文成了小说的有机组成部分，对于人物形象塑造和设置故事都有着重要的作用。本书在前辈和时贤研究的基础上，又作了一些更细致、更深入、更具体的分析研究工作。

　　中国古代白话小说大致经过了从艺人说书唱书到"说话"再到文人改编、创作这样一条发展道路。古代白话小说中运用诗词韵文的发展与白话小说的发展联系非常紧密，是中国古代白话小说发展的独特性表现之一。本书在分析研究白话小说融入诗词韵文的发展变化时，注意把握白话小说的这一发展过程，从作为人物语言描写和作为情景、场景及人物肖像描写的诗词韵文等方面来分析研究白话小说运用诗词韵语的发展变化情况。

　　要弄清白话小说融入诗词韵语的情况，除了在宏观上、整体上分析研究这种现象的渊源、存在的情形和发展变化情况外,还需要对各个阶段的作品进行更加细致深入的分析研究。

本书在论及唐五代白话小说中韵文存在的根本原因时,主要把握这个阶段白话小说产生和发展过程中依赖讲唱这种传达表演手段的特点,认为唱或吟等是唐五代白话小说运用韵语的根本原因,并将说(讲)书唱书的音乐性特征与白话小说的存在、发展相关联,有助于更清晰地认识白话小说滥觞的真实情形;唐代诗歌的繁荣成熟,形成了"诗国高潮"。唐代歌诗和诗歌对这个时期白话小说中的韵文产生了极大的影响。唐代歌诗的情形,特别是七言绝句用于歌唱,使得中晚唐五代讲书唱书中运用韵语吟唱更加成熟,吟唱韵语运用七言形式不仅可以容纳更丰富的内容,而且也增强了韵语的艺术表现力。唐代诗、赋、骈文的繁荣及其在艺术表现手段和技巧上的成熟,也增强了这个时期白话小说韵语的描叙功能,在塑造白话小说美学品格上也起到了相当重要的作用。

宋元白话小说(市人小说)是在中晚唐五代白话小说的基础上发展而来的。"说话"在"篇首""入话""头回"中运用诗词显然是受到了押座文中用韵语的影响,并结合"说话"为吸引和等待听众的实际情形发展而来。篇首诗词的作用"可以是点明主题,概括全篇大意;也可以是造成意境,烘托特定的情绪;也可以是抒发感叹,从正面或反面陪衬故事内容"①等,"篇首""入话"及"得胜头回"运用诗词,对于白话小说体制产生了很大的影响,特别是篇首诗词,成为古代白话小说常见的一个形式特征。

宋元白话小说比之于中晚唐五代白话小说在小说的叙事特征上有着显著的进步。散体的叙事、描写功能明显增强,而诗词韵文主要承担人物形象、场景、场面的描写以及议论说理的功能。这种描写、议论方式对后世白话小说运用诗词韵文描写、议论有着开创

① 胡士莹:《话本小说概论》,中华书局1980年版,第135页。

之功。同时，多数诗词韵文的运用在增强白话小说的艺术表现力上又取得了一定的进步。

明代白话小说是我国白话小说发展史上一个极其重要的发展阶段。经过长期的讲唱和"说话"的艺术积累，无论在题材内容，还是在艺术手法上，都已经渐臻成熟，这就使长篇白话小说的改编创作成为可能。本书选择明代白话小说中有代表性的作品，对其运用诗词韵文进行研究后认为，以《三国演义》为代表的历史演义小说所引用的诗（词）根本的目的是为了使小说故事"信实"，所以常常采用引诗为证的方式，致使"有诗为证"最终成为历史演义小说运用诗词的主要形式。它是在文化—文学的特殊环境里，形成的一种并不是出于为白话小说美学品格和美学要求考虑的形式特征。这种特征实际上是一种在小说发展过程中被挤压成的畸形形态。即使像那些白话小说中融入故事情节的诗（词），也是从史传引诗写实的方式发展而来，可以说是"记实"。

《水浒传》运用诗词韵语，基本上是服务于人物形象刻画和服务于情节的对场景的描写。小说以"特写镜头式"的艺术手法，使这些诗词韵文尽可能地对刻画人物形象、描摹场景、烘托渲染氛围及把握节奏等，起到一定的辅助作用。

《西游记》因为有讲唱文学的传统，应该说，最得白话小说运用诗词韵语的"真传"，再加上元杂剧的影响，它在运用诗词韵语方面，既有承接前此白话小说运用诗词韵文的各种形式，又对白话小说运用诗词韵文进行了适合于小说内容需要的改造。作者结合小说故事情节的发展实际，运用旧有的方式，加入自己的创作内容，或对前人这方面内容的改造，与其谐谑品格相统一，可以说是对中国古代白话小说运用诗词韵语的一次总结和提高。

《金瓶梅词话》在运用诗词韵语方面固然有堆砌之嫌，但它在当时社会流行的各种文艺活动的背景下，将前代或当时一些流行的韵文文学作品兼收并蓄其中，从而更集中、更真实地反映出中国

16 世纪后期社会上文化娱乐活动的状况。《金瓶梅词话》中的诗词韵语在被用以反映当时社会风尚的同时,与人物相映成趣,增强了小说的艺术表现力。

以冯梦龙的"三言"和凌濛初的"二拍"为代表的拟话本小说,是中国古代白话小说由宋元"说话"向文人创作的短篇白话小说发展的重要阶段。从王阳明开始,以救世为己任,致力于挽救日益堕落的世道人心的通俗道德教育运动,在中晚明社会轰轰烈烈地开展起来了。冯梦龙和凌濛初身处这种时代潮流中,他们满怀传统儒家"明道救世"的社会责任感,费尽其精力和心智以创作通俗文学,特别是白话小说,投入到了这一运动之中。"三言二拍"中融入的诗词更多地发挥着"明道救世"的作用。

经过前代白话小说艺术经验的积累,清代白话小说可以说是中国古代白话小说的成熟阶段。本书选择清代白话小说中代表性的作品,对其运用诗词韵文进行研究。

"才子佳人小说"中的诗词韵文更多是为故事情节服务,以诗显才和以诗传情来构设故事成为其运用诗词韵文的突出表现。"才子佳人小说"运用诗词是白话小说运用诗词发展的一个重要环节,对《红楼梦》为人设诗与为情设诗,从正反两个方面提供了借鉴。

李渔将其戏曲创作理论贯彻于小说创作之中,故小说中多有戏曲化的故事情节和娱乐游戏的味道,但"李渔并不是那种头脑冬烘和人生体验、社会思想极为浅薄的作家"①,在其创作中又渗透着他对社会生活的体验。他看多了生活中违情违理的事情,又不可能认清造成"颠倒黑白""阴差阳错"的个中原因,就不免根据他的人生体验抒发感慨和营构故事。李渔小说的篇首诗中多有其对于社会、人生的认识体味。

---

① 李时人:《明清小说鉴赏辞典·十二楼》,浙江古籍出版社 1992 年版,第 1153 页。

　　富于感伤诗人气质的曹雪芹以其全部才情，对我国古代文学的一切优良传统进行了继承和发扬，而《红楼梦》以其对历史和现实的巨大涵盖和古典的、抒情的美，成为中国古代小说艺术的光辉总结。①《红楼梦》在运用诗词韵语方面，不仅在量上是"所有小说之冠"②，而且从质上更是综合运用了古代诗歌传统中所有思想材料和艺术方法。可以说，《红楼梦》是整个中国古代诗性文化的结晶。《红楼梦》在运用诗词韵语方面之所以取得如此高的成就，主要原因在于其能够结合小说的艺术要求和美学品格，以人物为中心运用诗词韵语；在运用诗词韵语时，又能结合诗歌传统言志缘情的艺术特点——缘于人情，怡人情性，使小说在其美学品格上呈现出一种古典的、抒情的诗意美。

　　《儒林外史》像《金瓶梅》一样，是那种具有开创意义的作品。关于《儒林外史》的开创意义，本师时人先生曾指出："其不论在创作主体的使命感上，还是处理艺术与生活的关系，以及对小说艺术方法的把握上，都表现出指向未来的巨大张力。"③在《儒林外史》所表现出来的"指向未来的巨大张力"中，"一个极堪注意的文体上的变革，也显示了《儒林外史》的现代小说的特征，即它不再像传统小说那样在叙述中夹有大量的诗词文赋的缘饰了……吴敬梓除了首尾各以一首词起结以外，完全免除了这种文体上的滥套。只要把回目删掉，每回末尾一两行接榫的例行文句删掉，《儒林外史》就完全和现代长篇小说的体裁一样了"④。这样，《儒林外史》便彻底打破了白话小说融入诗词韵文的结构模式。

　　《儒林外史》这种文体上的变革，有着丰富复杂的原因：既有其"简捷地奔向戏剧"的小说艺术方法方面的原因，又有小说用"写

①　李时人：《李汝珍及其镜花缘》，春风文艺出版社 1999 年版，第 7 页。
②　张敬：《诗词在中国古典小说戏曲中的应用》，载《中外文学》1975 年 3 月 1 日版，第三卷第十一期。
③　同①。
④　何满子：《汲古说林》，重庆出版社 1987 版，第 162、163 页。

实而真实"的创作手法创造其"形象体系"方面的原因,更有小说作者以理性思考的方式来创造小说的"意象体系"方面的原因等。

　　本书以材料为依据,以马克思主义历史的、美学的文艺研究方法为指导,结合文化学、心理学、文艺美学等方法,将古代白话小说融入诗词韵文这一现象置于中国古代文化—文学传统的大背景下,进行具体深入的分析研究。希望通过本书的研究,填补目前对于古代白话小说融入诗词韵文研究的不足,使人们能够更全面地了解古代白话小说融入诗词韵文这一现象的文学史和小说史意义。

上编

第一章　白话小说融入诗词韵文渊源论

　　中国古代白话小说融入诗词韵文是特定的文化—文学传统作用的结果。影响古代白话小说融入诗词韵文的因素很多。史传作为中国小说的母体，对于文言小说和白话小说均产生过重要影响，史传引诗是影响白话小说融入诗词韵文的一个重要因素。诗歌，经过几千年的发展，积累了成熟的艺术表现方法和技巧，加之诗歌是古代中国人精神生活的重要组成部分，诗歌传统便成为影响白话小说融入诗词韵文的又一个重要因素。古代白话小说滥觞于讲唱，讲唱文学的韵散相间体式较为直接地影响了白话小说融入诗词韵文这一特征。文言小说因其作者和语体的缘故，与诗歌的关系更为直接。白话小说和文言小说在发展过程中又相互影响，白话小说融入诗词韵文也多受文言小说融入诗词韵文的影响。诸子书中也有引诗和运用韵语表述的情况，要么用于说理议论，要么融于记言当中，且不多见，与白话小说融入诗词韵文关系不显著，故本章不纳入讨论范围。

第一节　史传引诗对白话小说融入诗词韵文的影响

　　史传引诗对于小说融入诗词韵文的影响，以文言小说为最明显。何满子先生曾说:"只有史传中,才有引入传主诗赋书启的惯例,这便是唐人小说用诗歌来贯联情节和刻画人物之所本。唐代小说家在缺乏史诗传统而只得求之于史传等前人精神产品积累的历史条件下,就不得不把文体上的、艺术表现的许多特点也带到自己的创作中来了。"①不独文言小说如此,白话小说亦然。

虽说文言小说与白话小说各有各的源头,文言小说源于史传,白话小说源于说唱文学,但两者在发展过程中仍在不断地交互影响,并且白话小说在其整个发生、发展过程中,亦受到史传的浸润。这一方面因为白话小说地位低,创作上自觉不自觉地向史传和作为正统文学的诗歌靠近;另一方面,作为白话小说源头的讲唱文学,其中蔚为大宗的讲史就受史传影响比较直接,后来的历史演义小说受讲史和史传双重影响,从而形式和内容上均有史传的影子。

史传插入诗歌韵文的方式多种多样,概而言之,一是史传为忠实记录史实,在记事记言中引诗;二是史传评赞中引入的诗歌韵语;三是作为史传故事情节组成的诗歌韵文。本节主要以《左传》《史记》这两部对古代小说产生重大影响的、有代表性的史传著作为研究对象,拟从以下三方面,就白话小说在文体上、艺术表现上融入诗词韵文受史传的影响略作陈述。

一、作为史传记事记言的诗歌韵文

中国古代小说融入诗词韵文,与诗词韵文作为中国古代人精神生活的重要组成部分是密不可分的。史传无论是记言,还是记事,都包括作为古代人精神生活一部分的诗歌。诗及韵文作为历史事件中的内容,很自然地成为史传故事的组成部分。

史传引诗不同于小说之处,是它更多的实录。如:

---

① 何满子:《汲古说林》,重庆出版社 1987 版,第 31 页。

> 卫庄公娶于齐东宫得臣之妹,曰庄姜,美而无子,卫人所为赋《硕人》也。(《左传·隐公三年》)
>
> 秦伯任好卒。以子车氏之三子奄息、仲行、针虎为殉,皆秦之良也。国人哀之,为之赋《黄鸟》。(《左传·文公六年》)

这种形式,诗歌本身就是史实。这里可以注意的是,赋诗一方面是记录史实;另一方面,从《左传》解经人角度不难发现,其中又有以诗证史的作用。这样就形成了诗、史互证的格局。《史记》中也有夹入诗歌记述史实的,如:

> 子夏问:"'巧笑倩兮,美目盼兮,素以为绚兮',何谓也?"(此上二句在《卫风·硕人》之二章,其下一句逸诗。)子曰:"绘事后素。"曰:"礼后乎?"孔子曰:"商始可与言诗已矣。"(《史记·仲尼弟子列传》)

春秋时,赋诗是一种礼仪规定。君臣及士大夫间对答或出使别国应对要赋诗以达意。在这种场合中,只有领会了诗的意思,才能赋诗以对,或作出相应的反应,听不懂的,往往因此而受到讥讽。赋诗在当时是一种礼节,又是一种雅事,代表着一定的身份。故《论语·子路》曰:

> 诵诗三百,授之以政,不达;使于四方,不能专对;虽多,亦奚以为?

这表明当时政府官员学《诗》的目的是用于内政上的讽谏和外交上的应对。《左传》中这类引诗自属历史事件中的内容,亦为实录。如:

> 季武子如晋拜师,晋侯享之。范宣子为政,赋《黍苗》。季

武子兴,再拜稽首曰:"小国之仰大国也,如百谷之仰膏雨焉!若常膏之,其天下辑睦,岂唯敝邑?"赋《六月》。(《左传·襄公十九年》)

《诗》《书》等典籍被当时人尊奉为经典并经常使用。因此,引用诗句说理议论、言志抒情便成为一时风尚。《左传》中这类情形非常多。如:

穆叔曰:"孙子必亡。为臣而君,过而不悛,亡之本也。《诗》曰:'退食自公,委蛇委蛇。'谓从者也。衡而委蛇必折。"(《左传·襄公七年》)

初,懿氏卜妻敬仲,其妻占之,曰:"吉。是谓'凤凰于飞,和鸣锵锵。有妫之后,将育于姜。五世其昌,并于正卿。八世之后,莫之与京。'"(《左传·庄公二十二年》)

这一类引诗有专对,有应对,也有用于人物日常对话描写的,不仅起到了加强人物语言说服力的作用,而且语言生动,富有哲理。这种着重于功利的倾向,正是中国古代对于史和文学的期待。《诗》被视为经典,尊经是古代中国人的普遍心态。刘勰所谓的"据事以类义,援古以证今"(《文心雕龙·事类》),不独记述史实引诗为证,史家评论也引诗为证。这种通过引经据典来阐明事理的方式,影响和启发了后来白话小说"有诗为证"的形式。有的研究者认为史传引诗也是一种韵散相间的形式,我觉得这与敦煌藏卷中白话小说的韵散相间体式还不可一概而论。其中人物语言用诗句对答或应对,显然和讲书唱书中用诗句韵语夹入人物语言没有直接关系。

二、作为史传评论引入的诗歌韵语

史传的评论部分夹入诗歌韵语亦比较常见。古代史书的评论有具名的,有不具名的。不具名的往往泛称为"君子曰"。经过长期发展,便成为古代史书中固有的一种评论形式,纪传体史书的赞语实即由此发展而来,它在古代史书中往往是一个重要的组成部分。《左传》中的"君子曰"的评论中较多是引诗的。如:

> 君子曰:"苟信不继,盟无益也。《诗》(《小雅·巧言》)云:'君子屡盟,乱是用长。'无信也。"(《左传·桓公十二年》)
> 君子曰:"管氏之世祀也宜哉!让不忘其上。《诗》曰:'恺悌君子,神所劳矣。'"(《左传·僖公十二年》)

史传作者进行议论时常常引诗为证。即如以上引诗的情况,或为对所记人物行为和品行的赞扬;或表明史传作者的道德态度;或为对历史经验教训的总结,等等。

《史记》中司马迁对所写人物或事件的评论,一般附以"太史公曰"为首句的一小段文字,其中也有引诗的,就是直接继承了《左传》中引诗评论的形式。如:

> 太史公曰:《诗》有之:"高山仰止,景行行止。"虽不能至,然心向往之。余读孔氏书,想见其为人……天下君王至于贤人众矣,当时则荣,没则已焉。孔子布衣,传十余世,学者宗之。自天子王侯,中国言六艺者折中于夫子……可谓至圣矣!(《史记·孔子世家》)

史书撰作的目的是由古代中国人的文化观念决定的。刘熙载《艺概·文概》所谓"尚礼法者好左氏",说明《左传》文情"尚礼法"和一部分人的心性相一致,这里也传达出《左传》撰作的目的和追求。《史记》如司马迁所言是为了"究天人之际,通古今之变"。荀悦则以为史书编撰是为了"达道义,通古今,著功勋,表贤能"(《汉纪》)。

因此实用功利性在相当程度上成为著史的动机和极力追求的目标，实现的过程中不免将人类的各样睿智融入其中。在古代中国人长期劳动实践和情感阅历中产生的《诗》，不仅为人们喜闻乐道，而且在实践过程中琢磨品味出了其中的哲理内蕴，乃至将其奉为富含哲理的人生宝典加以引用。正统的史书要实现其功利性目的，小说便也攀附史传成为"稗史""野史""外史"等。小说在中国古代理性不发达的条件下，它为人的需求服务，情性服从于理性，它的品格被压抑了，即使如唐代文言小说那样合于近代小说品格的作品，也不能例外。总之，史传引诗与白话小说"有诗为证"的模式是由古代中国人长期形成的文化心理结构所决定的。

三、作为史传故事情节组成的诗词韵文

作为史传故事情节组成部分的诗歌更多的是由史实来决定的，即使是依据传说，作者亦有所本。相比而言，《左传》的历史叙事比《史记》中更显得质实，引诗也更忠于史实。刘熙载所谓"《左传》尚礼法，而《史记》尚意气"（《艺概·文概》），也决定了二书在运用史实时的不同。我觉得这大概与《左传》依经立言也有关系。如：

> 王出，复语。左史倚相趋过。王曰："是良史也，子善视之。是能读《三坟》《五典》《八索》《九丘》。"（子革）对曰："臣尝问焉。昔周穆王欲肆其心，周行天下，将皆必有车辙马迹焉。祭公谋父作《祈招》之诗，以止王心。王是以获没于祇宫。臣问其诗而不知也。若问远焉，其焉能知之？"王曰："子能乎？"对曰："能。其诗曰：'祈招之愔愔，式昭德音。思我王度，式如玉，式如金。形民之力，而无醉饱之心。'"王揖而入，馈不食，寝不寐，数日。不能自克，以及于难。（《左传·昭公十二年》）
> 初，晋侯使士蒍为二公子筑蒲与屈，不慎，置薪焉。夷吾诉之。公使让之。士蒍稽首而对曰："……君其修德而固宗

子,何城如之？三年将寻师焉,焉用慎？"退而赋曰:"狐裘尨
茸,一国三公,吾谁适从？"(《左传·僖公五年》)

以上所举可以看作是构成史传故事情节的诗歌。子革诵《祈招》之
诗既有规谏楚王的用意,又表现出鄙视左史倚相的心态,由于将左
史倚相引入故事,虽与前面所列对答引诗作用一样,但无疑与故事
结合得紧密了。士蒍所赋之诗是人物语言描写,抒写的是当事人
意识到晋国即将出现不可避免的纷争时的无奈心情。语言上是一
种既能使"俗者雅之"(刘熙载《艺概·文概》),又做到了切合时、
事、人的处理。它对于故事情节的作用,不仅通过赋诗表露人物心
理来刻塑人物形象,而且成为整个故事发展的不可或缺的过渡性
环节。用士蒍无从选择的情态,来构设晋献公与二子重耳、夷吾的
矛盾,避开了正面矛盾的描叙,从侧面暗中将故事情节推进了。这
种引诗既能顾及人物的塑造,又能照顾故事的发展,应该是融入诗
歌比较成功的。吴公子季札观乐中虽然只引诗题,但也不妨视为
入诗之一种。歌诗因为成了观乐及评论的对象,自然不难成为故事
情节的有机部分。夹叙夹议,对于场面描写是不可或缺的。这
有类于白话小说中宴会或诗会上赋诗的场面。

　　《左传》是解经之作,史家的评论或明或暗夹杂在叙事中,引诗
在当时情况下对于叙事、议论可以取得一箭双雕的效果。但议论
夹入叙事中,对于叙事妨碍较大。正如刘熙载在评价《史记》的叙
事时说:"叙事不合参入断语,太史公寓主意于客位,允称微妙。"
(《艺概·文概》)不过上举《左传》的几个事例也逐渐有了这种叙事
方式的发端,与前述赋诗对答、应对的"引诗为证"明显不同。在《左
传》仍属少数,不成规模,而《史记》引诗则与故事情节相得益彰。
　　《史记》引诗主要是作为史传故事情节组成部分出现的。虽然
仍是作为史实进行实录的,但与故事情节已结合得相当紧密
了。如:

　　高祖还归,过沛,留。置酒沛宫,悉召故人父老子弟纵酒,发沛中儿得百二十人,教之歌。酒酣,高祖击筑,自为歌诗曰:"大风起兮云飞扬,威加海内兮归故乡,安得猛士兮守四方!"令儿皆和习之。高祖乃起舞,慷慨伤怀,泣数行下。谓沛父兄曰:"游子悲故乡。吾虽都关中,万岁后吾魂魄犹乐思沛。且朕自沛公以诛暴逆,遂有天下,其以沛为朕汤沐邑,复其民,世世无有所与。"(《史记·高祖本纪》)

《汉书·艺文志》著录高祖歌诗二首,《大风歌》可能就是其一。这应该是高祖还乡实录,是史传记实,当然也极生动地刻画了汉高祖刘邦志得意满及忧虑政权不稳固的神情意态。再如:

　　项王军垓下,兵少食尽,汉军及诸侯兵围之数重。夜闻汉军四面皆楚歌,项王乃大惊曰:"汉皆已得楚乎? 是何楚人之多也!"项王则夜起,饮帐中。有美人名虞,常幸从;骏马名骓,常骑之。于是项王乃悲歌慷慨,自为诗曰:"力拔山兮气盖世,时不利兮骓不逝。骓不逝兮可奈何,虞兮虞兮奈若何!"歌数阕,美人和之。项王泣数行下,左右皆泣,莫能仰视。于是项王乃上马骑,麾下壮士骑从者八百余人,直夜溃围南出,驰走。(《史记·项羽本纪》)

这是项羽在穷途末路时悲歌慷慨、无可奈何的情状,可能是据当事者所传而实录。

　　冯沅君先生研究指出:"《史记》《汉书》二书中,优人(优孟等)与准优人(淳于髡等)的谈话都是协韵的。"[1]这也说明了史传在构设故事时,在人物语言中引入了韵语(如《史记·滑稽列传》)。

---

① 冯沅君:《冯沅君古典文学论文集》,山东人民出版社 1980 年版,第 90 页。

《左传》《史记》等史传中引诗的形式,启发了后来白话小说融入诗来构设故事,诗词成了白话小说故事构成的情节线索。此外,对于白话小说中人物语言及对话描写由诗词韵文来承担影响亦很大。可以说,史传在影响古代小说产生发展的同时,亦将其中融入诗歌的形式影响给了小说。古代小说因为史传的影响根深蒂固,多数小说不能按照小说文体的发展来自由运用诗词韵文。

第二节　诗歌传统对白话小说中诗词韵文的影响

中国是"诗的国度"。作为最重要的文学形式,诗歌是整个中国古代文明不断发展的反映。由于诗歌是具有古老传统的文学样式,它在保持传统意识的同时,最真切地吟咏人的内心情感,反映时代生活面貌。小说诚然是人类成年的艺术,但在其成长的过程中,不可避免地受到诗歌的影响。诗歌对小说的影响,是从文言和白话两途进行的。从白话小说的发展历程看,诗歌传统对白话小说中诗词韵文的影响主要有两条渠道:一是在民间讲唱传统中孕育的初期白话小说受诗歌传统的影响;一是文人创作的白话小说受诗歌传统的影响。而在这两条渠道中文言小说又时时成为诗歌影响白话小说的中介。本节主要描述诗词韵文对白话小说的渗透轨迹。

一、白话小说依托诗词曲赋的表现手段和艺术技巧进行发展

白话小说中融入诗词曲赋,是在中国古代文学传统的作用下,在小说运用散文进行叙述、描写、议论还不够成熟时的"借用"。传统的诗词曲赋的表现手段和艺术技巧业已成熟,在文人日常生活的创作过程中,由于对于前人这些作品的激赏和"好古"心理的作用,运用传统的诗词曲赋作为白话小说的表现手段和艺术技巧既

方便现成，又符合人们的欣赏习惯，于是，在传统诗词曲赋的影响下，白话小说作者自觉不自觉地将这些文类运用到小说中，来丰富白话小说的表现手段和艺术技巧。

言志和抒情是诗歌的本质特征。中国古代的诗歌在反映生活时，又特别注重写意。这与中国画的特点是一致的。写景状物、描摹人物，都为言志与抒情服务。所谓诗歌的意境，是以意为中心的形象体系。所以，古代诗歌在写景状物、描摹人物方面，因为不是重心，发展就迟缓得多。中国叙事诗之不发达，原因之一就在于诗歌传统中意重于事。

赋作为一种文体的特点是"穷形尽相"的铺陈，即一开始就以描写和叙事为其能事。赋对于中国叙事文学的贡献是不可抹杀的。特别对于描写手法的发展，使得韵文文学在写景状物、描摹人物方面取得了突出成就。诗词曲在这方面都逐渐向赋汲取养分，白话小说中融入的诗词曲在这方面的表现尤其明显。骈文主要从句式上，增强韵文（广义）的表现能力。骈文的介入，可以说使小说中韵语在写景状物、描摹人物方面，形象色彩更浓重，联想空间更大，也为形象化的进一步具体化作出了贡献。

（一）诗歌传统对白话小说人物形象描摹方面的影响

中国古代诗歌中的人物描写，根本地是为了表"意"，所以并不要求对人物形象刻画具体入微，而是如写意画一样，通过几句话勾勒出足以传人物之神的形象轮廓。尤其是诗歌中对于女性容貌的描摹。如著名的汉乐府诗《陌上桑》中刻画罗敷的美貌，《古诗为焦仲卿妻作》中对于刘兰芝美貌的刻画，辛延年的《羽林郎》写胡姬的美貌，再如曹植的《美女篇》中对美女的描摹，杜甫《丽人行》描摹丽人的意态容貌，等等。由以上几例可以见出，古代诗歌在描摹女子形象时，先着眼于服饰，其次是简洁传神的动作与意态，而将侧面衬托作为传神写意的一种重要手法。古代诗歌重意不重象的特征,没有为人物形象刻画提供一个坚实的基础,而当叙事的小说要到其中去找寻可以学习借鉴的经验时,不想却为其强大的传统惯性束缚住了。

古代白话小说在刻画人物时,多数时候只好局限在传统诗歌提供的那一点思路上,用其仅有的一点表现手法来捉襟见肘地完成自己的人物塑造。也因为人物刻画不足,致使故事情节在古代白话小说中占了相当的比重。

白话小说中引入诗歌形式来刻画人物,多数情况下,借助于传神写意的诗歌表现特性,如《西游记》第二十七回写妖女,《欢喜冤家》第二回写女子娇态。但是随着白话小说的发展,白话小说摹写人物的方法,在传统诗歌摹写人物手法的基础上,又从小说自身的特点——塑造人物形象出发,对用诗歌形式来摹画人物形象的方法进行了一番改造。改造后的摹写人物形象的诗歌,初步能将一个较为完整鲜明的人物形象表现出来。如《西游记》第四十九回的一首诗,写孙悟空眼里的观音菩萨的形象。在白话小说改造其用来刻画人物形象的诗歌形式的同时,对于诗歌的语言也进行了适合于白话小说特性的改造,将传统的诗语改造为与小说本身的通俗性语言相一致的小说中诗歌的语言。上述诗歌中间写观音形象的诗句,应该说很像诗语,但因为有了“赤了一双脚”后面的诗句,虽也有白话诗的味道,但已使整首诗亦庄亦谐,这便一变而为白话小说中的诗了。这样的例子不胜枚举,此处不再赘述。

因为白话小说的创作主体,绝大多数是较低层次的文人的缘故,所以对于白话小说使用诗词韵语不可能在短暂的时间内就有一个创造性的飞跃。从白话小说自身独立的角度言,如果说借鉴诗歌的表现手法有惰性的话,那么,这种惰性也是在当时社会客观条件的限制下的惰性。古代诗歌中提供了现成的描写人物的模式。白话小说在刻画人物形象时,借用诗歌的表现手法就很方便。

诗歌中人物描写的对象多数是一些女性,但到了白话小说中,不论男女老幼,还是人鬼神魔,均可用诗句进行形象描摹。当然,人物形象的摹写,多借鉴诗歌刻画女性容貌、穿着等的手法。与女性比,男性人物自有男性人物的特征,白话小说中男性人物形象的描摹自然也根据其特点进行。譬如,对惯征沙场的男性将官,既要刻写他的勇武,又要将其所用盔甲、武器作为他神勇的表征。如《西游记》第六回描写二郎真君的相貌,《封神演义》第二十九回描写崇黑虎的装束,就是采用了适合于人物自身特点的外部特征进行刻画。但是,白话小说运用诗歌形式进行人物刻塑时,少创新而多袭用,渐渐地形成了一种死板的套路。这对中国古代白话小说人物塑造的发展是相当不利的。

白话小说在运用诗歌进行人物形象刻塑时,适应白话小说内在的发展要求,诗歌形式的韵语逐渐趋向于散体化的描叙,甚至淡到无一点诗味了,如《西游记》第三十九回对魔王凶恶的相貌的描写。除吸收了可以利用的诗歌表现手法外,白话小说中的诗歌多数徒具一个诗歌的"外壳"。无怪乎多数研究者及欣赏者慨叹白话小说中的诗歌不具有诗歌内在的特性。

古代文章,韵、散有别,且骈、散也不同。不仅如此,韵文与骈文的区别也很明显。有研究者由于骈文源于散文,故将骈文归之于散体中。更多的研究者主张将骈文与韵、散两体区别开来,单独划为一种文体。我们为了论述的方便,也因为在对偶、平仄的声韵方面,韵、骈两体还是有一定的共同之处的;①加之骈、散的区分,是因为诗赋引发的文学观念的改变而形成的,故将骈文广义地归入到韵文中。

赋的主体是散体大赋。刘勰在谈到赋的表现特征时说"写物图貌,蔚似雕画"(《文心雕龙•诠赋》),其中已经将用赋来进行写景状物的特征揭示出来了。"铺张扬厉,踵事增华,是散体大赋的

① 钟涛:《六朝骈文形式及其文化意蕴》,东方出版社 1997 年版,第 11 页。

创作手法上的基本特征","描写事物,面面俱到,以求穷形尽相","通过大力的夸张、类比、铺陈所描写的事物"①。可以说,正是在散体大赋的阶段发展了景物描写、场面描写,以及人物肖像描写等技巧。

在语言上,散体大赋"大量使用排比、对偶的技巧来组织夸丽的文辞,层层铺垫,造成波澜壮阔的场面、雄厚充沛的气势"②。所以,散体大赋在体制上表现出了句式参差不齐、韵散相间的特点。后世对赋的认识,根据班固"赋者,古诗之流也"(《两都赋序》)的观点,更因为其中多有韵语,所以多将赋作为诗之一体,从而诗赋并称。

骈文是由传统散文发展演化而来的,但它又区别于散体文,主要表现在语言讲求对偶、句式整饬、声韵和谐等。这与韵文又多少存在一点亲缘关系。所以有研究者也将骈文包含在韵文之中(如梁启超等)。

因为赋里有大量的骈偶句,甚至还有骈赋,所以赋与骈文就有一种内在的关联。虽则其中也有文赋,但文赋也基本上不排斥骈偶句。后世白话小说在赋和骈文的表达手段方面撷取其中所长加以学习、改造,形成了白话小说中运用赋体或骈体来写景状物和刻画人物的表现方法。

赋"穷形尽相"——极力摹景状物、描写人物形象神态本来就是赋的特长。如宋玉的《登徒子好色赋》写东家子的美貌,宋玉的《神女赋》中写神女的美貌,司马相如的《子虚赋》对郑女曼姬的描绘,《上林赋》对侍宴美女的刻画,曹植的《洛神赋》写洛神宓妃美貌,等等。

骈文中也有描写女子美貌的,也有用骈文描写女子才华的,更有描写女子心理的,如徐陵的《玉台新咏序》。

① 褚斌杰:《中国古代文体概论》,北京大学出版社1998年版,第86页。
② 同上书,第87页。

　　白话小说兼取赋与骈文两者刻画人物之长，摆脱了赋体喜用僻字，骈文太过浮靡的习惯，在人物描写的韵语上适应白话小说的特点，常以白话或口语出之，力求通俗与质直。如《金瓶梅》中多数描写妇人容貌的韵语，就是兼取赋与骈文的表现手法加以完成的，如《金瓶梅》第七回写孟玉楼，第九回写潘金莲；《醒世恒言》第十二卷"佛印师四调琴娘"写琴娘，等等。白话小说中这类女性形象的描写举不胜举。

　　不独描写妖艳的女性美貌用此类韵语，庄严女性的仪容描写也用此类韵语；不独世俗女性的容貌用此类韵语摹画，神仙中人也用此类韵语形容，如《西游记》第八回写观音菩萨仪容；不独女子美貌用赋与骈文式的韵语来描写，男子的形貌也多用此类韵语来表现，如《水浒全传》第十八回写宋江的相貌，《金瓶梅》第一回武二郎状貌；不独人的相貌可以用赋与骈文式的韵语来描写，举凡妖魔鬼怪都可以用此类韵语来表现，如《西游记》第十四回写被压在五行山下的孙猴子模样。可以说，赋的"穷形尽相"与骈文的"对举"，使得白话小说中这一类韵文描写可以深入到人物的细部特征，用赋与骈文的形式特征并吸收其描摹人物形象状貌的特长来进行白话小说人物的刻画，比之于白话小说中的用诗歌刻画人物形象，要细致具体得多。在白话小说内在发展的要求下，其中赋与骈文式的韵语逐渐趋向于散体的描叙，如《西游记》第三十九回描写乌鸡国主的打扮。

　　白话小说中用来写景状物及刻画人物的诗歌、赋及骈文发展到后来，在描写方法上逐渐趋于一致。很明显，诗歌表现出向赋和骈文的靠近。当然，这种趋同一方面是因为要适应白话小说的内在要求，促使对于人物、景物的描写更细密，更具体；另一方面，赋因为适合于描叙，所以它的描叙方式在传统的韵文文学中，起到了一种示范的作用。诗歌自觉不自觉地去接近它。这样，古代白话小说在写景状物及刻画人物时，便在传统惯性的作用下，将赋的铺叙方式作为一种定式固定了下来。但是小说有其内在的美学要求,随着叙事特性的发展,描写手法逐渐冲决了这种束缚,使得白话小说的描写逐渐走向了散体。

（二）诗歌传统对白话小说景物、场面描写的影响

《诗经》常用赋这种表现手法。赋,刘勰诠解为"铺","铺采摛文,体物写志"（《文心雕龙·诠赋》）。可见赋作为一种表现手法,最基本的特点是铺叙与描写。由于古代的诗歌具有"言志"的特质,赋这种表现手法在诗中发展空间不大。赋作为一种文体独立之后,铺叙、描写手法才得以发展。与赋一样,比与兴也是从属于抒情写志这一诗歌特质的。于是,"借景抒情""情与景谐""情景交融"等以"情"为表现主体的诗歌,将写人、写景、状物作为其抒发情志的手段,致使它们在中国古代诗歌发展的整个过程中,发展缓慢。刘勰《文心雕龙·物色》中对这方面的总结就很令人深思。

写景状物在古代诗歌中处于从属地位,几乎没有形成以写景状物为主要内容的诗歌作品。这就使我们在论述中只能寻章摘句。例如:

> 昔我往矣,杨柳依依;今我来思,雨雪霏霏。（《诗经·小雅·采薇》）
> 袅袅兮秋风,洞庭波兮木叶下。（"楚辞"中的《湘夫人》）
> 方宅十余亩,草屋八九间。榆柳荫后檐,桃李罗堂前。暧暧远人村,依依墟里烟。狗吠深巷中,鸡鸣桑树巅。户庭无尘杂,虚室有余闲。（陶渊明《归园田居》）
> 池塘生春草,园柳变鸣禽。（谢灵运《登池上楼》）
> 疾风冲塞起,沙砾自飘扬。（鲍照《代出自蓟北门行》）
> 树树皆秋色,山山唯落晖。牧人驱犊返,猎马带禽归。（王绩《野望》）

大漠孤烟直，长河落日圆。（王维《使至塞上》）

北风卷地白草折，胡天八月即飞雪。忽如一夜春风来，千树万树梨花开。（岑参《白雪歌送武判官归京》）

连峰去天不盈尺，枯松倒挂倚绝壁。飞湍瀑流争喧豗，砯崖转石万壑雷。（李白《蜀道难》）

瞿塘峡口曲江头，万里风烟接素秋。花萼夹城通御气，芙蓉小苑入边愁。珠帘绣柱围黄鹄，锦缆牙樯起白鸥。（杜甫《秋兴》其六）

举凡春夏秋冬、风花雪月、雨雾雷电、亭台楼阁、城市乡村、天宫地府、名山大川、寺庙道观等，都可以作为诗人借景抒情、体物写志的对象。但正统诗歌的共同特征是意重而象（景）轻。

与正统的诗歌相比，白话小说中的诗歌因为其从属性地位的缘故，一变正统诗歌的特性，成为象重于意了，如《西游记》第四十回写秋尽冬初时节的诗，《封神演义》第十二回写五月天气炎热的诗，《三遂平妖传》第一回写风的诗。比之于正统的诗歌，以上所举诗的意思很浅显，而更注重于象的呈现。读者在知道了秋尽冬初时节、五月天气炎热、风等这样的最简单的意义后，所得是一幅幅的景象。象重于意的特征，可以说正适合白话小说的内在要求。

多数白话小说中的景物或场景诗，是围绕着描写场景和渲染气氛而出现的，从而为故事情节的展开服务，如《西游记》第三回孙悟空为了弄到兵器而呼来的风。不独神仙妖魔想风是风，想雨有雨，也有小说作者为了情节的发展而巧设场景气氛诗。这种诗词虽已不纯粹是景物的描写，但其学习诗歌景物描写的方法还是很明显的。这也证明了白话小说中的诗词，也在适应小说的要求而努力发展着。白话小说中这种为适应故事情节的发展而出现的场景诗歌也不少见，这里不再赘举。

白话小说运用诗歌进行场面描写也是一个常见的现象。这也

是学习诗歌场面描写的方法,再加上赋的手法而形成的。中国古代诗歌中就有场面描写比较成功的作品,如:

> 拟金伐鼓下渔关,旌旆逶迤碣石间。(高适《燕歌行》)
> 车辚辚,马萧萧,行人弓箭各在腰。爷娘妻子走相送,尘埃不见咸阳桥。牵衣顿足拦道哭,哭声直上干云霄。(杜甫《兵车行》)

白话小说中战斗、武打、仪仗等场面描写也有用诗歌的。像《封神演义》第六十九回陈庚大战黄天化的场面,《水浒全传》第七十七回描写朱仝、雷横所领兵马的场面,就用诗句来描写。以上所举,诗歌因为篇幅及其美学要求的束缚,对于战斗、武打、仪仗场面并不能具体地进行描写。即使用于场面描写的诗歌,也已经是掺杂了赋的表现手法,不再纯粹按照诗歌创作的要求了。

从上举诸例中也可以看出,白话小说中用于景物、场面描写的诗受到赋的手法——从各个角度进行铺陈夸饰——的极大感染。绝大部分诗歌不再像传统诗歌的诗语了,却一变而为赋的遣词造句的方法。这一点正说明了擅长写意抒情的正统诗歌不适合用来描写景物和场面。

按理说,选择赋及骈文式的韵语进行景物、场面的铺陈描写,白话小说该是找到了合适的行文方式了。因为铺陈本是赋的特长,对仗也是骈文所擅。一方面,景物描写运用赋的手法,使得画面不再是勾勒线条的写意画,而成为具体细致的工笔画了;另一方面,赋与骈文利于夸饰,能驱遣大量色彩丰富的词语进行描写,这就为景物描写进行了着彩上色,使其画面一变而为彩绘图;再加上赋与骈文的声律节奏感,用赋及骈文式的韵语进行景物场面描写,就容易使整个画面生动鲜活。

白话小说中的多数赋及骈语式的韵语,因为创作主体是较低层次的文人,也因为白话小说自身体裁的缘故等,多数景物描写只是一道布景而已,并且形成了固定的套式,使得景物描写逐渐走向了呆滞。

应该说,战斗、武打、仪仗等场面用赋与骈文式的韵语描写,是白话小说在使用韵语描写时再合适不过的选择。此类韵语不仅能将场面具体刻画出来,而且能同时照顾到两方面或多方面,更易渲染紧张而热闹的氛围,能够使整个场面立体而灵动。但亦是因为模子已定,将场面描写引向了程式化。

几乎白话小说中相同题材的景物和场景描写都差不多,这种程式化就不单单是欣赏习惯的问题了,表现出来的是艺术手法的停滞。

应该承认,白话小说中用于描写的韵语多得力于赋及骈文,融入白话小说中的诗歌及词、曲、唱词等,都沿着赋与骈文的表现路数往下发展,词、曲、唱词等的融入白话小说,使得白话小说中运用韵文的形式更加多样,这也许有为避免太过分程式化的表达模式的原因吧!但这不是根本出路。运用词来刻画人物形象的,如《水浒传》中人物出场所用的《西江月》;《欢喜冤家》第四回写新娘;等等。用曲来刻画人物形象的,如《金瓶梅》第二回刻画潘金莲的美貌等。运用词来描写景物的,如《西游记》第三十二回写三春景候等。运用唱词式的韵语来描写景物的,如《西游记》第三十二回描写山等。用杂曲写妓院的,如《金瓶梅》第十一回那段《水仙子》等。不再赘举。

(三) 议论诗词对于白话小说中诗词韵语的影响

用诗歌来说理议论,是在宋代兴盛起来的。前人在论述宋诗的时候,基本都认同这一点。严羽曰:"本朝人尚理。"(《沧浪诗话》)钱锺书说:"宋诗多以筋骨思理见胜。"[1]宋诗风貌是"主意主

---

[1]　钱锺书:《钱锺书谈艺录读本》,上海教育出版社 1992 年版,第 570 页。

理的创作形态；以意炼象与由象见道；概念化知识的展现；语言形式的知觉。"①"宋代文学家喜欢在作品里说理以至说教，不但'以议论为诗'，作诗'言理而不言情'，而且在词里也往往大谈儒家或禅宗的哲学和心理学。"②"宋人不是把诗作为单纯抒情的场合表露感情的场合，而是作为表露感情的同时，也表露其理智的场合……宋诗中有叙述性很强的诗，这是以知性自矜的诗。在过去的文学中用散文叙述的内容、题材，在宋人往往用诗来吟咏。""不过宋诗的性质，也可以从稍稍不同的角度来理解。这就是诗人们抱有各种哲学见解，并想要通过诗来谈论这些见解……进一步切实地考虑所谓人是什么，应该如何生活……诗人为了叙述哲学，而使用论理性的语言，在某些场合甚至到了破坏诗的调和的地步。"③"几乎所有的题材都可以谈理寓道，这是欧、梅、苏的一大拓展，也是翁方纲所谓宋诗'精诣'所在。写景，状物，咏史，言情，触处即生议论，表现出宋人理性深思的特点。欧、梅、苏所处时代，是理学萌生并发展的时代，理性主义思潮开始蔓延，宋人的观念和思维方式都发生了很大变化，他们的诗因此而打上了时代烙印。欧、梅、苏开宋诗大量'以议论为诗'的风气，他们的议论有的颇为新警，有的则迂腐生硬。"④这些议论的共同之处是宋诗好哲理议论。正是宋诗的这一特点直接影响了白话小说中以诗词来揭发哲理，发抒议论。

　　白话小说的篇首诗常用议论说理，来点明主旨。其中有一些是颇含哲理意味的诗。宋元小说的篇首诗及小说中夹入的议论说理诗开其先河。如宋元白话小说《三现身》（一名《三现身包龙图断

① 龚鹏程：《文学与美学》，台湾业强出版社1986年版，第157页。
② 中国社会科学院文学研究所编：《中国文学史》（三册），人民文学出版社1979年版，第544页。
③ ［日］吉川幸次郎：《宋元明诗概说》，李庆等译，中州古籍出版社1987年版，第10、20页。
④ 王水照：《宋代文学通论》，河南大学出版社1997年版，第96页。

冤》,载《警世通言》第十三卷)中的诗说人生穷达贫富寿夭均由时
而不由人;《合同文字记》(《清平山堂话本》)中的诗说万事分定,均
有气数;《张子房慕道记》(《清平山堂话本》)中的诗劝人行善。与
其说这样的认识表面化,毋宁说是感性化。个中当然有认识水平
受其所处社会历史条件限制的原因,不过这也大致反映出古代中
国人社会哲学及人生哲学的认识水平。像以上诗歌韵语所含关于
儒、释、道思想的词语明显反映出中国古代人所秉持的哲学观念。
这种对于社会人生义理的议论,当然是有宋一代的文化思潮影响
所致。

社会人生义理的议论之外,白话小说中的部分诗词韵语是对
生活经验的总结。如《红白蜘蛛》(一名《郑节使立功神臂弓》,
《醒世恒言》第三十一卷)中的诗,点明人生总是一个"愁"字。
《张子房慕道记》(《清平山堂话本》)中的诗,说人生如梦。《刎颈
鸳鸯会》中的词以及《错认尸》(《清平山堂话本》)中的诗说贪色
之危害。

白话小说中的议论说理诗词常以"正是""有诗为证"等过渡语
引出。后世白话小说多承继宋元白话小说中议论说理诗词所开创
的这种点破或总结性的议论说理方式。

二、诗歌传统作为精神生活的一部分走进白话小说

本师李时人先生一贯认为,人类文化和社会生活几乎所有方面
都可以在小说中得到反映,在这个意义上,小说可以说是用美学方
法写成的历史——风俗史和心灵史。这里,我们也可以说,白话小说
中融入诗词韵文,同样是对中国古代文化和古代社会生活的反映。

由于强大的诗歌传统的影响,诗歌在古代人的生活中占有相
当重要的地位。借助诗歌抒情写志是一种重要的表达方式。诗歌
传统中所谓"饥者歌其食,劳者歌其事""缘事而发"等,指的就是其
生活含量。

古人在生活中有所感触,有所激动,有所不平时,常常借助于诗歌形式来抒情写志。白话小说在反映这方面的内容时,根据现实生活,进行艺术创造,将其固定为一种表达方式。古代白话小说中,英雄失路时,常常吟诗写志。如《五代史梁史平话》在叙及黄巢落榜后的内心活动及其行动表现时,就借助诗歌的形式写其内心的感愤不平与雄心志向:

黄巢见金榜无名,闷闷不已,拈笔写着四句:

拈起笔来书个字,多应门里又安心。囊箧枵然途路远,恓惶何日返家门?

黄巢落第后,准备去向朱五经学习,写了一首诗去见朱五经:

百步穿杨箭羽疏,踌躇难返旧山居。鲰生欲立师门雪,乞授黄公一卷书。

这一模式中,最著名的莫过《水浒全传》第三十九回"浔阳楼宋江吟反诗",小说以人物的遭际为媒触,很真实地再现了宋江对于当时社会的不满,对自己遭际的不平,从而借助诗词写其抱负,抒其情志。《水浒全传》第十一回写林冲来到梁山脚下的情感与举止,与宋江吟反诗采用的是一种模式。只是由于人物性格不同的原因,而以不同的情感方式出现。

古代文人的生活中缺少不了诗词曲赋。白话小说中围绕人物的活动,常常以诗词作为文人生活的点缀。如《老残游记》第十二回老残受黄人瑞缠不过作了一首关于河冻的诗,以显老残之诗才。

诗词曲赋,以至于民歌小调等,作为一种文艺形态,是古代人精神生活的重要表现形式。在古人的日常生活中,吟诗唱和是一种高雅的娱乐形式。这种生活限于具有闲情逸致的贵族或文人的生活圈内。白话小说受这一种生活现象的影响，常常在小说情节中安排人物吟诗唱和。当然，唱和吟诗也常用诗来表现人物的情志和性格特点。如《杨家府演义》卷二的"六郎三关宴诸将"中，八月中秋六郎与诸将饮酒赏月，吟诗唱和，消遣情怀。六郎诗中"雾迷北塞游魂泣，草没中原战骨酸"句，表现其在团圆之日，想起杨令公征辽，被潘仁美所害，碰死李陵碑前，尸骨葬于胡原谷，无法取回的伤悲。此意由岳胜说破，又引出孟良为报三次不杀之恩，为六郎代取父骸的故事。内中的唱和诗，以焦赞的唱和诗较为雅致。六郎将其比作曹休，对其倍加赏识。

赠诗传情在古代人的爱情生活中，不仅高雅别致，又且寓情于中，见才于内，成为青年男女相见相悦、表达爱情的极好媒介。这种融诗方式，多出现在爱情题材的白话小说中，尤其明末清初的才子佳人小说，常用融诗方式来构设故事。正像《平山冷燕》第一回回前总评曰：

> 本欲见山黛小女子之才，故先见山黛小才女白燕之诗；欲见山黛小才女白燕之诗，故先见时、袁老前辈白燕之诗；欲见时、袁白燕之诗，故先见白燕；欲见白燕，故先见君臣宴赏……

像《平山冷燕》一样，多数才子佳人小说故事中的男女主人公，特别是男主人公，无不是才思敏捷，诗词歌赋，样样精通的才士。小说为表现男女主人公的才情，不惜笔墨，大量写其所作诗词。这类小说中诗词歌赋连篇累牍，多为后人诟病。在白话小说中也有叙及男女偷情时以诗词作为传情的手段的，如《金瓶梅》第八十二回写潘金莲与陈经济偷情时即用词来达意。

歌词唱曲在古代人的娱乐活动中是较常见的形式。白话小说在这方面的描述当中也多有反映。如《金瓶梅》第十一回李桂姐所唱《驻云飞》是明代传奇《玉环记》第六出的一段唱曲，《金瓶梅》第五十二回西门庆、应伯爵、谢希大在花园中吃喝,应伯爵让李桂姐唱曲。桂姐所唱套曲《黄莺儿》《集贤宾》《双声叠韵》《簇御林》《琥珀猫儿坠》《尾声》,曲词写离情别怨,但因应伯爵在其中插科打诨,本来的那种哀怨凄婉的意趣,在此种场面上却成了调笑闹剧。可见,白话小说作者在引曲词入小说时,将其作为符合故事场面、人物身份及情节发展的材料来加以创造性地运用。

在古代下层人民的生活中,吟唱山歌小调,是一种常见的娱情形式。山歌小调中有对现实社会的揭露,有对生活经验的总结,有抒不平之气的,也有纯然写景的,等等。如《水浒全传》第十六回白日鼠白胜挑着一副担桶唱上冈子来,口内所唱的:

> 赤日炎炎似火烧,野田禾稻半枯焦。农夫心内如汤煮,公子王孙把扇摇。

其他如第三十六回船火儿张横唱的湖州歌;第四十五回嘲弄潘巧云的两支曲;第六十一回阮氏三雄唱的三支山歌;还有《西游记》第一回樵子的歌;《济公全传》中济公时不时地狂歌一曲,等等。无不是反映古代下层人民娱情抒愤的声音。

至于像《三国演义》《水浒传》等小说中的童谣,虽是在叙述中引证式的歌谣,但也可以看出生活的影子。

中国古代诗词曲赋歌谣等作为古代文化的重要组成部分,成为古代人精神生活中不可缺少的一部分。从欣赏者的角度言,白话小说中融入诗词曲赋,是在中国古代巨大的文学传统作用下,用诗词曲赋等这些符合人们欣赏习惯的文学充实其中,来丰富人们精神生活的。从小说本身和创作主体两方面而言,既表现出了白话小说娱乐性的特征,又可以用来弥补白话小说过于通俗的不足,而使其变得高雅一些。这种需求是作者、文本、读者三方面的共同作用的结果。

第三节 讲唱文学中的韵文是白话小说中
融入诗词韵文的滥觞

　　鲁迅先生在论及小说的起源时说:"至于小说,我以为倒是起于休息的。人……到休息时,亦必要寻一种事情以消遣闲暇。这种事情,就是彼此谈论故事,而这谈论故事,正就是小说的起源。"①然而,这种讲故事的形式与近代意义上的小说的美学要求和美学品格差距毕竟太大。只能说讲故事是小说的一个重要的起点。中国古代白话小说的发展是曲折的。一方面,由于中国古代鄙视小说,更没有明确的小说文体观念,所言"小说"即是"街谈巷语,道听途说""小家珍说""稗说"等,"小说"被视为是九流之外,不入流的作品。另一方面,唐以前的社会,没有为讲故事提供适宜的发展条件。讲故事的俳优侏儒主要集中在宫廷或出入于上流社会,又被视为"贱役""狎徒"等,力量十分薄弱,加上其传播范围不广泛,这种艺术形式也就不可能拥有大量的听众。

　　佛教传入中土之后,佛教徒为了宣传教义,将经义附会入故事之中,运用口头传播。为了吸引俗众,采用又讲又唱的生动活泼的方式。听俗讲便在中土形成了气候,逐渐形成为一种专门的说唱伎艺。在讲故事的发展过程中,白话小说终于找寻到了合适的萌芽机会,于是附着在讲唱伎艺当中,逐渐在内容和形式上,开始出现了一些初步具有小说叙事特征的作品,即敦煌藏卷中的那些初步具备白话小说美学品格和叙事特征的作品。

　　因为中国古代白话小说是借助于讲唱伎艺的形式产生发展起来的,所以白话小说从一开始便以一种独特的体式——韵散相间

---

① 　鲁迅:《中国小说的历史变迁》,见《鲁迅全集》,人民文学出版社 1981 年版,第
　　302 页。

体式出现。这种体式影响非常深远,后世白话小说作品融入诗词韵文的形式特征,就是遗传或模仿敦煌藏卷中白话小说的韵散相间体式的。

本节以为白话小说产生之初借助于讲唱伎艺,是后来白话小说融入诗词韵文现象产生的直接根源。敦煌藏卷白话小说的韵散相间体式是最初白话小说融入诗词韵语的形式,这种体式遗传下来并逐渐约定俗成,从而成为白话小说的一种形式特征。

一、讲唱文学"韵散相间"体式奠定了白话小说融入诗词韵文的基础

讲唱文学"韵散相间"体式,是在佛典"长行与偈颂相间"的体式诱发下产生的。而白话小说中融入诗词韵文这种现象,是直接导源于变化佛经体制而来的讲唱的体式。正像陈寅恪先生研究所指出的:

> 佛典制裁长行与偈颂相间,演说经义自然仿效之,故为散文与诗歌互用之体。后世演变既久,其散文中偶杂以诗歌者,遂成今日章回体小说。①

俗讲为白话小说的发展提供了契机。有说有唱的讲唱形式,吸引了众多的俗众。俗讲在一段时间里的兴盛,使得讲唱伎艺迅速地发展起来。讲唱故事借重于讲唱伎艺的蓬勃发展,培养起了初具白话小说品格和美学特征的讲书唱书。敦煌藏卷中的白话小说作为特定发展阶段的白话小说形式,它借重于讲唱这种传达表演形式来说唱故事,使作为滥觞时期的小说作品更多地依赖于韵

---

① 陈寅恪:《敦煌本〈维摩诘经·文殊师利问疾品演义〉跋》,原载 1932 年《清华周刊》三十七卷九、十期合刊,见周绍良、白化文编《敦煌变文论文录》(下),上海古籍出版社,1982 年版,第 447 页。

文而存在。可以说敦煌藏卷中的白话小说是白话小说融入诗词韵文的开创者。

敦煌藏卷白话小说中的韵文区别于后世白话小说中融入诗词韵文的重要之处，在于其借重其中的韵文来"唱"故事。可以说，正是其中的韵文使得白话小说找到了发展的市场。

"韵散相间"体式的作品在敦煌藏卷中的白话小说中是大宗。其中有与前面或后面故事重复的韵文，这之中尤以故事内容是佛经题材，直接由僧讲变化而来的俗讲为常用。如《目连变文》中"目连父母并凶亡""目连父母亡没""是时目连运神通"及"目连闻此哭哀哀""善男善女是何人"五段韵文是对前面故事情节的重述；"长者闻言情怆悲"一段韵文是对后面故事的重复。尤可注意的是，该篇中目连自述身世一段，承接上下文用的是散文。这当然是向韵散融合作为连续性的表达故事情节的方式发展的一个苗头，也证明了在讲唱中，虽着重于唱而终因唱不是叙述故事的最佳方式，不得不向散体过渡的一个征兆。当然，这种方式还是不自觉而表现出来的，也正表明了最初白话小说强劲的发展势头。

这种复述现象，影响到了后世白话小说中以"有诗为证""正是"等为引词的融入诗词的形式。虽然后世白话小说中以"有诗为证""正是"引出的诗词多为说理议论式的总结评赞，但其对故事内容所总结出来的意义的进一步阐发，多少受到了敦煌藏卷中的白话小说重述性韵语的影响。议论说理的诗词是对叙事韵语批判性的继承，即因为韵文叙事不擅长，融入韵文的体式保留下来了，运用诗词韵语找到了更合适的表达方式——总结评赞式的议论说理。

如果再参以佛经的体式，我们更觉得，通过敦煌藏卷中的白话小说影响后世白话小说融入诗词韵语的同时，出现了与佛典融入偈颂的方式十分类似的情形。这是一种在以韵文进行叙事之后，经过白话小说自身运用韵语"否定之否定"的发展，进行总结之后的选择,还是直接受到了佛典体式启示? 我想,这种影响是综合性的,不能简单地作直线式的理解。

二、讲唱文学"韵散相间"体式中作为"唱"的韵文的发展

敦煌藏卷中的讲经文中,像《金刚般若波罗密经讲经文》中韵文的结束处有"唱将罗""唱看看""唱将来"等。这里作为提示语的唱字,是用来引出讲经文中的佛经转读的。

在当时,讲唱佛经主要有五个程序:作梵、押座、唱经、说解、歌赞。说解即解释佛经经义,它没有音乐,由法师担任。唱经就是上面所说的转读佛经,是一种讲求声法的诵或咏,由都讲担任。作梵、押座、歌赞由梵呗担任。根据敦煌卷子 P3849 关于俗讲仪式的记载,再参以 P3128《不知名变文》,我们可以得知,作梵是相当于佛经偈颂部分的歌咏,用呗赞音乐;押座文中的韵语与僧讲中的唱词也多用呗赞音乐。在僧讲向俗讲发展的过程中,韵文部分所用的音乐,逐渐综合梵呗与中土的民间说唱,变而为唱导音乐。唱导音乐与呗赞音乐比较,唱导音乐的音乐性更强。在俗讲培育讲唱伎艺的过程中,民间说唱也吸取俗讲的长处,二者逐渐合流,讲唱伎艺也因此得到了发展。在将唱导音乐纳入更多的民间说唱和歌唱的音乐成分时,所谓的由讲经发展来的俗讲实际已经变为一种通俗的讲唱伎艺了。敦煌藏卷中的《汉将王陵变》《李陵变文》像是民间讲唱艺人学习俗讲的长处,逐渐发展着的不太成熟的讲唱伎艺的文本;敦煌藏卷中的成熟的讲唱文学作品,像《伍子胥》,更像是成熟的讲唱伎艺文本了。

敦煌藏卷中的韵散紧相结合、连续表达故事内容式的韵语,是讲唱伎艺成熟地运用韵文的表现。借助于讲唱伎艺发展起来的敦煌藏卷中的白话小说,在由俗讲复述式向韵散紧相结合、连续表达故事内容式的韵语发展时,也有一个渐进的过程。像《汉将王陵变》《李陵变文》等中的韵语,虽然其间仍有复述的痕迹,但明显的

散体加长,韵语多用作人物语言描写和场面铺陈,逐渐开始向韵散连续表达故事内容式的韵语发展。类似于僧讲与俗讲中的"唱将来"的引词,作为韵散衔接的纽带,该类作品中仍保留着"……处""谨为陈说""而为转说""若为陈说"等引词形式。

从俗讲这一路发展而来的,以佛经题材作为故事内容的那一类讲书唱书,同样也有这方面的表现。

《汉将王陵变》《李陵变文》等篇章中的韵语使用又表明,随着讲唱伎艺的发展,逐渐对韵语的表现力有了一定的认识。白话小说在逐渐地发展其叙事和描写这两种重要的表现手法的时候,在运用韵语方面,进行了适合其特点的选择。韵文在讲书唱书中的作用,随着故事性的增强,要求唱的传达表演方式,更易于表演者驱遣使用,并适合表现故事中的人物形象。于是故事叙述多集中在散体方面,而韵语正好为表演者在刻画人物形象时用作人物的语言描写。当然,韵语当中适当地夹入故事情节的过渡内容,容易使韵散二体结合得更紧密。

韵散相间体式中,连续表达故事情节内容的韵语和散文结合得越紧密,以叙述故事为主体的讲书唱书的形式便越趋于成熟。这样,要求韵语与散文,应该有明确的分工。如敦煌藏卷中比较成熟的作品——《伍子胥》中,韵语就已多用作人物语言描写了。这些用作人物语言描写的韵语,其引词为"悲歌而叹曰""乃为歌曰"等。这就说明,韵语在传达表演过程中已经变为更适合于讲唱艺人驱遣使用的语言形式;人物语言及对话描写用韵语,使得讲书唱书中的韵语尽其所能来为白话小说刻画人物形象服务;人物语言及对话描写用韵语,使得韵语容易发挥其声情并茂的作用。这就为韵语在讲唱中找到了符合它自身特点的表达方式。可以说,韵语的使用,对于当时借助于讲唱伎艺发展的白话小说来说,是作为艺术手段和表现手法来较为恰当地运用的。

在敦煌藏卷现存的作品中,还有一些纯用韵文的作品,如《季布骂阵词文》与《董永变文》，就现存的资料我们进行推测，唐五代纯粹唱故事的不会太多。一则因为唱所需要的条件较多，艺术水准要求较高，下层的艺人要唱好就比较困难，这些首先是对表演者的限制。二是要求词文创作者具备较深厚的艺术功力，在唱词创作方面不仅考虑平仄用韵的声律特点，而且要考虑唱词应该具备的音乐特性——能否适合于唱。这也是对创作者的一个限制。三是听众虽着意在听唱中找热闹，但对故事性要求也很强烈，而要处理好两者之间的关系，也不是一件容易的事。像《季布骂阵词文》唱词较好，唱者如唱功也好，就比一般又唱又说的讲唱形式难度大得多。从表演来说，一味的唱，不如韵散相间更容易表现故事内容，也不如韵散相间体式有说有唱形式活泼。一旦听众对故事内容的要求占据了优势时，纯用韵文的演唱方式和一部分着意于唱的韵散相间的讲唱方式，便逐渐向更独立的曲艺方向发展。某些曲艺，如后来的弹词、鼓词等，在故事和演唱这两者间，更注重于演唱，更关心其音乐性。

三、讲唱文学中的韵语对白话小说中融入诗词韵语的影响

在为韵语寻找合适的表现方式的同时，由于其不适合于叙事的短处，逐渐为发展中的白话小说所剔除。在借助讲唱伎艺发展了一段时期后，白话小说逐渐转向了以说为主的"说话"伎艺。其间转变的痕迹，留在了宋元白话小说《刎颈鸳鸯会》和《快嘴李翠莲记》中了。

《刎颈鸳鸯会》中用于"唱"的韵语——那十篇商调《醋葫芦》小令，其内容是对后面故事内容的泛泛演唱，且其前面引词"奉劳歌伴，先听格律，后听芜词"，也说明了是对后面故事的演唱。这与敦煌藏卷中白话小说"韵散相间"体式中那类与后面故事重复的韵文形态是一种类型。敦煌藏卷白话小说中与后面故事重复的韵文形态相比，从作为小说文本的《刎颈鸳鸯会》看来，其中韵语在概述后

面故事时,能抓住故事情节中的闪光点,在短短一曲唱词中,将人物情态、心理、场面、故事氛围等其中一项或几项进行集中表现。发挥其唱词引领下文的长处,犹如在未听故事前展示的一帧插图一样,但它比插图声情并茂。但作为讲唱而言,它着重的仍是唱词和曲调。最后一曲唱词还夹有说理议论。这时的讲书唱书,已经具备了后世白话小说用韵文刻写人物相貌、状写人物心理、进行场面描写及说理议论的雏形。

有研究者认为《快嘴李翠莲记》由《齖䶗书》发展而来。但是《齖䶗书》韵散配合的形式还不成型,韵散不是一个整体。如果从最初步的韵散配合的形式与故事题材上讲,说《齖䶗书》对《快嘴李翠莲记》产生过影响也不是没有可能。但是作为一篇已经成熟的白话小说作品,《快嘴李翠莲记》中用快板式的韵语作为人物的语言,已经与故事内容紧密结合了。这与敦煌藏卷中那类韵散紧密结合、连续表达故事内容式的韵语是可以视为一种类型的。当白话小说在其初期的发展过程中,借助于某种曲艺的鲜活形式,来丰富一下表现形式,这在敦煌藏卷白话小说中也常有,并不为怪。像敦煌藏卷中的白话小说一样,《快嘴李翠莲记》融入的韵语,多用作人物的语言描写。这说明,白话小说在其发展过程中,对于运用韵语方式所选择的方向还是不错的。显然,《快嘴李翠莲记》是借助于讲唱伎艺的传达表演形式,继《伍子胥》后,出现的一篇承前启后的较成熟的白话小说。所谓承前,是指其保存了白话小说借助讲唱的传达表演形式来传播与供人欣赏。所谓启后,即其比之于《伍子胥》,唱的音乐性特征大大减弱,而逐渐走向了以说为主体;从其自身而言,采用快板式的"顺口溜",一方面是故事题材所决定的,但也表明了白话小说顺应其发展趋势,对于运用韵语逐渐走向了"说"为主的"说话"伎艺。

这种用作"唱"的韵语,好像一种遗传因子,在宋元之后的白话小说中也有其遗存痕迹。不过这时用作人物语言或对话描写的韵语,已经变成为纯粹供阅读的文字了,但仍不难通过语境体会到韵语"唱"的特点。《西游记》中用韵语进行人物语言或对话描写就有这方面的表现。如《西游记》第十九回猪八戒对孙悟空所作的自我介绍,就有讲唱艺人唱的影子;第四十九回八戒、金鱼精、沙僧各夸兵器的一段对话描写,就用唱词式的韵语,其间也有讲唱艺人留下的唱的影子,等等。《西游记》中这种保留了讲唱传艺韵语"唱"的形式的人物语言及对话描写,在小说中很多见。这样运用唱词式的韵语进行铺陈描叙,可以使小说故事在发展过程中节奏放慢,且对于造成小说庄谐结合的意趣也起到了一定作用。不独人物对话及语言描写所用韵语有唱词的痕迹,人物肖像描写等也留存着唱词影子,如《西游记》第十回写秦叔宝与尉迟敬德的打扮。

后世的白话小说中又有一种人物语言用唱歌的形式融入小说故事中的情形。这是讲书唱书中的韵语与生活中歌诗、民歌形式对白话小说共同作用的结果。后世白话小说虽然已经转变成用散文体的书面语言进行叙述了,但由于其多采用拟书场格局展开小说故事的叙述,仍或隐或显地让人觉得有讲述者在不时地介入。融入的歌词虽不如初期白话小说讲唱艺人唱得那么明显,但仍不能摆脱讲述者活跃其中的影子。歌词与人物贴得越紧,说明白话小说采用第三人称的叙事视角进行叙述越成功;同时也说明白话小说在发展的道路上,逐渐摆脱讲唱和"说话",成为一种独立形态的成熟的叙事文体了。

第四节 文言小说融入诗词韵文对白话小说的影响

由于创作主体及其所处时代、环境等的不同,古代小说融入诗词韵文的情形也不尽一样。诗歌因其在古代文学的中心地位,又为文人雅士所尚所好,创作诗词歌赋就成为他们必具的才能。文言小说因为其创作主体是文人,甚至有许多是高层文人的缘故,他们在创作文言小说时,自然会将其生活及精神体验熔铸于其中,文言小说融入诗词韵文有一种与生俱来的优越性,其艺术成就也较高。白话小说在其发展过程中,或为亲和主流文学,或为炫示风雅,其中也融入了大量的诗词韵文。白话小说与文言小说相互影响的过程中,就不可避免地受到了文言小说融入诗词韵文的影响,借鉴其融入诗词韵语的艺术表现方法。

一、文言小说萌芽期故事中融入诗歌韵语对白话小说的影响

小说前史中,大约成书于战国或战国之前的杂史《穆天子传》,卷三载周穆王与西王母瑶池饮宴一节,歌诗互答,传达出二人相互爱慕、依依惜别之情。

魏晋南北朝时期,《搜神记》和《世说新语》等都继承了史传文学的气脉,而以记言记事的形式引诗入故事。

在《搜神记》中,有为"发明神道之不诬"(《搜神记·自序》)的记事而引诗句韵文入故事的,如《搜神记》卷十六《卢充》。该则故事所引之诗,目的是为给卢充遇鬼女的故事增加一些可信度。它的作用和文中的金碗一样,作者苦心造作出一点物证来,就是为了使读者相信神道之不诬。

《搜神记》中亦有在记述故事中引用歌诗的,如《搜神记》卷二记汉武帝思念李夫人的故事。其中所融入的歌诗情感饱满,有助于刻画人物性格及人物当时的精神状态,对于增强故事的生动性和感染力也是有一定作用的。像这种情况,已经是故事与诗歌紧相结合、诗歌服务于故事的较好的范例了。它上承史传,下启唐人小说融入诗歌的形式,在小说发展史上有一定的过渡意义。

又如《搜神记》卷十六记述吴王夫差小女紫玉与童子韩重间凄美哀婉的爱情故事,在紫玉魂灵与韩重相见时的一首悲歌,这首歌诗对于刻画紫玉渴求真爱，为爱而亡，忠于爱情的形象起到了重要的作用；在故事中以歌代言，更易于表现女主人公的情志；同时也增强了整个故事的悲情基调。像这样主人公以歌代言的方式，后来的白话小说《西游记》等中也很多见。虽不一定就源于《搜神记》，至少这种表现故事内容的方式有着相似之处。中国古代文言小说萌芽期中，作为故事情节的诗歌也不少见，且大多对于故事情节的构设有一定的作用。但像《搜神记》卷十六《紫玉》中运用歌诗能深入到人物内心深处以表现其情性，深入到故事内部能增强故事感情基调的却不多见。

《搜神记》还有一些故事，是受汉代"天人感应"说和谶纬迷信之风的影响，引谶语入故事用来显示事件征兆的。这些谶语有的就以歌谣的形式出现。如：

> 京师谣言曰："侯非侯，王非王。千乘万骑上北邙。"（《搜神记》卷六）

就是用来预言汉末因为十常侍专权，灵帝、献帝及公卿百僚逃亡的史实的。《三国演义》第三回的"洛阳小儿谣"即本此。又如说及荆州的兴衰始末时，引荆州童谣：

> 八九年间始欲衰，至十三年无孑遗。

生活当中，人们总希望先知先觉，总希望预知"天机"。这样，在探究事情发生原委时，据说能够预告将来事情的隐语——谶语就出现了。但事实是，这些谶语都是事后的附会。为了自圆其说，于是假借童谣等。像汉代的《春秋》纬《汉含孳》，托言孔子作《春秋》"为汉制法"，说孔子预先知道将来会有一个汉朝，于是替汉朝制定了一套政治和道德原则。这样的谶语，颠倒历史，让人一眼就看出是在说谎。谎说不圆,就不足以"发明神道之不诬"。即使如此,《搜神记》在这种故事中仍然引用这类谶语。这样就令人发噱了。如:

> 孔子修春秋,制孝经,既成,斋戒向北辰而拜,告备于天。乃洪郁,起白雾摩地,白虹自上而下,化为黄玉,长三尺,上有刻文。孔子跪受而读之曰:"宝文出,刘季握;卯金刀,在轸北;字禾子,天下服。"(《搜神记》卷八)

如上几例中所引的谶语,虽不是标准的韵语,但读来也还上口。像这样运用韵语作为谶语来编造故事,后世白话小说也很多,像《五代史梁史平话》《三国演义》等。

《搜神记》中亦有引用《诗经》中的诗句的。古代社会的一些事变,如谋篡,老百姓对于统治者内部的权力更替,受统治阶级所宣扬的"天命论"的影响,也就相信天意使然。统治者将自己美化作"真龙天子",而世人也想象出许多征象。征象与谶语相结合,增强了对于事件原委的说服力,更益于使人信服。《搜神记》中有用《诗经》中的成句作为谶语,并和征象相结合来说明曹魏和司马氏间的斗争情况的。当然这是利用诗歌"比象生意"的手法来构设故事意象的,像这样用隐语来构设故事的意象,用得好,可以使故事具有一种含蓄美。

以记言见长的《世说新语》中,在人物语言中常常夹入诗句,用以刻画人物的性格及精神面貌。如《世说新语·言语》引庾阐《从征诗》中句,表达其在朝危主辱、无可奈何的情况下对忠臣志士的渴盼之情。该则故事引诗的情况明显源于史传的"赋诗言志",但可贵的是,这里的故事引诗已不再局限于引经了,这在小说发展史上也有一定的过渡意义。

《世说新语》中还经常融入符合人物口吻和性格特征的诗来刻

画人物性格,构设故事情节,如《世说新语·文学》曹丕迫害曹植,令其在七步之内成诗的故事。《世说新语》在这里引诗入故事是为了表现曹植的文学才华——"七步成诗"。"七步成诗"的故事后来广为流传。唐李善《文选注》在《齐竟陵文宣王行状》(南朝梁任昉)注中言已经是摘录其中的四句了。《世说新语》中所录的六句诗,经过长期的加工改造变成了四句,比原来的六句更精致工稳。宋《漫叟诗话》卷十二云:

> 曹子建《七步诗》,世传:"煮豆燃豆萁,豆在釜中泣。"一本云:"萁在釜下然,豆在釜中泣。"其工拙浅深,必有以辨之者。

这已与《三国演义》第七十九回所引诗一字不差了。

在《世说新语》中也有不标准,但还算上口的韵语,如《世说新语·任诞》故事中融入刘伶假意戒酒的祝词。六句祝词融于故事中,极有谐谑意趣,大大增强了故事的娱乐性,读后令人捧腹。

在《世说新语·言语》中也有以对仗工稳的对句作为人物语言来表现人物的机智的。对句的运用可以增强人物语言的高雅风致。在《世说新语》中也有一些评诗论诗的短章,或用来体现人物的情志,或用来品评人物高下,或谐谑,或讽谏,不一而足。如《世说新语·文学》《世说新语·排调中有关短章》,等等。《拾遗记》中的《李夫人》则用《落叶哀蝉之曲》表现汉武帝对逝去的李夫人的怀念。其他如《拾遗记》中《翔凤》有翔凤失宠后自伤自哀的悲吟——五言诗,《新齐谐记·清溪庙神》赵文韶与清溪女姑对唱,互诉心曲,等等。

上述可见,魏晋南北朝志怪等故事中融入诗歌韵语虽不多见,但在融入诗歌韵语方面,上承史传,下启唐人小说,在小说发展史上是一个不可忽视的阶段。对后世白话小说的影响也不容忽视。

二、唐代文言小说融入诗歌韵语对于白话小说的影响

"从西周到宋,我们这大半部文学史,实质上只是一部诗史。"①在诗歌处于文学正统地位的古代中国,可以想见,诗歌最真切地吟咏各个时代人的内心情感,反映时代生活面貌,本身就是社会生活的组成部分,所以,小说的产生和发展必然受诗歌的影响。在这方面,文人诗歌和民间歌诗融入古代小说中都影响了白话小说。

如果说,小说前史的故事中融入诗歌韵语还基本上是史传引诗的范型,那么到唐人小说中融入诗歌韵语,从创作主体言,已经是较为自觉的行为了;从文体言,也已体现出了"有容乃大"的气魄,而成为一种独立的文体形态了。

唐人小说中融入诗歌的现象的确很突出,对于小说文体形态的影响也极大。正如何满子先生所言:"这种在散文体小说中夹用诗赋词曲的文体,却为一千多年以来的中国小说所习用。"②唐人小说中融入诗歌的现象,离不开文化—文学的大气候,也离不开当时人精神生活的现状,在唐代文言小说融入诗歌的发展过程中,小说作者有意识地运用诗歌韵语的艺术方法来增强小说的表现力,也是小说融入诗歌韵语的重要因素。

唐代文言小说之所以标志着我国古代小说的文体独立,和小说文体产生的多源多流而最终汇合成型有极大的关系。唐代,不仅是我国诗歌发展的鼎盛时期,像赋、骈文等文体也早已成熟,加上中国古代发达的史传,这些支流即将汇聚的形势,为唐代文言小说文体的形成提供了可能。

文学的发展离不开创作主体及其欣赏群体。唐代文言小说作

① 闻一多:《文学的历史动向》,见《闻一多全集》卷一,湖北人民出版社 1993 年版,第 18 页。
② 何满子:《汲古说林》,重庆出版社 1987 年版,第 49 页。

家几乎人人能诗善赋工骈语，于是，小说中融入诗歌，向赋与骈文汲取艺术营养等就是理所当然的事情了。再加上创作主体内在的驱动力，即"唐代小说的作者……都具有丰富的文化素养，这些上层人物并非为了谋生而写作，其目的是为了发抒生活中的感触，只是为了自己抒发感情，或只提供同一个社会阶层的文人欣赏"①。唐代文言小说的成熟已经具备了文学的内、外部条件。历史的发展已经到了小说文体成熟的时候了，这也是艺术规律使然。

宋代人已经注意到了唐代文言小说这种"有容乃大"的文体特征，如赵彦卫在《云麓漫钞》卷八中就说："盖此等文备众体，可以见史才、诗笔、议论。"这是宋人看唐人文章的见识。他从创作主体方面考虑，以为文士的才能尽可以于小说中显示，至于诗歌与小说间的关系就不是他所关心的了。表面看来，唐代文言小说以史笔叙事，借诗以写景抒情，又模仿史书和散文的议论，说其"文备众体"的确也不是没有道理。深入研究一下就会明白，小说文体虽有史传的影子，但与史传的区别还是明显的。如果拿史传引诗与唐代文言小说融入诗歌进行比较就会发现，史传引诗是实录，而唐人小说融入诗歌绝大多数是自觉的创作。窥其一斑，唐代文言小说作为一种独立的文体确已成熟了。

仔细研究唐代文言小说，就会注意到"唐代文言小说作家……除了情节必要，极少夹入无谓的诗赋韵语"②。除此而外，唐代文言小说体现出一个重要的美学特征——"著文章之美，传要眇之情"（沈既济《任氏传》），研究者常说唐代文言小说是诗化了的小说，当然并不以夹入诗歌与否为然，正由于其吸取了诗歌的艺术精神，唐代文言小说才表现出特有的美学高度。所以，看小说融入的诗歌是不是起增加文章之美，用来"传要眇之情"的作用，不是看其

---

① 何满子：《古代小说艺术漫话》，辽宁教育出版社，2001年版，第14、15页。
② 何满子、李时人编著：《古代短篇小说名作评注》，上海古籍出版社2000年版，第4页。

是否夹入了诗歌,而是其是否体现出了唐诗的艺术精神。

某些唐代文言小说中融入诗歌是作者"性情"或"情致"使然。唐人小说中那些描叙男女爱情的篇目,多是才子佳人的遇合,小说作者的创作动机很大程度上是借此抒发对生活的感触,抒发自己感情的。诗歌又是言志抒情的极好工具,借助诗歌逞才抒情便成为顺势之举。如《游仙窟》中运用诗歌,就是为了表达爱情和表现才情的。

小说中爱情和才情互相构设构成了情节内容。《游仙窟》中的诗歌是传情和煽情的最基本的情感载体,在表现男女主人公情感发展的过程中有着不可替代的作用。一方面,作者专注于以诗传情。按常例,像小说男主人公"从汧陇,奉使河源"途中路过闻于《书经》,横于眼前的积石山,是文人题咏的绝佳时机,但《游仙窟》以主人公"日晚途遥,马疲人乏",用骈文铺陈几笔带过。实际主人公的心思不在于荒山野外的景致,也就没有丝毫的诗情诗意,他着意的是念念不忘的"神仙窟"。可见,《游仙窟》作者让诗歌承担极重要的功用——表达情意。如果作者在小说的开头引入诗歌,那么对于小说男女主人公的情思情致,无形中就会造成贬值。正因于此,诗歌在《游仙窟》体现了它作为情感载体不可替代的作用,即为表现情志意趣("酒神性格"),作者很自觉地将诗歌融入小说之中。

以诗歌传情达意,无疑是男女主人公表达爱情的最好方式。《游仙窟》在记叙"我"的一次冶游生活时,运用了大量人物对话,这些对话多数以诗歌韵语出现。在以人物对话体现人物行动的时候,诗歌韵语的对话方式不仅使得人物形象灵动饱满,而且为整篇小说奠定了感情基调。

《游仙窟》中的诗歌用以描摹人物的形貌及内心世界。《游仙窟》中女主人公崔十娘之美貌是以男主人公心中之思、眼中所见,通过诗歌描摹出来的。所以小说中通过诗歌所体发之情与所状之貌相互引发,正表现出了才子佳人互相慕悦的情感氛围。在这"中国第一篇成功的爱情小说"①中,作者以"文章窟"与"神仙窟"来喻指才子之才与佳人之貌。其中男主人公言曰:"向见称扬,谓言虚假;谁知对面,恰是神仙。此是神仙窟也。"崔十娘亦曰:"向见诗篇,谓非凡俗;今逢玉貌,更甚文章。此是文章窟也。"以"神仙"与"文章"对称,很显然地暴露出了作者内心对于"才子佳人"的自我欣赏与标榜。逞才赋诗便成为小说情节构成与发展的合理成分。就小说的情节结构言,利用诗歌构设故事成为表现男女主人公爱情最基本的手段。作为爱情小说,小说中男女主人公之间的情爱由诗而引发,由诗而渐至浓烈,以至于成熟,甚至别离也离不开诗歌。如果说爱情是小说主线,事件是这一主线贯穿起来的珠玉,那么这一爱情故事之所以放射出耀人眼目的光芒,诗歌在其间起了决定性作用。就小说的故事内容言,《游仙窟》中诗歌成为传情和煽情的最主要载体。赋诗逞才的目的是为了获得爱情。诗歌成为叙述故事过程的重要组成部分和构造形象的重要手段。

正因为诗歌的作用,可以说小说的故事发展与形象塑造不可分割。小说的故事过程主要以求爱和欢宴为主,而这两者的核心部分都用了诗歌。在形象塑造中,离开了诗歌便不足以见出才子之风流倜傥与佳人的美貌风情。

《游仙窟》中诗歌对小说表现力的增强,一方面表现在为表达主观情志意趣,在爱情和才情的情感驱动下,促使小说作者自觉创作小说;另一方面,诗歌确实在小说中统摄着作品情感的发展。此外,诗歌成了小说场景描写、人物语言对话描写、心理描写及描摹景物等增强小说叙事功能的有力手段。

在中国古代社会没有自由恋爱的风气。如果有,也被视为"凿窬穿壁"的不正当行为。"男女授受不亲"的封建教条,禁锢了青年男女的情欲,也扼杀了他们的人性。男女之间想自由相爱,只有偷

---

① 何满子:《中国爱情小说中的两性关系》,上海书店出版社 1999 年版,第 56 页。

偷摸摸。在这偷偷摸摸传书递简的过程中,诗歌成了最合适的交流媒介。《莺莺传》中的崔莺莺也是一个重才爱才的女性。正如红娘所言:

> 崔之贞慎自保,虽所尊不可以非语犯之。下人之谋,固难入矣。然善属文,往往沉吟章句,怨慕者久之。君试为喻情诗以乱之。不然则无由也。

"往往沉吟章句,怨慕者久之。"所谓"怨慕",本师时人先生注释说"不满意己作而思慕作得更好"①,表明崔莺莺是爱才的才女。只有才子之才能打动佳人之心,别无他法。果然,当张生"立缀《春词》二首"使红娘传于莺莺时,红娘不久就拿来了《明月三五夜》,内寓夜深人静,两人约会的诗。裴铏《裴航》亦是用诗来传达男女间的情意。自由恋爱的男女,诗成了他们绝好的媒人。而南卓《烟中怨解》(节文)也是典型的才子佳人故事。谢生求娶杨公女,条件是"吾女为词,多不过两句,子能续之,称吾女意,则妻矣"。谢生续毕,"女曰'天生吾夫'"。小说所引诗歌,即是男女主人公对答。此外,谢生所引谚语,也为小说增添了不少谐趣。

沈亚之《感异记》亦以才子佳人的遇合为题材,故事叙沈警的冶游生活,但已变为人神交遇了。其中所引诗歌,一是为表明沈警之才华,一是用来叙写饮宴中的歌咏,篇末一首是小女郎飞书传恨。本篇融入诗歌的方式与《游仙窟》可算一类,但不如《游仙窟》铺叙繁富。

《湘中怨解》中《风光词》用楚辞体,纯为显示汜人"能诵楚人《九歌》《招魂》《九辨》之书,亦常拟其调,赋为怨句,其词丽绝,世莫有属者"之才情。后所引郑生楚辞两句与女歌一首,是男女恋慕怨离之歌,起着加强小说情感氛围的作用。裴铏《昆仑奴》所引二诗

---

① 何满子、李时人:《古代短篇小说名作评注》,上海古籍出版社 2000 年版,第114 页。

分别是用来抒写男女主人公相思怀抱的。许尧佐《柳氏传》引诗二，是离男怨女问询伤情之作，作用仍是加强故事情感氛围，等等。

大略而言，以《游仙窟》和《莺莺传》为代表的一大部分唐人小说，运用诗歌的形式不外以诗简为媒展开传情示爱的模式，其中体现男主人公才情的诗篇正是为爱而设。正因如此，为作者在小说中融入诗歌找到了契机。可以说，这类作品是唐代文言小说中融入诗歌效果和作用最好的。这种融入诗歌韵文的方式对于后世白话小说产生了重大影响，如"才子佳人小说"以至于《红楼梦》就是在此基础上的发展。

如前所言，因为唐诗或歌或吟或诵或咏，在当时社会是一类传播很广的文学样式，唐代的诗歌创作、欣赏活动，已经成为当时士人精神生活的重要组成部分，于是小说中诗歌的渗入，一部分也体现出了当时社会士人们真实的生活情状。如《王涣之》（《全唐五代小说》卷二八）所叙"旗亭画壁"的故事，不仅记述了唐人诗酒宴乐及歌诗的情况，更烘托出了诗歌繁荣的社会气氛。《柳毅传》中融入歌诗三首，虽是人与神诗酒宴乐，但也从一个侧面反映出了当时唐代的生活情状。《周秦行记》引诗七绝七首。写牛僧孺与薄太后、戚夫人、王昭君、潘妃、绿珠、杨玉环等人诗酒酬唱，反映的还是诗酒宴乐的生活情状。裴铏《宁茵》写人与虎、牛酬答。《李章武传》所引诗歌是离别赠诗或因事赋诗。《红线》篇末一首七绝，虽是一首送别诗，但因此诗增加了故事的情感氛围。沈亚之《秦梦记》中挽歌一首，墓志铭一首，歌词一首，别诗一首，均为展开故事情节而设，也起着增强故事情感氛围的作用。后世白话小说中用于描写生活情状，用诗赋词曲韵文来构设故事，多受到唐代文言小说这种融诗方式的影响，像宋元白话小说《五代史唐史平话》《赵旭遇仁宗传》《俞仲举题诗遇上皇》等，《金瓶梅》中融入的曲词，《红楼梦》中的公子小姐们的赋诗题咏等都是。

在反映社会现实时，小说中引诗，也有用来发挥诗歌讽刺职能的,如《东城父老传》所引歌谣就是时人对玄宗荒淫奢侈及斗鸡童贾昌气焰嚣张的讽刺。影响所及"三言二拍"等白话小说化用这种融诗手法,用来进行劝诫。

为突出诗歌的比兴手法,李公佐《燕女坟记》(节文)(《全唐五代小说》卷二三)用诗歌"比象生意"的手法,构设了一个具有相同不幸命运的人与燕互怜共悲的故事。诗歌在其中更增强了故事的悲感氛围。《红楼梦》中黛玉与落花共悲,象征其伤悼情逝,在这种"比象生意"的融诗手法的基础上,又进行了深入的拓展。

还有以诗记事,如白行简《三梦记》、元稹《感梦记》(节文)纯就是以诗证梦的,等等。《儒林外史》中王惠扶乩的判词《西江月》就有这种融诗手法的影子。

唐代文言小说之后,文言小说亦有融入诗词韵文的,艺术水平就大不如前了,融诗方式大抵也不出唐代文言小说的方式。

《游仙窟》融入的诗歌从其题材内容和诗情诗景言,还显示出一种通俗化倾向。特别是作为人物语言对话描写的诗句,与敦煌藏卷白话小说中的人物语言对话描写的诗句,气脉风致相当。这可能是唐诗成熟过程中处于下层的俚俗歌诗十分普遍的缘故。它既对唐诗成熟产生重大影响,也影响及文言小说和作为白话小说源头的敦煌藏卷中用于讲唱的白话小说中的诗句韵语。

宋陈师道《后山诗话》载:"范文正公为《岳阳楼记》,用对语说时景,世以为奇。尹师鲁读之,曰'传奇体耳'。"陈振孙的《直斋书录解题》亦载:"尹师鲁初见范文正《岳阳楼记》,曰'传奇体耳'。文体随时,理胜为贵,文正岂可以与传奇同日而语哉! 盖一时戏笑之谈耳。"姑不论他们所说"传奇"是否是裴铏《传奇》,抑或是元稹的《莺莺传》,就其中的"用对语说时景""文体随时"方面言,"传奇体"更可能指骈俪句式。唐代文言小说在当时的文风的影响下,采用骈俪句式行文,使之达到"著文章之美,传要妙之情"(唐沈既济《任氏传》)的审美境界,更可能是唐代文言小说作者的趋于风尚所致。

范仲淹以唐代文言小说为美文,从而作文时学习模范,表明其不拘于时,不盲从于一味以古文标榜的复古派。

《游仙窟》除融入诗歌外,还用骈语行文。骈体从魏晋开始兴盛,直至中唐的韩柳"古文运动"的兴起,曾相当盛行。《游仙窟》于这种文风也不能脱俗,行文当中自然多用骈语。其以骈语为主,夹杂散体来叙事、写景。

古代小说用韵语叙事写景似亦始于《游仙窟》。当然,《游仙窟》后来在中土绝迹,后经日本辗转传回,其间对中国古代小说影响有多大,已不能确知。此外裴铏《传奇》中也有很多用骈语叙事写景的。中国古代白话小说中夹入韵语来写景,也很常见。这一方面有韵文长于写景的影响;另一方面,可能受诗词常用以写景或借景抒情的影响,可能也受到了唐代文言小说这种以骈语写景方式的影响。

总而言之,唐代文言小说融入诗歌,行文有时用骈俪句式,追求文章之美,要求文章传达精微美好的情意,是小说与诗歌韵文结合的一次成功尝试,这对于白话小说的影响是深刻的。

三、文言小说融入诗词韵文对白话小说的负面影响

诗歌引入小说除了作为刻塑人物和故事情节的有机组成外,《游仙窟》为代表的文言小说还表现出了作者出于发抒情性和娱情的目的。

唐初,袭六朝风气,上层文人出于娱情遣兴的需要,作一些吟风弄月之类的艳诗——宫体诗。闻一多先生在评论"宫体诗"时曾说的:"我们真要疑心,那是在作诗,还是在一种伪装下的无耻中求满足。在那种情形之下,你怎能希望有好诗!所以常常是那套褪色的陈词滥调,诗的本身并不能比题目给人以更深的印象。实在有时他们真不像是在作诗,而只是制题。这都是惨淡经营的结果……这趋势去《游仙窟》一流作品,以记事文为主、以诗副之的形

式,已很近了。形式很近,内容又何尝远?《游仙窟》正是宫体诗必然的下场。"①闻先生对于"没筋骨、没心肝的宫体诗"的批评是因其缺乏诗歌的"热与力"的气骨。这时的诗歌,像其题材对象一样,成了文人把玩的东西。生活本身既没有"热与力"的气骨,诗人又抱持一种赏时玩物的人生态度,在文言小说走向成熟的过程中,自然而然地成了非常合适的题材。

张鷟《游仙窟》中夹带的诗歌有八十一首之多。其间既有作者自己的创作,也有引用《诗经》中的篇章;既有言情诗,又有咏物诗。游戏之中含蕴着深情至意,深情至意中又有猥亵成分,不一而论。

从创作主体意识的表层言,《游仙窟》中的诗歌有逞才炫耀的成分。如果撇开其中诗歌对情感的承载,一旦以诗逞才只成为一种形式,那就失去了诗歌在小说故事中的作用,诗歌就只成为一种附设,男女主人公也便只剩下了赤裸裸的肉欲,不仅对爱情故事本身是一个损害,而且也抽去了小说内容所包含的独立觉醒的人格魅力。后世白话小说中的一些"以小说见才学"的作品以及许多艳情小说、狭邪小说甚至色情小说也有引诗的,它们将《游仙窟》的那种消极因素承袭下来,这种倾向当然是唐人小说所产生的负面影响。

另有一些唐人小说,如唐晅《唐晅手记》(《全唐五代小说》卷一一)、赵自勤《袁天纲》(《全唐五代小说》卷一一)、张荐《郭翰》(《全唐五代小说》卷二〇)等,其中融入诗歌自然不能摆脱文人作诗的兴致,但在当时的情形下,作者的意识中也有增加小说之雅和为小说寻求托庇的意思。这一类诗歌在小说故事内容中徒具其形式,并不起突出的作用。这一类作品是文人在创作小说时,在时代氛围的笼罩下,自觉不自觉地引诗入小说的代表。后世文言小说引诗过滥,因其已没有了如唐代的时代氛围,所以显得拖沓累赘,而白话小说一遇可融诗处就出诗的作法,就是这种情况的负面影响。

---

① 闻一多:《唐诗杂论·宫体诗的自赎》,生活·读书·新知三联书店 1999 年版,第14 页。

第二章　白话小说中诗词韵文存在形态论

　　中国古代白话小说中的诗词韵文形态多样,既有作为白话小说滥觞的敦煌藏卷中白话小说用作讲唱的韵语,又有作为中国正统文学的诗歌的各样形态,还有作为"诗余"的词以及曲、赋、骈语、对句等。古典诗歌中三言、四言、楚辞体、五言、六言、七言、八言、杂言都出现过,还有回文诗、离合诗、嵌字诗、字谜诗、和声诗、宝塔诗、数字诗、叠字诗、顶真诗、歇后语诗、令诗;以及利用汉语的修辞特点别出心裁创制出来的异体诗词,如用双关的药名诗、草木名诗等;也有用数字创制出来的各式各样的数字诗;其他还有联句诗、集句诗、撒帐诗、拦门诗等,不一而足。

　　本章将通过描述中国古代白话小说中的诗词韵文形态,来认识古代白话小说运用诗词韵文的情况。

第一节　中国古代白话小说中融入的唱词及歌辞形态

　　本节将中国古代白话小说中融入的唱词及歌辞放在一起加以讨论的原因,一是因为二者在"唱"的形式上有其共同性,即使后来明清文人改编创作的白话小说成了供案头阅读的小说文本了,其中融入的歌辞也能让读者感觉体会到"唱"这种表达手段的参与；二是唐五代敦煌藏卷白话小说中的唱词和宋元明清白话小说中融入的歌辞曲词，有一种不能割断的内在亲缘关系。故而，将其中的唱词、歌辞、曲词等放在一起讨论。

一、唐五代敦煌藏卷白话小说中的韵文形态

唐五代敦煌藏卷白话小说因为其处于白话小说的肇始阶段，还须依靠讲唱这种表演手段，故其中的韵文多用来唱或吟，表现出其作为唱词的韵文形态。

现按照《全唐五代小说》中收录的敦煌藏卷中的白话小说作品进行考察，对敦煌藏卷中白话小说的韵文统计分析如下：

篇　　名	四言	五言	六言	七言	八言	九言	其　他
《伍子胥》		10		270			
《孟姜女》（残卷）		10		56			
《汉将王陵》				159			
《李陵》				202			
《王昭君》		25		170			
《张义潮》				44			
《张淮深》				128			
《舜子》				8			
《秋胡》		6					
《庐山远公话》		32		16			
《孔子项讬相问书》				56			
《燕子赋》		4		4			
《燕子赋》（伯二六五三）		4					
《下女（夫）词一本》	116	96	12	36			

续 表

篇 名	四言	五言	六言	七言	八言	九言	其 他
《太子成道经一卷》		8	8	178			
《太子成道变文》			6	24			
《八相变》		4	16	164			
《破魔变文》				97	3		七三三式 1 句或三三七式 4 句
《降魔变文一卷》		1	10	415	9		
《难陁出家缘起》			86	134			
《目连缘起》		8	87	163			三三七式 1 句
《大目乾连冥间救母变文》	1	23	12	647	8	4	十言 2 句;三三四式 1 句;三三七式 4 句;四七式 2 句
《目连变文》			8	64			
《欢喜国王缘》		40	16	132			三三七式 2 句;
《丑女缘起》		16	74	215			三三七式 4 句;
《捉季布传文》				638			三三七式 1 句;
《董永》				234			
总计	117	287	335	4 254	20	4	
	2.3%	5.7%	6.7%	84.8%	0.4%	0.08%	

附注:三三七式 16 句;七三三句式 1 句;十言 2 句;三三四式 1 句;四七式 2 句。

从统计中发现,在用于唱或吟的约 5 017 句韵语中,七言句占了将近 85%;其次为六言句;再次是五言、四言。可见,敦煌藏卷中白话小说中的韵语形态是以七言为主的唱词体。

敦煌藏卷中白话小说除用于演唱的韵语之外，在叙述故事当中也引用古诗。这些融于其中的古诗大约是用吟或诵来完成的。如《孟姜女变文》中引用来加强场面描写的古诗：

> 古诗曰：陇上悲云起，旷野哭声哀，若道人无感，长城何为颓？石壁千寻列，山河一向回。不应城崩倒，总为妇人来。塞外岂中论，寒心不忍闻。

敦煌藏卷中白话小说因为演述佛教故事的缘故，所以在叙述故事当中也引用偈语。如《庐山远公话》中共融入偈语七首。总计：五言四句一首、五言八句二首、五言十二句一首、七言四句二首、七言八句一首。

敦煌藏卷中白话小说还有以赋体写成的白话小说，如《燕子赋》《晏子赋》《茶酒论》《下女（夫）词一本》等。

敦煌藏卷中白话小说还有其他的韵文形态。如《叶净能诗》篇末，玄宗皇帝哭叶净能的一段骈语；《孔子项讬相问书》人物语言对话中所用的四言韵语及排比句等。

二、宋元明清白话小说中融入的歌辞曲词形态

作为敦煌藏卷讲书唱书向宋元白话"说话"的过渡，《刎颈鸳鸯会》中插入的韵语，受当时盛行的讲唱诸宫调的影响，更注意在讲唱"小说"时夹入音乐成分，如文中所言的"先听格律，后听芜词"。其中的韵语虽也有人物心理刻画、场景烘托、转述或概括故事大意等作用，但更多只是保留唐五代讲书唱书又讲又唱的形式而已。

受敦煌藏卷白话小说韵语吟唱，特别是其中人物语言常用韵文吟唱的影响，后世白话小说虽然摆脱了唱这一传达表演手段，而更趋于灵活，但用作唱词的韵文作为韵语融入白话小说中的形式却保留了下来。所以后世白话小说中融入的唱词，也就不再像讲

唱伎艺一样，由演唱者配以曲调唱出，而是多以歌辞的形式出现在白话小说中。特别是明清白话小说中融入唱词韵文，多供读者阅读，更与靠传达表演手段演出的唱词距离远了。宋元明清白话小说中以歌辞的形式出现的韵语，有用于卷首，亦有小说故事的人物语言运用歌辞的。

（一）用于卷首的歌辞韵文

宋元"话本"的篇首继承了唐五代讲经文及俗讲押座文的形式，篇首置韵文成为一种固定的形式。后世白话小说篇首常见的是诗词，但也有用歌辞作为篇首或卷首的。如《永庆升平全传》（后传）第三十九回《十要歌》；第四十六回、第四十七回、第四十八回、第四十九回《天福歌》；第五十二回、第五十三回、第五十四回、第五十五回、第五十六回、第五十七回的歌辞；第五十八回《莫恼歌》；第五十九回《熙性歌》；第六十回《快活歌》；第六十四回《由天歌》；第六十五回《凭天歌》；第六十九回《游世歌》；等等。这些篇首歌辞虽不一定是概括全篇内容或点明主题的，但其中对于生活的认识，对于营造故事氛围和显示作者的处世及创作态度也有其不可抹杀的作用。至于《醒世姻缘传》第十三回的卷首，我觉得，从其品格而言，亦是歌辞。

（二）作为人物语言引歌辞入小说

宋元明清白话小说中的语言描写及肖像描写运用歌辞的方式，一方面受到了唐五代白话小说人物语言描写及肖像描写运用唱词韵语的影响；另一方面又是对歌辞韵语的直接运用。

唐五代白话小说中某些人物语言描写运用韵语，是讲唱艺人作为叙述人通过演唱表现出来的，根本区别于戏剧的角色代言。后世白话小说既承继了这种叙述方式，即在故事人物语言描写中常用歌辞，又随着白话小说叙事能力的增强有所发展，一旦不再通过唱词韵语进行叙事时，这种方式就有了明显的转变，即以故事中人物演唱歌谣、小调、俗曲的形式出现。

古代白话小说是受到讲唱和"说话"叙述模式的影响而发展起来的。后世白话小说虽然已经转变成了散文体的书面语言叙述了,但仍或隐或显地觉得有讲述者在不时地介入。

比如《红楼梦》第一回非常明显采用了拟书场格局:"列位看官:你道此书从何而来? 说起根由虽近荒唐,细按则深有趣味。待在下将此来历注明,方使阅者了然不惑。"《红楼梦》是文人的创作,已经没有了讲唱的实际要求了,故它面对的是读者。跛足道人的《好了歌》和甄士隐的《好了歌解注》是通过小说人物唱出来的,小说在借助人物发抒作者的人生体味的同时又使人感到作者本人或隐或显地现身。这种形式,就有讲唱、"说话"艺术形式的遗留。再如《济公全传》第五十二回融入的歌辞,前面是"和尚一边往前走,口中说道",一段歌辞后面接着又是"和尚唱着山歌,正往前走……"也明显有作者支配人物的情形。

因为拟书场格局的作用,阅读时会在小说人物与作者这两极摆动。小说中的歌辞既是人物唱出来的,又有作者的介入的影子。这大概就是讲唱中的人物语言运用韵语演唱,对于后世白话小说人物语言运用歌辞的影响。当然,歌辞本身又是适合故事情节的需要而出现的,让你总觉得它是小说人物的表演,而忽略了叙述者的参与。越是成功的小说作品,这一点表现得越是明显。这也证明了白话小说在脱离了讲唱和"说话"之后,逐渐走向成熟。

白话小说中人物语言运用歌辞的情况并不少见。如《水浒传》第十五回白日鼠白胜所唱的歌;第三十六回船火儿张横唱七言四句的湖州歌;第四十五回嘲弄潘巧云的两支曲;第六十一回阮氏三雄唱的三支山歌;《西游记》第一回樵子的歌。

《济公全传》中济公狂歌在小说中就很多见,如第二回、第三回、第十二回、第十五回、第十七回、第三十七回、第四十四回、第五十一回、第五十二回,第八十三回、第一百十七回、第一百四十七回、第一百五十六回等都出现了济公唱山歌的歌辞。《永庆升平全传》(后传)第五十三回玉昆病饿将死时,来了一个道人,道人出场亦是唱着歌辞的。姑引两例以明其形态,如《济公全传》第二回和尚口唱山歌,再如第十五回。

《济公全传》中不单主要人物济公在故事发展的关键处,或以歌体现人物的性格,或以歌抒情,或以歌议论,其他次要人物在出场之初,也先引歌表明人物的性格特征,如第八十三回及《济公全传》第一百回尚青云所唱山歌;《济公全传》第二百三十六回灵空长老和紫霞真人所唱山歌,等等。

唱曲在古代人的娱乐活动中也是较常见的形式。白话小说的韵语形态中也有曲词。如《金瓶梅》第十一回李桂姐所唱《驻云飞》是明代传奇《玉环记》第六出的一段唱曲;《金瓶梅》第五十二回桂姐所唱那套曲;《八洞天》卷六瑞娘挽琼姬的曲;《红楼梦》第二十八回宝玉、冯紫英、蒋玉菡、薛蟠与妓女云儿饮酒行令时的唱曲,等等。

(三) 插入白话小说中的歌辞形态

古代白话小说的人物肖像描写,常用骈文或赋,但也有化用歌辞来进行人物肖像描写的,如《喻世明言》第二十八卷那做媒的有几句口号,《济公全传》第六十九回描写陈亮看到的那位十六七的小姐的相貌,《永庆升平全传》(后传)第六十一回赞邓芸娘的美貌,也用歌的形式。

白话小说中也有用于劝诫的歌辞,如《八洞天》卷八有一篇劝诫家奴的歌儿,"三言二拍"中多插入民歌"挂枝儿",如《醒世恒言》第三卷"卖油郎独占花魁"插入四首"挂枝儿"烘染氛围。此外《初刻拍案惊奇》卷二十二嘲笑郭使君的一支《挂枝儿》,等等。还有插入白话小说中进行议论的唱词式韵语,如《醒世恒言》第十六卷嘲骂虔婆的,《八洞天》卷六借晏敖当初暴露父母灵柩所得报应展开议论。至于像《三国演义》第九回的三字四句童谣;《水浒传》第三十八回蔡九知府闻听的江州小儿的五言四句歌谣等，就是在叙述中引证式的歌谣了。

第二节　古代白话小说中融入的诗歌形态

历代论诗者（如严羽、胡应麟等）都想通过对诗的分类，更好地对其进行研究，但是因为分类标准的不统一，或粗或细，终也没能让人满意。因为我们在此不是专门研究诗歌分类的，但又涉及诗歌的形态问题，所以也就只好依据惯常并不严格的诗歌形态的分类，来进行论述。

中国诗歌形态的不同，大致表现了诗歌不同的发展阶段。而中国古代小说在运用诗歌增强其内在表现力时，如果不注意其中的时代特点，也会出现不符合历史事实的情况。虽然，小说不是历史，但因其要反映当时的社会生活，作为社会风俗史，也就不能有太大、太明显的错讹，否则，会影响小说的艺术真实性，弄出笑话来的。如毛宗岗在《三国志演义凡例》中批评俗本《三国志通俗演义》云：

> 七言律诗，起于唐人，若汉则未闻有七言律也。俗本往往捏造古人诗句，如钟繇、王朗颂铜雀台，蔡瑁题馆驿屋壁，皆伪作七言律体，殊为识者所笑。今悉依古本削去，以存其真。

本节的目的，是想通过对白话小说中融入诗歌的大致呈现，展示白话小说融入诗歌的丰富多彩（多样性）的特征，及白话小说通过诗歌增强表现力。我们在依照诗歌发展"四言古诗向五言古诗的转变，古体诗向近体诗的转变"这两条主线之外，还注意到了诗歌依照语言发展的情形。总之，我们是以诗歌发展形态为线索，展示其在白话小说中的多样性形态的。

一、三言诗

原始诗歌最初的形式是二言。在二言向最早定型的四言诗发展时,也经历了一个渐变过程。三言诗在中国古代也曾出现过。不过三言诗更带有一种古歌的风味,容易记诵当是它的特点,但不利于表现诗情。所以四言诗在体制上很快地发展起来了。

两汉时期,三言诗逐渐发展起来,它们常常以民间歌谣的形式出现。因为乐府采诗活动,使三言诗走进了贵族生活,以庙堂乐歌形式出现的三言诗,也不少见。后代诗人也间或有创作三言诗的,不过不多见。可以说,三言诗没有得到长足的发展。中国古代白话小说中,也有三言形态的诗,出现形式很像歌谣,很像"三字经"。不过不多见。如《醒世恒言》卷二嘲弄孝廉的三言诗:

> 假孝廉,做官员;真孝廉,出口钱。假孝廉,据高轩;真孝廉,守茅檐。
> 假孝廉,富田园;真孝廉,执锄镰。真为玉,假为瓦;瓦为厦,玉抛野。
> 不宜真,只宜假。

《醒世姻缘传》第十二回的篇首诗就用的是三言:

> 太平时,国运盛,天地清,时令正。风雨调,氛祲净,文官廉,武将劲。
> 吏不贪,民少病,黜奸邪,举德行。士娇修,臣谏诤,杜苞苴,绝奔竞。
> 塞居间,严借倩,恶人藏,善者庆。剪强梁,剔豪横,起春台,平陷阱。

　　此等官，真可敬，社稷主，斯民命。岂龚黄？真孔孟，岘山碑，甘棠颂。

　　磐山筠，书德政，告皇天，祝神圣。进勋阶，繁子姓，世枢衡，代揆柄。

　　万斯年，永无竟。

二、四言诗

　　以保存在《诗经》中的作品为代表的四言诗是我国诗歌发展史上的第一次高潮。四言诗的出现，有诗歌发展的内在要求。四言比二言、三言延长了句式，可以容纳丰富的词汇，大量的双音词、连绵词运用到了诗句中；使得韵与韵之间的间隔加长，并且扩充了诗歌的内容容量，这样，就更易于充分反映社会生活和表达思想感情。可以说，诗歌发展到了四言体，的确是诗体的一大进步。以《诗经》为代表的四言诗，对后世文学产生了相当大的影响。就是在以四言为主的《诗经》作品中也夹入了五言、六言、七言等句。

　　随着社会的进步和语言的发展变化，四言体逐渐不适应时代的要求了，于是显露出了它的不足和局限——语句短促，两字一顿，节奏呆板，等等。曾经一度兴盛的四言诗到春秋中叶就逐渐衰落下去了。于是"楚辞"继《诗经》之后成为我国文学史上的第二个高潮。四言突破其局限，逐渐被五、七言诗所替代。

　　虽然四言诗的主体地位没落了，但后世创作四言诗的还是代有其人，并且四言这种整炼的句式，也对后世的一些韵文文体产生了影响，如辞赋、骈文往往采用四言句式，或将四言句式与其他句式搭配成篇。

　　因为四言诗在中国文学史上的地位和影响，在白话小说中出现的也就多见。宋元白话小说《定山三怪》说玄宗的四件病：

　　内作色荒，外作禽荒，耽酒嗜音，峻宇雕墙。

《三国演义》第四十八回曹操在赤壁之战前，骄傲自大，小说引其《短歌行》来构设故事，虽与原义出入较大，但其在白话小说故事氛围中还是一个较为合理的情节。《喻世明言》第二十七卷入话叙朱买臣面对其妻薄情而去，在壁上题诗四句，第三十八卷说奸夫、淫妇活该被杀，《初刻拍案惊奇》卷四卷首"序着从前剑侠女子的事"的四言赞，另外卷十九卷首赞有智妇人的四言赞，卷三十卷首的四言诗也都是四言。《醒世姻缘传》第十回的四言诗，等等。白话小说引入赞辞较具特征的，如《喻世明言》第五卷"穷马周遭际卖馎媸"烟波钓叟题岑文本《马周濯足图》赞，等等。

三、楚辞体

楚辞是战国后期产生于楚国的一种新诗体。其创始者是大诗人屈原。楚辞的出现，使诗歌的篇幅得以扩大，以抒情为主的诗歌，加进了铺陈叙事的成分，诗中带有了故事内容。而句式上，参差错落，自由灵活，更增强了诗歌语言的表现力。以《离骚》为代表的楚辞在我国文学史上的影响是巨大的，如王逸所言："莫不拟则其仪表，祖式其模范，取其要妙，窃其华藻。"（《离骚章句·序》），它对于后代的赋和七言诗影响较大。后世文人的楚辞体作品也不少见。所以中国古代白话小说中融入的诗歌，也不会缺少了楚辞体。如宋代白话小说《风月瑞仙亭》中用以描写琴音的楚辞体；《喻世明言》第三十一卷司马重湘因家贫，无人提挈，空负一腔才学，淹滞至五十岁，心中怏怏不平。一日酒醉，作成一篇《怨词》，等等。

四、五言与七言体

"五言诗的形成，在民间歌谣中经历了一个逐渐演进的过程。""至东汉出现了较为完整成熟的五言诗。"①因为它适应语言的发

---

① 褚斌杰：《中国古代文体概论》，北京大学出版社1998版，第131页。

展和节奏变化的需要,它的优越性引起了文人的注意,于是开始模仿、学习,五言诗逐渐作为一种新诗体流行了起来。五言诗在其发展的过程中,为了入乐的需要,逐渐产生了绝句;受声律的影响,到唐代形成了一种讲究格律的形制,产生了五律。白话小说中既有引用五古的,也有融入五律、五绝的。

五古:如《三国演义》第七十九回写曹丕逼弟曹植七步赋诗,就引了曹植的"七步诗",等等。

五律:如《红楼梦》第一回贾雨村因丫鬟娇杏顾盼了他几眼,"自为是个知己,便时刻放在心上"。中秋月夜对月抒怀,写出了一首五律,等等。

五绝:如《红楼梦》第一回曹雪芹就创作《红楼梦》的甘苦——于悼红轩中披阅十载,增删五次,纂成目录,分出章回——所题的一首五绝,等等。

七言诗的产生并不比五言诗晚。它也大致经历了一个与五言诗类似的过程,即在民间歌谣中发育成长,为文人模仿、学习,逐渐作为一种新诗体普遍流行起来。最初的七言诗,不易驾驭且句句用韵,后经鲍照改造为隔句用韵,这样,七言诗一变而显露出容量更大,风格流宕的优势,直到唐代,经李、杜等人的发展才逐渐兴盛起来。在五言律诗逐渐定型后,七言诗受其熏染,逐渐格律化。同样,七绝的产生,也是为了入乐的需要。

七古:如《三国演义》三十八回诸葛亮出山辅佐刘备的诗。

七律:如《红楼梦》第三十八回宝玉、黛玉与宝钗题蟹的七律。

七绝:如《红楼梦》第十八回大观园题咏时元春所作的一首七绝。

歌行体:如《红楼梦》第七十回林黛玉的《桃花行》。

五、七言诗在中国诗歌史上的兴盛,致使后世的诗歌创作亦以五、七言诗为主,可以说,五、七言诗歌形态是诗歌的主流形态。总之,中国诗歌的形式以五言和七言为最主要、最普遍流行的诗歌形态。所以五言诗和七言诗在古代白话小说中出现也最多。在融入诗歌的白话小说中，五、七言诗占相当大的比例。

五、六言诗

据南朝梁任昉《文章缘起》和明徐师曾《文体明辨》言，六言诗始于汉谷永。今见完整的六言诗是东汉末孔融咏董卓作乱曹操辅政的三首六言诗。此外像曹丕、曹植、嵇康、陆机、庾信等人都曾作过六言诗。唐代近体诗兴起后，六言也随之出现了六言律和六言绝。如王维、皮日休、鱼玄机等人就有六言诗作品传世。宋代的王安石、苏轼等人也作过六言诗，等等。六言诗在我国古代没有流行，主要原因是因其音节死板。但在古代白话小说中却时有出现。《喻世明言》第二十八卷黄老实将幼女善聪假充男子模样的六言诗，《喻世明言》第三十八卷用于议论的六言诗，《喻世明言》第三十九卷对刻吝总结的六言诗，《醒世姻缘传》第四十八回的六言诗，《八洞天》卷五的六言诗，《金瓶梅词话》第十一回嘲西门庆的六言诗，《金瓶梅词话》第六十一回赵太医自嘲的打油诗，等等。

六、异体诗

上述几种诗体，一首诗中每句字数相等，句式整饬，形式上体现出了诗歌之所以为诗歌的正常形态。我们把以不常见的或特异的形态出现的诗篇，叫作异体诗，以区别于诗歌的常体。也有研究者，将这一类诗歌称为杂言体诗歌，名虽不同，其实一样。异体诗在中国古代诗歌发展过程中，因为不是正体，不常见，所以就是偶一为之，用以标新立异。异体诗从形态上说，给人以耳目一新的感觉。当其运用到中国古代白话小说中时，也会给小说增添不少情趣。

1. 联句诗

明徐师曾《文体明辨》云："联句诗起于《柏梁》，人各一句，集以成篇。"可见联句作诗最早起于汉武帝时候。清王兆芳《文体通释》

曰:"联句者,作诗不一人,共以句相属也。主于众才合韵,属词接声。"所以联句诗是在相聚时连缀作诗。白话小说中也常在人物聚会时,以联句诗构设故事。如《红楼梦》第七十六回黛玉与湘云凹晶馆联诗。其他如《空空幻》第十五回主人与艳姣的联句诗,《跻云楼》第十四回柳毅与七仙的联句诗,等等。

2. 药名诗

所谓药名诗,是指将药名嵌入诗句中,表现出一种双关语义的诗歌。敦煌藏卷中白话小说《伍子胥》中伍子胥夫妻对话用了"药名诗",《敦煌变文集》中注曰:[诗]字据丁卷补。这似乎是一段嵌入药名类似于赋体的文字。再如《西游记》第三十六回的一首药名诗,这首诗就用了益智、王不留行、三棱子、马兜铃、荆芥、茯苓、防己、竹沥、茴香等九种中药。小说运用药名来关联《西游记》的主要情节。"益智"是指唐僧赴西天大雷音寺取"大乘经"的矢志不渝的信念;"王不留行"指唐太宗摆驾为御弟三藏饯行,与百官送出长安关外;"三棱子"指孙悟空、猪八戒、沙和尚;"马兜铃"指唐僧师徒与白龙马一起"乘危远迈杖策孤征",匆匆赶路的形象和声音;"茯苓"指如来佛祖;"防己""竹沥"指唐僧心地清净、一尘不染,像新采的竹茎,经火炙后沥出的澄清汁液;"茴香"是"回乡"的谐音,指取经成功返回唐朝。

3. 和声诗

《醒世姻缘传》第二十四回有一首和声诗:

> 官清吏洁,神仙。魂清梦稳,安眠。
> 夜户不关,无偿。道不拾遗,有钱。
> 风调雨顺,不怨。五谷咸登,丰年。
> 骨肉厮守,团圆。灾难不侵,保全。
> 教子一经,尚贤。婚姻以时,良缘。
> 室庐田里,世传。清平世界,谢天。

　　白话小说中还有一些是古人在结婚时,为表示喜庆用的诗歌形态。这也反映了当时的婚俗。这方面的有撒帐诗、拦门诗等。

　　4. 撒帐诗

　　撒帐诗,是用在婚礼上的对新郎新娘及他们成婚后的生活的一种祝福诗。夫妇登床,由主持婚礼的宾相撒帐,在新人房中撒果子、五谷等东西,边撒边说,成为古代婚礼中的一种仪式。古代白话小说中就有描写撒帐习俗及夹入撒帐诗的。如《快嘴李翠莲记》(《清平山堂话本》)描写撒帐及其中的撒帐诗:

　　　　张狼在前,翠莲在后,先生捧着五谷,随进房中。新人坐床,先生拿起五谷念道:
　　　　撒帐东,帘幕深围烛影红。佳气郁葱长不散,画堂日日是春风。
　　　　撒帐西,锦带流苏四角垂。揭开便见嫦娥面,输却仙郎捉带枝。
　　　　撒帐南,好合情怀乐且耽。凉月好风庭户爽,双双绣带佩宜男。
　　　　撒帐北,津津一点眉间色。芙蓉帐暖度春宵,月娥苦邀蟾宫客。
　　　　撒帐上,交颈鸳鸯成两两。从今好梦叶维熊,行见蝾珠来入掌。
　　　　撒帐中,一双月里玉芙蓉。恍若今宵遇神女,红云簇拥下巫峰。
　　　　撒帐下,见说黄金光照社。今宵吉梦便相随,来岁生男定声价。
　　　　撒帐前,沉沉非雾亦非烟。香里金虬相隐映,文箫今遇彩鸾仙。
　　　　撒帐后,夫妇和谐长保守。从来夫唱妇相随,莫作河东狮子吼。

《醒世姻缘传》第四十四回也有描写撒帐和撒帐诗:

　　　　夫妇登床,宾相撒帐。将手连果子带五谷抓了满满的一把往东一撒,说道:
　　　　撒帐东,新人齐捧合欢钟。才子佳人乘酒力,大家今夜好降龙。
　　　　念毕,又抓了果子五谷往南一撒,说道:

撒帐南,从今翠被不生寒。春罗几点桃花雨,携向灯前仔细看。

念毕,又将果子五谷居中撒,说道:

撒帐中,管教新妇脚朝空。含苞未惯风和雨,且到巫山第一峰。

念毕,又将五谷果子往西一撒,念道:

撒帐西,窈窕淑女出香闺。厮守万年谐白发,狼行狈负不相离。

念毕,又把五谷果子往北一撒,念道:

撒帐北,名花自是开金谷。宾人休得枉垂涎,刺猬想吃天鹅肉。

念毕,又把五谷果子往上撒,念道:

撒帐上,新人莫得妆模样。晚间上得合欢床,老僧就把钟来撞。

念毕,又把五谷果子往下撒,念道:

撒帐下,新人整顿鲛绡帕。须臾待得雨云收,武陵一树桃花谢。

白话小说中描写撒帐及其中的撒帐诗都是对古代生活风俗的反映。但像《醒世姻缘传》第四十四回的撒帐诗是作者结合故事发展的需要的创作,它在作品中有着极强的讽刺意味。

5. 拦门诗

拦门诗,是古代人结婚时的一种仪式诗,目的也是为增加喜庆气氛。如《花灯轿莲女成佛记》中的一首"拦门诗":

喜气盈门,欢声透户,珠帘绣幕低。拦门接次,只好念新诗。红光射银台画烛,氤氲香喷金猊。料此会,前生姻眷,今日会佳期。喜得过门后,夫荣妇贵,永效于飞。生五男二女,七子相随。衣紫腰金,加官转职,门户光辉。从今喜气后成双尽老,福禄永眉。

6. 回文诗

古代文人有的是闲情逸致,闲暇之际,为了卖弄才情或娱乐,常常作一些与常体不同的别体或异体诗词,像回文诗词就是很典型的一例。所谓回文诗词即是利用"回文"的修辞方式写成的诗词,反复颠倒着读均可成诵。回文诗词中有回文古体诗、回文律诗、叠字回文诗、回文联珠诗、回文词、诗回文为词等。回文诗大约出于晋时。以苻秦时窦滔妻苏蕙"苏氏惠若兰织锦回文璇玑图"为最著名,可谓回文诗之极致。此诗一出,在士大夫文人中流布很广,有人便费尽心机去解读,像元代僧起宗解读后得诗三千七百五十二首;明代康万民探究其读法,得诗四千二百零六首,等等。宋元白话小说《史弘肇传》头回中引熊元素的回文诗写春景;清初长篇小说《合锦回文传》即借此敷衍故事;李汝珍的《镜花缘》为了显示其才学,假借"武后所写的序文",在介绍苏蕙《璇玑图》时,托言"外面有个才女,名唤史幽探,却将《璇玑图》用五彩颜色标出,分而为六,合而为一,内中得诗不计其数,实得苏氏当日制图本心。此诗方才哄传,恰好又有一个才女,名唤哀萃芳,从史氏六图之外,复又分出一图,又得诗数百余首"。来显示李汝珍对《璇玑图》的解读,可见李氏借小说炫耀才学用心之良苦。其他如《空空幻》第八回中花春题《春闺》回文律诗,等等。

7. 宝塔诗

白话小说中融入"宝塔诗"以增加兴趣。所谓的宝塔诗,即诗句的字数逐个增加,由少到多,形成上小下大状如宝塔的诗体,故名"宝塔诗"。古代文人早就有创作"宝塔诗"炫耀才情或进行娱乐的,如唐李白三五七字宝塔诗;元稹的一至七字宝塔诗《茶》;北宋文与可(同)一至十字宝塔诗《竹》;释慧英一三五七九字宝塔诗。

古代文人亦有用"宝塔诗"进行联句的,如严维、郑概、成用、陈允初、张叔政、贾弇、周颂九人的一至九字宝塔联句诗,等等。在白话小说作者在构设故事的同时,也不免趁机设计这类文字游戏。像宋人小说《定山三怪》中即有一至七字宝塔诗《春》《酒》《山》《松》《夏》《月》《色》《风》八首;《西湖三塔记》也有一首写风的宝塔诗。像《种瓜张老》中一段描写翠竹亭周围景致的韵语,用四四六六七七言的诗:"茂林郁郁,修竹森森。翠阴遮断屏山,密叶深藏轩槛。烟锁幽亭仙鹤唳,雪迷深谷野猿啼。"也应归入宝塔诗形态当中。这些"宝塔诗",或用来交代时令季节,描写景色;或用来描摹场景、景物,对于小说的故事情节多所点缀。在贯穿故事情节过程中,令人读来饶有趣味。

8. 数字诗

古人在诗歌创作时,时时要创意翻新。有的诗歌别出心裁,形式别致,很有新意。比如,一些数字诗,利用数字组织诗句,显示作者的情思、才识,并创造出一种耐人寻味的意境,很是工巧。如鲍照的《数诗》、佚名唐诗《题百鸟归巢图》、王喆《心月照云溪》、方孝孺的《闻鹃》、郑板桥的《咏雪诗》、黄遵宪的《山歌》;词中徐再思的《水仙子·春情》;戏曲中郑德辉《倩女离魂》第三折的《十二月》《尧民歌》二支曲,汤显祖《牡丹亭·如杭》中的《前腔》等,都是用数字进行创作的很好的例子。运用数字入诗的时候,诗人又用其灵心巧思构造出了一种独特的数字诗,如其中的"半字诗""一字诗""三字诗""九字诗"等。如相传为陈沆的"一字诗"、相传为纪昀的"一字诗"、李煜的《渔父词》、李俊民的《鹊桥仙·刘君祥寿癸卯二月十五日》、侯善渊《一剪梅·一个尘劳一个忙》、王特起的《喜迁莺·贺人生第三子》、马钰《满庭芳·赠三一居士张明道》、王喆《蓦山溪》、王喆《黄河清·按一百八数》、马钰《黄河清·继重阳韵》等。白话小说在这种文化氛围中,也时有融入数字诗的。如《八洞天》卷一叙石氏见丈夫才中进士,便娶小夫人,十分不乐。只因新进士娶

妾,也算通例,不好禁得他。原来士子中了,有四件得意的事:

> 起他一个号,刻他一部稿。 坐他一乘轿,讨他一个小。

如清郭广瑞、贪梦道人的《永庆升平全传》第十五回的回首歌,就是"半字诗":

> 看破了浮生过半,半只寿,永无边。半中岁月苦忧闲,半里乾坤舒展。半城半乡村舍,半山半水田园。衣服半俗半新鲜,学馔半丰半俭。仆童半巧半拙,妻儿半朴半贤。心性儿半佛半神仙,性字儿半藏半现。一半还知天地,一半让与人间。半思后代与桑田,半想阎罗怎见? 酒饮半酣正好,花开半吐便艳。船桅半扇免翻颠,马放半缰稳便。半少却让滋味,半多反厌愁烦。百年苦乐细想参,学会了吃亏一半。

9. 叠字诗

古代诗词诗句中用叠字很常见。早在《诗经》中就有,如"关关雎鸠""采采卷耳""习习谷风""行道迟迟"等;屈原作品也有一些诗句用了叠字,如"日忽忽其将暮""路漫漫其修远""时暧暧其将罢"等;《古诗十九首》中有"行行重行行""长路漫浩浩""众星何历历""冉冉孤生竹"等;李白诗中有"迢迢见明星""恍恍与之去""茫茫走胡兵""日惨惨兮云冥冥""青泥何盘盘"等;杜甫诗中有"车辚辚马萧萧""天阴雨湿声啾啾""萧萧北风劲"等;白居易诗中有"喧喧车马度""戈戈五束丝""家家习为俗,人人迷不悟""迟迟钟鼓初长夜,耿耿星河欲曙天""悠悠生死别经年,两处茫茫皆不见""枫叶荻花秋瑟瑟""别时茫茫江浸月""大弦嘈嘈如急雨,小弦切切如私语。嘈嘈切切错杂弹,大珠小珠落玉盘",等等;如李清照词中的"寻寻觅觅,冷冷清清、凄凄惨惨戚戚",等等,但只是部分诗句中用叠字。

诗歌发展到后来,诗人便在汉语的特点上冥思苦想,费心结构了,于是就有全用叠字的诗,如王十朋的《贡院垂成,双莲呈瑞,勉语士子》;词、曲中于是也就有了全用叠字的,如乔吉的《天净沙》(莺莺燕燕春春)、赵明道的《越调·斗鹌鹑·题情》、史震林的《凤凰台上忆吹箫》,等等,受其影响,白话小说中亦有用叠字诗词的,如清郭广瑞、贪梦道人的《永庆升平全传》第十六回的回首诗:

> 有有无无且耐烦,劳劳碌碌几时闲?人心曲曲弯弯水,世事重重叠叠山。
>
> 古古今今多变改,善善恶恶有循环。将将就就随时过,苦苦甜甜过眼完。

《醒世恒言》第十一卷"苏小妹三难新郎"有四首叠字诗,姑举一首:佛印禅师寄给东坡长歌一篇,东坡看时,却也写得怪异,每二字一连,共一百三十对字:

	野野	鸟鸟	啼啼	时时	有有	思思	春春	气气
桃桃	花花	发发	满满	枝枝	莺莺	雀雀	思思	春春
气气	桃桃	花花	相相	呼呼	唤唤	岩岩	畔畔	花花
红红	似似	锦锦	屏屏	堪堪	看看	山山	秀秀	丽丽
山山	前前	烟烟	雾雾	起起	清清	浮浮	浪浪	促促
潺潺	湲湲	水水	景景	幽幽	深深	处处	好好	追追
游游	傍傍	水水	花花	似似	雪雪	梨梨	花花	光光
皎皎	洁洁	玲玲	珑珑	似似	坠坠	银银	花花	折折
最最	好好	柔柔	草草	溪溪	畔畔	草草	青青	双双
蝴蝴	蝶蝶	飞飞	来来	到到	落落	花花	林林	里里
鸟鸟	啼啼	叫叫	不不	休休	为为	忆忆	春春	光光
好好	杨杨	柳柳	枝枝	头头	春春	色色	秀秀	时时

常常	共共	饮饮	春春	浓浓	酒酒	似似	醉醉	闲闲
行行	春春	色色	里里	相相	逢逢	竞竞	忆忆	游游
山山	水水	心心	息息	悠悠	归归	去去	来来	休休
役役

苏小妹解与东坡听的诗：

> 野鸟啼，野鸟啼时时有思。有思春气桃花发，春气桃花发满枝。满枝莺雀相呼唤，莺雀相呼唤岩畔。岩畔花红似锦屏，花红似锦屏堪看。堪看山，山秀丽，秀丽山前烟雾起。山前烟雾起清浮，清浮浪促潺湲水。浪促潺湲水景幽，景幽深处好，深处好追游。追游傍水花，傍水花似雪。似雪梨花光皎洁。梨花光皎洁玲珑，玲珑似坠银花折。似坠银花折最好，最好柔茸溪畔草。柔茸溪畔草青青，双双蝴蝶飞来到。蝴蝶飞来到落花，落花林里鸟啼叫。林里鸟啼叫不休，不休为忆春光好。为忆春光好杨柳，杨柳枝枝春色秀。春色秀时常共饮，时常共饮春浓酒。春浓酒似醉，似醉闲行春色里。闲行春色里相逢，相逢竞忆游山水。竞忆游山水心息，心息悠悠归去来，归去来休休役役。

10. 顶真诗

《济公全传》第七回天台山一个精灵所变的王月娥的相貌：

> 但只见头上乌云，巧挽盘髻，髻心横插白玉簪，簪押云鬟飞彩凤，凤头鞋趁百子衫，衫衲半吞描花腕，腕带川镯是发蓝，蓝缎宫裙捏百裥，裥下微露小金莲，莲花裤腿鸳鸯带，带佩香珠颜色鲜，鲜艳秋波芙蓉面，面似桃花柳眉弯，弯弯柳眉趁杏眼，眼含秋水鼻悬胆，胆垂一点樱桃口，口内银牙细嘴含，含情不露多姣女，女中国色，好似九天仙女临凡。

同书第六十九回也有一首与上诗略有文字不同的顶真诗。

11. 歇后语诗

如《八洞天》卷六：

晏敖入泮、毕姻、生子，都在制中。如此灭伦丧理，纵使有文才也算文人无行，不足取了。何况他的文理又甚不济，两年之后，遇着宗师岁考，竟考在末等了。一时好事的把《四书》成句做歇后语，嘲他道：

小人之德满腹包，焕乎其有没分毫。优优大哉人代出，下士一位君自招。

12. 令诗

古人在饮酒时常行令，其中令词多有是韵语的。白话小说中也常描写饮酒行令的情况。如《喻世明言》第二十二：

一日，似道招右丞相马廷鸾，枢密使叶梦鼎，于湖中饮酒。似道行令，要举一物，送与一个古人，那人还诗一联。似道首令云："我有一局棋，送与古人奕秋。奕秋得之，予我一联诗"：

自出洞来无敌手，得饶人处且饶人。

马廷鸾云："我有一竿竹，送与古人吕望。吕望得之，予我一联诗"：

夜静水寒鱼不食，满船空载月明归。

叶梦鼎云："我有一张犁，送与古人伊尹。伊尹得之，予我一联诗"：

但存方寸地，留与子孙耕。

似道见二人所言，俱有讥讽之意，明日寻事，奏知天子，将二人罢官而去。

《绿牡丹》第七回、第八回也写到了行令时用令诗：

> 王伦……分付拿三个大杯来，先斟无私，先自己斟了，然后又说道："多斟少饮，其令不公。先自斟起来，回头一饮而干才妙！我今将一个字分为两个字，要顺口说四句俗语，却又要上下合韵。若说不出者，饮此三大杯。"众人齐道："请令台先行！"王伦说道："一个出字两重山，一色二样锡共铅。不知那个山里出锡？那个山里出铅？"贺世赖道："一个朋字两个月，一色二样霜共雪。不知那个月里下霜？那个月里下雪？"骆宏勋道："一个吕字两个口，一色二样茶共酒。不知那个口里吃茶？那个口里吃酒？"及到任正千面前，任正千说道："愚兄不知文墨，情愿算输。"即将先斟之酒，一气一杯。饮过之后，三人齐道："此令已过，请令台出令！"王伦道："我令必要两字合一字，内要说出三个古人名来，顺口四句俗语，末句要合在这个字上。若不押韵，仍饮三大杯。"说罢，又将大杯斟满了酒，摆在桌上……王伦又出令，说道："田心合为思，法聪问张生：君瑞何处往？书房害相思。"贺世赖道："禾日合为香，夫人问红娘：莺莺何处去？花园降夜香。"骆宏勋道："女干合为奸，杨雄问时迁：石秀何处去？后房去捉奸。"又到任正千面前，任正千道："愚兄还算输。"又饮三大杯。

如《东坡诗话》的所行的"两字颠倒相似，下面各用一句诗叶韵"的令：

> 一日，山谷、佛印等过东坡小饮。坡公行一令，要两字颠倒相似，下面各用一句诗叶韵：
> 闲似忙，蝴蝶双双过短墙。忙似闲，白鹭饥时立小滩。
> 黄山谷曰：

来似去,潮翻巨浪还西去。去似来,跃马翻身射箭回。

秦少游曰:

动似静,万顷碧涛沉宝镜。静似动,长桥影逐酒旗送。

参寥曰:

重似轻,万斛云帆一叶升。轻似重,纷纷柳絮铺梁栋。

欧阳永叔曰:

难似易,百尺竿头呈巧技。易似难,携手临歧泣别间。

苏子由曰:

有似无,仙子乘风游太虚。无似有,掬水分明月在手。

佛印曰:

贫似富,高帝万钱登上坐。富似贫,韩公乞食妓家门。

米元章曰:

悲似乐,送丧之家奏鼓乐。乐似悲,嫁女之家日日啼。

欧阳永叔又行一令,要一花草名,又要一句诗借意:

水林檎,不是水林檎,芰荷翻雨洒鸳鸯,方是水淋禽。

东坡曰:

清消梨,不是清消梨。夜半匆匆话别时,方是清宵离。

山谷曰:

红沙烂(即杏子),不是红沙烂。罗裙裂破千百片,方是红
纱烂。

佛印曰:

荔枝儿,不是荔枝儿。小童上树去游嬉,方是立枝儿。

子由曰:

红娘子(药名),不是红娘子。胭脂二八谁家女,方是红
娘子。

少游曰:

莲蓬子,不是莲蓬子。篾帆片片迎风起,方是联篷子。

元章曰:

　　马兰头，不是马兰头。夷齐兄弟谏兴周，方是马拦头。
　　参寥曰："贫僧道不出花药名，借一人名道何如？"众客曰：
"请。"道曰：

　　僧了元（佛印法名），不是僧了元。猴子分娩产儿男，方是
生了猿。
　　众客大笑。佛印曰："贫僧亦还一令"：

　　参寥子，不是参寥子。行经用了手本纸，方是参寥子。
　　众客复大笑。

13. 嵌字诗
　　嵌字诗是将一句话中的几个字顺次巧妙地嵌入每句诗开头。
嵌字诗仍然是文字游戏。《水浒全传》第六十一回，梁山泊为请卢
俊义上山入伙，吴用下山，装作算命先生，让卢俊义在家中白粉壁
上写下反诗：

　　芦花丛里一扁舟，俊杰俄从此地游。义士若能知此理，反
躬逃难可无忧。

这首将"芦（卢）俊义反"嵌了进去的诗，就是一首对推动故事情节
发展起重要作用的嵌字诗。《东坡诗话》：东坡知杭州，有名妓郑容
求落籍，高莹求从良，坡公俱准之。于判尾写一词，名《减字木兰花》：

　　郑庄好客，容我樽前先堕帻。落笔生风，籍籍声名不负公。
　　高山白早，莹骨水肌那解老。从此南徐，良夜清风月满湖。

合八句，句首一字，凑之是：郑容落籍，高莹从良。二人拜谢而去。
　　《八洞天》卷六晏子鉴嘲弄晏敖所提供的学馆破烂写了一首在
诗句尾的嵌字诗：

> 山光映晓窗,树色迎朝槛。早看曙星稀,晚见落霞烂。
> 名教有乐地,修业不息版。应将砚磨穿,莫使功间断。

八句诗取义都在末一字,合来乃是说"窗槛稀烂,地板穿断"。

14. 拆字诗

所谓拆字诗,是将合体字的偏旁部首拆开来,作为独立的字使用在诗句中。拆字诗多是文字游戏,但小说中的拆字诗多数在故事情节的延展过程中,有寓含人物命运和故事发展的作用。如《红楼梦》第五回写迎春的判词:

> 子系中山狼,得志便猖狂。金闺花柳质,一载赴黄粱。

子系是"孙"字的拆开。写王熙凤的判词:

> 凡鸟偏从末世来,都知爱慕此生才。一从二令三人木,哭
> 向金陵事更哀。

人木是"休"的拆开。

15. 谜诗

谜诗通常以隐语的方式,寓字形于诗句中,即寓谜于诗。六朝时已经出现。白话小说中有以谜诗来构设故事情节的。如宋元白话小说《三现身》中的谜诗:

> 大女子,小女子,前人耕来后人饵。要知三更事,掇开火
> 下水。来年二三月,句巳当解此。

此谜诗是大孙押司鬼魂借速报司判官第三次现身时,交与迎儿纸上的诗。它是小说故事中追获杀人元凶的主要线索。包公得了此

诗,解开谜中的含义:

> "大女子,小女子",女之子,乃外孙,是说外郎姓孙,分明
> 是大孙押司、小孙押司。"前人耕来后人饵",饵者,食也,是说
> 你白得他的老婆,享用他的家业。"要知三更事,掇开火下
> 水",大孙押司死于三更时分;要知死的根由,"掇开火下之
> 水",那迎儿见家长在灶下,披发吐舌,眼中流血,此乃勒死之
> 状。头上套着井栏,井者,水也;灶者,火也。水在火下,你家
> 灶必砌在井上,死者之尸必在井中。"来年二三月",正是今
> 日。"句巳当解此","句巳"两字,合来用是个包字。是说我包
> 某今日到此为官,解其语意,与他雪冤。

破了小孙押司与大孙押司之妻谋害大孙押司的凶杀案,最终拿获
了凶手。

《水浒全传》第三十九回蔡九知府接蔡京家信,说太史院司天监
夜观天象,罡星照临吴楚,说及街市小儿四句谣言,即是一首谜诗:

> 耗国因家木,刀兵点水工。纵横三十六,播乱在山东。

黄文炳因为发现了宋江浔阳楼上所题反诗,一下子想到了宋江身
上。因此他解释此首谜诗说:"'耗国因家木',耗散国家钱粮的人,
必是家头着个木字,明明是个宋字。第二句'刀兵点水工',兴起刀
兵之人,水边着个工字,明是个江了。这个人姓宋名江,又作下反
诗,明是天数,万民有福。"知府又问道:"何谓'纵横三十六,播乱在
山东'?"黄文炳答道:"或是六六之年,或是六六之数,'播乱在山
东',今郓城县正是山东地方,这四句谣言,已都应了。"

《喻世明言》第十四卷"陈希夷四辞朝命"中后周柴世宗问陈抟
国祚长短。陈抟说出四句诗,亦是一首谜诗:

好块木头,茂盛无赛。若要长久,添重宝盖。

小说解释说:世宗皇帝本姓柴,名荣,木头茂盛,正合姓名。又有"长久"二字,只道是佳兆,却不知赵太祖代周为帝,国号宋,"木"字添盖乃是"宋"字。宋朝享国长久,先生已预知矣,等等。

　　白话小说中又有一种"游戏诗"叫作"诗谜",即在一些让人不知所云的字当中,暗寓一诗,区别于上文所谓的"谜诗"。如《八洞天》卷六才女瑞娘与琼姬互试对方之才,让对方猜"谜诗"来构设故事:因为孙婆对着瑞娘,盛夸琼姬之才。瑞娘不服,便写下十二个字诗谜:

　　风吹架鸟□花亭送游看路春

十二字中内藏七言诗四句,要孙婆交给琼姬。琼姬见了这十二字,只揣摩了片刻,便看了出来。遂于花笺之后,写出那四句诗道:

　　大风吹倒大木架,小鸟□残小草花。长亭长送游子去,回
　　路回看春日斜。

琼姬写毕,回书给瑞娘:"此谜未足为异。昔长亭短景之诗,苏东坡已曾有过。今此诗未免蹈袭。如更有怪怪奇奇新谜,幸乞见示。"瑞娘又写四字:共树夜灯,四字内藏五言诗四句。琼姬又猜个正着:

　　闲门月影斜,村树木叶脱。夜长人不来,灯残火半灭。

《警世通言》第十一卷"苏知县罗衫再合"入话故事中:

　　李生心中开悟,知是酒色财气四者之精,全不畏惧,便道:
　　"四位贤姐,各请通名。"四女各言诗一句,穿黄的道:"杜康造

下万家春。"穿红的道:"一面红妆爱杀人。"穿白的道:"生死穷
通都属我。"穿黑的道:"氤氲世界满乾坤。"原来那黄衣女是
酒,红衣女是色,白衣女是财,黑衣女是气。

《红楼梦》第二十二回"听曲文宝玉悟禅机　制灯谜贾政悲谶语"中
贾政猜诗谜:

　　　　贾政答应,起身走至屏前,只见头一个写道是:
　　　　　　能使妖魔胆尽摧,身如束帛气如雷。
　　　　　　一声震得人方恐,回首相看已化灰。
　　　　贾政道:"这是炮竹嗄。"宝玉答道:"是。"贾政又看道:
　　　　　　天运人功理不穷,有功无运也难逢。
　　　　　　因何镇日纷纷乱,只为阴阳数不同。
　　　　贾政道:"是算盘。"迎春笑道:"是。"又往下看是:
　　　　　　阶下儿童仰面时,清明妆点最堪宜。
　　　　　　游丝一断浑无力,莫向东风怨别离。
　　　　贾政道:"这是风筝。"探春笑道:"是。"又看道是:
　　　　　　前身色相总无成,不听菱歌听佛经。
　　　　　　莫道此生沈黑海,性中自有大光明。
　　　　贾政道:"这是佛前海灯嗄。"惜春笑答道:"是海灯。"贾政
　　心内沉思道:"娘娘所作爆竹,此乃一响而散之物。迎春所作
　　算盘,是打动乱如麻。探春所作风筝,乃飘飘浮荡之物。惜春
　　所作海灯,一发清净孤独。今乃上元佳节,如何皆作此不祥之
　　物为戏耶?"心内愈思愈闷,因在贾母之前,不敢形于色,只得
　　仍勉强往下看去。只见后面写着七言律诗一首,却是宝钗(一
　　曰黛玉)所作,随念道:
　　　　　　朝罢谁携两袖烟,琴边衾里总无缘。
　　　　　　晓筹不用鸡人报,五夜无烦侍女添。

> 焦首朝朝还暮暮,煎心日日复年年。
>
> 光阴荏苒须当惜,风雨阴晴任变迁。

贾政看完,心内自忖道:"此物还倒有限。只是小小之人作此词句,更觉不祥,皆非永远福寿之辈。"想到此处,愈觉烦闷,大有悲戚之状,因而将适才的精神减去十分之八九,只垂头沉思。

此外,还有《红楼梦》第五十回"芦雪庵争联即景诗 暖香坞雅制春灯谜"宝钗、宝玉、黛玉的诗谜等。

七、引用古人现成的诗

白话小说有引用前代诗人的现成诗的也很多。宋元白话小说入话和头回中多引古人现成的诗。如《碾玉观音》引了王安石、苏东坡、秦少游、邵雍、曾两府、朱希真、王彦霖等人的诗;《西湖三塔记》入话引苏东坡的《饮湖上初晴后雨》诗;《苏长公章台柳传》引唐代韩翃"春城无处不飞花"诗;等等。

明清白话小说中也有引用前人现成诗歌的。如《三国志通俗演义》引周静轩的诗、胡曾的诗、罗隐的诗(卷之四),司马光的诗(卷之十八),白居易、程颐、姚卞、陈石兰、楚菊山、叶士能等人的诗(卷之二十一)等;《三国演义》引苏东坡咏跃马檀溪的诗(第三十四回)、杜牧《赤壁》(第四十八回)、杜甫诗(第八十四回);《水浒传·楔子》引邵雍诗。如《警世通言》第二十二卷引张继诗:

> 月落乌啼霜满天,江枫渔火对愁眠,姑苏城外寒山寺,夜半钟声到客船。

《警世通言》第二十八卷引林升《题临安邸》;第二十八卷引据传是杜牧的诗:

清明时节雨纷纷,路上行人欲断魂。借问酒家何处有,牧
童遥指杏花村。

《醒世恒言》第七卷写太湖中七十二峰景致引元人许谦诗:

周回万水入,远近数州环。南极疑无地,西浮直际山。
三江归海表,一径界河间。白浪秋风疾,渔舟意尚闲。

宋范成大在湖中遇风诗:

白雾漫空白浪深,舟如竹叶信浮沉。科头晏起吾何敢,自
有山川印此心。

又如《醒世恒言》第十二卷卷首引用刘后村的“文章落处天须泣”
诗;《醒世恒言》第十三卷引杜甫《蜀相》诗中两句:“映阶碧草自春
色,隔叶黄鹂空好音”;《初刻拍案惊奇》卷二十四引用刘禹锡诗《金
陵怀古》;《二刻拍案惊奇》卷六引用白居易的《长恨歌》中句;清郭
广瑞、贪梦道人的《永庆升平全传》第九十三回回首诗引韩愈《早春
呈水部张十八员外》;《醉醒石》第一回引王安石《桂枝香·金陵怀
古》说金陵(南京)之壮丽繁华;《八洞天》卷一引白乐天《咏燕》古风
一篇劝人行孝;《八洞天》卷五引唐人张谓诗说世间朋友以利交者,
往往利尽而交疏;《八段锦》第一段引胡曾的诗;等等。

第三节　古代白话小说中融入的
赋、骈文、词及对句形态

白话小说中融入诗词曲赋,是在中国古代文学传统的作用下,

在小说运用散文进行叙述、描写、议论还不够成熟时的"借用"。在文人日常生活的创作过程中,由于对于前人这些作品的激赏和"好古"心理的作用,运用传统的诗词曲赋作为白话小说的表现手段和艺术技巧既方便现成,又符合人们的欣赏习惯,白话小说作者自觉不自觉地将这些文体运用到小说中,来丰富白话小说的表现手段和艺术技巧。由于白话小说中融入的赋、骈文、词及对句不胜枚举,本节只能大略归纳一下白话小说中赋、骈文、词及对句的各种形态。

一、白话小说中赋及骈体式的"韵文"形态

"'赋'创始于周末,到了汉代则特别发达起来;此后经过历代作家的创作实践,在体制上不断有所变化,它一直是我国古代文学创作中重要的文体之一,所谓诗词歌赋,赋正是其中重要的一项。"[1]赋的韵文以四、六言为主,杂以三、五、七言及字数更多的句子,铺张扬厉,踵事增华,是赋创作手法上的基本特征,褚斌杰先生将其表现总结为三点:1. 描写事物,面面俱到,以求穷形尽相。2. 通过大力的夸张、类比,铺叙所描写的事物。3. 大量使用排比、对偶的技巧来组织夸丽的文辞,层层铺垫,造成波澜壮阔的场面、雄厚充沛的气势。

骈体是一种与散体相区别的语体体式,骈体文是从古代文学中的一种修辞手法逐渐发展起来的,产生于魏晋,六朝时广为流行。骈文语言方面有三个特点:第一是语句讲究骈偶和四六,第二是语音讲究平仄相对,第三用词讲究用典和藻饰。[2] "骈文形式与诗歌有相似之处,都是通过作者精心锤炼的高度艺术化的语言,产生出独特的艺术魅力。"[3]

唐五代白话小说有受赋体影响而产生的作品。如《燕子赋》

---

① 褚斌杰:《中国古代文体概论》,北京大学出版社 1998 年版,第 72 页。
② 王力:《古代汉语》,中华书局 1990 年版,第 1223 页。
③ 钟涛:《六朝骈文形式及其文化意蕴》,东方出版社 1997 年版,第 11 页。

《晏子赋》等。

古代白话小说就是利用赋及骈文的上述特点,创造出一种赋及骈文式的韵语,将其用于对白话小说中的人物形貌、语言、心理以及场景、场面等进行描写。如《刎颈鸳鸯会》蒋淑真美貌性情:

> 脸衬桃花,比桃花不红不白;眉分柳叶,如柳叶犹细犹弯。自小聪明,从来机巧,善描龙而刺凤,能剪雪以裁云。心中只是好些风月,又饮得几杯酒。年已及笄,父母议亲,东也不成,西也不就。每兴凿穴之私,常感伤春之病。自恨芳年不偶,郁郁不乐。垂帘不卷,羞教紫燕双双;高阁慵凭,厌听黄莺并语。

《封神演义》第五十三回邓婵玉装束:

> 红罗包凤髻,绣带扣潇湘。一瓣红菓挑宝镫,更现得金莲窄窄;两湾翠黛拂秋波,越觉得玉溜沉沉。娇姿袅娜,慵拈针指好轮刀;玉手菁葱,懒傍妆台骑劣马。桃脸通红,羞答答通名问姓;玉粳微狠,娇怯怯夺利争名。漫道佳人多猛烈,只因父子出营来。

《杨温拦路虎传》写晚景:

> 迤逦行到一个市井,唤作仙居市,去东岳不远,但见天晚:
> 烦阴已转,日影将斜。遥观渔翁收缯罢钓归家,近睹处处柴扉半掩。望远浦几片帆归,听高楼数声画角。一行塞雁,落隐隐沙汀;四五只孤舟,横潇潇野岸。路上行人归旅店,牧童骑犊转庄门。

《定山三怪》用骈文描写酒席宴筵的场面:

幕天席地,灯烛荧煌。筵排异皿奇杯,席展金觥玉斝。珠晕妆成异果,玉盘簇就珍馐。珊瑚筵上,青衣美丽捧霞觞;玳瑁杯中,粉面丫鬟斟玉液。

《西游记》第一回写花果山:

真个好山!有辞赋为证。赋曰:
势镇汪洋,威宁瑶海。势镇汪洋,潮涌银山鱼入穴;威宁瑶海,波翻雪浪蜃离渊。木火方隅高积上,东海之处耸崇巅。丹崖怪石,削壁奇峰。丹崖上,彩凤双鸣;削壁前,麒麟独卧。峰头时听锦鸡鸣,石窟每观龙出入。林中有寿鹿仙狐,树上有灵禽玄鹤。瑶草奇花不谢,青松翠柏长春。仙桃常结果,修竹每留云。一条涧壑藤萝密,四面原堤草色新。

中国古代白话小说从讲唱和说话发展而来,这些用于描叙的韵文多少带有讲唱的语气。《西游记》第六回写二郎与孙大圣打斗的场面:

昭惠二郎神,齐天孙大圣。这个心高欺敌美猴王,那个面生压伏真梁栋。两个乍相逢,各人皆赌兴,从来未识浅和深,今日方知轻与重。铁棒赛飞龙,神锋如舞凤。左挡右攻,前迎后映。这阵上梅山六弟助威风,那阵上马流四将传军令。摇旗擂鼓各齐心,呐喊筛锣都助兴。两个钢刀有见机,一来一往无丝缝;金箍棒是海中珍,变化飞腾能取胜。若还身慢命该休,但要差池为蹭蹬。

《西游记》第五回李天王调集四大天王与二十八宿与孙大圣调集的独脚鬼王、七十二洞妖王与四个健将等,于洞门外混战的场面:

寒风飒飒，怪雾阴阴。那壁厢旌旗飞彩，这壁厢戈戟生辉。滚滚盔明，层层甲亮。滚滚盔明映太阳，如撞天的银磬；层层甲亮砌岩崖，似压地的冰山。大捍刀，飞云掣电；楮白枪，度雾穿云。方天戟，虎眼鞭，麻林摆列；青铜剑，四明铲，密树排阵。弯弓硬弩雕翎箭，短棍蛇矛挟了魂。大圣一条如意棒，翻来覆去战天神。杀得那空中无鸟过，山内虎狼奔。扬砂走石乾坤黑，播土飞尘宇宙昏。只听兵兵扑扑惊天地，煞煞威威振鬼神。

《八洞天》卷二写百姓扶老携幼逃难的场面：

乱慌慌风声鹤唳，闹攘攘鼠窜狼奔。前逢堕珥，何遑回首来看；后见遗簪，那个有心去拾。任你王孙公子，用不着缓步徐行；凭他小姐夫人，怕不得鞋弓袜小。香闺冶女，平日见生人，吓得倒退，到如今挨挨挤挤入人丛；富室娇儿，常时行短路，也要扛抬，至此日哭哭啼啼连路跌。觅人的爹爹妈妈随路号呼，问路的伯伯叔叔逢人乱叫。夫妻本是同林鸟，今番各自逃生；娘儿岂有两般心，此际不能相顾。真个宁为太平犬，果然莫作乱离人。

《八洞天》卷六晏敖刻吝异常，只供这一顿早粥，又不肯多放米粒在内，纯是薄汤。子鉴终朝忍饿，乃戏作一篇《薄粥赋》：

浩浩乎白米浑汤，水光接天。纵一苇之所如，临万顷之茫然。吹去禹门三级浪，波撼岳阳；吸来平地一声雷，气蒸云梦。雅称文人之风，可作先生之供。更喜其用非一道，事有兼资。童子缺茶，借此可消烦渴；馆中乏镜，对之足鉴须眉。一瓢为饮，贫士之乐固然；没米能炊，主人之巧特甚。视太羹而尤奇，比玄酒而更胜。独计是物也,止宜居忧之孝子,以及初起之病夫。水浆少入于口,谷气唯恐其多。又或时值凶荒,施食道路,吏人侵蚀其粢粮,饥民略沾其雨露;甚或垂仁犴狴,饷彼罪牢,狱卒攘取其粟粒,囚徒但馔其余膏。西席何辜,至比于此!吁嗟徂兮,命之哀矣!

作为情节构成的,还有如《醒名花》第二回湛翌王在挹绿堂粉壁上看到的《美人赋》,引起了他对梅小姐的思恋。《八洞天》卷四有一篇韵语,议论势利的人情:

世无弟兄,财是弟兄。人无亲戚,利是亲戚。伯伯长,叔叔短,不过是银子在那里扳谈;哥哥送,弟弟迎,无非是铜钱在那里作揖。推近及远,或得远而忘其所推;因亲及疏,乃弃亲而厚其所及。嫡堂非嫡从堂嫡,真表不密假表密。缘何冷淡?厌他目下缺东西;为甚绸缪?贪彼手中多黄白。但见挥的金,使的银,便觉眼儿红,颈儿赤;不惜腰也折,背也弯,何妨奴其颜,婢其膝。那晓得父党之外有母,母党之外有妻;只省得万贯之下有千,千贯之下有百。献媚者既转盼改移,受谄者亦立地变易。见他趋之谨,奉之恭,谁管他曾做贼,曾做乞;爱他邀之诚,请之勤,谁管他现为奴,现为役。今日代彼遮瞒,不记从前将他指谪;此时忽尔逢迎,不念当初漠不相识。信乎白镪多功,甚矣青蚨有力!明放着嫡派嫡枝,倒弄得如路如陌。不是他没良心,谁教你不发迹。莫怪炎凉人面,暮地里四转三回;须知冷暖世情,普天下千篇一律。

《八洞天》卷六讥讽晏敖不孝刻吝且好赌,其子奇郎也逐渐学坏:

书齐工课,迥异寻常。不习八股,却学八张。达旦通宵,比棘闱之七义，更添一义；斗强赌胜，舍应试之三场，另为一场。问其题则喻梁山之君子；标其目则率水浒之大王。插翅虎似负嵎之逐于晋；九尾龟岂藻梲之居于臧。空没一文，信斯文之已衰于家塾；百千万贯，知一贯之不讲于书堂。所谓尊五美、四赏一百老；未能屏四恶、三剧二婆娘。兼之礼义尽泯，加以忠信俱亡。较彼盗贼，倍觉颠狂。分派坐次，则长或在末席，少或在上位，断金亭之尊卑，不如此之紊乱；轮做庄家，则方与为兄弟，忽与为敌国，蓼儿洼之伯仲，不若是之无良。算账每多欺蔽，色样利其遗忘。反不及宛子城之同心而行劫，大异乎全沙滩之公道而分赃。子弟时习之所悦而若此，父师教人之不倦为堪伤！

其他如《豆棚闲话》刘伯玉在其妒妻段氏面前诵了曹子建的《洛神赋》；《平山冷燕》第四回山黛所作的《五色云赋》；等等。

二、白话小说中的词

词是按乐谱曲调和节拍填写并用来歌唱的文学样式。它产生于民间。到中唐，文人开始利用这种形式进行写作。中晚唐五代发展到宋代，词便成为"一代文学"。词的句式从一字到十一字不等。词有词牌、词题，体制上分小令、中调、长调。还分作单调、双调、三叠、四叠，其中单调与双调较常见。白话小说中融入词，也较常见。

宋元白话小说中的篇首多用词。如《西山一窟鬼》篇首《念奴娇》词一；《碾玉观音》篇首春景词三，其中《鹧鸪天》一，下篇篇首有《鹧鸪天》词一；《简帖和尚》有状女子美貌词一；《刎颈鸳鸯会》篇首引说"色"的《丈夫只手把吴钩》词一；《燕山逢故人郑意娘传》胡浩然的《传言玉女》；《勘靴儿》篇首《柳梢青》词一；《俞仲举题诗遇上皇》篇首词《鹧鸪天》，等等。

宋元白话小说中的入话中有用词的。如《碾玉观音》中用孟春词《鹧鸪天》《仲春词》、黄夫人《季春词》、苏小小《蝶恋花》等和一些春景诗写春归;《西山一窟鬼》入话中逐句解释篇首词,引入了陈子高《寄谒金门·寒食词》、李易安《品令·暮春词》、延安李氏《浣溪沙·春雨词》、宝月禅师《柳梢青·春词》、欧阳修《一斛珠·清明词》、晁无咎《清商怨·春词》、柳永《清平乐·春词》、晏叔原《虞美人·春词》、魏夫人《卷珠帘·春词》、康伯可《减字木兰花·春词》、秦少游《夜游宫·春词》、黄庭坚《捣练子·春词》、周邦彦《滴滴金·春词》、欧阳修《蝶恋花》词共十四首词。《种瓜张老》用苏东坡《江神子》、黄庭坚《踏莎行》、晁叔《临江仙》三首词写雪。《西湖三塔记》用苏东坡《眼儿媚》五首词写西湖景色。《洛阳三怪记》用苏东坡《柳梢青·探春词》及一首春景词。《燕山逢故人郑意娘传》有《夹钟宫·小重山》词一。《张主管志诚脱奇祸》戴花刘使君《醉亭楼》叹年老发白词一,等等。

宋元白话小说头回中也有用词的。《简帖和尚》用了《鹧鸪天》一、《望江南》一、《南柯子》一、《踏莎行》一共四首来构设故事;其中的《望江南》词以复姓入词,因头回中的男主人公宇文绶与正话中的皇甫松都因为与错下书有关,将头回与入话联系起来,很有谐趣:

公孙恨,端木笔俱收。枉念歌馆经数载,寻思徒记万余秋,拓拔泪交流。　村仆固,闷驾独孤舟。不望手勾龙虎榜,慕容颜老一齐休。甘分守闾丘。

《史弘肇传》头回中有洪迈《虞美人》词一,后面叙孔德明揭破洪迈《虞美人》词化用古人诗词中句,点出第八句是化用刘改之《元宵望江南》词中第四句,下引出该词;又出孔德明《水调歌头》词一。

宋元白话小说中的正话中也多融入词。《山亭儿》中引申二官人词《鹧鸪天》衬托陶铁僧入秋后衣单衫破的情状,为下文故事情节的展开作了铺垫。《碾玉观音》中用一首《眼儿媚》介绍秀秀的擅长绣作。《种瓜张老》中有一首咏瓜的词，用一首《临江仙》状写一处庄院。《柳耆卿诗酒玩江楼记》用词来构设故事。其中柳耆卿炫耀相遇名妓所作词，词中兼用离合与字形出意两方式，亦是一首别致的异体词；柳耆卿玩江楼上酒醉题词，说话艺人将五代李煜的《虞美人》安在柳耆卿头上。《赵旭遇仁宗传》中赵旭上京考选，众亲友送别时，赵旭口占《江神子》离别词一首；赵旭在茶坊粉壁上题词一首，明其对科考充满信心；因错写"唯"字被仁宗除名后，回归店中写下一词述其痛悔悲愤之情；等等。

宋元白话小说中的篇尾也有用词的。如《刎颈鸳鸯会》篇末有一首《南乡子》词，等等。

明清白话小说中引首、回首也有用词的。白话长篇小说如《三国演义》引首词"滚滚长江东逝水"；《水浒全传》引首词"试看书林隐处"；《西游记》第八回回首词《苏武慢》；《金瓶梅词话》开首有《行香子》(阆苑瀛洲)和《鹧鸪天·酒、色、财、气四贪词》，第一回回首的《眼儿媚》(丈夫只手把吴钩)。《儒林外史》第一回开首的"人生南北多歧路"词。

白话短篇小说中受宋元"小说"的影响，卷首用词很常见。如《喻世明言》第一卷《蒋兴哥重会珍珠衫》卷首用的《西江月》，第十卷《滕大尹鬼断家私》卷首用的《西江月》，《喻世明言》第三十一卷卷首晦庵和尚所作《满江红》词，第三十九卷卷首用的"白发苏堤老妪"词；《警世通言》第二卷卷首用的《西江月》词，第十二卷卷首用的"帘卷水西楼"词，第十七卷卷首用的《西江月》词，第三十四卷卷首用的"天上乌飞兔走"词；《醒世恒言》第三卷卷首《西江月》词一，第八卷卷首《西江月》词一，第十三卷卷首的《柳梢青》，第十九卷卷首的《西江月》词，等等；《初刻拍案惊奇》卷一卷首用《西江月》词，卷三十二卷首用《眼儿媚》(丈夫只手把吴钩)；《二刻拍案惊奇》卷二卷首用《眼儿媚》(百年伉俪是前缘)，卷三卷首用《桃源忆故人》

词;《醒世姻缘传》第十七回回首的《木兰花》;等等。

明清白话小说正文故事中融入的词更多,有用词进行场景、场面描写的。如《喻世明言》第七卷《羊角哀舍命全交》写冬天雨景的《西江月》词,《警世通言》第十一卷李生看秋江景致苏东坡《江神子》词,《西游记》第九回中有一首《烟凝山紫归鸦倦》写晚景的词。《喻世明言》第一卷《蒋兴哥重会珍珠衫》《西江月》词描写蒋兴哥新婚场面;第四卷《闲云庵阮三偿冤债》《瑞鹤仙》词描写上元夜的热闹场面;第三十九卷酒肆屏风上所写《风入松》词;《警世通言》第二十三卷写钱塘观潮场面的《临江仙》词;《二刻拍案惊奇》卷二描写妙观与小道人对局的《黄莺儿》;《二刻拍案惊奇》卷三描写权翰林与徐丹桂成亲的场面《西眉序》;等等。

在明清小说中常用词描写色情场面。《喻世明言》第四卷《闲云庵阮三偿冤债》有一则《西江月》词,第十卷《滕大尹鬼断家私》所用的《西江月》词;等等。

有用词描写人物相貌、性情、心理的及交代人物身份的。如《水浒全传》英雄人物出场常有赞词,如宋江出场时:

> 曾有一首《临江仙》赞宋江好处:
> 起自花村刀笔吏,英灵上应天星。疏财仗义更多能,事亲行孝敬,待士有声名。　　济弱扶倾心慷慨,高名水月双清。及时甘雨四方称,山东呼保义,豪杰宋公明。

第四十一回欧鹏、蒋敬、马麟、陶宗旺出场词,第四十四回石秀出场词,第四十九回解珍解宝出场词《西江月》,《醒世恒言》第七卷秋芳美貌的《西江月》,钱青饱读诗书,一表人才的《西江月》,颜俊丑陋的《西江月》,第十三卷说韩夫人相思的《柳梢青》,《醒世恒言》第十六卷用《清江引》词写寿儿的美貌,《二刻拍案惊奇》卷二中夸赞妙观能棋的《西江月》"丽质本来无偶",《二刻拍案惊奇》卷三中描写徐丹桂美貌的《西江月》词,描写徐丹桂伤情的《绵搭絮》,等等。

明清白话小说正文故事中也有人物题词、唱词、联词的。《水浒全传》第三十九回写浔阳楼宋江吟反诗,写了一诗一词,其中一首《西江月》:

> 自幼曾攻经史,长成亦有权谋。恰如猛虎卧荒丘,潜伏爪牙忍受。　　不幸刺文双颊,那堪配在江州。他年若得报冤仇,血染浔阳江口。

《西游记》第一回孙猴子听到樵子唱《满庭芳》。《西游记》第九回李定、张稍争论山清水秀时,所联诗词中即有:《蝶恋花》二首、《鹧鸪天》二首、《天仙子》二首、《西江月》二首、《临江仙》二首。《喻世明言》第二卷梁尚宾招称奸骗顾小姐供词《锁南枝》,第二十二卷陆景思诏谀《八声甘州》词,第二十二嘲讽贾似道的“推排打量之法”《沁园春》词,第二十二门客中献颂贾似道半闲堂的《糖多令》词,第二十二叶李嘲讽误国奸臣贾似道败没的词;《警世通言》第十一卷李生见墙壁上留题酒、色、财、气四件短处的《西江月》,李生带草连真所和《西江月》,李生梦中黄衣女、红衣女、白衣女、黑衣女相争“无过”的四首《西江月》,第二十三卷金国使臣高景山钱塘观潮所题《念奴娇》词,范学士做《水调歌头》,第二十九卷张浩听莺莺暗诉心曲,低低而唱《行香子》词;《醒世恒言》第十二卷“佛印师四调琴娘”佛印作的四首词:《西江月》《品字令》《蝶恋花》《浪淘沙》,等等。

白话小说中也有趣味词,如《西游记》第二十八回中一首《西江月》的药名词,这里用了乌头、海马、人参、官桂、朱砂、附子、槟榔、轻粉、红娘子九种中药名,描写孙悟空飞沙走石,结果了那些残杀猴子的猎户:

> 石打乌头粉碎,沙飞海马俱伤。人参官桂岭前忙,血染朱

砂地上。　　附子难归故里，槟榔怎得还乡？尸骸轻粉卧山场，红娘子家中盼望。

此外还有《红楼梦》第五十回史湘云所作谜词，等等。

三、白话小说中的联语、对句形态

"楹联是对句，实从唐律诗中抽出。律诗中有两个对句，又是从骈体文中来。六朝五言诗中已多对句。再往上追，汉诗《古诗十九首》即用对句。汉赋中也多对句。总之，对句是书面语的产物，口头文学中很少。"①据清梁章钜《楹联丛话》云：

> 楹联之兴，肇于五代之桃符。孟蜀余庆长春一联其最古也。至推而用之楹柱，盖自宋人始……元明之后，作者渐夥，而传者甚稀。我朝……几殿廷庙宇之间各有御联悬挂……楹联之制，殆无有美富于此时者。

白话小说举凡楼、阁、亭、榭、祠堂、庙宇、大堂、客厅、楹柱均喜欢出一联语。《警世通言》第二十四卷联语：只见大门上挂着一联对子："十年受尽窗前苦，一举成名天下闻。"又见二门上有一联对子："不受苦中苦，难为人上人。"《红楼梦》中的联语极多，如第一回甄士隐梦游"太虚幻境"，见到一副对联：

> 假作真时真亦假，无为有处有还无。

第二回贾雨村见到的智通寺门上的一副对联：

---

① 朱星：《中国文学语言发展史略》，新华出版社 1988 年版，第 137 页。

身后有余忘缩手，眼前无路想回头。

第三回黛玉见到荣禧堂有一副对联：

座上珠玑昭日月，堂前黼黻焕烟霞。

《清风闸》第十七回"到年就过年 遇货就打货"袁先生代皮五爷所写的春联：

穷穷穷，你家穷；富富富，我家富。

铁笤帚扫净天下穷鬼；万把勾搭住五路财神。

年难过，难过年，年年难过；回没得，没得回，回回没得。

再穷穷不去一日三顿酒；一富富将来都是诳的他。

今日脱了鞋掷掷居里快；明日来不来常常做赢家。

又赶出去；快请进来。

其他如《金莲仙史》第九回全真庵山门上镌的一联；《济公全传》第二十五回北上房柱子上有一副对句，上面写的："歌舞庭前，栽满相思树。白莲池内，不断连理香。"横批是："日进斗金。"《济公全传》第六十九回赵家花园阁上东间屋里东墙上挂着一轴条山，画的是富贵牡丹图，两旁有两条对联，上写："女红各月四十有五日，饮酒百年三万六千觞。"《跻云楼》第十二回跻云楼的一副对联，等等。

　明清时期，常以对对联见才情的，所以白话小说中常有对对联的情节。如《平山冷燕》第五回考山黛的二副对联：窦国一将前日对不来的绝对考山黛：

梁惠王命公孙丑请滕文在离娄上尽心告子读万章；
山黛所对：

卫灵公遣公冶长祭泰伯于乡党中先进里仁舞八佾。

宋信又出对：

燕来雁去，途中喜遇说春秋；

山黛所对：

兔走乌飞，海外欣逢评月旦。

古代对对联是对小学生的开蒙教育，这在白话小说中也有体现。如《八洞天》卷六晏子鉴出一对，命奇郎对：

三币金银铜，下币何可乱中币；

晏述代奇郎对成：

四诗风雅颂，正诗不妨杂变诗。

瑞娘遣郑老妪考对：

孔子为邦酌四代，虞夏殷周；

晏述看了不假思索，就提起笔来写道：

姬公施事兼三王，禹汤文武。

白话小说中也有趣味对句，如《红楼梦》第四十回"史太君两宴大观园　金鸳鸯三宣牙牌令"所宣令，也用对句：

鸳鸯道："如今我说骨牌副儿，从老太太起，顺领说下去，至刘姥姥止。比如我说一副儿，将这三张牌拆开，先说头一张，次说第二张，再说第三张，说完了，合成这一副儿的名字。无论诗词歌赋，成语俗话，比上一句，都要叶韵。错了的罚一杯。"众人笑道："这个令好，就说出来。"鸳鸯道："有了一副了。左边是张'天'。"贾母道："头上有青天。"众人道："好。"鸳鸯道："当中是个'五与六'。"贾母道："六桥梅花香彻骨。"鸳鸯道："剩得一张'六与幺'。"贾母道："一轮红日出云霄。"鸳鸯道："凑成便是个'蓬头鬼'。"贾母道："这鬼抱住钟馗腿。"说完，大家笑说："极妙。"贾母饮了一杯。鸳鸯又道："有了一副。左边是个'大长五'。"薛姨妈道："梅花朵朵风前舞。"鸳鸯道："右边还是个'大五长'。"薛姨妈道："十月梅花岭上香。"鸳鸯道："当中'二五'是杂七。"薛姨妈道："织女牛郎会七夕。"鸳鸯道："凑成'二郎游五岳'。"薛姨妈道："世人不及神仙乐。"说完，大家称赏，饮了酒。鸳鸯又道："有了一副。左边'长幺'两点明。"湘云道："双悬日月照乾坤。"鸳鸯道："右边'长幺'两点明。"湘云道："闲花落地听无声。"鸳鸯道："中间还得'幺四'来。"湘云道："日边红杏倚云栽。"鸳鸯道："凑成'樱桃九熟'。"湘云道："御园却被鸟衔出。"说完饮了一杯。鸳鸯道："有了一副。左边是'长三'。"宝钗道："双双燕子语梁间。"鸳鸯道："右边是'三长'。"宝钗道："水荇牵风翠带长。"鸳鸯道："当中'三六'九点在。"宝钗道："三山半落青天外。"鸳鸯道："凑成'铁锁练孤舟'。"宝钗道："处处风波处处愁。"说完饮毕。鸳鸯又道："左边一个'天'。"黛玉道："良辰美景奈何天。"宝钗听了，回头看着他。黛玉只顾怕罚，也不理论。鸳鸯道："中间'锦屏'颜色俏。"黛玉道："纱窗也没有红娘报。"鸳鸯道："剩了'二六'八点齐。"黛玉道："双瞻玉座引朝仪。"鸳鸯道："凑成'篮子'好采花。"黛玉道："仙杖香挑芍药花。"说完，饮了一口。鸳鸯道："左边'四五'成花九。"迎春道："桃花带雨浓。"众人道："该罚！错了韵，而且又不象。"迎春笑着饮了一口。原是凤姐儿和鸳鸯都要听刘姥姥的笑话，故意都令说错，都罚了。至王夫人，鸳鸯代说了个，下便该刘姥姥。刘姥姥道："我们庄家人闲了，也常会几个人弄这个，但不如说的这么好听。少不得我也试一试。"众人都笑道："容易说的。你只管说，不相干。"鸳鸯笑道："左边'四四'是个人。"刘姥姥听了，想了半日，说道："是个庄家人罢。"众人哄堂笑了。贾母笑道："说的好，就是这样说。"刘姥姥也笑道："我们庄家人，不过是现成的本色，众位别笑。"鸳鸯道："中间'三四'绿配红。"刘姥姥道："大火烧了毛毛虫。"众人笑道："这是有的，还说你的本色。"鸳鸯道："右边'幺四'真好看。"刘姥姥道："一个萝卜一头蒜。"众人又笑了。鸳鸯笑道："凑成便是一枝花。"刘姥姥两只手比着，说道："花儿落了结个大倭瓜。"众人大笑起来。

古代白话小说中多运用对句对一段故事进行总结。这总结性的对句又多是议论说理，也有写景抒情的。古代白话小说用于说理议论的对句，多是广泛流传于生活中的谚语，多是对于生活实际的总结。如：

花枝叶下犹藏刺，人心怎保不怀毒。
但存夫子三分礼，不犯萧何六尺条。(《金鳗记》)
贫贱亲戚离，富贵他人合。(《喻世明言》第二十二)
哑子尝黄柏，苦味自家知。(《喻世明言》第二十七)
天有不测风云，人有旦夕祸福。
画虎画皮难画骨，知人知面不知心。
娇妻唤做枕边灵，十事商量九事成。
恩义广施，人生何处不相逢？冤仇莫结，路逢狭处难回避。(《喻世明言》第二十八卷)
妻贤夫祸少，子孝父心宽。(《喻世明言》第三十九卷)
家多孝子亲安乐，国有忠臣世泰平。(《喻世明言》第四十卷)
土居三十载，无有不亲人。
惜衣有衣，惜食有食。人无寿夭，禄尽则亡。
是非只为多开口，烦恼皆因巧弄唇。(《警世通言》第一卷)
闲时不学好，今日悔应迟。
莫道亏心事可做，恶人自有恶人磨！(《警世通言》第十六卷)

阿谀人人喜,直言个个嫌。(《警世通言》第十七卷)

只愁堂上无明镜,不怕民间有鬼奸。(《警世通言》第十八卷)

人无喜事精神减,运到穷时落窠多。

下水拖人他未溺,逆风点火自先烧。

常将有日思无日,莫待无时思有时。(《警世通言》第二十五卷)

阎王判你三更到,定不容人到四更。(《警世通言》第二十八卷)

作事必须踏实地,为人切莫务虚名。(《警世通言》第三十五卷)

人无千日好,花无百日红。

人情若比初相识,到底终无怨恨心。

眼孔浅时无大量,心田偏处有奸谋。(《醒世恒言》第一卷)

不听好人言,必有恓惶泪。(《醒世恒言》第六卷)

观棋不语真君子,把酒多言是小人。夫妻只说三分话,未可全抛一片心。(《醒世恒言》第九卷)

爽口食多应损胃,快心事过必为殃。

闭门家里坐,祸从天上来。

理直千人必往,心亏寸步难移。(《醒世恒言》第十六卷)

种田不熟不如荒,养儿不肖不如无。

受用须从勤苦得,淫奢必定祸灾生。(《醒世恒言》第十七卷)

有些对句是即景生情的议论:

人生自古谁无死,惟有正人偏感人。

人生最苦难堪事,莫过死别与生离。(《歧路灯》第十二回)

有些对句用比喻、夸张的修辞手法进行描叙的:

野花不种年年有,烦恼无根日日生。

金风吹树蝉先觉,断送无常死不知。

乌鸦与喜鹊同行,吉凶事全然未保。(《金鳗记》)

身如五鼓衔山月,气似三更油尽灯。(《喻世明言》第二十六卷)

老龟煮不烂,移祸于枯桑。(《定山三怪》《喻世明言》第二十六卷、第三十八卷)

人无害虎心,虎有伤人意。(《喻世明言》第三十九卷)

松柏何须羡桃李,请君点检岁寒枝。(《警世通言》第十八卷)

好花遭雨红俱褪,芳草经霜绿尽凋。(《警世通言》第二十二卷)

踏破铁鞋无觅处,得来全不费工夫!(《警世通言》第十六卷)

屋漏更遭连夜雨,船迟又遇打头风。(《警世通言》第十七卷)

堂上公言,似铁对钉;枕边私语,如兰斯馨。(《八段锦》第二卷)

仰面贪看鸟,回头错应人。(《歧路灯》第四十五回)

有些对句是用来进行景物描写的,如:

不暖不寒天气,半村半郭人家。(《定山三怪》)

隐隐山藏三百寺,依稀云锁二高峰。(《警世通言》第二十八卷)

等等。

可以说,古代白话小说集中了古代诗词韵文的各种形态,诗词韵语入小说不仅真实地再现了当时的现实生活,特别是文人的精神生活,而且一定程度上也有着增强白话小说表现力的作用,但连篇累牍地运用诗词韵文,也阻隔了白话小说的叙事,这是其不足之处。

第三章 白话小说中的诗词韵文作用论

本章主要讨论的白话小说中诗词韵语的作用，是指诗词韵语在白话小说中发挥的功能。这一问题是研究白话小说中融入诗词韵文时最引人注意的问题，也是老生常谈的问题。我们在前辈时贤研究的基础上，通过综合归纳、排比爬梳，觉得诗词韵文在白话小说中的作用，主要用于描写、议论、融入故事情节等。林辰先生等的《古代小说与诗词》中就提到小说中的诗词主要是用于描述的。[1] 他在该书的主要部分论及诗词在小说中的作用的时候，又详细排列出十大作用。但我们的意见以为，像其中的第九个作用：雅趣小品——楹联酒谜等，应归入白话小说中诗词韵语的形态。本章主要依照白话小说中诗词韵语用作表现手法——描写、议论、抒情、叙述等的功用来进行讨论。

第一节 白话小说中用于描写的诗词韵文研究

本师李时人先生认为"小说是一种通过对'形象'的艺术描写

---

[1] 林辰等：《古代小说与诗词》，辽宁教育出版社，2001年版，第17页。

展现社会人生图景的一门叙事艺术,因此每篇小说都应形成一个独立自足的艺术世界"①。可见,生动、具体的描写在小说艺术形象的创造过程中具有极其重要的作用。由于中国古代白话小说偏重于故事情节,也由于中国古代有特殊的文化—文学传统,白话小说在人物肖像、人物语言、场景描写等方面就多用诗词韵语,在运用诗词韵文进行描写时,多因袭而少变通,逐渐走向了程式化。千篇一律,是白话小说用诗词韵语进行描写的不成功之处。本节主要针对白话小说中用于描写的诗词韵语,研究它在白话小说创造形象体系和意象体系过程中的发挥的作用。

一、用于人物形象描写的诗词韵文

"在小说的一切艺术因素中,人物才是货真价实的压倒一切的存在,是小说的生命……人物写活了,而且符合历史的(生活的)真实,那么他们的行为所构成的情节也活了,也给出人以真实感,于是读者感知了一种恍如真实的生活景象,这种景象可以和现实人生参照对比,从而启发人理解人生,理解历史。"②古代白话小说中很多诗词韵文就是用来刻塑人物形象的。

唐五代白话小说的人物还淹没在故事情节之中,讲书唱书运用韵语,多用作人物语言的描写,通过人物语言来展示人物的存在。听众所接受的,是在讲唱故事之中的人物。人物的刻画主要依赖其讲唱的传达表演手段,人物语言运用韵文也被讲唱这种表演手段所淹没了,故这个阶段小说人物形象并不鲜活。如敦煌藏卷中的白话小说《降魔变文》《破魔变文》《伍子胥》《汉将王陵变》《李陵变文》《王昭君》等均没有对人物形象进行着意的刻塑,可能因为当时讲唱配图的缘故,人物形象的不具体,确是白话小说肇始时期的一种表现。

---

① 李时人:《全唐五代小说·前言》,陕西人民出版社1998年版。
② 何满子:《古代小说艺术漫话》,辽宁教育出版社2001年版,第51、54页。

宋元白话小说在运用诗词韵文对人物形象刻塑时,最初的表现是,在故事情节中给听众一个人物形象的初步印象。因为情节压倒人物的缘故,只要这个初步印象的人物形象能符合故事的情节安排,听众也就听之任之了。这个人物形象的初步印象之所以重要,就是因为它在一定程度上满足了听众对于故事的基本要求,白话小说在起步之初,就能用诗词韵语突现人物形象,即使是初步的、印象式的,也表明了说话艺人在注重人物形象的刻塑。只是因为小说艺术还是在刚刚起步的阶段,也就不能要求其对于人物形象的刻画到一种怎样的高度了。在小说人物塑造的初级阶段,宋元"小说"多从人物的衣着服饰上来勾勒人物形象轮廓。如《三现身》孙文的打扮:

> 裹背系戴头巾,着上两领皂衫,腰间系条丝绦,下面着一双干鞋净袜,袖里袋着一轴文字。

《西湖三塔记》写女孩着装打扮:

> 宣赞分开人,看见一个女儿。如何打扮?
> 头绾三角儿,三条红罗头须,三只短金钗,浑身上下,尽穿缟素衣服。

《错斩崔宁》写静山大王着装打扮:

> 头带乾红凹面巾,身穿一领旧战袍,腰间红绢搭膊裹肚,脚下蹬一双乌皮皂靴,手执一把朴刀。

在说话艺人的艺术实践过程中,为了使说话艺术更生动活泼、引人入胜,除了在故事情节的繁复曲折上下功夫外,他们也注意刻画人物形象。从现实生活中汲取养分,加上他们的想象力,开始逐渐在描画人物的韵语中加进了对于人物神情意态的刻画,使人物形象逐渐饱满起来。特别是对于他们着意表现的人物,如宋元白话小说中重要的人物"佳人"的形象描写就是在逐渐发展着的,《宋四公大闹禁魂张》写禁魂张员外家与人私通的妇女的美貌:

> 黑丝丝的发儿,白莹莹的额儿,翠弯弯的眉儿,溜度度的眼儿,正隆隆的鼻儿,红艳艳的腮儿,香喷喷的口儿,平坦坦的胸儿,白堆堆的奶儿,玉纤纤的手儿,细袅袅的腰儿,弓弯弯的脚儿。

《杨温拦路虎传》写冷小姐美貌:

> 体态轻盈,俊雅仪容。楚鸣云料凤髻,上峡岫扫蛾眉。刘源桃凝作香腮,庾岭梅印成粉额。朱唇破一点樱桃,皓齿排两行碎玉。弓鞋窄小,浑如衬水金莲;腰体纤长,俏似摇风细柳。想是嫦娥离月殿,犹如仙女下瑶台。

《碾玉观音》写秀秀美貌:

> 云鬟轻笼蝉翼,蛾眉淡拂春山,朱唇缀一颗樱桃,皓齿排两行碎玉。莲步半折小弓弓,莺啭一声娇滴滴。

《西山一窟鬼》写李乐娘美貌:

> 水剪双眸,花生丹脸;云鬟轻梳蝉翼,蛾眉淡拂春山;朱唇缀一颗夭桃,皓齿排两行碎玉。意态自然,迥出伦辈,有如织女下瑶台,浑似嫦娥离月殿。

《西山一窟鬼》写锦娘美貌：

> 眸清可爱，鬟耸堪观，新月笼眉，春桃拂脸；意态幽花未
> 艳，肌肤嫩玉生香。金莲着弓弓扣绣鞋儿，螺鬟插短短紫金钗
> 子。如捻青梅窥小俊，似骑红杏出墙头。

《柳耆卿诗酒玩江楼记》写周月仙之美貌：

> 云鬟轻梳蝉翼，蛾眉巧画春山。朱唇注一颗天桃，皓齿排
> 两行碎玉。花生媚脸，冰剪明眸；意态妖娆，精神艳冶。岂特
> 余杭之绝色，尤胜都下之名花。

《风月瑞仙亭》写文君美貌：

> 眉如翠羽，肌如白雪。振绣衣，被桂裳。秾不短，纤不长。
> 毛嫱障袂，不足程式；西施掩面，比之无色。临溪双洛浦，对月
> 两嫦娥。

《简帖和尚》写女主人公相貌。

> 淡画眉儿斜插梳，不忺拈弄绣工夫。云窗雾阁深深处，静
> 拂云笺学草书。多艳丽，更清姝，神仙标格世间无。当时只说
> 梅花似，细看梅花却不如。

这些韵语描写比单纯用衣着服饰来刻画人物要饱满些，可以看出
白话小说运用韵语刻画人物形象在神情意态上着力不少，但对比
这些人物形象刻画的韵语，只是写出了一种女性的神态特征，将以
上这些韵语打乱对调，也不是不可以。虽然对于人物形象描写细

腻了,但仍然是限于外形,未能深入到人物的性格和心理。

宋元白话小说运用诗词韵语对于人物形象的刻画,也有少量深入到了内在性格层次的。如《刎颈鸳鸯会》对于蒋淑真美貌性情的描写:

> 脸衬桃花,比桃花不红不白;眉分柳叶,如柳叶犹细犹弯。自小聪明,从来机巧,善描龙而刺凤,能剪雪以裁云。心中只是好些风月,又饮得几杯酒。年已及笄,父母议亲,东也不成,西也不就。每兴凿穴之私,常感伤春之病。自恨芳年不偶,郁郁不乐。垂帘不卷,羞教紫燕双双;高阁慵凭,厌听黄莺并语。

明清白话小说中运用诗词韵语进行人物形象刻画,虽不脱宋元白话小说的形式,但也有所提高。明代长篇白话小说因为小说艺术表现力的增强,人物在小说中已经能站立起来了。所以用来刻画人物的诗词韵语起着辅助作用,但是因为受说话传统的影响,当人物出场时,仍用诗词韵语引出,如《水浒传》第十八回写宋江的出场:

> 何涛看时,只见县里走出一个吏员来。看那人时,怎生模样,但见:
> 眼如丹凤,眉似卧蚕。滴溜溜两耳悬珠,明皎皎双睛点漆。唇方口正,髭须地阁轻盈;额阔顶平,皮肉天仓饱满。坐定时浑如虎相,走动时有若狼形。年及三旬,有养济万人之度量;身躯六尺,怀扫除四海之心机。上应星魁,感乾坤之秀气;下临凡世,聚山岳之降临。志气轩昂,胸襟秀丽。刀笔敢欺萧相国,声名不让孟尝君。
> 那押司姓宋名江,表字公明,排行第三,祖居郓城县宋家村人氏。为他面黑身矮,人都唤他做黑宋江。又且于家大孝,

为人仗义疏财,人皆称他做孝义黑三郎……这宋江自在郓城
县做押司。他刀笔精通,吏道纯熟,更兼爱习枪棒,学得武艺
多般。平生只好结识江湖上好汉,但有人来投奔他的,若高若
低,无有不纳,便留在庄上馆谷,终日追陪,并无厌倦;若要起
身,尽力资助,端的是挥金似土。人问他求钱物,亦不推托。
且好做方便,每每排难解纷,只是周全人性命。时常散施棺材
药饵,济人贫苦,周人之急,扶人之困。以此山东、河北闻名,
都称他做及时雨,却把他比做天上下的及时雨一般,能救万
物。曾有一道《临江仙》赞宋江好处:

　　起自花村刀笔吏,英灵上应天星。疏财仗义更多能。事
亲行孝敬,待士有声名。济弱扶倾心慷慨,高名水月双清。及
时甘雨四方称,山东呼保义,豪杰宋公明。

对于宋江的个性的描写,均已在散体部分交代清楚了,赋体与《临
江仙》起着辅助散体刻画人物形象的作用,使人物形象凸显得更生
动鲜明,易于读者把握人物的性格特征。

　　明代白话小说运用诗词刻塑人物,发展到《金瓶梅》已经注意
概括人物的特征,从而凸显其形象,如《金瓶梅》第一回描写武松的
形象:

　　雄躯凛凛,七尺以上身材;阔面棱棱,二十四五年纪。双
目直竖,远望处犹如两点明星;两手握来,近觑时好似一双铁
碓。脚尖飞起,深山虎豹失精魂;拳手落时,穷谷熊罴皆丧魄。
头戴着一顶万字头巾,上簪两朵银花;身穿着一领血腥衲袄,
披着一方红锦。

这则韵语将武松的精、气、神都写出来了,且较有个性。但是更多
的时候,因为受前此白话小说运用诗词刻塑人物方式的影响,虽有

意识要体现人物的性格特点,但并不知如何通过诗词韵语将其体现出来。《金瓶梅》第九回写潘金莲的形象:

> 月娘在座上仔细观看,这妇人年纪不上二十五六,生的这样标致。但见:
>
> 眉似初春柳叶,常含着雨恨云愁;脸如三月桃花,暗带着风情月意。纤腰袅娜,拘束的燕懒莺慵;檀口轻盈,勾引得蜂狂蝶乱。玉貌妖娆花解语,芳容窈窕玉生香。
>
> 吴月娘从头看到脚,风流往下跑;从脚看到头,风流往上流。论风流,如水晶盘内走明珠;语态度,似红杏枝头笼晓日。看了一回,口中不言,心内想道:"小厮每来家,只说武大怎样一个老婆,不曾看见,不想果然生的标致,怪不的俺那强人爱他。"

白话小说发展到《红楼梦》,才表现出运用诗词韵语从其内在的性格突出人物的形象。如第三回中对宝玉、黛玉形象的刻画:

> 头上戴着束发嵌宝紫金冠,齐眉勒着二龙抢珠金抹额,穿一件二色金百蝶穿花大红箭袖,束着五彩丝攒花结长穗宫绦,外罩石青起花八团倭缎排穗褂,登着青缎粉底小朝靴。面若中秋之月,色如春晓之花,鬓若刀裁,眉如墨画,面如桃瓣,目若秋波。虽怒时而若笑,即瞋视而有情。项上金螭璎珞,又有一根五色丝绦,系着一块美玉……贾母便命:"去见你娘来。"宝玉即转身去了。一时回来,再看已换了冠带:头上周围一转的短发都结成小辫,红丝结束,共攒至顶中胎发,总编一根大辫,黑亮如漆。从顶至梢,一串四颗大珠,用金八宝坠角。身上穿着银红撒花半旧大袄,仍旧戴着项圈、宝玉、寄名锁、护身符等物。下面半露松花撒花绫裤腿,锦边弹墨袜,厚底大红

鞋。越显得面如敷粉,唇若施脂,转盼多情,语言常笑。天然一段风骚,全在眉梢;平生万种情思,悉堆眼角。看其外貌,最是极好。却难知其底细。后人有《西江月》二词,批宝玉极恰,其词曰:

无故寻愁觅恨,有时似傻如狂。纵然生得好皮囊,腹内原来草莽。　潦倒不通世务,愚顽怕读文章。行为偏僻性乖张,那管世人诽谤。

富贵不知乐业,贫穷难耐凄凉。可怜辜负好韶光,于国于家无望。　天下无能第一,古今不肖无双。寄言纨绔与膏粱,莫效此儿形状。

细看形容,与众各别:

两弯似蹙非蹙罥烟眉,一双似喜非喜含情目。态生两靥之愁,娇袭一身之病。泪光点点,娇喘微微。闲静时如姣花照水,行动处似弱柳扶风。心较比干多一窍,病如西子胜三分。

古代白话小说人物的语言及对话描写经常运用诗词韵语,其中有的是用于维系和充实情节的。如敦煌藏卷白话小说人物语言和对话描写所用韵语就多表现出这方面的作用。《破魔变文》魔王与其三女的对话描写:

(三女)忽见父王不乐,遂即向前启白大王:

近日恰似改形容,何故忧其情不乐!为复诸天相恼乱?为复宫中有不安?

为复忧其国境事?为复忧念诸女身?惟愿父王有慈愍,如今为女说来由。

父王道云云:

不是忧念诸女身,汝等自然已成长;也不忧其国境事,天宫快乐更何忧!

吾缘净饭悉达多,近日已于成正觉,叵耐见伊今出世,应恐化尽我门徒。

若使交他教化时,化尽门徒诸弟子;我即如今设何计,除灭不交出世间。

于是三女遂即进步向前,谮白父王云云:

瞿昙少小在深宫,色境欢娱争断得?没是后生身美貌,整是贪欢逐乐时。

我今齐愿下阎浮,恼乱不交令证果,必使见伊心退后,不成无上大菩提。

再如《伍子胥》中:

纵使从来不相识,错相识认有何妨。妾是公孙钟鼎女,匹配君子事贞良。

夫主姓伍身为相,束发千里事君王。自从一别音书绝,忆君愁肠气欲绝。

远道冥冥断寂寥,儿家不惯长欲别。红颜憔悴不如常,相思落泪何曾歇,

年光虚掷守空闺,谁能度得芳菲节。青楼日夜减荣光,只缘荡子事(仕)于梁。

懒向庭前睹明月,愁归帐里抱鸳鸯。远附雁书将不达,天塞阻隔路遥长。

欲织残机情不意,画眉羞对镜中妆。偏怜鹊语蒲桃架,念燕双栖白玉堂。

君作秋胡不相识,妾亦无心学采桑。见君口中双板齿,为此识认意相当。

粗饭一餐终不惜,愿君且住莫匆忙。子胥被认相辞谢,方便软言而帖写:

"娘子莫漫横相干，人间大有相似者。娘子夫主姓仵身为相，仆是寒门居草野。

倘见夫婿为通传，以理劝谏令归舍。今缘事急往江东，不得停留复日夜。"

韵语有的用于语言描写，是为了映衬人物的。如《济公全传》第二回济公带董士宏边走边唱山歌：

走走走，游游游，无是无非度春秋。今日方知出家好，始悔当年作马牛。想恩爱，俱是梦幻。说妻子，均是魔头。怎如我赤手单瓢，怎如我过府穿州，怎如我潇潇洒洒，怎如我荡荡悠悠，终日快活无人管，也没烦恼也没忧，烂麻鞋踏平川，破衲头赛缎绸。我也会唱也会歌，我也会刚也会柔。身外别有天合地，何妨世上要髑髅。天不管，地不休，快快活活做王侯。有朝困倦打一盹，醒来世事一笔勾。

也有人物语言运用韵语既维系情节又显示性格的。如《西游记》第四十六回车迟国斗圣赌"砍头剖腹，下滚油锅洗澡"时，行者向八戒夸耀本事，行者、唐僧、八戒的韵语：

行者道："我啊：
砍下头来能说话，剁了臂膊打得人。扎去腿脚会走路，剖腹还平妙绝伦。
就似人家包扁食，一捻一个就圆圆。油锅洗澡更容易，只当温汤涤垢尘。"

在与羊力大仙要赌下滚油锅洗澡时，猴子看到八戒与沙僧唧唧哝哝，以为在笑他，就想作成八戒捆一绳，于是沉入油锅装死。国王果命拿唐僧、八戒与沙僧下油锅。八戒已被捆起拿到油锅边。唐僧要求祭奠悟空：

> 三藏对锅祝曰："徒弟孙悟空！
>
> 自从受戒拜禅林，护我西来恩爱深。指望同时成大道，何期今日你归阴！
>
> 生前只为求经意，死后还存念佛心。万里英魂须等候，幽冥做鬼上雷音！"
>
> 八戒听见道："师父，不是这般祝了。沙和尚，你替我奠浆饭，等我祷。"那呆子捆在地下，气呼呼的道：
>
> "闯祸的泼猴子，无知的弼马温！ 该死的泼猴子，油烹的弼马温！ 猴儿了帐，马温断根！"

这里人物语言运用韵语就是既维系情节又显示人物性格特征的。

二、用于场景、场面描写的诗词韵语

白话小说中用于描写的诗词韵语多数是地点、场所。但凡主要活动场所，重要景点、地点，举凡城市乡村、宫殿寺观、亭台楼阁、酒店茶馆、高峰山岗、山寨水泊等，无不出一段韵语进行铺陈描写。

唐五代敦煌藏卷白话小说中的场景和场面描写的韵语是融于叙述性的讲唱的韵语中，其时还没有单独的对于场景、场面的描绘。其原因是因为这时的讲唱多配图演出，讲唱艺人只要在故事叙述中对场面、场景有所涉及就可以了。

宋元说话不再配图演出，所以这时的白话小说就要对场景、场面有单独的交代。场景的交代是为人物的行动提供活动空间，合理的场景描写对于情节的发展是必不可少的。如宋元白话小说《山亭儿》写陶铁僧被万员外辞退后，直落得"没经纪，无讨饭吃处"，小说很紧凑地引入了深秋季节：

当时正是秋间天色,古人有一首诗道:

柄柄芰荷枯,叶叶梧桐坠。细雨洒霏微,催促寒天气。

蛩吟败草根,雁落平沙地。不是路途人,怎知这滋味。

一阵价起底是秋风,一阵价下的是秋雨。陶铁僧当初只道是除了万员外不要到我,别处也有经纪处。却不知吃这万员外都分付了行院,没讨饭吃处。那厮身上两件衣裳,生绢底衣服,渐渐底都曹破了,黄草衣裳,渐渐底卷将来。曾记得建康府中二官人有一词儿,名唤做《鹧鸪天》:

黄草秋深最不宜,肩穿袖破使人悲,领单色旧襟先卷,怎奈金风早晚吹。　才挂体,皱双眉,出门羞报见相知。邻家女子低声问,觅与奴糊隔帛儿。

陶铁僧看着身上黄草布衫,卷将来风飕飕地起,便再来周行老家中来。心下自道:“万员外忒恁地毒害!便做我拿了你三五十钱,你只不使我便了,那个猫儿不偷食?直分付尽一襄阳府开茶坊底教不使我,致令我而今没讨饭吃处。这一秋一冬,却是怎地计结?做甚么是得?”

这样的场景描写就为陶铁僧勾结大字焦吉、十条龙苗忠劫杀万小员外,当直周吉并动夺万秀娘作了非常合情合理的铺垫。小说中陶铁僧等三人行凶的场所选择在一所林子,也较易为读者所接受,运用韵语对林子进行场景描写,有利于烘托渲染故事氛围:

远观似突兀云头,近看似倒悬雨脚。影摇千尺龙蛇动,声撼半天风雨寒。

当然多数白话小说的场景描写只是为交代一个场所地点,但并不能因此说白话小说用于场景描写的诗词韵语是可有可无的。如《西山一窟鬼》中有一段比较精彩的吴教授与王七三官人频频遇鬼的情节：

  王七三官人家里坟，直在西山驼献岭下。好高座岭！下那岭去，行过一里，到了坟头，看坟的张安接见了。王七三官人即时叫张安安排些点心酒来。侧首一个小小花园内，两个入去坐地。又是自做的杜酝，吃得大醉。看那天色时，早已：

  红轮西坠，玉兔东生，佳人秉烛归房，江上渔人罢钓。渔父卖鱼归竹径，牧童骑犊入花村。

  天色却晚，吴教授要起身，王七三官人道："再吃一杯，我和你同去。我们过驼献岭，九里松路上，妓弟人家睡一夜。"吴教授口里不说，肚里思量："我新娶一个老婆在家里，干颡我一夜不归去，我老婆须在家等，如何是好？便是这时候去赶钱塘门，走到那里，也关了。"只得与王七三官人手厮挽着，上驼献岭来。你道事有凑巧，物有故然，就那岭上，云生东北，雾长西南，下一阵大雨。果然是银河倒泻，沧海盆倾，好阵大雨！且是没躲处，冒着雨又行了数十步，见一个小小竹门楼，王七三官人道："且在这里躲一躲。"不是来门楼下躲雨，却是：猪羊走入屠宰家，一脚脚来寻死路。两个奔来躲雨时，看来却是一个野墓园。只那门前一个门楼儿，里面都没甚么屋宇。石坡上两个坐着，等雨住了行。正大雨下，内见一个人貌类狱子院家打扮，从隔竹篱笆里跳入墓园，走将去墓堆子上叫道："朱小四，你这厢有人请唤，今日须当你这厢出头。"墓堆子里谩应道："阿公，小四来也。"不多时，墓上土开，跳出一个人来，狱子厢赶着了自去。吴教授和王七三官人见了，背膝展展，两股不摇而自颤。看那雨却住了，两个又走。地下又滑，肚里又怕，心头一似小鹿儿跳，一双脚一似斗败公鸡，后面一似千军万马赶来，再也不敢回头。行到山顶上，侧着耳朵听时，空谷传声，听得林子里面断棒响。

其中两处写场景的韵文脱落了。这两处韵语的脱落，给小说造成了较大影响，读者明显感到情节不连贯。即如经过西山驼献岭时不出骈文或韵语，直接接"下那岭去……"就感受不出二人走上了岭的情形，明显感到有跳跃；再如返回时路过西山驼献岭遇雨一处，不出骈文或韵语对于场景进行渲染，也不能体现出二人在雨中跟跄奔突，慌不择路的情形。这不仅影响情节的连贯，而且于故事中具体形象塑造也有不足。

在白话小说流传的过程中，一些改编者对其中连篇累牍的诗词韵语常感腻味，常常进行改编或删除，但有时不免对小说故事情节和形象刻塑造成了损害。应该注意，前此说书艺人经过长期说书经验的积累，通过深刻体味人生，体察人物心理而创造出来的作品，其运用诗词韵语个别时候也能体现出一定的艺术效果。我们不妨比较一下宋元白话小说残页《新编红白蜘蛛小说》和冯梦龙改编后的《醒世恒言》中《郑节使立功神臂弓》在运用韵语上的区别。

《红白蜘蛛》残页写郑信上路与日霞仙子分别时，各道珍重，妇女自去，郑信前行，情节推进较缓慢，描写也较细腻："将着孩儿，一路地哭，回头看时……"其运用韵语是情节发展的需要。而《郑节使立功神臂弓》写郑信将去投军与日霞仙子分别时，因刮起一阵大风，带上了神异色彩，情节转换较突兀，人物显得死气而呆板——"郑信抱了一张神臂弓，呆呆的立了半晌，没奈何，只得前行。"这样，对于情节的处理直接影响到了韵语的使用，也因而见出两篇的优劣。

我们看《红白蜘蛛》残页的韵语：

> 青云藏宝殿，薄雾隐回廊。审听不闻箫鼓之音，遍视已失峰峦之势。日霞宫想归海上，神仙女料返蓬莱。　多应看罢僧繇画，卷起丹青十幅图。

《郑节使立功神臂弓》（顾学颉校注，作家出版社 1956 年版）的

韵语:

> 青云藏宝殿,薄雾隐回廊。静听不闻消息之声,熟视已失峰峦之势。日霞宫想归海上,神仙女自去蓬莱。 多应看罢僧繇画,卷起丹青一幅图。

《郑节使立功神臂弓》(魏同贤主编,上海古籍出版社 1993 年版)的韵语:

> 青云藏宝殿,薄雾隐回廊。静听不闻消息之声,回视已失峰峦之势。日霞宫想归海上,神仙女料返蓬莱。 多应看罢僧繇画,卷起丹青一幅图。

比较两文中出现的韵语,可以看出有几个不同之处:

《红白蜘蛛》残页	顾校本	上古本
审听	静听	静听
箫鼓之音	消息之声	消息之声
遍视	熟视	回视
料返	自去	料返
十幅图	一幅图	一幅图

从上面的比较可以看出,《红白蜘蛛》残页和《郑节使立功神臂弓》使用这套韵语时,在对于人物行动(视、听)和心理描写上存在着明显的差距,致使两篇在运用韵语产生的艺术效果上,表现出了质的不同。

《红白蜘蛛》残页运用韵语实际上起了两个作用。一是通过那段韵语写分离后郑信的心理活动情况。正是这段韵语的描叙和刻画,将郑信强烈的求取功名的欲望与携子别妻内心不舍的矛盾心理及一双儿女"一路地哭"所导致的心绪烦乱刻写了出来。《红白蜘蛛》残页用这段韵语进行的场景、心理描写，以内视角，用尺幅千里的手法，不仅推进了情节，而且通过人物的行动和心理活动非常细致地刻塑出了人物的典型性格。二是这段韵语实际也是全篇故事的收结，既起到了画龙点睛的作用，又显得韵味深长。

相比而言，《郑节使立功神臂弓》因为前面郑信与日霞仙子分别场面的描叙欠合理，再加上"忽然就脚下起阵狂风"神异情节的应用，后面再引出韵语，就显得多余且乏味。也正如紧接后面对郑信的刻画："郑信抱了一张神臂弓，呆呆的立了半晌，没奈何，只得前行。"形象既死气，又单薄。就通篇来看，用矫情和被动来刻画英雄形象，这也是改作的不成功处。无怪乎《郑节使立功神臂弓》作如下描叙："后来收番累立战功，都亏那神臂弓之用。"远不如《红白蜘蛛》残页中郑信在献了神臂弓后，又"后来收番，累获战功"，写出郑信不仅由神臂弓进身，而且也是驰骋疆场，奋勇杀敌的英雄。

古代长篇白话小说中，《水浒传》中用于场景描写的诗词韵语多是辅助性的，多用来交代地点场所，间或有烘染情节作用的。《西游记》中因为其故事情节发展的需要，凡遇到山水寺庙、花草树木、风火雨雪，时序到了春夏秋冬、冷暖寒暑等，无不出一篇诗词韵语进行铺陈描写，这些韵语描写虽然不具体，但对于场景描写还是起到了一定的烘染作用，读者可以根据这些诗词韵语想象取经人所处的场景，相比没有韵语，只交代有一座庙或山等，表现力要强。

古代白话小说中的诗词韵语常用来描写筵宴、打斗、行军、仪仗、追捕等场面。这种场面描写明显有烘染故事情节的作用。如《五代梁史平话》朱温平定河北诸镇后，大摆宴筵庆贺，写宴会情状：

宝盘雕俎，玉罂犀瓶.满筵珍果间新奇，装钉嘉肴香馥郁。□中喷金鼎龙涎，盏面上波浮绿蚁。

写裴渥迎接王仙芝及黄巢等入城,置酒欢宴的场面:

> 琉璃钟,琥珀浓,小槽酒滴真珠红。烹龙炮凤玉脂泣,罗
> 帏绣幕围香风。吹龙笛,击鼍鼓,皓齿歌,细腰舞。况是青春
> 日将暮,桃花乱落如红雨。劝君终日酩酊醉,酒不到刘伶坟
> 上土。

《定山三怪》用骈文描写酒席宴筵的场面:

> 正恁沉吟间,则见女娘教安排酒来。道不了,青衣掇过果
> 桌。顷刻之间,咄嗟而办。
> 幕天席地,灯烛荧煌。筵排异皿奇杯,席展金觥玉斝。珠
> 曩妆成异果,玉盘簇就珍羞。珊瑚筵上,青衣美丽捧霞觞;玳
> 瑁杯中,粉面丫鬟斟玉液。

《西湖三塔记》用诗描写酒席宴筵的场面:

> 妇人便与宣赞叙寒温,分宾主而坐。两个青衣女童安排
> 酒来,少顷水陆毕陈,怎见得?
> 琉璃钟内珍珠滴,烹龙炮凤玉脂泣。罗帏绣幕生香风,击
> 起鼍鼓吹龙笛。
> 当筵尽劝醉扶归,皓齿歌分细腰舞。正是青春白日暮,桃
> 花乱落如红雨。
> 当时一杯两盏,酒至三杯,奚宣赞目视妇人,生得如花似
> 玉,心神荡漾,却问妇人姓氏。

《山亭儿》写合哥引着一行人捉拿大字焦吉、十条龙苗忠、茶博士陶
铁僧一行人的场面:

个个威雄似虎，人人猛烈如龙。雨具麻鞋，行缠搭膊。手中杖牛头铛，拨互叉，鼠尾刀，画皮弓，柳叶箭。在路上饥餐渴饮，夜住晓行。才过杏花村，又经芳草渡。好似皂雕追紫燕，浑如饿虎赶黄羊。

《西游记》第四回写巨灵神与孙猴子交战的场面：

巨灵神冷笑三声道："这泼猴，这等不知人事，辄敢无状，你就要做齐天大圣！好好的吃吾一斧！"劈头就砍将去。那猴王正是会家不忙，将金箍棒应手相迎。这一场好杀：

棒名如意，斧号宣花。他两个乍相逢，不知深浅；斧和棒，左右交加。一个暗藏神妙，一个大口称夸。使动法，喷云嗳雾；展开手，播土扬沙。天将神通就有道，猴王变化实无涯。棒举却如龙戏水，斧来犹似凤穿花。巨灵名望传天下，原来本事不如他；大圣轻轻轮铁棒，着头一下满身麻。

巨灵神抵敌他不住，被猴王劈头一棒，慌忙将斧架隔，扢扠的一声，把个斧柄打做两截，急撤身败阵逃生。猴王笑道："脓包！脓包！我已饶了你，你快去报信！快去报信！"

写哪吒与孙猴子交战的场面：

那哪吒奋怒，大喝一声，叫"变！"即变做三头六臂，恶狠狠，手持着六般兵器，乃是斩妖剑、砍妖刀、缚妖索、降妖杵、绣球儿、火轮儿，丫丫叉叉，扑面打来。悟空见了，心惊道："这小哥倒也会弄些手段！莫无礼，看我神通！"好大圣，喝声"变"也变做三头六臂；把金箍棒幌一幌，也变作三条；六只手拿着三条棒架住。这场斗，真是个地动山摇，好杀也：

六臂哪吒太子，天生美石猴王，相逢真对手，正遇本源流。

那一个蒙差来下界，这一个欺心闹斗牛。斩妖宝剑锋芒快，砍妖刀狠鬼神愁；缚妖索子如飞蟒，降妖大杵似狼头；火轮掣电烘烘艳，往往来来滚绣球。大圣三条如意棒，前遮后挡运机谋。苦争数合无高下，太子心中不肯休。把那六件兵器多教变，百千万亿照头丢。猴王不惧呵呵笑，铁棒翻腾自运筹。以一化千千化万，满空乱舞赛飞虬。唬得各洞妖王都闭户，遍山鬼怪尽藏头。神兵怒气云惨惨，金箍铁棒响飕飕。那壁厢，天丁呐喊人人怕；这壁厢，猴怪摇旗个个忧。发狠两家齐斗勇，不知那个刚强那个柔。

三太子与悟空各骋神威，斗了个三十回合。那太子六般兵，变做千千万万；孙悟空金箍棒，变作万万千千。半空中似雨点流星，不分胜负。原来悟空手疾眼快，正在那混乱之时，他拔下一根毫毛，叫声"变！"就变做他的本相，手挺着棒，演着哪吒；他的真身，却一纵，赶至哪吒脑后，着左膊上一棒打来。哪吒正使法间，听得棒头风响，急躲闪时，不能措手，被他着了一下，负痛逃走；收了法，把六件兵器，依旧归身，败阵而回。

《封神演义》第三回写苏全忠与崇黑虎交战的场面：

二将阵前寻斗赌，两下交锋谁敢阻？这个似摇头狮子下山冈，那个如摆尾狻猊寻猛虎；这一个真心要定锦乾坤，那一个实意欲把江山补。从来恶战几千番，不似将军真英武。

还有用诗词韵语描写喜庆场面的，如《杨温拦路虎传》用骈文描写杨温与冷小姐的喜庆场面；《刎颈鸳鸯会》用骈文描写新婚夜景象；等等。

总之，古代白话小说中用于人物语言及场景描写的诗词韵语有其不可或缺的重要作用,它们对于人物刻塑、情节连贯,都发挥着一定的作用。所以我们对于白话小说中用于描写的诗词韵语也不能一味加以否定,不能抹杀其功用。

第二节　白话小说中用于议论的
诗词韵文研究

受宋代文学思潮尚理的影响,不独诗歌好议论,宋代白话小说中融入的诗歌亦以说理议论擅长。影响所及,后世白话小说中融入的诗词韵文,说理议论的亦占了很大的比重。

白话小说插入诗词韵文,并且多用于议论说理,很直露地表明作者的倾向,这就形成了对小说内质的冲击。恩格斯曾说:"倾向应当从场面和情节中自然流露出来,而不应当特别把它指点出来。"①可见,直白地说理议论是古代白话小说的一个不足之处。

由于古代白话小说所处的特定时代氛围,加之传统文化的内在作用,作者个人极欲表达其认识和思想倾向等原因,在研究古代小说,特别是研究其中融入的诗词韵文时,不能脱离古代白话小说发展的特定阶段,而一味要求其达到近现代小说的艺术高度。所以本节在讨论用于说理议论的白话小说中的诗词韵文时,着眼于白话小说作者在文化意义上引发的哲理性思考以及在道德伦理意义上服务于当时社会现实的教化等。

一、文化意义上的哲理性思考

马克思主义认为,在人类认识客观世界、改造世界的过程中,对于世界的掌握是精神方式和物质方式的统一。在精神的掌握世

---

①　恩格斯:《致敏·考茨基》,《马克思恩格斯全集》第三十六卷,见纪怀民等编《马克思主义文艺论著选讲》,中国人民大学出版社 1982 年版,第 250 页。

界的方式中，艺术的方式区别于理论的、宗教的掌握方式，而它们共同以实践——精神的掌握方式为基础。同时指出，文学艺术是人类认识活动的产物，它来源于客观世界，对客观世界同时又有反作用。

中国古代的白话小说，常常体现出对于社会人生的极大关切，希冀对社会人生有一种深入的认识和把握，小说作品中也就出现了一定的哲理蕴含。但更多时候，这种经验总结和哲理蕴含是从作者的说理议论中揭发出来的。只有比较成熟的作品才通过"场面和情节中自然而然地流露出来，而不是特别地把它指点出来"。

这种对于社会人生的关切之情，根本取决于中国人心理结构。中国古代，儒、释、道都谈"道"。孔子云："朝闻道，夕死可矣。"(《论语·理仁篇》)孟子曰："理义之悦我心，犹刍豢之悦我口。"(《孟子·告子上》)可见，儒家的道在于人生理义，亦即对社会和人生的本质认识。儒家的"志于道""克己复礼为仁"等主要是内指的自身人格的完善和对于道德理想的追求。两方面的结合，着重于个体对社会和人生的本质认识。这也正是儒家思想被用作统治思想来约束社会个体的根本原因。

古代中国人的信仰是关注现世的社会人生，而不在于超脱。所以唐君毅说："中国哲学……以人之命运与幸福即视其对比各种矛盾力量解决至何程度而定之思想……中国人亦有特殊之人生悲感，即中国文学中所表现之人生无常之感。此种感情乃深植根于中国人之灵魂者。盖纯粹中国人无彼界之信仰，无天国之信仰，无对于未来世界之信仰。中国人所信仰者，唯其自身之生命，由此信仰使中国人皆为现世主义者。"[1]不错，古代白话小说关于说理议论的诗词韵语中，就特别明显地表现出了这方面的对现实社会人生的关切之情，希冀对社会人生有深入的认识和把握。

---

[1] 唐君毅：《中国哲学与中国文学之关系》，见北京大学比较文学研究所编《中国比较文学研究资料》，北京大学出版社 1989 年版，第 418 页。

　　这种认识活动又常常与当时的社会文化思潮相协调。我国史籍浩如烟海,重史是中国古代一种重要的观念。重史的目的当然为总结历史经验,鉴往知来,用以指导现下的实践。到了宋代这种史的意识更加强烈。司马光修《资治通鉴》就是从"关国家之盛衰,系生民之休戚,善可为法,恶可为戒"这一目的出发的。这种史的意识应该说是当时社会的普遍意识——一种较强的总结社会人生经验的意识,于是,很自然引发出一种对于社会的知性认识,对于当时流行于下层社会的"说话"也产生了重大影响,致使白话小说故事中内含了较多的关于社会人生经验的总结和体味。

　　这种认识活动与当时的理学思潮也有关系。儒家思想将"格物""致知"(《大学》)作为最基本的认知方式,宋代理学家更把它作为立身处世的根基。程颐将"格物"进一步引申为"穷理",就是希望通过事物的表象,寻绎出"万物一理"之理。但是理学的根本目的不在于认知,而在于他们要维护的事业——"礼":全部封建统治制度。所以朱熹说:"学者学圣人,存天理而灭人欲。"但就在他们"为天地立心,为生民立命,为往圣继绝学,为万世开太平"的理想追求过程中,"格物穷理"的方法还是启迪了当时人们的认知方式的。冯契先生在其哲学研究中常提及作为教育家的理学家这一特点,说"文化教育水平的提高有助于社会进步"[1],不难想见,这种影响可能更广泛、更深入。吴组缃先生说,宋代文学"总的倾向是:面对现实,两脚落地,而少幻想,头脑冷静而少狂热,这与宋代理学的格物致知有关"[2]。所以,宋元白话小说也表现出这样的特点,观念意识中总想格物、穷理、致知。

　　现实生活中的情状,有许多时候是与人的意愿相悖的。对于这种悖情悖理的现象或悲剧,古人的理解不可能达到现代科学发展探索了解的程度。于是自觉不自觉将其视为一种上天主宰的神

---

① 冯契:《中国古代哲学的逻辑发展》(上),华东师范大学出版社 1997 年版,第 10 页。
② 吴组缃、沈天佑:《宋元文学史稿》,北京大学出版社 1989 年版,第 6 页。

力——中国传统观念中称作"天运"。从天命的角度去理解现实生活的否泰蹇顺,在佛教传入之前的中国传统文化中多数情况下还是一个不可改变和无法企及的神秘状态。

孔子的天道观是承认"天命"的。冯友兰先生说,孔子"对于人类与自然界的矛盾,他的解决办法是'顺天命'"①。但孔子以为"天道远"而"不语怪、力、乱、神","未能事人。焉能事鬼?""未知生,焉知死?""知其不可为而为之",所以便表现出一种关怀现世的理性主义精神。

墨子的天道观中,既批驳儒家的天命论,有"非命"思想,又有"天志""明鬼"观念,这种矛盾的根源在于现世生活。如:

> 公孟子曰:"贫富寿夭,错然在天,不可损益。"又曰:"君子必学。"子墨子曰:"教人学而执有命,是犹命人葆而去其冠也"(《墨子·公孟篇》)
> 执有命者不仁。(《非命上》)
> 自古以及今,生民以来者,亦尝见命之物,闻命之声者乎?则未尝有也。(《非命中》)
> 命者,暴王所作,穷人所述,非仁人之言也。(《非命下》)
> 赖其力者生,不赖其力者不生。(《非乐上》)

老子的天道观中,主张"无为":

> 不行而知,不见而名,不为而成。(《老子》第四十七章)
> 天网恢恢,疏而不漏。(《老子》第七十三章)

这与儒家的天命论一致,即让人顺从自然命运。

---

① 冯友兰:《中国哲学史新编》,人民出版社 1982 年版,第 171 页。

孟子的天道观,在理解现世人生时,也同样抱持"天命论"。如:

> 莫之为而为者,天也;莫之致而至者,命也。(《孟子·万章上》)
>
> 口之于味也,目之于色也,耳之于声也,鼻之于臭也,四肢之于安逸也,性也,有命也,君子不谓性也。(《尽心下》)

庄子更抱持着一种"乐天安命"的人生态度,让人进入一种超脱是非、生死、利害的"真人"境界。如:

> 死生,命也,其有夜旦之常,天也。(《大宗师》)
>
> 死生、存亡、穷达、贫富、贤与不肖、毁誉、饥渴、寒暑,是事之变、命之行也。(《德充符》)
>
> 知其不可奈何而安之若命,德之至也。(《人间世》)

可以说,"天命论"到了庄子这里已经成熟,成为传统观念里的"死生有命,富贵在天"的天命论了。

到了列子,所有生产生活中不能理解的规律性和非规律性的东西,统统归之于"命运"。如:

> 农趋时,商趣(趋)利,工追术,仕逐势,势使之然也。然农有水旱,商有得失,工有成败,仕有遇否,命使然也。(《列子·力命》)

汉代这种命运观,更发展成一种命定论:

> 凡人遇偶及遭累害,皆由命也。有死生寿夭之命,亦有贵

> 贱贫富之命。自王公逮庶人,圣贤及下愚,凡有首目之类,含
> 血之属,莫不有命。命当贫贱,虽富贵之,犹涉祸患矣。命当
> 富贵,虽贫贱之,犹逢福善矣。(王充《论衡·命禄》)
> 全命避害,不受世患。(班固语)

但在对于历史经验的总结过程中,对于这种命定论也有提出质疑
的,但仍然是满怀困惑:

> 倘所谓天道,是邪非邪?(司马迁《史记·伯夷叔齐列传》)
> 孔子罕言命,盖难言之也。非通幽明之变,恶能识乎性命
> 哉?(司马迁《史记·外戚世家》)

如果说儒家执着于现世人生,更看重生,那么,道与释两教追
问的是现世苦难的解脱,直至死,从人生之终极来关注"生"。它们
更多是从生死、形神出发,在"天道观"中构设出"天""上帝""佛"等
神,为人寻找一个"彼岸世界"——幸福的、富足的、自由的、极乐的
世界和精神的、理想的、崇高的、永恒的境界①。道教于此虚构出
了神仙之境,希望人能成仙得道、长生久视。佛教言"空",以为组
成世界的"四大"皆空。般若中观学派的"色即如空,空即如色",将
人们的认识带入了前世、今世、后世的因缘和合论中。

宋明理学的天道观,着重在于"天道自然"上。他们更着重于
天命论。如:

> 天地万物之理,无独必有对,皆自然而然,非有安排也。
> 万物皆有理,顺之则易,逆之则难。各循其理,何劳于己
> 力哉?(程颢语,《二程遗书》卷十一)

---

① 任继愈:《中国书院讲演录第一辑·论中国传统文化》,生活·读书·新知三联书
店 1988 年版,第 259、260 页。

　　　　莫之为而为，莫之致而致，便是天理。（程颐语，《二程遗书》卷十八）

　　　　天使我有是之谓命，命之在我视之为有性，性之在物之谓理。

　　　　能循天理而动者，造化在我也。（邵雍《皇极经世·观物外篇》）

　　在对社会历史、现实人生关注的过程中，以上的哲学积淀——"一般认识的历史"（列宁语）概括，都是从人类的精神生活中直接观察、体会出来的。当时历史条件下，人类对自然现象和社会现象不可能正确地理解，于是产生这许多的观念意识。对于尘世间这种祸福寿夭、穷蹇通达、富贵贫贱、得志失意、暴发骤衰、生生死死似乎不由自身作主的状况，古人确乎百思不得其解，于是只能强称之曰"命"。

　　古人的运命观表现在白话小说中最突出的庄子所言"知其不可为而安之若命"的命定观念。如宋元白话小说《三现身》的篇首诗：

　　　　甘罗发早子牙迟，彭祖颜回寿不齐。范丹贫穷石崇富，算来都是只争时。

通过人生穷达贫富寿夭均由时而不由人的世事情状，表达其对于运命、机遇的认识。宋元白话小说《皂角林大王假形》篇首诗一，表达一种宝贵荣华乃是天意，枉求不得的认识：

　　　　富贵还将智力求，仲尼年少合封侯。时人不解苍天意，空使身心半夜愁。

《喻世明言》第十八卷《杨八老越国奇逢》词：

　　君不见平阳公主马前奴，一朝富贵嫁为夫。又不见咸阳东门种瓜者，昔日封侯何在也？荣枯贵贱如转丸，风云变幻诚多端。达人知命总度外，傀儡场中一例看。

　　这篇古风，是说人穷通有命：或先富后贫，先贱后贵，如云踪无定，瞬息改观，不由人意想测度。

清郭广瑞、贪梦道人的《永庆升平全传》第四回回首词：

　　金乌玉兔西坠，江河绿水东流。人生哪有几千秋？万里山川依旧。寿夭穷通是命，富贵荣华自修。看看白了少年头，生死谁知先后。

古代哲学思想中也有很多强调积极进取精神的，如"天行健，君子以自强不息"（《周易·乾·象传》），孔子的"知其不可为而为之"，荀子的"制天命而用之"，屈原的"路漫漫其修远兮，吾将上下而求索"（《离骚》），淮南子的"不自强而功成者，天下未之有也"（《淮南子·修务训》），刘禹锡的"人诚务胜乎天者也。天无私，故人可务乎胜也"（《天论》中），"以不息为体，以日新为道"（《大钧赋》）等。白话小说在宣扬天命观时，往往走向消极的宿命论，将积极进取精神全行放弃了，受老庄哲学"安时处顺""消极避世""全身保命"消极思想的影响，形成一种消极的处世哲学。在这种消极的处世哲学中，充满了厌世、悲观意绪。如：

　　日日深杯酒满，朝朝小圃花开。自歌自舞自开怀，且喜无拘无碍。　青史几番春梦，红尘多少奇才。不须计较与安排，领取而今见在！

　　这首词乃宋朱希真所作，词寄《西江月》，单道着人生功名富贵，总有天数，不如图一个眼前快活。试看往古来今，一部十七史中,多少英雄豪杰,该富的不得富,该贵的不得贵。能文的倚马千言,用不着时,几张纸盖不完酱瓿;能武的穿杨百步,用不着时,几竿箭煮不熟饭锅。及至那痴呆懵董生来有福分的,随他文字低浅,也会发科发甲;随他武艺庸常,也会大请大受。真所谓时也,运也,命也!俗语有两句道得好:"命若穷,掘得黄金化作铜;命若富,拾着白纸变成布。"总来只听掌命司颠之倒之。所以吴彦高又有词云:

"造化小儿无定据,翻来覆去,倒横直竖,眼见都如许!"

僧晦庵亦有词云:

"谁不愿黄金屋?谁不愿千钟粟?算五行不是这般题目。枉使心机闲计较,儿孙自有儿孙福。"

苏东坡亦有词云:

"蜗角虚名,蝇头微利,算来着甚干忙?事皆前定,谁弱又谁强?"

这几位名人说来说去,都是一个意思,总不如古语云:

"万事分已定,浮生空自忙。"(《初刻拍案惊奇》卷一篇首诗词)

得失枯荣总在天,机关用尽也徒然。人心不足蛇吞象,世事到头螳捕蝉。无药可延卿相寿,有钱难买子孙贤。甘贫守分随缘过,便是逍遥自在仙。(《初刻拍案惊奇》卷三十三)

想为人禀命生于世,但做事不可瞒天地。贫与富一定不可移,笑愚民枉使欺心计。(《初刻拍案惊奇》卷三十五)

因其放弃了"力命",只好待时,待机、待巧,而听天由命了。如:

> 人生自合有穷时,纵是仙家讵得私？富贵只缘乘巧凑,应
> 知难改盖棺期。
>
> (《初刻拍案惊奇》卷四十)
>
> 世间奇物缘多巧,不怕风波颠倒。遮莫一时开了,到底还
> 完好。　丰城剑气冲天表,雷焕张华分宝。他日偶然齐到,
> 津底双龙袅。
>
> 此词名《桃源忆故人》,说着世间物事有些好处的,虽然一
> 时拆开,后来必定遇巧得合。
>
> 温峤曾输玉镜台,圆成钿合更奇哉！可知宿世红丝系,自
> 有媒人月下来。
>
> 世间百物总凭缘,大海浮萍有偶然。不向长安买钿盒,何
> 从千里配婵娟？
>
> (《二刻拍案惊奇》卷三)
>
> 万事皆由天定,人生自有安排。善恶到头有兴衰,参透须
> 当等耐。　草木虽枯有本,遇春自有时来。一朝运转赴瑶
> 台,也得清闲自在。(清郭广瑞、贪梦道人的《永庆升平全传》
> 第七回《西江月》词)

白话小说表现出来的命定观念,不只现世人生中功名富贵是
命、是运、是时,而且男女婚配、生儿育女也带有浓重的命定观念,
加之佛教"因缘和合"思想的影响,俗语所谓"千里姻缘一线牵"等,
表达了一种宿命论的婚姻生育观。如:

> 每说婚姻是宿缘,定经月老把绳牵。非徒配偶难差错,时
> 日犹然不后先。
>
> (《初刻拍案惊奇》卷五卷首诗)

闻说氤氲使,专司凤世缘。岂徒生作合,惯令死重还。

顺局不成幻,逆施方见权。小儿称造化,于此信其然。

（《初刻拍案惊奇》卷九卷首诗）

嫁女须求女婿贤,贫穷富贵总由天。姻缘本是前生定,莫为炎凉轻变迁。（《初刻拍案惊奇》卷十卷首诗）

在宣扬婚姻天定的同时,也批判了那种势利人情及炎凉世态。如:

子息从来天数,原非人力能为。最是无中生有,堪令耳目新奇。（《初刻拍案惊奇》卷三十八）

这种消极的命定论或宿命论,长期在社会上流传,被广大的世俗大众所接受,于是在他们的头脑中生活中,无时无事不是命定了的。如:

一饮一啄,莫非前定。一时戏语,终身话柄。

话说人生万事,前数已定。（《初刻拍案惊奇》卷十二）

在面对人心败坏、纷争扰攘、倾轧杀戮的世间时,由于古代社会司法制度的腐败,加之受老子天道观中"天网恢恢,疏而不漏"观念的影响,当时人只能将惩恶扬善的希望寄托于"天",企盼"天理昭彰"。如:

杳杳冥冥地,非非是是天。害人终自害,狠计总徒然。

湛湛青天不可欺,未曾举意已先知。善恶到头终有报,只争来早与来迟。

人恶人怕天不怕,人善人欺天不欺。

由来天网恢恢,何曾漏却阿谁? 王法还须推勘,神明料不差池。

（《初刻拍案惊奇》卷十一）

中国古代历朝历代都反复强调自己是奉上天之命来统治世界,是"真命天子",如"皇天改大殷之命,维文王受之"(《逸周书·祭公》)。董仲舒更提出:"王者承天意以从事。"(《对策一》)"天子受命于天,诸侯受命于天子,子受命于父,臣妾受命于君,妻受命于夫。诸所受命者,其尊皆天也,虽谓受命于天亦可。"(《顺命》)这种"君权神授"思想对白话小说有很大影响。如:

> 天命从来自有真,岂容奸术恣纷纭?
> 黄巾张角徒生乱,大宝何曾到彼人?(《初刻拍案惊奇》卷三十一)

白话小说中亦有结合佛教"空"观与中土的命定思想体发出来的对现世人生的悲观绝望的认识。如:

> 梦中富贵梦中贫,梦里欢娱梦里嗔。闹热一场无个事,谁人不是梦中人?(《张子房慕道记》)
> 谁言今古事难穷?大抵荣枯总是空。算得生前随分过,争如云外指溟鸿。
> 暗添雪色眉根白,旋落花光脸上红。惆怅凄凉两回首,暮林萧索起悲风。(《张主管志诚脱奇祸》)
> 荣枯本是无常数,何必当风使尽帆?东海扬尘犹有日,白云苍狗刹那间。
> 话说人生荣华富贵,眼前的多是空花,不可认为实相。如今人一有了时势,便自道是"万年不拔之基",旁边看的人也是一样见识。岂知转眼之间,灰飞烟灭,泰山化作冰山,极是不难的事。(《初刻拍案惊奇》卷二十二)
> 滚滚长江东逝水,浪花淘尽英雄。是非成败转头空,青山依旧在,几度夕阳红。   白发渔樵江渚上,惯看秋月春风。

一壶浊酒喜相逢,古今多少事,都付笑谈中。(《三国演义》的篇首词《临江仙》)

这是对于历史兴亡的深沉感慨——"宇宙永恒,人生短暂",功名事业、是非成败到头来终究是一场空,只不过白白为后人增添了一些话柄,表现了儒家对用世思想的悲叹,表达了佛家万事皆空和道家全身保命、追求逍遥的消极意念,揭发出历史发展与人情物理之间的矛盾冲突。这首词对于小说的意义是,它为读者设置了一个精神松弛的娱乐空间,为读者展现出一副基于历史表层的世相,希望读者诸君不忙于去营苟,开卷有益,先听一番至理。这种从心理上将读者摄入小说故事中的作法,为小说奠定了情感基调。所以后世有跳出小说故事氛围外,猛然觉醒的"看三国掉眼泪,为古人担忧"的说法。

再如:

试看书林隐处,几多俊逸儒流。虚名薄利不关愁,裁冰及剪雪,谈笑看吴钩。 评议前王并后帝,分真伪占据中州。七雄扰扰乱春秋,兴亡如脆柳,身世类虚舟。

见成名无数,图名无数,更有那逃名无数,霎时新月下长川,江湖变桑田古路。 讦求鱼缘木,拟穷猿择木,恐伤弓远之曲木。不如且覆掌中杯,再听取新声曲度。(《水浒传》引首词)

上词也有轻视"名"的议论,但它着眼于小说作者的创作之功,从看透世事沧桑变化的角度,发抒其对历史人生的感喟,劝人及时行乐,劝人捧读《水浒传》,消却名利的羁绊和无尽的烦恼忧愁。《金瓶梅词话》引首词《行香子·阆苑瀛洲》也体现出了作者对于功名富贵的议论,表现出一种失意苍凉的悲观认识:

明朝事天自安排,知他富贵几时来。且优游,且随分,且开怀。

如果说《三国演义》《水浒传》等篇首词抒发的情思,构成了一种与小说内容的映衬,引发读者掩卷深思,还只是作者游离于故事之外的咏叹的话,那么《红楼梦》第一回跛足道人所唱的《好了歌》,就是作者将其审度现世人生的理念,用来统构其所构设的故事:

世人都晓神仙好,惟有功名忘不了! 古今将相在何方? 荒冢一堆草没了,

世人都晓神仙好,只有金银忘不了! 终朝只恨聚无多,及到多时眼闭了,

世人都晓神仙好,只有娇妻忘不了! 君生日日说恩情,君死又随人去了,

世人都晓神仙好,只有儿孙忘不了! 痴心父母古来多,孝顺儿孙谁见了?

曹雪芹受佛教,特别是般若中观"色空观"的影响,借空空道人"因空见色,由色生情,传情入色,自色悟空"来揭发其对于现世人生的认识和体悟,所以作者在整个小说文本中自觉不自觉地想渗透他的"色空"理念。色,是一片泥淖,它象征的是窳败、无情、腐烂掉了的现实,本不是情之居所;而"空"不仅有对于现实的清醒认识,而且也象征了一种精神的、理想的、崇高的、永恒的境界,也正是"世外仙姝寂寞林"的归属,即如《葬花词》所咏:"愿奴胁下生双翼,随花飞到天尽头。"最终,曹雪芹还是为颦卿设置了一个用"空"和"世外仙境"编织的理想境界。

白话小说运用诗词韵语进行议论,也不乏对当时社会现实的清醒认识,受儒家"弘毅""志道"思想及庄子"敝屣富贵、淡泊名利"

思想的影响，表现出了作者保全真素，重操守气节，讲求文行出处的自由精神。如《儒林外史》的引首词：

> 人生南北多歧路，将相神仙，也要凡人做。百代兴亡朝复暮，江风吹倒前朝树。　功名富贵无凭据，费尽心情，总把流光误。浊酒三杯沉醉去，水流花谢知何处。

这首词即是对于全篇大义、主旨的隐括——"人生富贵功名是身外之物，但世人一见了功名，便舍着性命去求他，及至到手之后，味同嚼蜡，自古及今那一个是看得破的！"闲斋老人在《儒林外史序》中曾揭发道：

> 其书以功名富贵为一篇之骨。有心艳功名富贵而媚人下人者；有倚仗功名富贵而骄人傲人者；有假托无意功名富贵而自以为高，被人看破耻笑者；终乃以辞却功名富贵，品地为最上一层为中流砥柱。

二、道德伦理意义上的教化

中国古代一向有着注重文章或文学社会功用的传统，孔子言"诗可以兴，可以观，可以群，可以怨。迩之事父，远之事君"（《论语·阳货》）。《左传》所谓的"三不朽"——"立德、立功、立言"；《毛诗序》所谓的"风以动之，教以化之"，"经夫妇，成孝敬，厚人伦，美教化，移风俗"。王充言文章应"载人之行，传人之名也！善人愿载，思勉为善；邪人恶载，力自禁裁"（《论衡·佚文》）。曹丕更言文章为"经国之大业，不朽之盛事"（《典论·论文》）。刘勰言"心生而言立，言立而文明，自然之道也"（《文心雕龙·原道第一》）。唐代柳冕更指出："文章本于教化，形于治乱，系于国风。"（《与徐给事论文书》)"夫文章者本于教化,发于情性。本于教化,尧舜之道也;发于情性,圣人之言也。"(《答徐州张尚书论文武书》)白居易言文章应"为君""为臣""为时""为事""为民""为物"而作,等等。正是要求文章或文学有补于道,有助于治世。

在作者,也就有着一种强烈的疗救社会、补察时政的社会责任感,所以王充主张"文人之笔,劝善惩恶也"。韩、柳主张"文以明道",李汉言"言以贯道",周敦颐、朱熹等言"文以载道",等等。

古代白话小说的教化意识,也正是源于这种传统,但白话小说因为作者和读者区别于正统的诗文,所以其教化的内容也与诗文有区别。白话小说教化的内容在文化传统的大框架内,更接近现实生活、更通俗、更便捷。《都城纪胜·瓦舍众伎》载讲史书寓褒贬时言:"公忠者雕以正貌,奸邪者与之丑貌。"《醉翁谈录》云:

> 说者纵横四海,驰骋百家。以上古隐奥之文章,为今日分明之议论……皆有所据,不敢谬言。言其上世之贤者,可为师;排其近世之愚者,可为戒。言非无根,听者有益……破尽诗书泣鬼神,发扬义士显忠臣……讲论只凭三寸舌,秤评天下浅和深。(《舌耕叙引·小说引子(演史讲经并可通用)》)
>
> 夫小说者……非庸常浅识之流,有博览该通之理……只凭三寸舌,褒贬是非。(《小说开辟》)

明清小说在其创作、流传中也很注意这一点,如:

> 若读到古人忠处,便思自己忠与不忠;孝处,便思自己孝与不孝。至于善恶可否,皆当如此,方是有益。若只读过,而不身体力行,又未为读书也……曹瞒虽有远图,而志不在社稷,假忠欺世,卒为身谋,虽得之,必失之,万古奸贼,仅能逃其不杀而已,固不足论……惟昭烈汉室之胄,结义桃园,三顾茅

庐,君臣契合,辅成大业,亦理所当然。其最尚者,孔明之忠,昭如日星,古今仰之。而关、张之义,尤宜尚也。其他得失,彰彰可考。遗芳遗臭,在人贤与不贤,君子小人,义与利之间而已。(明庸愚子《三国志通俗演义序》)

欲天下之人,入耳而通其事,因事而悟其义,因义而兴乎感,不待研精覃思,知正统必当扶,窃位必当诛,忠孝节义必当师,奸贪谀佞必当去,是是非非,了然于心目之下,裨益风教,广且大焉。

今古兴亡本天数,就中人事亦堪怜……忠烈赤心扶正统,奸回白首弄威权,须知善恶当师戒,遗臭流芳亿万年……试看北面事仇者,汉国臣僚旧子孙。天理民彝荡扫地,鼎味争如蕨味馨。志士仁人空抱恨,几番血泪渍衣痕……此编非直口耳资,万古纲常期复振。(修髯子《三国志通俗演义引》)

忠义者,事君处友之善物也。不忠不义,其人虽生已朽,而其言虽美弗传。此一百八人者,忠义之聚于山林者也;此百廿回者,忠义之见于笔墨者也。失之于正史,求之于稗官;失之于衣冠,求之于草野。盖欲以动君子,而使小人亦不得借以行其私,故李氏复加"忠义"二字,有以也夫。(明袁无涯《忠义水浒全传发凡》)

著书立言,无论大小,必有关于人心世道者为贵。《艳史》虽穷极荒淫奢侈之事,而其中微言冷语,与夫诗词之类,皆寓讥讽规谏之意。使读者一览,知酒色所以丧身,土木所以亡国,则兹编之为殷鉴,有裨于风化鲜矣哉!(《隋炀帝艳史凡例》)

此一传者……关系世道风化,惩戒善恶,涤虑洗心,无不小补。譬如房中之事,人皆好之,人皆恶之。人非尧舜圣贤,鲜有不为所耽。富贵善良,是以摇动人心,荡其素志。观其高堂大厦,云窗雾阁,何深沉也;金屏绣褥,何美丽也;鬓云斜軃,春酥满胸,何婵娟也;雄凤雌凰迭舞,何殷勤也;锦衣玉食,何侈费也;佳人才子,嘲风咏月,何绸缪也;鸡舌含香,唾圆流玉,何溢度也;一双玉腕绾复绾,两只金莲颠倒颠,何猛浪也。既其乐矣,然乐极必悲生。如离别之机将兴,憔悴之容必见者,所不能免也。折梅逢驿使,尺素寄鱼书,所不能无也。患难迫切之中,颠沛流离之顷,所不能脱也。陷命于刀剑,所不能逃也;阳有王法,幽有鬼神,所不能逭也。至于淫人妻子,妻子淫人,祸因恶积,福缘善庆,种种皆不出循环之机。故天有春夏秋冬,人有悲欢离合,莫怪其然也。合天时者,远则子孙悠久,近则安享终身;逆天时者,身名罹丧,祸不旋踵。人之处世,虽不出乎世运代谢,然不经凶祸,不蒙耻辱者,亦幸矣!吾故曰:笑笑生作此传者,盖有所谓也。(欣欣子《金瓶梅词话序》)

《金瓶梅》……作者亦自有意,盖为世戒,非为世劝也。如诸妇多矣,而独以潘金莲、李瓶儿、庞春梅命名者,亦楚《梼杌》之意也。盖金莲以奸死,瓶儿以孽死,春梅以淫死,较诸妇为更惨耳。借西门庆以描画世之大净,应伯爵以描画世之小丑,诸淫妇以描画世之丑婆、净婆,令人读之汗下。盖为世戒,非为世劝也。余尝曰:读《金瓶梅》而生怜悯心者,菩萨也;生畏惧心者,君子也;生欢喜心者,小人也;生效法心者,乃禽兽耳。(东吴弄珠客《金瓶梅序》)

金瓶梅传……盖有所刺也。然曲尽人间丑态,其亦先师不删郑卫之旨乎?中间处处埋伏因果,作者亦大慈悲矣。今后流行此书,功德无量矣。不知者竟目为淫书,不惟不知作者之旨,并亦冤却流行者之心矣。(廿公《金瓶梅跋》)

试令说话人当场描写,可喜可愕,可悲可涕,可歌可舞;再欲捉刀,再欲下拜,再欲决脰,再欲捐金。怯者勇,淫者贞,薄者敦,顽钝者汗下。虽小诵《孝经》《论语》,其感人未必如是之捷且深也。(《喻世明言叙》)

《六经》《语》《孟》，谭者纷如，归于令人为忠臣，为孝子，为贤牧，为良友，为义夫，为节妇，为树德之士，为积善之家，如是而已矣。经书著其理，史传述其事，其揆一也……而通俗演义一种遂足以佐经书史传之穷……其真者可以补金匮石室之遗，而赝者亦必有一番激扬劝诱、悲歌感慨之意。事真而理不赝，即事赝而理亦真，不害于风化，不谬于圣贤，不戾于诗书经史。若此者，其可废乎？……说孝而孝，说忠而忠，说节义而节义，触性性通，导情情出。（无碍居士《警世通言叙》）

忠孝为醒，而悖逆为醉；节俭为醒，而淫荡为醉；耳和目章、口顺心贞为醒，而即聋从昧、与顽用嚚为醉……以醒天之权与人，而以醒人之权与言。言恒而人恒，人恒而天亦得其恒，万世太平之福，其可量乎！则兹刻者，虽与《康衢》《击壤》之歌并传不朽可矣。崇儒之代，不废二教，亦谓导愚适俗，或有藉焉。以二教为儒之辅可也，以《明言》《通言》《恒言》为六经国史之辅，不亦可乎？（《醒世恒言叙》）

其间说鬼说梦，亦真亦诞，然意存劝戒，不为风雅罪人。（即空观主人《二刻拍案惊奇引》）

由上举之一斑可见，在白话小说创作、改编、批评甚至阅读过程中，其道德伦理的教化意味非常突出。历史地分析这种现象，正如泰勒所言："当作者倾向于对社会行为和社会中的某些人作出评价的时候，文学经常被说成是生活的教科书。作者们也指出那些在他们看来是十分重要的、关于人类现状的观点，或者就人类生活方式的理想选择提出他们的建议。风俗习惯、更大数量的社会团体或个人，他们的希望和价值，都受到作家们的探索和披露。"①而这些"生活教科书"式的道德伦理劝诫教化的说教，多数又通过白话小

① ［美］理查德·泰勒：《理解文学的要素》，黎风等译，四川大学出版社 1987 年版，第 17 页。

说中的诗词韵语进行体现。

（一）古代社会道德伦理核心内容的议论

1. 义与利

中国古代哲学中讲"义利之辨"，义与利的关联在古代道德伦理中是一个核心问题，但通常在义的观念上与仁、礼、智、信、忠、孝、悌、勇和兼爱等密切联系着。如《三国演义》第二十七回写关公之义：

> 挂印封金辞汉相，寻兄遥望远途还。马骑赤兔行千里，刀偃青龙出五关。
>
> 忠义慨然冲宇宙，英雄从此震江山。独行斩将应无敌，今古留题翰墨间。

关羽之义与忠、信相关联，对君为忠，对朋友是信。义与利又是明显冲突的。第二十六回关羽身在曹营时，刘备托陈震送信给关羽：

> 备与足下，自桃园缔盟，誓以同死；今何中道相违，割恩断义？君必欲取功名，图富贵，愿献备首级以成全功！书不尽言，死待来命！
>
> 关公看书毕，大哭曰："某非不欲寻兄，奈不知所在也。安肯图富贵而背旧盟乎？"

关羽给刘备的回信中就说：

> 窃闻义不负心，忠不顾死。羽自幼读书，粗知礼义，观羊角哀、左伯桃之事，未尝不三叹而流涕也……

他给曹操的信中就说：

羽少事皇叔，誓同生死；皇天后土，实闻斯言……回思昔日之盟，岂容违背？新恩虽厚，旧义难忘。

孔子云："君子喻于义，小人喻于利。"（《论语·里仁》）"不义而富且贵，于我如浮云。"（《论语·述而》）所以关羽之义，又是君子之义。《三国演义》第二十九回赞许家三客诗：

孙郎智勇冠江湄，射猎山中受困危。许客三人能死义，杀身豫让未为奇。

这里的义又与恩、仁相关联，所谓的志士仁人"杀身成仁""取义成仁"即是。第五十回《关云长义释曹操》诗：

曹瞒兵败走华容，正与关公狭路逢。只为当初恩义重，放开金锁走蛟龙。

这里的义又成了"恩义"之义，此前因关羽受曹操之恩，"知恩必报"，亦是古人出处的原则。《喻世明言》之八郭仲翔写信给吴保安，书后附一诗：

箕子为奴仍异域，苏卿受困在初年。知君义气深相悯，愿脱征骖学古贤。

这里的义气有恩义、信义、情义的意思，指的是一种知心朋友之义。所以篇首、篇尾诗又说交情：

古人结交惟结心，今人结交惟结面。结心可以同死生，结面那堪共贫贱？九衢鞍马日纷纭，追攀送谒无晨昏。座中慷慨出妻子,酒边拜舞犹弟兄。一关微利已交恶,况复大难肯相亲?君不见,当年羊、左称死友,至今史传高其人。

　　频频握手未为亲,临难方知意气真。试看郭、吴真义气,原非平日结交人。

本篇着力表彰吴保安弃家赎友的义行。《喻世明言》卷十六"范巨卿鸡黍死生交"叙张劭应试途中救了重病的范巨卿,两人结为兄弟,张劭误却功名。两人定鸡黍之约,约为重阳相会。范巨卿被蝇利所牵,爽鸡黍之约,自刎而死。范巨卿为失去信义而死,正是对不起张劭所言:"大丈夫以义气为重,功名富贵,乃微末耳。"以及张母所说的:"功名事,皆分定。既逢信义之人结交,甚快我心。"张劭又千里赶赴山阳,为范巨卿送葬,篇中诗即表彰张劭"轻功名富贵,重义气"的义行:

　　辞亲别弟到山阳,千里迢迢客梦长。岂为友朋轻骨肉?只因信义迫中肠。

篇末《踏莎行》词又云:

　　千里途遥,隔年期远,片言相许心无变。宁将信义托游魂,堂中鸡黍空劳劝。　　月暗灯昏,泪痕如线,死生虽隔情何限。灵辄若候故人来,黄泉一笑重相见。

这里的义,仍是朋友之信义、情义。

《醒世恒言》第二卷"三孝廉让产立高名"表彰许晏、许普让产不争,许武促成两弟之名义行。其卷末诗:

　　今人兄弟多分产,古人兄弟亦分产。古人分产成弟名,今人分产但嚣争。

古人自污为孝义，今人自污争微利。孝义名高身并荣，微利相争家共倾。

安得尽居孝弟里，却把阋墙人愧死。

这里的义，即与孝悌关联，是手足情义。孔子云："孝悌也者，其为仁之本也。"（《论语·学而》）孟子曰："谨庠序之教，申之以孝悌之义。"（《孟子·梁惠王上》）《尔雅·释训》言："善兄弟为友。"贾谊《新书·道术》曰："弟敬爱兄谓之悌。"《广雅·释训》言："悌，顺也。"中国古代宗法制社会里，兄友弟悌是一种最基本的道德伦理关系，但兄弟之间又因为权势、财产等利益问题，常常产生矛盾。明于义利之辨，首先要做到兄友弟悌，进而才能做到"四海之内皆兄弟"（《论语·颜渊》），才能推及朋友之间的信义。

除了出利入义外，古代道德伦理观念中也有崇义养利的主张，宋代的李觏、王安石、陈亮、叶适等就是这一派的代表。他们以为义在利中，李觏曰："焉有仁义而不利者乎？"（《原文》）王安石曰："民窘于衣食，而欲其化而入于善，岂可得哉！"（《爨说》）叶适曰："君子不知其义而徒有仁义之意，以为理之者必取之也，是故避之弗为。小人无仁义之意而有聚敛之资，虽非益于己而务以多取为悦，是故当之而不辞……民之受病，国之受谤，何时而已。"（《财计上》）所以他们主张"崇义养利""义利兼重""义利双修"。白话小说在对待义与利的关系时，也有这方面的表现。《醒世恒言》第十八卷"施润泽滩阙遇友"表彰的是施复拾金不昧的义举，批判了见利忘义的不义之行：

当下夫妇二人，不以拾银为喜，反以还银为安。衣冠君子中，多有见利忘义的，不意愚夫愚妇到有这等见识。

从来作事要同心，夫唱妻和种德深。万贯钱财如粪土，一分仁义值千金。

白话小说作者通过构设"善有善报"的故事,在不违仁、当于义、合于礼的前提下,让施复一次次受利。结尾诗曰:

> 六金还取事虽微,感德天心早鉴知。滩阙巧逢恩义报,好人到底得便宜。

恩义报与好人得便宜,宣扬的正是"崇义养利"的主张。

白话小说中对于"利"的议论,多侧重在对见利忘义、损人利己、谋财害命、为富不仁、昧心取利、唯利是图、势利刻薄等不义之行的谴责和批判,正是孔子所谓"小人喻于利",荀子所谓"君子求利也略,其远害也早"(《劝学》)"先利而后义者辱"(《荣辱》)的意思,并以仁、义、谦等作为利的对立面,以远害为目的,进行道德伦理的教化。如《醒世恒言》第一卷"两县令竞义婚孤女"篇首、入话诗:

> 风水人间不可无,也须阴骘两相扶。时人不解苍天意,枉使身心着意图。
>
> 目前贫富非为准,久后穷通未可知。颠倒任君瞒昧做,鬼神昭鉴定无私。

入话中讲王奉受兄长临终之托,收养侄女。侄女琼英已许配潘华,女儿琼真已许配萧雅。后见潘华貌美家富,萧雅人丑家穷。王奉为"不教亲生女儿在穷汉家受苦",临嫁之时,就将琼真充作侄女,嫁与潘家。哥哥所遗衣饰庄田之类,都给了女儿。却将琼英嫁与那飞天夜叉萧雅,只是薄薄备些妆奁嫁送。谁知嫁后,潘华自恃家富,不习诗书,不务生理,专以嫖赌为事。萧雅勤苦攻书,后来一举成名,直做到尚书职位,琼英封一品夫人。这里谴责的就是王奉的"私""利"。诗中所说"阴骘",指的是积善积德。不积善不积德,其损人利己的不仁不义之行,无论怎样"着意图"到头来只是枉然。
贫富穷通不要看目前,做人的关键是不瞒昧。这里就有孔子所言
的"小人常戚戚"的意味了。

《初刻拍案惊奇》卷十五《卫朝奉狠心盘贵产,陈秀才巧计赚原
房》篇首诗曰:

> 人生碌碌饮贪泉,不畏官司不顾天。何必广斋多忏悔?
> 让人一着最为先。

这一首诗,单说世上人贪心起处,便是十万个金刚也降不住,明明
的刑宪陈设在前,也顾不得了。子列子有云:"不见人,徒见金。"盖
谓当这点念头一发,精神命脉,多注在这一件事上,那管你行得也
行不得?

卫朝奉"平素是个极刻薄之人""有百般的昧心取利之法",百般
逼勒,将陈秀才房产占为己有。陈秀才最终设计夺回原产。结尾诗:

> 撒漫虽然会破家,欺贫克剥也难夸。试看横事无端至,只
> 为生平种毒赊。

小说结尾虽没有让卫朝奉"恶贯满盈",但毕竟也揭发了其得横事
与种毒赊,对其进行了一定的谴责。《二刻拍案惊奇》卷四"青楼市
探人踪 红花场假鬼闹"中的诗:

> 私心只欲蔑天亲,反把家财送别人。何不家庭略相让,自
> 然忿怒变欢欣。

这诗揭发的就是学霸廪生张寅"赋性阴险,存心不善""苛刻取利",
父亲死后,勾通官府,贿赂杨巡道,想摆布庶母幼弟,独占家业的不

义行径。不想杨巡道因贪被革,官司无头。张寅是贪私之人,心有不甘,去向杨乡宦追讨赂银,终遇又贪又酷杨乡宦,身死红花场。这一篇与《醒世恒言》第二卷"三孝廉让产立高名"形成了鲜明的对比,见利忘义,不友于弟,就不得善终。

再如清郭广瑞、贪梦道人的《永庆升平全传》第五回回首词曰:

> 财乃世路牛马,愚人何必弄悬。东崩西骗顾眼前,那管十方血汗。口债焉能空想,钱债终久要还。无功受禄寝食安,何如安分自便。

第六回回首词曰:

> 你会使乖,别人也不呆。你爱钱财,前生须带来。我命非你摆,自有天公在。时来运来,人来还你债。时衰运衰,你被他人卖。常言作善可消灾,怕无福难担待,一任桑田变沧海。

也充满了对见利忘义的谴责。

2. 理与欲

《礼记·乐记》即提到了天理与人欲的对立:

> 人生而静,天之性也。感于物而动,性之欲也。物至知知,然后好恶形焉。好恶无节于内,知诱于外,不能反躬,天理灭矣。夫物感人无穷,而人之好恶无节,则物至而人化物也。人化物也者,灭天理而穷人欲者也……此大乱之道貌岸然也。

但在宋之前,这种观点并不盛行,影响就不大。理与欲是理学及心学着重讨论的问题。张载在理欲问题上反对"穷人欲"而主张"立天理":

今之人灭天理而穷人欲。今复反归天理。古之学者使立天理，孔孟而后，其心不传，如荀杨皆不能知。（《经学理窟·义理》）

把立天理去人欲看成是孔孟的心传，为理学的穷天理而灭人欲打下了基础。二程与朱熹在理欲问题上，将天理与人欲对立，严辨理欲：

人于天理昏者，只为嗜欲乱着他。庄子言"其嗜欲深者，其天机浅"，此言却最是。（《二程遗书》二）

人心莫不有知，惟蔽于人欲，则亡天德也。（《二程遗书》十一）

不是天理便是私欲……无人欲即皆天理。（《二程遗书》十五）

灭私欲则天理明矣。（《二程遗书》二十四）

人之一心，天理存则人欲亡；人欲胜则天理灭，未有天理人欲夹杂者。（《朱子语类》十三）

人只有天理、人欲两途，不是天理，便是人欲，即无不属天理，又不属人欲底一节。（《朱子语类》四十一）

古代除了"存天理灭人欲"的主张外，还有理欲统一，以理导欲的主张。如陈亮，他在《勉强行道大有功》中言：

夫道岂有他物哉？喜怒哀乐爱恶得其正而已。行道岂有他事哉？审喜怒哀乐爱恶之端而已。

白话小说运用诗词韵文议论说理，就理与欲的关系问题进行道德伦理教化时，与理学家所倡导的"存天理而灭人欲"的提法并不一致，倒是与较后出的"理欲统一"这种与实际结合较紧密的观念相契合。

古代白话小说的说教多能结合现实生活情状进行总结,也有一定道理。如《金瓶梅词话》引首的《鹧鸪天·四贪词》,通过对酒、色、财、气对人行为处事危害的议论,劝诫世人切莫贪婪。第一回的回首《眼儿媚》词(《刎颈鸳鸯会》入话、《初刻拍案惊奇》卷三十二卷首均用此词),借项羽、刘邦那样的叱咤风云、驰骋疆场的烈烈丈夫,感喟"英雄难过美人关"以及"情色"危害。

像这样对于"欲"的劝诫,白话小说中还有很多。如《福禄寿三星度世》篇首诗:

> 欲学为仙说与贤,长生不死是虚传。少贪色欲身康健,心不瞒人便是仙。

《喻世明言》第一卷《蒋兴哥重会珍珠衫》的《西江月》劝人安分守己,随缘作乐,莫为酒、色、财、气四字,损却精神,亏了行止。强调求快活时非快活,得便宜处失便宜:

> 仕至千钟非贵,年过七十常稀,浮名身后有谁知?万事空花游戏。 休逞少年狂荡,莫贪花酒便宜。脱离烦恼是和非,随分安闲得意。

《喻世明言》第三十八卷"任孝子烈性为神"诗:

> 参透"风流"二字禅,好姻缘作恶姻缘。痴心做处人人爱,冷眼观时个个嫌。闲花野草且休拈,赢得身安心自然。山妻本是家常饭,不害相思不费钱。

这首诗,单道着色欲乃忘身之本,为人不可苟且。

　　《金瓶梅词话》第一回也提到:"故士矜才而德薄,女衒色而情放,若乃持盈而慎满,则为端士淑女,岂有杀身之祸? 今古皆然,贵贱一般。"结合欣欣子《金瓶梅词话序》、东吴弄珠客《金瓶梅序》及张竹坡对《金瓶梅》的批评,用清代康乾之际的思想家戴震的"理者存乎欲"的理欲统一观,来解释这些用于劝诫的诗词倒是较能说明问题。戴震出身于小商人家庭,自己又经过商,所以他的总结,就能与前代累积下来的世俗见解相契合。

　　戴震在《孟子字义疏证》中说:

　　　　欲者,血气之自然,其好是懿德也,心知之自然……由血气之自然,而审察之以知其必然,是之谓理义;自然之于必然,非二事也。就其自然,明之尽而无几微之失焉,是其必然也。如是而后无憾,如是而后安,是乃自然之极则。若任其自然而流于失,转丧其自然,而非自然也;故归于自然,适完其自然。(《孟子字义疏证上》)
　　　　凡事为皆有于欲,无欲则无为矣;有欲而后有为,有为而归于至当不可易之为理。(《孟子字义疏证下》)

于是他主张"节其欲而不穷人欲"。这种既反对"灭人欲",又反对"穷欲"的对于欲的态度,通过"节而不过""依乎天理",就是一种较为实际的对"人伦日用"和社会生活情理的体认。关于这一点,晚明文学家冯梦龙对名利就抱着一种有利于日用生活实际的态度,这在他的白话小说中也早有揭示,如《醒世恒言》第十七卷"张孝基陈留认舅"中:

　　　　士子攻书农种田,工商勤苦挣家园。世人切莫闲游荡,游荡从来误少年。

　　　　世人尽道读书好,只恐读书读不了! 读书个个望公卿,几人能向金阶跑？

郎不郎时秀不秀，长衣一领遮前后。畏寒畏暑畏风波，养成娇怯难生受。

算来事事不如人，气硬心高妄自尊。稼穑不知贪逸乐，那知逸乐会亡身。

农工商贾虽然贱，各务营生不辞倦。从来劳苦皆习成，习成劳苦筋力健。

春风得力总繁华，不论桃花与菜花。自古成人不自在，若贪安享岂成家！

老夫富贵虽然爱，戏场纱帽轮流戴。子孙失势被人欺，不如及早均平派。

一脉书香付长房，诸儿恰好四民良。暖衣饱食非容易，常把勤劳答上苍。

受用须从勤苦得，淫奢必定祸灾生。

除此之外，也有结合现实，劝人戒赌的。如清郭广瑞、贪梦道人的《永庆升平全传》第二回回首词：

游手好闲有损，专心务本无亏。赌博场中抖雄威，金宝银钱俱费。　　多少英雄落魄，也教富贵成灰。劝君及早把头回，免受饥寒之累。

白话小说中还有运用诗词议论女色亡国的，如《封神演义》中诗、《喻世明言》第三卷《新桥市韩五卖春情》入话中诗等，这些对历史经验教训的总结，将帝王的荒淫无耻以致误国归罪于女子，总结较为皮相，当然封建意识就更重了。

（二）以宗法制家庭伦理道德为中心的议论说理

在封建宗法制度下，家庭被看作是国家的根本。所以孟子说：

"天下之本在国,国之本在家。"(《离娄上》)墨子说:"治天下之国若治一家。"(《尚同下》)所以家庭伦理道德提出了"父慈、子孝、兄友、弟恭"两种纵横交错的关系,以维系宗法制的封建国家。兄友弟恭在上面我们将其作为一种孝义之举,简单地进行了讨论,这里我们再简单地讨论一下"孝"。

孝的根本含义是"善事父母"(《说文》)。对其道德伦理意义的重视是因为其有着十分重要的社会作用。孔子云:"孝悌也者,其为仁之本也。"(《论语·学而》)孟子曰:"谨庠序之教,申之以孝悌之义。"(《孟子·梁惠王上》)《孝经》曰:"夫孝,天之经也,地之义也,民之行也。"对于行孝,儒家认为,生则养,丧则哀,祭则敬,其着重于尽心奉养及顺从父母,着重于现世人生。

佛教在其传播过程中,吸收了儒家孝的精义,极力让佛典中与孝道关联的经义与中土的孝的观念相合;并且编写与孝道相合的经典,以适应其自身的传播和发展。

敦煌藏卷白话小说中的《目连缘起》《大目乾连冥间救母变文》《目连变文》中,目连母亲青提夫人悭吝贪毒,而目连仁孝,乐善好施,其母死后堕阿鼻地狱,目连为救拔母亲,上天入地,最终以盂兰盆会,超渡出离苦海。其中韵文多表达出劝诫世人切莫悭吝贪毒,应如目连一样仁孝、乐善好施。《伍子胥》中将伍子胥的行孝仗义与楚平王的不仁、不慈、好色贪淫以及昏聩残毒构成对比,韵文中多处体现出以报仇雪恨来行孝仗义的旨意。

宋明理学家极重纲常伦理,如张载晚年的作品《西铭》(载《正蒙》第十七《乾称篇》),就把敬天、忠君、爱民、事亲和仁、义、孝悌等观念融为一体。朱熹更将纲常名教提到很高的地位。传统的纲常伦理学说,经过他的理论化和具体化、通俗化,在社会上产生极为深远的影响,成为后世封建制度的思想支柱。他所谓的"理"就有表示伦理道德意味。"其张之为三纲,其纪之为五常。"君臣、父子、夫妇之间的关系,系"天理使之如此"。他认为性中的理即仁义礼智等"五常","知性"的任务就是"知君臣、父子、兄弟、夫妇、朋友各循其理",从自己身上去体会仁、义、礼、智、信等"五常"。这样,有意无意地在这些哲学的范畴中添入了封建的伦理道德的内容,使这些哲理的论述落实到封建伦理纲常。

白话小说多能结合小说故事,运用诗词韵语进行道德伦理说教。《初刻拍案惊奇》卷十三"赵六老舐犊丧残生,张知县诛枭成铁案"篇首诗:

> 从来父子是天伦,凶暴何当逆自亲?为说慈乌能反哺,应教飞鸟骂伊人。
>
> 话说人生极重的是那"孝"字,盖因为父母的,自乳哺三年,直盼到儿子长大,不知费尽了多少心力。又怕他三病四痛,日夜焦劳。又指望他聪明成器,时刻注意。抚摩鞠育,无所不至。《诗》云:"哀哀父母,生我劬劳。欲报之德,昊天罔极。"

小说叙赵六老夫妇溺爱儿子赵聪,致使赵聪自私过分。赵聪夫妻二人尅啬不孝。终至气死母亲,父为还债,被逼无奈,入其家中"行窃",又被赵聪杀死。赵聪夫妻最终不得好报。《二刻拍案惊奇》卷三十一《行孝子到底不简尸,殉节妇留待双出柩》王世名父王良被王俊打死,王世名为不检父尸,隐忍父仇,待其有子,手刃仇人,甘愿伏法,最终以保全父尸而撞死。本篇表彰王世名的孝,主要表现在不忍父尸被检而暴残父尸;报父仇手刃仇人;有后能祭,等等。儒家孝道看重"不孝有三,无后为大""生则养,没则丧,丧毕则祭"等。王世名的隐忍,正为了有后能祭。可见,此中宣扬的是封建意识较浓重的孝道。卷尾有诗:

> 父死不忍简,自是人子心。怀仇数年余,始得伏斧砧。

岂肯自吝死,复将父骨侵? 法吏拘文墨,枉效书生忱。
宁知侠烈士,一死无沉吟! 彼妇激余风,三年蓄意深。
一朝及其期,地下遂相寻。似此孝与烈,堪为薄俗箴。

《型世言》第三回"悍妇计去媚姑,孝子生还老母"说周于伦妻不孝偷嫁婆婆,终不得好报及周于伦孝母事。篇首诗曰:

哀哀我母生我躯,乳哺鞠育劳且劬。儿戚母亦戚,儿愉母亦愉。轻暖适儿体,肥甘令儿腴。室家已遂丈夫志,白发蒙头亲老矣。况复昵妻言,更且逆亲意。惟薄情恩醲比浓,膝前孺慕抟沙似。曾如市井屠沽儿,此身离里心不离。肯耽床第一时乐。酿就终天无恨悲。老母高堂去复还,红颜弃掷如等闲。蒸黎何必羡曾子,似此高风未易攀。

总之,古代白话小说运用诗词韵语说理议论,多能结合现世人生,一方面表现出在文化意义上的哲理性思考,主要关怀的是生存运命,在中国传统哲学天命观的基础上,加上世俗对于命运的思考,体现出一种对于社会人生的认识。另一方面表现出在道德伦理意义上的教化,主要着眼于现实生活,宣扬对于世俗大众有益的一种道德观念。

第三节　作为故事情节组成部分和显示人物性格的诗词韵文

白话小说中还有作为故事情节有机组成部分的诗词韵文,也有一些诗词韵文是为了显示人物性格而设的。"小说艺术日渐精进、日渐成熟的主要标志,就是从注重情节到注重人物转移,也就是以情节为主发展到以人物为主的演进。"①"倘若吟诗者不得不吟,且吟得合乎人物的性情禀赋,则不但不是赘疣,还有利于小说扭转的渲染和人物性格的刻画。"②可见,能够很好地为结构情节和刻塑人物性格服务的诗词韵文,应该说是融入白话小说中的成功的诗词韵文。

一、作为情节的诗词韵文在白话小说中的作用

小说作为一门通过对形象的艺术描写展示社会人生图景的叙事艺术,其故事情节融入诗词曲赋,当然就是题中应有之义了。唐代文言小说因其作者正处于中国诗歌发展的黄金时代,人人能诗,其中极少无端而融入的诗赋韵语的情况。这就成为后世包括白话小说在内的小说融入诗词韵语学习的榜样。

宋元讲史类白话小说中的诗词韵语有时纯粹是为敷演故事而设的。如《梁史平话》卷上中袁天纲为太宗推背口占的一首谶诗,即为推进故事情节而设;黄巢射雁得诗一节,纯粹为了附会史实——为引出黄巢参加王仙芝起义而设。其中出现的谶诗、谶语,也是用来构设故事情节的,等等。

宋元"小说"像《宋四公大闹禁魂张》中宋四公偷盗后,在张员外土库墙壁上留下的嵌名诗,赵正在给滕大尹词状上写了一首《西江月》的字谜词,说明是他偷了钱大王的玉带,剪了大尹金鱼,麻翻了马观察,剪了其衫褙,两处诗词也是为情节而设。《简帖和尚》入话中叙"错封书"的故事,所用诗词,为戏谑之作,为故事增加了情趣,也为情节而设。《柳耆卿诗酒玩江楼记》其中诗词均为故事情节而设。《五戒禅师私红莲记》中五戒禅师的辞世颂与佛印投谒苏东坡的诗也为情节而设。《俞仲举题诗遇上皇》俞仲举赶考路上的题脚词《瑞鹤仙》,欲寻死前留下的《鹊桥仙》词,也是用来构设故

---

① 何满子:《古代小说艺术漫话》,辽宁教育出版社 2001 年版,第 53 页。
② 陈平原:《中国小说叙事模式的转变》,上海人民出版社 1988 年版,第 236 页。

事情节的,等等。

总之,宋元白话小说中用以构设故事情节的诗词比较多见,其间不乏游戏之作,也能增加故事的趣味性,起到了吸引人的作用。

但也有人物赋诗与情节毫无关系,成为赘疣的。如《梁史平话》黄巢、尚让两个潜地入县坊,见县城摧坏,屋舍皆无,悄无人烟,惟黄花紫蔓,荆棘蔽地。见荆棘中有一草舍,有个老叟在彼住坐,老者所赋之诗即毫无作用。

《三国演义》第三十四回蔡瑁陷害刘备所题反诗,是构设情节的诗;第三十七回中山畔人荷锄耕田歌、酒店中二人歌、草堂上一少年拥炉抱膝所歌、黄承彦所吟诗均是用来构设三顾茅庐的情节的。第四十八回宴长江曹操赋诗,引了曹操的《短歌行》,其诗本来是抒写时光易逝、功业未就的苦闷和诗人要求招贤纳士帮助其建功立业的志向的,全诗带有浓郁的悲凉情调,但小说将其放在"赤壁之战"前,且是曹操用来夸耀功绩的,离诗题旨已远。小说看重的是其中的"月明星稀,乌鹊南飞。绕树三匝,无枝可依",以此来预示曹操赤壁之战必败并引出其杀刘馥的情节。可见,作者用意是在构设故事情节上。第一百一十四回的《潜龙诗》是贾充引来劝止司马昭不可外出伐蜀的,它主要用来揭示司马昭与曹髦矛盾,因而又引出司马昭怒斥曹髦,曹髦不能隐忍,终于被杀。它并不是用来刻画曹髦形象的,所以是仍然是为情节而设的诗。

又如《水浒全传》第十六回智取生辰纲白胜所唱的"赤日炎炎似火烧"诗;第三十四回八月中秋,张都监宴请武松,玉兰所唱苏轼的《水调歌(头)·明月几时有》;第六十一回"吴用智赚玉麒麟"吴用装作算命先生所念的四句诗及说卢俊义造反的嵌字诗;第七十二回宋江写给李师师乐府词等。

《西游记》第八回佛祖在灵山大雷音宝刹作盂兰盆会时,菩萨们所献的福禄寿三诗,是为情节而设的,这样的情节诗在小说中最无生气;第九回通过张稍、李定争论山青,还是水秀,用诗词互答的形式使大闹天宫、孙猴子被压五行山到魏征梦斩泾河龙两个故事联结得更紧密。这个过渡方式是颇具匠心的。受宋元"说话"运用篇首、入话及头回衔接正文方式的启发,正好前半部分故事以山为场景中心,后面斩泾河龙的故事与水相关联,山水又是诗词歌咏的常见的题材,作者乘机又在诗词中加入他对生活的认识和理解,插入渔樵以诗词互答的方式来联结情节,便成了作者在小说创作过程中颇具匠心的一个创造。第十九回乌巢禅师述说《西游记》故事大概的廋词,对悟空、八戒的一番嘲弄,就极有谐趣。其根本作用就是用来关联情节的。

《金瓶梅》可以说是构设故事运用诗、词、戏曲、唱词最多的一部古代白话小说,其中许多是为展开故事情节而设,《金瓶梅》第十一回李桂姐所唱《驻云飞》出自明代传奇《玉环记》第六出;又如第十二回借应伯爵所作《朝天子》"这细茶的嫩芽"说七钟茶妙处;第三十三回陈经济失落钥匙被罚唱的《山坡羊》"初相交在桃园里结义"及孝顺金莲的银钱名《山坡羊》二首;第三十五回书童在西门庆家席上唱的李日华所作的三首《玉芙蓉》及谢希大所唱的〔折桂令〕;第三十六回蔡状元令荀子孝唱南戏《香囊记》第六出中的《朝元歌》二首,传奇《玉环记》中《画眉序》一首,书童唱《玉环记》中《画眉序》一首,《香囊记》第六出中的《锦堂月》助兴;第三十九回吴月娘听尼僧说五祖投胎的故事,大师父说,王姑子唱偈;第五十一回月娘听薛姑子、王姑子演金刚科,先由薛姑子念骈文,后面王姑子发问——说,薛姑子作答——唱;第五十二回西门庆、应伯爵、谢希大在花园中吃喝,应伯爵让李桂姐唱曲。桂姐唱一套曲。因应伯爵在其中插科打诨,本来的那种哀怨凄婉的意趣,在此种场面上却成了调笑闹剧。第七十四回吴月娘听宣黄氏卷,将讲唱宝卷插入白话小说用以构设故事,其中诗词韵语也是为情节而设的。

《警世通言》第九卷《李谪仙醉草吓蛮书》李白答迦叶司马诗,李龟年寻找时听其在酒楼上的醉歌,玄宗与杨贵妃赏牡丹花时命李白作《清平调》三章均为了构设故事情节。第十卷《钱舍人题诗燕子楼》入话与正话中亦多用诗歌构设情节。再如第二十九卷《宿香亭张浩遇莺莺》，张浩赋诗一绝于香罗之上赠莺莺，第二十六卷《唐解元一笑姻缘》中唐伯虎携秋香出逃于学士家壁间所题之诗，《醒世恒言》第十一卷《苏小妹三难新郎》苏小妹续成其父咏绣球花诗，东坡与小妹互相嘲戏所用对句，苏小妹三难新郎的三个诗题，均为情节而设。

　　"才子佳人小说"中本就是以诗词来显示才子才女之才，又作为才子佳人传情示爱的媒介，构设故事当然更离不开诗词歌赋，但这些诗词歌赋的绝大多数因为作者太专注于写才，过分注意以诗词构设情节，反使诗词在小说中只能起着构设情节的作用。本来着眼于人——才子才女，却不能用诗词更好地刻塑人物形象，这不能不说是"才子佳人小说"艺术品格上的一大缺失。

　　步其后尘的清代"以才性见小说"一派，也落入这一窠臼，没有发挥诗词表现人物情志、性格的作用，仍流于为情节设诗。

　　《红楼梦》也有为情节的诗词，金陵十二钗正副册的谶诗谶词，就是用来预示人物命运的，可以说是对后面情节的概括交代。但不同的是，《红楼梦》融入的诗词韵语均与人物紧相关联，能紧紧把握人物的命运来运用诗词韵语，它融入的诗词韵语之多为白话小说融入诗词韵语之冠，然其运用又最成功，恐怕与其着力刻画人物不无关系。

　　《儒林外史》第七回写王惠请仙扶乩问"功名"，请得了关大帝，判了一首《西江月》。这是用隐语暗示人物的命运，亦是为情节的词。但《儒林外史》是实实在在写请仙扶乩问"功名"的，后面还以人物的遭遇来进一步证实。这就加强了小说构设人物故事的真实性程度，将小说故事"编"得更集中，更具有"真实感"。

　　由以上所举白话小说为情节而设的诗词韵语可以看出，它们在充实故事内容和连接故事方面，对于小说叙事有一定的帮助。

二、能够显豁出人物性格的诗词韵文

在考察为情节的诗词韵语的时候,我们可以看出,虽然它们也关涉着人物,但还只是流于故事的表层,能够显豁出白话小说人物性格的诗词韵文应该是运用诗词韵语更为成功的。不过白话小说运用诗词的抒情功能来显豁出人物性格成功的范例不是很多。

《三国志通俗演义》卷之十六"曹子建七步成章"及《三国演义》第七十九回"兄逼弟曹植赋诗"中的两诗虽是小说作者运用来写实证史的,但"当小说和诗词熔铸成为一个完整的有机的艺术整体时,诗词成为曝光人物内心世界最为有力的一笔。七步诗……生动映衬了曹丕的阴险狠毒,刻画了曹植的聪明绝伦,再现了两人直接对立下的不同言行和情绪,表现出人物在特定的环境下的心理状态,有力地突出了曹丕和曹植的形象"①。

《水浒全传》第三十九回浔阳楼宋江吟反诗一节,通过宋江酒后所吟的一词一诗,将宋江性格集中地表现了出来。一方面,诗词突出地表现出了梁山泊英雄被逼造反的一个典型形象;另一方面,将宋江之愤放在酒后吐露,更符合宋江"矢心忠义"的性格特点。宋江吟反诗映射出来的"全忠仗义"的矛盾,对于宋江的性格中长期被压抑的委屈,一心要实现其"全忠仗义"凌云志向的性格特点,表现得更真实,更符合当时的历史情状,也更符合当时人接受的心理意绪。

《红楼梦》中的诗词韵文是古代白话小说运用诗词韵文最成功的范本。它在运用诗词显豁人物性格方面,表现得也最突出。可以说,几乎《红楼梦》中所有的人物吟咏的诗词韵文都可以显豁出人物的性格。当然,这其间以宝玉、黛玉的诗词韵文为最典型。不要说大观园众芳题诗、海棠诗、菊花诗、柳絮词、姽婳词(贾环、贾

---

① 郑铁生:《三国演义叙事艺术》,新华出版社 2000 年版,第 173 页。

兰、宝玉)等是"按头制帽",香菱的咏月诗也能结合其初学写诗的特点及其身世性格呈现出一个动的过程。不用说宝、黛、钗三个的"螃蟹咏"能惟妙惟肖地刻画出人物的情态意绪,宝玉的题大观园也能通过环境预设人物命运,更有黛玉的题帕诗、《葬花吟》《五美吟》《桃花行》等刻画出的人物特有的情感意绪与典型的性格特征,从而通过小说的曲折起伏的情节塑造出一个发展、变化着的纤弱而不屈的少女形象,同时,通过人物特有的感情意绪,烘染出整篇小说的情感氛围,这又是与整个社会的气脉紧相关联的,与时代的音符相契合的较为典型的悲情意绪——能够沟通作者、主人公与读者情感的"遍被华林"之"悲凉之雾"。

但是,古代白话小说中能够通过运用诗词韵文显豁出人物性格的作品并不很多,这一方面与白话小说的题材内容有关系,另一方面也决定于小说作者的写作储备及对小说艺术的理解和实践能力。

第四章　白话小说中运用诗词韵文发展论

中国古代白话小说大致经过了从艺人说书唱书、"说话"到文人创作白话小说这样一条发展道路。古代白话小说中运用诗词韵文的发展与白话小说的发展联系非常紧密,是中国古代白话小说发展的独特性表现之一。在这一发展过程中,中晚唐五代敦煌藏卷白话小说、宋元"说话"、明清文人创作(包括经过集体累积性的创作)的白话小说三个阶段,都不同程度地融入了诗词韵文。在运用诗词韵文时,又表现为如上三阶段的三次变化,这三次变化标志着白话小说不断走向成熟。本章将主要讨论白话小说运用诗词韵文的三次变化;作为人物语言描写选择的诗词韵文沿着白话小说发展历程的变化情况;作为情景、场景及人物肖像描写选择诗词韵文为其载体的原因,等等。

第一节　白话小说运用诗词韵文的三个发展阶段

我们虽然承认白话小说中运用诗词韵文是中国古代白话小说的独特性表现之一,但仍然觉得,在小说与诗歌交互影响时,小说向诗歌学习的主要应是诗歌内在的文学特性——风骨韵致。并以为,为显示诗才而移诗入小说的形式嫁接对于小说本体无益。重要的是,我们在研究过程中发现,白话小说发展的大方向是向着诗词韵语逐渐减少,小说文体逐渐散文化发展的。

有论者在谈及中国古代白话小说融入了过多的诗词韵语,且多数没能取得什么成绩时,就以为中国古代小说融入诗词韵语是制约中国古代小说发展的主要原因。当然这也不是完全没有道理的。但是,不注意中国白话小说源于讲唱,因而多融入诗词韵语这一点,就以现代小说散文体式为参照,从而排斥融入诗词韵文的白话小说,对于这样的见解我们以为也不妥,根本原因是这种研究没有用历史的观点分析问题。

有论者虽觉察到了中国古代小说融入诗词韵语因为历史文化原因所致,但对于该现象讳莫如深,于是拿西方小说曾经与韵文不可分割这一点,来证明中国古代小说融入诗词韵语的合理性。这其实不必要,也不妥当。

更有甚者,以为西方小说并没有中国古代小说中大量融入诗词韵语的情形,觉得不惟不是短处,而且还是民族特色。这种观点太过民族本位主义,也不很妥当。这两种见解不令人赞同的原因,是因为他们割断历史,没有用发展的观点分析问题。

我们以为中国古代小说,特别是古代白话小说,并不能一下子出现符合现代小说种种要求的作品。因为种种历史文化原因,它是一个循序渐进的发展过程,必然经过讲(说)唱——"说话"——文人创作的白话小说这样一个发展过程。既然经过了这样一个过程,它的"韵散相间"体式和融入诗词韵语都是不可避免的历史必然。但也不能因为其经历了这样一个发展过程就以为小说中融入诗词韵文是理所当然,是特色,也应充分注意小说中融入了大量的诗词韵语对于中国古代小说造成的不良影响。总之,考察白话小说融入诗词韵文的发展状况对于考查白话小说的发展和中国白话小说史的研究非常必要。

　　白话小说中运用诗词韵文的发展轨迹,大致经过了从艺人说书唱书到文人创作白话小说这样一条发展道路。在这个的发展过程中,第一阶段的唐五代敦煌藏卷白话小说和第二阶段的宋元"说话"都还依赖讲唱或"说话"这些表演传达手段。不过,这两个阶段运用诗词韵语也有所不同。

　　第一阶段的"讲书唱书"运用韵文,是白话小说依赖"唱"这一传达表演手段的结果。唐五代敦煌藏卷白话小说运用韵语多是进行吟唱,当时讲唱佛经和宗教、历史、民间故事成为一种风气。俗众更看重讲唱这种文艺形式。这样,纯散体的叙说故事,肯定不如又讲又唱吸引俗众。讲书唱书是这一时期的特色。其间,白话小说在讲唱故事过程中随着故事性的逐渐增强而得到发展。

　　第二阶段的"说话""白得诗,念得词",除了作为表演手段吸引听众外,说书艺人为了附庸风雅,在文化—文学传统惯性作用下,自觉不自觉地将诗词韵文带入小说。说宋元"说话"是白话小说发展过程中的一个决定性的阶段,主要在于这个阶段唱书与说书分离。唱书因为过分拘泥于表演伎艺,所以不如说书能够充分叙说故事。可以说,由注重演唱伎艺到注重说书的故事性,是白话小说发展过程的一次重大转变。随着小说的散体叙事成分的增加,宋元"说话"使得白话小说的品格得到了进一步的加强。可是,宋元"说话"插入诗词韵文受中国文化文学传统的影响,是一种历史的必然。但对于白话小说的发展而言,并不积极。

　　第三阶段是明清白话长篇小说及白话短篇小说运用诗词韵文。虽然明清时讲唱和说书品类更多,也更趋成熟,但这个阶段白话小说完全摆脱了讲唱伎艺,真正与讲唱文学分道扬镳了。由讲唱艺人创作表演"讲书唱书"到文人创作白话小说,可以说是白话小说发展过程的又一次重大转变。明清白话长篇小说及白话短篇小说运用诗词韵文不唱不吟也不诵,它是受文化—文学传统惯性的影响,由文人创作白话小说带入诗词韵文的。正如钱锺书先生所言："一个艺术家总在某些社会条件下创作,也总在某种文艺风气里创作。这个风气影响到他对题材、体裁、风格的去取,给予他以机会,同时也限制了他的范围"。① 明清白话长篇小说及白话短篇小说中运用诗词韵文就是受到前此两个阶段的影响,在体制上不得不然,在题材、风格上不得不然的结果。这一阶段文人改编或创作白话小说受白话小说文体惯性及文化文学传统惯性的影响,加上文人小说某些创作主体极欲逞才的意识,使得这一阶段运用诗词韵语既有将其作为有效的中介(不仅仅是手段),合理运用发展,从而使白话小说与诗词韵文的融合达到了相当的艺术高度的一面;又有白话小说发展过程中叙事性根本排斥诗词韵文,向近代意义上的散体叙事小说形式发展的一面。

虽然明清白话长篇小说及白话短篇小说中运用诗词韵文多表现为习惯性行为,但也有"戴着镣铐跳舞"而能将其作为一种好的道具,跳得漂亮的,如《西游记》;也有作者以其诗人气质,吸取诗词韵文的精髓和内质,表现民族那种酝酿已久的古典的、抒情的美和作者的知识才艺的,如《红楼梦》;也有冲决镣铐的束缚,自觉走上与现代小说体式呼应的道路的,如《儒林外史》。可以说,最终成就的取得,有那些在白话小说融入诗词韵文的过程中作为基石的和发展环节的作品的功劳,现在研究起来最容易被漠视的那些成就一般或几无树建的作品,仍然需要关注。

第二节　从"讲唱"到"说话"

白话小说肇始于讲唱伎艺,并且借助于讲唱的表演传达手段得以发展,所以唐五代白话小说中的韵语多是适应唱的需要而存

---

① 钱锺书:《中国诗与中国画》,见《七缀集》,上海古籍出版社 1985 年版,第 1 页。

在的。随着时代的发展,讲唱伎艺内部逐渐分化,作为更易于白话小说发展的"说话",继续滋养着白话小说,于是白话小说从借助于唱的表演传达手段发展到借助于"说话"的"曰得词,念得诗"的形式。本节着重于白话小说从"讲唱"到"说话"所依赖的传达手段的变化,研究其运用诗词韵语的发展状况。

一、从佛典的韵散相间文体到"讲唱"韵散相间文体的发展

韵散相间体式在佛典的"九部经"和"十二部经"中就已经存在了。十二部经中从文体来看共有三类:一曰长行,又叫作契经,即是经中直说义理的散文;二曰"祇夜",又叫重颂、应颂,是重复叙述散文内容的偈语;三伽陀,又叫孤颂,即不依长行而孤起直叙事义的诗歌。

汉译佛典经常使用韵散相间的体式。佛典的韵散相间体式大致可分为二类:一类是散文与重颂的配合。有先用散文叙说义理,后用重颂加以渲染。如唐义净译《佛说譬喻经》:

> 尔时世尊于大众中,告胜光王曰:"……有一人游于旷野,为恶象所逐,怖走无依。见一空井,傍有树根,即寻根下,潜身井中。有黑白二鼠互啮树根,于井四边有四毒蛇欲螫其人。下有毒龙,心畏龙蛇,恐树根断,树根蜂蜜,五滴堕口。树摇,蜂散下螫斯人。野火复来烧燃此树。"……尔时世尊告言大王:"旷野者喻于无明长夜旷远,言彼人者喻于异生,象喻无常,井喻生死,险岸树根喻命,黑白二鼠以喻昼夜,啮树根者喻念念灭,其四毒蛇喻于四大,蜜喻五欲,蜂喻邪思,火喻老病,毒龙喻死,是故大王,当知生老病死甚可怖畏,常应思念,勿被五欲之所吞迫。"而时世尊重说颂曰:
>
> "旷野无明路,人走喻凡夫,大象比无常,井喻生死岸,
> 树根喻于命,二鼠昼夜同,啮根念念衰,四蛇同四大,

蜜滴喻五欲，蜂螫比邪思，火同于老病，毒龙方死苦。

智者观斯事，象可厌生津，五欲心无著，方名解脱人。

镇处无明海，常为死王驱，宁知恋声色，不乐离凡夫。”

有先出偈颂，然后用散文叙说义理的。如《中阿含经》，先出法句，后叙说义理。再一种是韵散各表现不同的内容。叙说中时而用散文时而用韵文，韵文多出现在佛与其弟子等以偈问答时。

敦煌藏卷中白话小说的韵散相间体式就是在佛典韵散相间体式诱发下产生的。在这一产生过程中，一个重要的环节是佛教徒采取了僧讲和俗讲的形式来传布佛教教义，讲经体制采用了"韵散相间"体式。陈寅恪先生说：

佛典制裁长行与偈颂相间，演说经义自然仿效之，故为散文与诗歌互用之体。①

说明佛教徒依典讲经，采用的还是韵散相间的体式。但应该明白，佛教经典的韵散相间体式，本来就是在佛教徒宣传教义过程中形成的。韵散相间的传承是因为它更适合于传达。

据日本沙门圆珍（853 年入唐求法，858 年归国）《佛说观普贤菩萨行法经记》（《大正藏》卷五十六）记载，讲经是有僧讲和俗讲的区别的：

言讲者，唐土两讲：一俗讲，即年三月就缘修之，只会男女，劝之输物，充造寺资，故言俗讲，僧不集也云云。二僧讲，安居月传法讲是。不集俗人类，若集之，僧被官责。上来两寺皆申所司。京经奏，外中州也。一日为期。蒙判行之。若不

_____

① 周绍良、白化文编：《敦煌变文论文录》（下），上海古籍出版社 1982 年版，第 447 页。

然者,僧被官责云云。(本国往年于讲堂不置像或不竖户,此似唐样。今爱安佛,乖旧迹也,又无俗讲,古今空闲耳。)讲堂时正北置佛像,讲师座高阁,在佛东,向于读,座短北,在西南角,或推在佛前,故檀越设开题时,狭座言,大众处心合掌听,南座唱经题。

据此可以想见,佛教在中土传布之初,大约先行发达的是寺院内佛教徒内部用于讲解义理的僧讲——孙楷第先生所谓的"名德之讲"。"名德之讲"较之于俗讲要庄重严肃得多,大概更着重于对佛教义理的阐发。关于僧讲中的韵文——偈语的唱的问题,据梁慧皎《高僧传·经师》云:

> 然东国之歌也,则结韵而成咏;西方之赞也,则作偈以和声。虽复歌赞为殊,而并以协谐钟律,符靡宫商,方乃奥妙。

《高僧传·鸠摩罗什传》亦引鸠摩罗什语云:

> 天竺国俗,甚重文制,其宫商体韵,以入弦为善;凡觐国王,必有赞德,见佛之仪,以歌叹为贵:经中偈颂,皆其式也。

《法苑珠林·呗赞篇》云:

> 西方之有呗,犹东国之有赞。赞者从文以结音,呗者短偈以流颂。

王小盾先生据此曾研究指出,中国佛教音乐系统中的呗赞音乐用于佛经的唱诵。呗赞用于佛经偈颂部分的歌咏,转读用于佛经散文部分的唱诵。呗赞的歌咏既不会同于法师的朗声说解,也不会完全同于都讲的转声唱经,它们配合音乐性更强的呗赞音乐。①

　　寺院僧人出于生活和宣传佛教教义的需要,也有面向俗众的讲唱经文(上引圆珍记载已提及)。最初俗讲的讲唱经文,多数还限于寺院中进行。孙楷第先生说:"讲唱经文之本,其体与名德之讲同,而颂赞频繁,述事而不述义。"②可见,俗讲的讲唱经文更着重于用故事来宣传教义和吸引俗众,颂赞频繁表明韵文在讲唱经文时是经常出现的。

　　随着佛教势力的增长,为吸引更广泛的俗众,求得更多的布施,逐渐将佛教教义敷衍为更能"悦俗"的俗讲。赵璘《因话录》卷四载:

　　　　有文溆僧者,公为聚众谈说,假托经论,所言无非淫秽鄙亵之事。不逞之徒转相鼓扇扶树,愚夫冶妇乐闻其说,听者填咽寺舍,瞻礼崇奉,呼为和尚。教坊效其声调以为歌曲。

段安节的《乐府杂录·文溆子》载:

　　　　长庆中俗讲僧文溆善吟经,其声宛畅,感动里人。

可见,俗讲在其发展过程中,逐渐趋向以悦耳动听的音乐、引人入胜的故事吸引俗众。关于俗讲中韵文的"唱"的问题,王小盾先生曾研究指出:俗讲用唱导音乐,唱导音乐是综合梵呗和汉地民间说唱而成。③ 在俗讲发展的同时,民间讲唱也得到了长足的进展:

----

① 王小盾:《佛教呗赞音乐与敦煌讲唱词中"平""侧""断"诸音曲符号》,见《中国诗学》(第一辑),南京大学出版社1991年版,第24、26页。
② 周绍良、白化文编:《敦煌变文论文录》(下),上海古籍出版社1982年版,第73页。
③ 同①,第24页。

欲说昭君敛翠蛾，清声委曲怨于歌。谁家年少春风里，抛与金钱唱好多。（王建《观蛮妓》）

妖姬未着石榴裙，自道家连锦水溃。檀口解知千载事，清词堪叹九秋文。

翠眉颦处楚边月，画卷开时塞外云。说尽绮罗当日恨，昭君传意向文君。（吉师老《看蜀女转昭君变》）

敦煌藏卷中像《王昭君》这样的民间讲唱的，还有《伍子胥》《孟姜女》《王陵变文》《李陵变文》等。在这个过程中俗讲和民间讲唱相互影响、共同促进，共同推进了中古代白话小说的肇始。在唐五代，讲唱伎艺形式活泼，引人入胜。因为有唱的表演形式的存在，才更吸引听众。唐五代白话小说中由于依赖于讲唱这种传达表演方式，具备了韵散相间的体式，其韵语正是通过"唱"的传达表演方式而存在的。

佛典重颂与散文结合的形式和佛典中夹入的以偈问答的形式，诱发了敦煌藏卷中的白话小说运用韵语形式的产生。除借助"唱"的传达表演方式外，敦煌藏卷白话小说中，也有直接受佛典融入偈的形式影响的作品，如《庐山远公话》。其中韵语，可能像讲经文中的偈颂一样，是用呗赞进行歌咏，但也有可能是用来诵的，因为白话小说到了《庐山远公话》这个时候，似乎已经开始有意识地脱离过分依赖于唱的表演传达手段，而单纯地用说来传达了。

敦煌藏卷中白话小说因为借助讲唱的传达表演手段来描叙故事，刻画人物，所以运用韵语进行人物语言描写就可以充分发挥其艺术功能。人物语言描写运用唱词的形式，在敦煌藏卷白话小说中也得到了发展。由讲唱经文到俗讲再到成熟的讲唱作品，其间明显可以看到人物语言描写运用韵语的成分在加强，并且在讲唱作品刻画人物形象中起着决定作用。

为了更好地了解敦煌藏卷中白话小说运用韵语进行人物语言

描写的情况,我们特对《全唐五代小说》所收篇目进行了统计:

《太子成道经》(《全唐五代小说》卷九四)大王在天祀神前索酒发愿用韵语;夫人浇酒发愿祈儿用韵语;阿斯陀仙相太子回复大王时用韵语;当太子在选妃时,耶输陀罗发愿用韵语;老人回答太子何名老人,何故衣裳破弊时用韵语;病儿回答太子病"诸人亦复如然"时用韵语;丧主回答太子死"诸人亦复如然"时用韵语;太子回宫大王问询劝说太子时用韵语;耶输临被推入火坑前发愿用韵语;新妇出家,大王吩咐新妇时用韵语。

《八相变》(《全唐五代小说》卷九五)中先用散体演说故事,再用韵文演唱同一内容。此中韵语亦多语言描写,并有一个的标志即"当尔之时,道何言语——"。如太子降生后,凡人愚者纷纷传说太子殊祥异端用韵语;大臣劝大王除弃太子时用韵语;文殊菩萨对大王说太子"异圣奇仁,不同凡类"时用韵语;文殊菩萨介绍阿斯陀仙瞻看神奇时用韵语;阿斯陀仙来相太子所言用韵语;阿斯陀仙请大王至摩醯(醢)泥神处验看太子是祯祥还是妖邪时用韵语;泥神迎大王及太子于五里之外乞罪时所言用韵语;太子出游,遇产妇之夫相问答知人生之苦时用韵语;太子遇老人的问答用韵语;太子遇病人的问答用韵语;太子遇死事与丧主的问答用韵语;太子遇和尚的问答用韵语。

《破魔变文》(《全唐五代小说》卷九五)中三女与魔王对答处用韵语;三妇分别与佛对答处用韵语;魔女回见父王说佛之神通慈悲用韵语。

《降魔变文》(《全唐五代小说》卷九六)用散体演说故事与用韵文演唱同一内容,散韵位置或此前彼后,或彼前此后。此篇的散体演说故事迂回曲折、细密详尽,已达到相当的艺术水平,比《破魔变文》有明显进了一大步。其中须达敬仰佛之威力,沉吟嗟叹处用韵语;须达至佛所瞻仰佛之尊颜,悲喜交集,请佛降临舍卫国处用韵语;舍利佛与须达为佛寻建伽蓝之地,到一园时,舍利佛与须达的对答及须达与园人的对答均用韵语,此中的对话嵌在主要故事叙说的韵语中;太子见园无灾异,嗔怪须达的言语及太子与首陀天所化老人的对答亦均用韵语;舍利佛与须达进入园中见一窝蝼蚁,舍利佛乘机向须达布道用韵语;六师遇太子问情由的对答用韵语;六师在大王面前进谗说须达"外国钩引胡僧,幻惑平人……损丧国家"处用韵语;大王问询缘由和责问须达及须达对答处用韵语;国王敕令舍利佛与六师比试神通,须达报知舍利佛时,二人对话用韵语;须达在比试神通前极为担心,又以为舍利佛临危逃走,及至找到舍利佛时,对其说出心中的担忧用韵语;舍利佛啼启如来、如来嘱咐舍利佛及吩咐阿难用僧伽梨助舍利佛时用韵语。

《难陀出家缘起》(《全唐五代小说》卷九七)世尊来到难陀门前,难陀与其妻的对话用韵语;难陀问候世尊处用韵语;难陀欲逃回家中,路遇世尊,藏于枯树之中,世尊吓他欲烧枯树,难陀告饶用韵语;难陀与天女即其妻对话处用韵语;难陀想出家时与世尊的对话用韵语;难陀入地狱问鬼煮汤待谁用韵语;难陀向世尊忏悔说情愿出家用韵语。《目连缘起》(《全唐五代小说》卷九七)中目连见母在地狱受苦启告世尊用韵语;世尊对目连说其母在地狱受苦的原因用韵语;目连哀恳世尊助其与母相见用韵语;目连母对子诉其在人间作恶到阴间受苦的苦况,目连说为报母恩出家处用韵语;目连再次恳求世尊救济其母出离苦海用韵语;世尊让目连造盂兰盆会为母消除罪孽用韵语;目连母出离地狱狗时与目连对话用韵语。《大目乾连冥间救母变文》(《全唐五代小说》卷九八)目连诉说其志愿从佛出家报答二亲时用韵语;目连到天宫寻父与长者对答处用韵语;目连往冥间寻母与八九个男子女人对答处用韵语;目连与阎罗王对答处用韵语;目连在奈河桥与罪人对答处用韵语;目连与五道将军对答处用韵语;目连与夜叉王对答处用韵语;目连祈请如来相助见母与如来对答处用韵语;目连至阿鼻地狱,鬼卒向其说地狱之道厉害处用韵语;目连在狱中与其母及狱主对答用韵语;目连向王舍城长者化饭处言语用韵语；目连将所化饭送于母亲处母子对答中亦用韵语。即如《欢喜国王缘》(《全唐五代小说》卷九九)有相夫人见欢喜王心有不乐问其情由用韵语；欢喜王告知有相夫人有死相用韵语；有相夫人诉说其不忍抛下欢喜王而死用韵语；等等。《丑女缘起》(《全唐五代小说》卷九九)中大王说丑女之丑时用韵语；丑女长成，夫人请求大王与丑女婚配处的对答用韵语；大王暗教大臣为丑女选婿处用韵语；大臣回复时用韵语；王郎见大王时言语用韵语；王郎被丑女唬倒，丑女姊对王郎所言用韵语；丑女姊见丑女成婚向父母报喜用韵语；婚后王郎怕人见其妻，不令妻露面，及丑女嘱咐王郎早归用韵语；等等。

《伍子胥》(《全唐五代小说》卷八七)中使人追捕伍子胥不得回复平王时用韵语；子胥行至莽荡(芒砀)山口，按剑悲歌时用韵语；子胥行至颍水旁与打纱女的对话用韵语；子胥姐弟相见时的对话用韵语；子胥夫妻相见时对话用韵语；子胥至吴江北岸按剑悲歌时用韵语；渔人覆船死后，子胥愧荷渔人而悲歌用韵语；子胥行至莽荡(芒砀)山间，思忆帝乡而歌用韵语；渔人之子为阻子胥伐郑，在城东门外漏盖船上唱歌时用韵语；子胥祭浣纱女时用韵语；子胥得胜还朝唱凯歌时用韵语。

《汉将王陵变》(《全唐五代小说》卷八八)中王陵与灌婴将去劫营时的对话用韵语；钟离昧去捉王陵母时与陵母对话用韵语；项羽与王陵母针锋相对的对话用韵语；王陵母受刑不屈的哭诉用韵语；卢绾将在楚营中所见报与王陵及王陵痛哭其母均用韵语；汉高祖祭王陵母时所言亦用韵语。

《李陵变文》(《全唐五代小说》卷八八)中"李陵共单于火中战处"写李陵陷入绝境的悲诉用韵语；"李陵共兵士别处"的对话描写用韵语；"李陵降服处"李陵与单于的对话描写用韵语；"诛李陵老母、妻子处"李陵老母妻子悲诉用韵语；汉使入胡，李陵下马望乡拜皇帝号啕大哭，问询诛灭其母是否事实、王进朝将实情告知李陵、李陵悲诉一腔无奈和忧怨均用韵语。

《孟姜女变文》(《全唐五代小说》卷八九)中从"劳贵珍重送寒衣"至"贫兵地下长相亿(忆)",联系下文,似为姜女夫魂灵现出而对姜女的悲诉与姜女闻知其夫已死而悲哭,均用韵语;姜女哭倒长城寻夫骨时的悲哭用韵语;筑长城被役死的众多鬼魂托姜女传信家中的悲诉亦用韵语。

《王昭君》(《全唐五代小说》卷八九)开首韵语据"愁肠百结虚成着,□□□行没处论。贱妾悦期蕃里死,远恨家人昭(招)取魂。汉女愁吟,蕃王笑和……"前面所用韵语极似昭君见到荒凉的大漠、不熟悉的异乡他国后内心悲苦的"愁吟";"昭君既登高岭,愁思便生,遂指天叹帝乡而曰处"用韵语;昭君临死时与单于的对答亦用韵语;汉使读敕处和单于答谢处用韵语。

《张义潮》(《全唐五代小说》卷八九)中韵语也夹入了将军号令儿郎的语言描写。

《张淮深》(《全唐五代小说》卷八九)中韵语也夹入了张淮深感恩戴德的语言。

《孔子项讬相问书》中项讬入山游学辞别其母时的语言用韵语;孔子讹诈项讬母时的对话用韵语;项讬被孔子杀害后,嘱咐其母将其血用瓮盛着放于家中时用韵语。

敦煌藏卷中白话小说因为要唱(或吟或诵),讲唱艺人正好利用人物语言来吟唱,所以韵语中多有人物语言描写。这种小说描叙方式是借助于唱(或吟或诵)的传达表演手段进行的,人物语言不像戏剧的角色代言,而是叙述人讲唱的小说人物语言,这一点与戏剧语言有着明显的区别。

敦煌藏卷中白话小说的语言描写夹在唱(或吟或诵)的韵文中是这个时期白话小说带入韵文的一大特色,个别还带有讲唱艺人叙述的口吻。发展到后来,如比较成熟的《伍子胥》《李陵变文》等,人物语言逐渐个性化,人物形象变得比较鲜明生动。这就显示出了敦煌藏卷白话小说的小说美学品格逐渐趋于成熟。

二、从"讲唱"韵语到"说话"中诗词韵语的发展

白话小说在由讲唱到说话的发展过程中,不是一下子就脱离了讲唱的传达表演手段的,而是有一个逐渐发展的过程。这期间,最可注意的是晚唐五代成书的白话小说《大唐三藏取经诗话》中融入诗歌的情形。从《大唐三藏取经诗话》的形式上看,它既有早期敦煌藏卷中白话小说依赖讲唱及配图的痕迹,又有佛典中融入以偈问答的形式特征。唐五代白话小说叙述人讲唱的小说人物语言用韵语发展到《大唐三藏取经诗话》已经是用整饬的七言四句或八句的诗了,这时候的表演形式更可能是吟诵了。

本师时人先生早已注意到了敦煌藏卷白话小说中人物语言运用韵语吟唱,对于《大唐三藏取经诗话》"每一节都有书中人物'以诗代话'的情况"的影响,曾指出:"变文的发展……自始至终,它都没有完全改变以韵文(包括诗词)代替故事中人物说话的习惯。本来,变文中有韵文(唱词)叙述部分,人物说话用诗词也可以吟唱,尚能保持体例的一致。"①比较敦煌藏卷中白话小说运用韵语情况,明显发现《大唐三藏取经诗话》与之是一脉相承的。如《经过女人国处第十》:

> ……次入一国,都无一人,只见荒屋漏落,园篱破碎。前行渐有数人耕田,布种五谷。法师曰:"此中似有州县,又少人民,且得见三五农夫之面。"耕夫一见,个个眉开。法师乃成诗曰:
> "荒州荒县无人住,僧行朝朝宿野盘。今日农夫逢见面,师僧方得久开颜。"

---

① 李时人:《〈大唐三藏取经诗话〉成书时代考辨》,见《大唐三藏取经诗话校注》,中华书局 1997 年版,第 63、64 页。

猴行者诗曰：

"休言荒国无人住，荒县荒州谁肯耕？人力种田师不识，此君住处是西城。

早来此地权耕作，夜宿天宫歇洞庭。举步登途休眷恋，免烦东土望回程。"

举步如飞，前过一溪，洪水茫茫……

这样夹入人物语言对话的描叙方式，显然是承接《伍子胥》等而来。敦煌藏卷白话小说中也有纯散体的白话小说，如《舜子变》《唐太宗入冥记》等，很可能，这些白话小说受到了史传及唐代文言小说的影响，而出现脱离讲唱文学特别借重于唱的表演传达手段的迹象。由于它们对于讲唱的影响，最终出现了《大唐三藏取经诗话》那样的白话小说中融入诗歌的形式。但到了《大唐三藏取经诗话》中的人物语言描写运用韵语时，已经明显地发展了敦煌藏卷中讲书唱书运用韵语的方式，这里可能只用吟诵了。这说明，白话小说在其发展过程中，逐渐在脱离唱的表演传达方式，而有了过渡到"说话"艺术的征兆。

白话小说与讲唱文学的关系不是从此就结束了，这个循序渐进的过程一直延续到宋代。像《清平山堂话本》中的《刎颈鸳鸯会》还与白话小说借重讲唱文学的唱的表演传达手段很有关系。如其中自道其运用唱的表演传达手段：

未知此女几时得偶素愿？因成商调《醋葫芦》小令十篇，系于事后，少述斯女始末之情。

后面是"奉劳歌伴，先听格律，后听芜词""奉劳歌伴，再和前声"，唱了十篇商调《醋葫芦》小令。不过《刎颈鸳鸯会》的这十篇商调《醋葫芦》只用来作人物肖像或场景描写，不是故事中的人物语言描写。《快嘴李翠莲记》中李翠莲的语言就像"快板"似的,符合人物"快嘴"的特性,是个性化了的人物语言,并以这样的语言来体现人物的典型性格。不过这毕竟是宋代白话小说中不多见的。

在宋代早期话本小说《张子房慕道记》中,以诗对答的成分还较多。不过《张子房慕道记》从形式上显然比《大唐三藏取经诗话》要后起。《大唐三藏取经诗话》虽也有以诗对答的形式,但明显是从唐五代讲唱中人物语言用韵语发展而来的。《张子房慕道记》最突出的一点是用"有诗存证"的形式来引出诗歌作为人物的语言。这一点虽有唐五代讲唱"若为陈说"的影子,但更是宋代开始的"有诗为证"的形式。因为有诗为证形式的存在,就使以诗来进行人物语言对话描写显得相当别扭,明显感到有叙述人的介入。这种"以诗代话"形式在宋代说话中并不常见。正如本师时人先生所论:

> 到后来变文中的韵文叙述部分被说白所代替,人物以诗代话就显得别扭了。这种方法在表演上限制了艺人模仿故事中人物的口吻语调,难于表现人物的性格特征,无疑影响了说话艺人的艺术发挥。所以到了宋代"说话",就再也没有人使用这种表现形式了。宋代话本中也有不少韵文(包括诗词、骈文、偶句等),但这些韵文有其特定的作用。考察胡士莹等人所鉴定的所有现存宋人话本,没有出现过故事中人物"以诗代话"的现象,这充分说明,到宋代这种表现形式在"说话"中已经完全消失。①

白话小说融入韵文从唐发展至宋,最鲜明的一点是以诗代话的形式渐趋消歇,代之而起的是"说话"中说白。《柳耆卿诗酒玩江楼记》柳耆卿指使舟人夜间船内强奸月仙后,月仙怨恨难诉,自言

---

① 李时人:《〈大唐三藏取经诗话〉成书时代考辨》,见《大唐三藏取经诗话校注》,中华书局 1997 年版,第 64、65 页。

其屈的吟诗：

> 月仙惆怅，而作诗歌之：
> 自恨身为妓，遭淫不敢言。羞归明月渡，懒上载花船。

这与以诗代话的形式有明显的不同，这是以诗抒发周月仙被凌辱之后无处哀告申诉的悲苦，是说话艺人在最利于运用诗歌的时候，不失时机地插上的一笔。这明显源于唐代文言小说运用诗歌的形式；也与以后戏剧中的科白已很相近了，这种吟诗言志抒情的形式很可能对于戏剧产生过影响。如马致远的杂剧《汉宫秋》中：

> 【旦云】妾这一去，再何时得见陛下，把我汉家衣裳皆留下者。【诗云】正是：
> 今日汉宫人，明朝胡地妾。忍着主衣裳，为人作春色。

以诗代话的形式在表演上限制了艺人模仿故事中人物的口吻语调，难于表现人物的性格特征，影响了说话艺人的艺术发挥。所以到了宋代"说话"，这种表现形式当然就不为所用了。

综上所述，从唐五代讲唱发展而来的白话小说，其运用韵语目的主要是借助唱这种表演方式以便于传达，以听的接受方式来满足更多的俗众的需要。但由于唱的表演方式要求太高，且不利于白话小说叙述故事，刻画人物，故唱的方式在白话小说发展进程中逐渐让位于"说"，这样，原来用于唱的韵语，就逐渐减少，但这一过渡过程中，还曾经出现过以诗代话的形式，最终因其不利于人物形象的刻画而不为所用。宋元"说话"中引用诗词韵文的形式还存在着，它更多的是受文言小说的影响，或为故事人物题诗，或用来场景描写或议论方式了。

第三节　从"说话"到文人创作

中国古代白话小说从植根于唐五代讲书唱书,发展到宋元"说话"的"话本";从借助于表演传达手段的"唱",逐渐转变为只说不唱的艺术形式,从而进一步形成了白话小说的艺术特征和美学品格。所以白话小说发展到宋元,小说的艺术因素均已具备。在运用诗词韵语上,宋元白话小说开创了后来长篇、短篇白话小说运用诗词韵语进行描写、议论、抒情的先例。本节主要从小说的艺术表现手法方面,论述宋元白话小说到明清文人创作的白话小说在运用诗词韵语上的发展。

一、宋元"说话"在运用诗词韵语上对于唐五代白话小说的发展

唐五代敦煌藏卷白话小说中的韵语主要是适应唱的表演方式出现的,其中的韵语在故事铺叙之中,多夹入人物语言描写,虽也有用于人物形象刻画、场景描写、议论、抒情的,但并不普遍。

如《伍子胥》中叙及子胥行至莽荡山间,按剑悲歌而叹一节:

> 子胥发忿乃长吁,大丈夫屈厄何嗟叹。天网恢恢道路穷,
> 使我恓惶没投窜……

此处正可以借机来抒发子胥内心的悲愤,讲唱艺人过分注意人物处境的交代,将其夹入人物语言的叙说之中,没有来得及进行人物情绪的描写。

如《李陵变文》中"李陵共单于火中战处"对于场景氛围的烘托渲染和场面描写:

陵军□□向前催，虏骑芬芬（纷纷）逐后来。

阵云海内初交合，朔气燕南望不开。

……

川中定是羽狼毛，风里吹来夜以毛，

红焰炎炎传□□（盛），一回吹起一回高。

白雪芬芬（纷纷）平紫塞，黑烟队队人愁□（冥）。

前头草尽不相连，后底火来他自定。

这里可能配图讲唱，讲唱艺人注意到了场景描写的烘托渲染，但由于讲唱伎艺本身的特点，仍将其很快植入了故事情节的推进之中。《降魔变文》在叙写舍利弗与六师斗法时，也存在这种情况。而像《破魔变文》叙魔王点检魔军去捉如来一节：

嵦磋之云空里报，泼下黑雾似墨池。雨点若着如中箭，雹子逢人似连锤。

山岳擎来安掌里，江河检来直下倾。空里闹，世间惊，号令唯闻唱煞声。

红旗卷处残霞起，皂纛悬处碧云飞。鬼神云里皆勇猛，魔王时时又震威，

围绕佛身千万匝，拟捉如来畅絮情。

这里的场面描写就较具体了，在唐五代白话小说中毕竟少见。其中有关魔王三女骚扰佛修行一处，本可对于人物形象大加摹写，但讲唱中只稍稍提及就过去了，没有对人物形象进行刻画。

上述可见，唐五代白话小说中人物形象刻画，场景、场面描写以及议论、抒情等都夹在故事的铺叙的韵语中了，并且描写议论也是随机生发，不具体，更不深入。而宋元白话小说中开始将诗词韵语运用到人物形象刻画，场景、场面的描写及议论、抒情当中，并且

为后世白话小说奠定了基础。但因为古代白话小说注重故事情节,对于描写、议论、抒情等表现方式着力不够的缘故,就一直沿用宋元白话小说传下来的运用诗词韵语进行描写、议论、抒情的形式。

宋元白话小说开始用诗词韵语进行人物形象的刻画,但也有一个由浅入深的过程,这是与说话艺术的发展密切相关的。开始只注重人物的衣饰穿着,如《三现身》描写孙文的相貌打扮:

> 裹背系戴头巾,着上两领皂衫,腰间系条丝绦,下面着一双干鞋净袜,袖里袋着一轴文字。

《杨温拦路虎传》写那汉子——贼人李贵的相貌着装:

> 身长丈二,腰阔数围。青纱巾,四结带垂;金帽环,两边耀日。绀丝袍,束腰衬体;鼠腰兜,柰口慢裆。锦搭膊上尽藏雪雁,玉腰带柳串金鱼。有如五通菩萨下天堂,好似那灌口二郎离宝殿。

《宋四公大闹禁魂张》写赵正装作的妇女相貌:

> 油头粉面,白齿朱唇。锦帕齐眉,罗裙掩地。鬓边斜插些花朵,脸上微堆着笑容。虽不比闺里佳人,也当得垆头少妇。

《西湖三塔记》写女孩着装打扮:

> 宣赞分开人,看见一个女儿。如何打扮?
> 头绾三角儿,三条红罗头须,三只短金钗,浑身上下,尽穿缟素衣服。

　　白话小说发展过程中,对于人物形象的刻画逐渐开始注意对人物肖像进行描摹,并能点画出人物的一些神情意态。如《简帖和尚》写一婆婆长相:

　　　　眉分两道雪,鬓挽一窝丝。眼昏一似秋水微浑,发白不若楚山云淡。

《杨温拦路虎传》写冷小姐美貌:

　　　　体态轻盈,俊雅仪容。楚鸣云料凤髻,上峡岫扫蛾眉。刘源桃凝作香腮,庾岭梅印成粉额。朱唇破一点樱桃,皓齿排两行碎玉。弓鞋窄小,浑如衬水金莲;腰体纤长,俏似摇风细柳。想是嫦娥离月殿,犹如仙女下瑶台。

《碾玉观音》写秀秀美貌:

　　　　云鬟轻笼蝉翼,蛾眉淡拂春山,朱唇缀一颗樱桃,皓齿排两行碎玉。莲步半折小弓弓,莺啭一声娇滴滴。

《西山一窟鬼》写李乐娘美貌:

　　　　水剪双眸,花生丹脸;云鬟轻梳蝉翼,蛾眉淡拂春山;朱唇缀一颗夭桃,皓齿排两行碎玉。意态自然,迥出伦辈,有如织女下瑶台,浑似嫦娥离月殿。

《花灯轿莲女成佛记》莲女十八岁上头后的美貌:

　　　　精神潇洒,容颜方二八之期,体态妖娆,娇艳有十分之美。

> 凤鞋稳步，行苔径，衬双足金莲；玉腕轻抬，分花阴，露十枝春笋。胜如仙子下凡间，不若嫦娥离月殿。

《张生彩鸾灯传》描摹女子美貌：

> 凤髻铺云，蛾眉扫月。一面笑共春光斗艳，双眸溜与秋水争明。檀口生风，脆脆甜甜声远振；金莲印月，弓弓小小步来轻。纵使梳妆宫样，何如标格天成。媚态多端，如妒如慵。妖滴滴异香数种，非兰非蕙；软盈盈得他一些半点，令人万死千生。假饶心似铁，相见意如糖。正是：
> 桃源洞里登仙女，兜率宫中稔色人。

也有在刻画人物时能注意对人物的性格特征进行点染的，如《刎颈鸳鸯会》写蒋淑真美貌性情：

> 脸衬桃花，比桃花不红不白；眉分柳叶，如柳叶犹细犹弯。自小聪明，从来机巧，善描龙而刺凤，能剪雪以裁云。心中只是好些风月，又做得几杯酒。年已及笄，父母议亲，东也不成，西也不就。每兴凿穴之私，常感伤春之病。自恨芳年不偶，郁郁不乐。垂帘不卷，羞教紫燕双双；高阁慵凭，厌听黄莺并语。

因为女性的爱情婚姻在宋元白话小说中是一个重要的题材，所以宋元白话小说对于女性人物形象进行了着力刻写。正由于此，宋元白话小说刻画人物形象的艺术成就在刻画女性形象时逐渐得以提高。

宋元白话小说已经开始运用诗词韵语进行场景描写了。有些地方的场景描写对于烘染白话小说故事情节是必要的，我们从个别白话小说流传过程中失去了用来状写地点、场所的韵语中，可以看出这一点,如《西山一窟鬼》在写到西山驼献岭,《陈巡检梅岭失妻记》在写到梅岭时,均有明显丢掉韵语的痕迹,就影响到了故事情节的真实性和完整性。但是多数情况下,场景的描写还只是虚设。后来白话小说的场景描写多学习宋元白话小说这种描写程式,这种程式化也影响和制约了白话小说场景描写的发展。

宋元白话小说中已经出现了有关时令、季节、节日、时辰等时间景致的交代,这方面的场景描写对后来白话小说产生了比较深刻的影响。如《山亭儿》写秋天景色:

> 柄柄芰荷枯,叶叶梧桐坠。细雨洒霏微,催促寒天气。
> 蛩吟败草根,雁落平沙地。不是路途人,怎知这滋味。

写晚景:

> 红轮西坠,玉兔东生。佳人秉烛归房,江上渔翁罢钓。萤火点开青草面,蟾光穿破碧云头。

写雨景:

> 云生东北,雾涌西南。须臾倒瓮倾盆,顷刻悬河注海。

《西湖三塔记》的词写清明景致:

> 乍雨乍晴天气,不寒不暖风光。盈盈嫩绿,有如剪就薄薄轻罗;袅袅轻红,不若裁成鲜鲜丽锦。弄舌黄莺啼别院,寻香粉蝶绕雕栏。

《西湖三塔记》的诗也写清明时节景致:

家家禁火花含火，处处藏烟柳吐烟。

金勒马嘶芳草地，玉楼人醉杏花天。

《杨温拦路虎传》写晚景：

> 烦阴已转，日影将斜。遥观渔翁收缗罢钓归家，近睹处处柴扉半掩。望远浦几片帆归，听高楼数声画角。一行塞雁，落隐隐沙汀；四五只孤舟，横潇潇野岸。路上行人归旅店，牧童骑犊转庄门。

宋元白话小说中有关于人物活动的地点、场所等的描写，也对后来白话小说产生了比较深远的影响。如《五戒禅师私红莲记》用诗写西湖苏堤景致：

> 苏公堤上多佳景，惟有孤山浪里高。
>
> 西湖十里天连水，一株杨柳一株桃。

《张生彩鸾灯传》引柳永《望海潮》词，说杭州景致：

> 正逢着上元佳节，舜美不免关闭房门，游玩则个。况杭州是个热闹去处。怎见得杭州好景？柳耆卿有首《望海潮》词，单道杭州好处。词云：
>
> 东南形胜，三吴都会，钱塘自古繁华！烟柳画桥，风帘翠幕，参差十万人家。云树绕堤沙。怒涛卷霜雪，天堑无涯。市列珠玑，户盈罗绮，竞豪华。重湖叠巘清佳，有三秋桂子，十里荷花。弦管弄晴，菱歌泛夜，嬉嬉钓叟莲娃。千骑拥高牙，乘时听箫鼓，吟赏烟霞。异日图将好景，归去凤池夸。

《史弘肇传》用骈文写河南府繁华景象：

> 州名豫郡，府号河南。人烟聚百万之多，形势尽一时之胜。城池广阔，六街内士女骈阗；井邑繁华，九陌上轮蹄来往。风传丝竹，谁家别院奏清音？香散绮罗，到处名门开丽景。东连巩县，西接渑池，南通洛口之饶，北控黄河之险。金城缭绕，依稀似偃月之形；雉堞巍峨，仿佛有参天之状。虎符龙节王侯镇，朱户红楼将相家。休言昔日皇都，端的今时胜地。正是：
>
> 　　春如红锦堆中过，夏若青罗帐里行。

《福禄寿三星度世》用诗描写浔阳江之势：

> 万里长江水似倾，东连大海若雷鸣。一江护国清泠水，不请衣粮百万兵。

《赵旭遇仁宗传》用《鹧鸪天》词写樊楼景象：

> （仁宗与苗太监）将及半晌，见座酒楼，好不高峻！乃是有名的樊楼。有《鹧鸪天》词为证：
>
> 城中酒楼高入天，烹龙煮凤味肥鲜。公孙下马闻香醉，一饮不惜费万钱。招贵客，引高贤，楼上笙歌列管弦。百般美物珍馐味，四面栏杆彩画檐。

《宋四公大闹禁魂张》用诗写谟县前酒店：

> 云拂烟笼锦旆扬，太平时节日舒长。能添壮士英雄胆，会解佳人愁闷肠。
>
> 三尺晓垂杨柳岸，一竿斜刺杏花傍。男儿未遂平生志，且

乐高歌入醉乡。

《阴骘积善》用骈文状写茶坊场景：

> 花瓶高缚，吊挂低垂。壁间名画，皆则唐朝吴道子丹青；瓯内新茶，尽点山居玉川子佳茗。风流上灶，盏中点出百般花；结棹佳人，柜上挑茶千种韵。

《山亭儿》中陶铁僧勾结大字焦吉、十条龙苗忠劫杀万小员外、当直周吉并劫夺万秀娘的场所一处树林：

> 远观似突兀云头，近看似倒悬雨脚。影摇千尺龙蛇动，声撼半天风雨寒。

其他如《洛阳三怪记》用骈文状庙宇景象；《风月瑞仙亭》用骈文写卓王孙家园中景致；《洛阳三怪记》用骈文写潘松走到会节园时景致；《洛阳三怪记》用骈文写一崩败花园景象。后来白话小说《水浒传》《西游记》等的场所描写，凡是出现地点场所几乎都要运用诗词韵语进行描写，就是模仿学习宋元说话对地点场所的描写方式。

在人物语言描写方面，宋元白话小说逐渐摆脱了以诗词韵语代话的形式，学习文言小说故事人物题诗抒情言志的方式，使诗词与小说故事情节联系更紧密，这对后来的白话小说中人物题诗言志也造成了较大影响。如《宋四公大闹禁魂张》宋四公盗取财宝后，在禁魂张库房壁上留下的嵌名诗：

> 宋国逍遥汉，四海尽留名。曾上太平鼎，到处有名声。

《五代梁史平话》袁天纲字谜谶：

> 非青非白非红赤,川田十八无人耕。

黄巢见金榜无名遣怀诗:

> 拈起笔来书个字,多应门里又安心。囊箧枵然途路远,栖
> 惶何日返家门?

他拜访朱五经时的言志抒愤诗:

> 百步穿杨箭羽疏,踌躇难返旧山居。鲰生欲立师门学,乞
> 授黄公一卷书。

这对于后来白话小说如《三国演义》《水浒传》《西游记》《红楼梦》等运用诗词言志抒怀、人物题诗及使计时用嵌名诗都很有启发。

总之,宋元白话小说运用诗词韵语方面,既超越了唐五代白话小说运用韵语的形式,又开创了后世白话小说运用诗词韵语的局面。但其对于后世白话小说运用诗词韵语的影响,既有积极的一面,又造成了消极的不良影响。这主要因其过分程式化,使后世白话小说在进行场景场面、人物形象及语言描写上少有发展。

二、文人创作白话小说对于话本小说运用诗词韵语的继承和发展

明清长篇白话小说和短篇白话小说在运用诗词韵语方面,既有继承唐五代和宋元白话小说运用诗词韵语的方式,并逐渐走向程式化的一面,又有发展变化,更注意增强小说的艺术表现力和小说美学品格的一面。

在继承前代白话小说运用诗词韵语的表现方式上,可以说多数白话小说中都有所表现,这一方面《水浒传》和明清拟话本小说,

因为源于宋元"说话"或有意模仿话本小说,其中的运用诗词韵语受宋元白话小说的影响就更明显。至于那些二三流的作品,只知一味模仿,而少有创新,更流于程式化了。

在创新方面,几部重要的长篇和短篇白话小说都有成绩。《三国志通俗演义》因为其产生于特殊的历史时代,当时民众有着极其强烈的究底寻根的历史意识,极力要从历史事实中发掘出一种时代意绪,而对于通俗演义依傍历史的故事叙述又将信将疑,而且还有来自各方面的不断贬斥和攻击。小说作者在考虑民众历史意识的要求和照顾他们的接受水平的前提下,找到了一种"引诗为证"的表现方式。它是在文化—文学的特殊环境里,形成的一种并不是出于为白话小说美学要求考虑的形式特征。这种特征实际上是一种在小说发展过程中被挤压成的畸形形态。但引诗为证的做法还是为历史演义小说的发展提供了不小的帮助。但"有诗为证"的逐渐程式化,又使得白话小说在运用诗词上陷入了僵局,也为白话小说运用诗词造成了不好的影响。

《西游记》因其特殊的发展历程,更多地接受了前此讲唱文学运用韵语来进行人物语言及对话描写的方式,因其"谐谑"——滑稽幽默、揶揄讽刺的美学风格,将运用韵语进行人物语言及对话描写与小说故事的展开非常恰当地结合起来,使人物的性格特征鲜明地突现出来,从而增强了小说的艺术表现力。如《西游记》第四十六回车迟国斗圣一节,当要赌"砍头剖腹,下滚油锅洗澡"时,行者向八戒夸耀本事:

> 行者道:"我啊,
> 砍下头来能说话,剁了臂膊打得人。扎去腿脚会走路,剖腹还平妙绝伦。
> 就似人家包扁食,一捻一个就团圆。油锅洗澡更容易,只当温汤涤垢尘。"

这一段运用韵语进行人物语言的描写,不仅使小说故事谐趣横生,而且也将悟空的性格极好地凸显了出来,极大地增强了小说故事的表现力。

《金瓶梅》作为"中国 16 世纪后期社会风俗史",其突出特点是对于当时社会风尚进行了真实的描绘①。在运用诗词韵语方面,它在当时社会流行的各种文艺活动的背景下,将前代或时下的一些流行的韵文文学作品兼收并蓄于其中,从而更集中、更真实地反映出中国 16 世纪后期社会上的文化娱乐活动。小说是用艺术方法写成的历史,在运用诗词韵语反映当时社会风尚的同时,也增强了小说的艺术表现力。

明末清初的"才子佳人小说"在反对以门阀势力、金钱以及"父母之命,媒妁之言"为标准的固有观念时,用理想的婚恋观念来看待男女婚恋,这就是"才子佳人小说"得以成立的最基本的故事范型——郎才女貌,甚至纯以理想的方式构设才貌俱佳的男女婚恋故事。这些小说中包含着大量的用以表现男女主人公才情的传统诗词韵文。其中诗词韵文连篇累牍,炫鬻才学,其艺术成就并不高。

《红楼梦》可以说是整个中国古代诗性文化的结晶。富于感伤诗人气质的曹雪芹以其全部才情,对我国古代文学的一切优良传统进行了继承和发扬,而《红楼梦》以其对历史和现实的巨大涵盖和古典的、抒情的美,成为中国古代小说艺术的光辉总结。《红楼梦》在运用诗词韵语方面,综合运用了古代诗歌传统中所有光辉灿烂的思想材料和艺术方法。

《儒林外史》打破了白话小说融入诗词韵文的结构模式。"《儒林外史》不论在创作主体的使命感上,还是处理艺术与生活的关

---

① 李时人:《〈金瓶梅〉:中国 16 世纪后期社会风俗史》,见《金瓶梅新论》,学林出版社1991 年版。

系,以及对小说艺术方法的把握上,都表现出指向未来的巨大张力。"①在《儒林外史》所表现出来的"指向未来的巨大张力"中,一个极堪注意的文体上的变革,就是《儒林外史》显示出了现代小说的特征,即它不再像传统小说那样在叙述中夹有大量的诗词文赋了。促成《儒林外史》文体上变革,既有其运用"简捷地奔向戏剧"的小说艺术方法的原因,又有小说用"写实而真实"的创作手法创造其"形象体系"的原因,更有小说作者以理性思考的方式来最终创造其小说"意象体系"的原因。这样,《儒林外史》便彻底打破了白话小说融入诗词韵文的结构模式。

---

① 李时人:《李汝珍及其镜花缘》,春风文艺出版社 1999 年版,第 7 页。

下编

第五章　唐五代白话小说中的韵文研究

　　现存中国古代白话小说最早的作品是敦煌藏卷中的白话小说，即基于当时讲唱伎艺而形成的一些作品。中国古代白话小说的源头是讲唱文学。唐五代说（讲）书唱书是以叙说讲唱故事的形式，塑造人物形象，通过一定的故事情节对人物的关系、命运、性格、行为、思想、情感、心理状态以及人物活动的环境进行具体的艺术描写，"是一种通过对'形象'的艺术描写展现社会人生图景的叙事艺术"，说（讲）书唱书本身即"形成了一个独立自足的艺术世界"。它除了具备"形象体系"外，还有"意象体系"。其中的"形象描写之中又蕴含着某种对社会人生的理解、爱憎和评价"。讲唱艺人"在以作品的形象、意象吸引和感染听众的同时"，"也以蕴含在形象中的"讲唱艺人自己的"思想感情影响听众"，"从而形成一种内容与艺术形式的统一"①。即使最初的白话小说，也应该具备小说的美学品格，不仅如此，它还应该具备区别于文言小说的特点，即具备口头文学或白话文学应有的特点。但是，因为是借助于讲唱伎艺的形式发展起来的，所以白话小说从一开始便以一种独特的体式出现。这种体式影响非常深远，后世白话小说作品的融入诗词韵文的体式，就是遗传或模范敦煌藏卷中白话小说的体式的。

---

① 李时人：《全唐五代小说·前言》，陕西人民出版社 1998 年版。

本章主要讨论唐五代白话小说中韵文存在的主要原因及其在白话小说中描叙功能等。

第一节　唐五代白话小说中韵文 存在的根本原因

敦煌藏卷中的白话小说"是唐代佛寺禅门的'讲经'同民间说唱文学相结合的产物,它生长于我国民族文化的土壤,直接秉承汉魏六朝乐府、小说、杂赋等文学传统,在讲唱佛理经义的宗教文学的影响和启迪下,逐渐演变而成"①。作为中国白话小说源头的敦煌藏卷中的白话小说,最有代表性、占相当比重的是"韵散相间"体式的作品。形成敦煌藏卷中白话小说"韵散相间"体式的因素很多。我们以为,佛典体制影响了讲唱经文和俗讲的体式,接着又诱发了白话小说体式的产生;作为表演传达手段的讲唱是"韵散相间"体式产生的最为直接的原因;同时诗国高潮促成了其中韵文的成熟。

本节拟从作为表演传达手段的"唱"入手,就讲唱经文及俗讲、民间讲唱等对白话小说韵文的影响,考察"韵散相间"体式韵文产生发展的原因。

一、作为表演传达手段的"唱"是唐五代白话小说韵文存在的根本原因

依靠讲唱伎艺产生发展而来的唐五代白话小说,其韵散相间体式是在佛典传译的"韵散相间"体式的诱发下产生的。

早期佛教的传布方式是口传心授,不著文字。采用偈颂的形

———————————

① 张锡厚:《敦煌文学源流》,作家出版社 2000 年版,第 2、3 页。

式更利于佛及其弟子在传教当中口诵、记忆，也更利于佛教教义的流布。佛教在传布过程中，经过了相当长时间的口传，才集成经典。流传下来的九部经（或九分教）中，祇夜（重颂，应颂）和伽陀（孤起颂）在佛典中占有重要地位。可以说，从释迦牟尼悟道传教开始，"韵散相间"体式就是佛教教义传布最得力的形式，韵文在传教过程中发挥了重要作用。

中土佛教的流布，译经事业功不可没。翻译佛典不论直译，还是意译，都按照佛典韵散相间的体式来译经，故韵散相间体式是佛典基本的体式。

在佛教传布过程中，先行发达的应该是寺院内佛教徒内部用于讲解经义的僧讲。僧讲因为是僧侣内部的讲习，可能更着重于对佛教义理的阐发。关于僧讲中的韵文——偈颂的唱的问题，梁慧皎《高僧传·经师》云：

> 然东国之歌也，则结韵而成咏；西方之赞也，则作偈以和声。虽复歌赞为殊，而并以协谐钟律，符靡宫商，方乃奥妙。

《高僧传·鸠摩罗什传》亦引鸠摩罗什语云：

> 天竺国俗，甚重文制，其宫商体韵，以入弦为善；凡觐国王，必有赞德，见佛之仪，以歌叹为贵：经中偈颂，皆其式也。

《法苑珠林·呗赞篇》云：

> 西方之有呗，犹东国之有赞。赞者从文以结音，呗者短偈以流颂。

王小盾先生据此研究指出，中国佛教音乐系统中的呗赞音乐用于佛经的唱诵。呗赞用于佛经偈颂部分的歌咏,转读用于佛经散文部分的诵读。呗赞的歌咏既不会同于法师的朗声说解,也不会完全同于都讲的转声唱经,它们配合音乐性更强的呗赞音乐。①据此我们可以明确,僧讲讲经的偈赞亦是借助于唱的表演传达手段,来广大佛教的传播。

寺院僧人出于生活和宣传佛教教义的需要,也有面向俗众的讲唱经文,谓之俗讲。据日本沙门圆珍(853 年入唐求法,858 年归国)《佛说观普贤菩萨行法经记》(《大正藏》卷五十六)记载,讲经是有僧讲和俗讲的区别的:

> 言讲者,唐土两讲:一俗讲,即年三月就缘修之,只会男女,劝之输物,充造寺资,故言俗讲,僧不集也云云。二僧讲,安居月传法讲是。不集俗人类,若集之,僧被官责。上来两寺皆申所司。京经奏,外中州也。一日为期。蒙判行之。若不然者,僧被官责云云。(本国往年于讲堂不置像或不竖户,此似唐样。今爱安佛,乖旧迹也,又无俗讲,古今空闲耳。)讲堂时正北置佛像,讲师座高阁,在佛东,向于读,座短北,在西南角,或推在佛前,故檀越设开题时,狭座言,大众处心合掌听,南座唱经题。

孙楷第先生说:"讲唱经文之本,其体与名德之讲同,而颂赞频繁,述事而不述义。"可见俗讲已经没有"名德之讲"那么庄重严肃了,它更侧重于讲唱故事。俗讲的音乐性特点,王小盾先生也曾研究指出,俗讲用唱导音乐,唱导音乐是综合梵呗和汉地民间说唱而成。② 俗讲吸引俗众之处,主要在其讲唱故事和讲唱伎艺上。赵

① 王小盾:《佛教呗赞音乐与敦煌讲唱词中"平""侧""断"诸音曲符号》,见《中国诗学》(第一辑),南京大学出版社 1991 年版,第 24、26 页。
② 同上书,第 24 页。

璘《因话录》卷四载：

> 有文淑僧者，公为聚众谈说，假托经论，所言无非淫秽鄙
> 亵之事。不逞之徒转相鼓扇扶树，愚夫冶妇乐闻其说，听者填
> 咽寺舍，瞻礼崇奉，呼为和尚。教坊效其声调以为歌曲。

段安节的《乐府杂录·文淑子》亦载：

> 长庆中俗讲僧文淑善吟经，其声宛畅，感动里人。

俗讲要"邀布施"就必须做到"悦俗"，而只用讲唱佛经的呗赞音乐
显然是不够的，必须借鉴学习民间的讲唱音乐，利用生动活泼的讲
唱形式来吸引更多的俗众。这样，俗讲就培育起了讲唱的市场。
俗众的丰厚布施，刺激了民间讲唱艺人，致使民间讲唱也来学习俗
讲讲唱的长处，这样民间讲唱也得到了长足的发展。我们可以从
当时关于民间讲唱的记载中看到民间讲唱的盛况：

> 欲说昭君敛翠蛾，清声委曲怨于歌。谁家年少春风里，抛
> 与金钱唱好多。（王建《观蛮妓》）
> 妖姬未着石榴裙，自道家连锦水濆。檀口解知千载事，清
> 词堪叹九秋文。
> 翠眉颦处楚边月，画卷开时塞外云。说尽绮罗当日恨，昭
> 君传意向文君。（吉师老《看蜀女转昭君变》）

这样，整个唐五代的讲唱市场就发展起来了。

白话小说滥觞于唐五代的讲唱，是由其特定的历史条件决定
的。由于印刷、造纸等书面形式的条件还不成熟，不足以负载白话
小说的传播，白话小说只好借助于讲唱伎艺发展了。本师李时人

先生以为敦煌藏卷中的若干讲唱文学作品已经符合近世小说叙事艺术的要求了,故将其认定为白话小说作品①。而正是讲唱伎艺中的"唱",使韵文成为唐五代白话小说文本的重要组成部分。

二、白话小说韵语的音乐性特征

我们现在对于说(讲)书唱书音乐美特征的研究只能借助现存讲唱文学作品中的韵语与一些相关的资料进行考察,因为表演时的音声已不复存在。演唱者讲唱给听讲者的韵语成了说(讲)书唱书或白话小说韵语音乐性特征研究的主要对象。

最初以说(讲)书唱书形式出现的白话小说完全是为了"听"的。适合于听的讲唱伎艺必须具备音乐的美感。以音乐为形式,以歌词为内容的(讲)书唱书中的韵语必然以音乐性为其特征。音乐性特征一方面要依靠讲唱艺人来表现,另一方面唱词韵语也体现着讲唱的音乐性特征。著名曲艺作家范乃仲先生生前谈到曲艺创作时,就非常强调曲艺的唱词应该努力做到适合于艺人的唱,他说蹩脚的曲艺发挥不了效力。② 因此,我们在讨论唐五代白话小说韵语的时候,也可以从中窥探其音乐性特征。

敦煌藏卷中的白话小说韵语用民间讲唱音乐唱,虽没有雅乐的力量,但是其音乐与韵语的配合也基本反映出了音乐的特征。黑格尔在谈到音乐的任务时说:"音乐的艰巨任务就是要使这些隐藏起来的生命和活动单在声乐里获得反响,或是配合到乐词及其所表达的观念,使这些观念沉浸到上述感情因素里,以便重新引起情感和同情共鸣。"③黑格尔指出了音乐配合乐词与情感的关系,用来理解唐五代符合小说叙事艺术要求的部分讲唱文学作品也应该是有启发的。白话小说的讲唱,不单单是韵语自身在起作用。

---

① 李时人:《全唐五代小说》,陕西人民出版社 1998 年版。
② 范乃仲:《我写曲艺的几条"守则"》,载《群众文艺》1981 年第 3 期。
③ 黑格尔:《美学》第三卷(上),商务印书馆 1979 年版,第 345 页。

强调韵语与音乐的配合,即是说音乐在讲唱时对于引起"情感和同情共鸣"作用是不可忽略的。

音乐作为一种听觉艺术,只有当它与韵语结合时,才形成一种富含固定内容的综合形式。可以说讲唱的音乐如果不从属于韵语的话,大约也必须照顾韵语的存在。因此讲唱的音乐又可以放在歌诗的音乐上来理解,即诗及韵语与音乐有着一种内在的统一性。刘勰《文心雕龙》言:"诗为乐心,声为乐体。"宋郑樵《通志·乐略》道:"乐以诗为本,诗以声为用。"可见,音乐与诗的结合,会产生出巨大的艺术感染力。同样,讲唱音乐与韵语的结合,也极大地丰富了讲唱伎艺的艺术表现力,使其具备强烈的艺术感染力。

讲书唱书的音乐还必须与其叙事性特质紧相关联。谌亚选先生对于曲艺音乐进行深入研究后,指出:"曲艺音乐特征以说书性为核心的问题,是涉及曲艺音乐从发生到发展成熟的全过程和总规律的问题。"①曲艺音乐是不是均以说书性为核心这一点还可以再讨论,但讲书唱书这种曲艺的音乐以说书性为核心应该是没有问题的。所谓的"说书性",实际已经触及了小说作为一门叙事艺术的本质特征,也就是白话小说的叙事艺术要求。讲书唱书的音乐应该"善于在叙事中显示音乐的表现力",以增强讲书唱书的艺术感染力。因此,讲书唱书的音乐应该是服从于白话小说的叙事艺术要求的音乐。

就唐五代白话小说的实际情况言,包括音乐在内的讲唱艺术因素,培育了白话小说的产生与发展。在借助讲唱音乐增强讲书唱书的艺术感染力的同时,白话小说韵语的叙事能力,比之于叙事诗,韵语叙事得到了长足的发展。可以说音乐以及其他讲唱伎艺在培育了白话小说韵语的同时,也培育了古代白话小说。

---

① 谌亚选:《曲艺音乐规律一谈——应当认清这种音乐的特征》,载《曲艺艺术论丛》1981 年第 2 辑。

第二节 唐代歌诗及诗歌对白话
小说中韵语的影响

唐代诗歌繁荣,不仅诗人辈出,当时从王公贵族到渔夫、樵夫、驿卒、妓女,几乎都能吟诗,据清代康熙年间编辑的《全唐诗》所录,就有诗人二千二百余人;作品数量巨大,《全唐诗》收录的作品达四万八千九百余首,后人又陆续收集整理了外编、补编等。更重要的是唐诗在思想和艺术上都取得了极高的成就。说唐诗是唐代社会生活的反映,不仅表现在内容题材上,更重要的是歌诗在当时是作为唐人精神生活的组成部分而存在的,形成诗国之高潮。

一、歌诗的成熟促使说(讲)书唱书用大段的韵语进行表演传唱成为可能

唐代诗歌的繁荣,有诗歌自身的原因,特别是歌诗传唱在其间起了非常重要的作用。朱星先生研究指出:唐诗"(1)篇幅短小,便于吟咏,尤其是绝句。(2)音节生动优美,但并不复杂。(3)七言是一种新体,大家感到新鲜。(4)允许用口语词汇。(5)往往与歌曲配合……真正代表唐代近体诗的是绝句,而并非律诗。"①林庚先生也说:"绝句乃是最宜于歌唱的。绝句来源于民歌,南北朝民歌中早已出现了大量的绝句,但是诗人中却很少这类的写作,直到盛唐诗歌高潮的到来,绝句才一跃而为诗坛最活跃的表现形式。""唐诗的走向高潮,诗歌的特色就表现为更近于自然流露,这乃是艺术上的归真返璞,语言上的真正解放。建安以来曾经一度离开了歌曲传统,这时便又重新接近起来。若是对照赋是'不歌而

---

① 朱星:《中国文学语言发展史略》,新华出版社1988年版,第83页。

诵'的,那么赋的衰亡,岂不也正是歌的复兴的又一佐证吗？绝句的涌现因此乃成为诗坛上一个新的突破。唐人歌唱的诗以绝句为主。"①无论诗合乐而歌,还是歌诗的创作传唱,这在印刷和造纸并不十分普遍运用的中国古代,都是诗歌发展繁荣的重要原因。唐诗根本不可能依靠当时造价十分昂贵的雕版印刷得以繁荣,虽然有时出现像传抄白居易诗那样的"洛阳为之纸贵"的现象,但也并不普遍,同样不能成为唐诗繁荣发展的根本原因。因为唐诗是"歌"起来的,所以作为传达表演手段的"歌唱"在这里就显得十分重要。

中国韵语文学的历史不自文字始,而从音声始,这已是一个常识。鲁迅先生在《汉文学史纲要》中说：

> 声音繁变,寖成言辞,言辞谐美,乃兆歌咏。时属草昧,庶民朴淳,心志郁于内,则任情而歌呼,天地变于外,则祇畏以颂祝,踊跃吟叹,时越侪辈,为众所赏,默识不忘,口耳相传,或逮后世……巫史非诗人,其职虽止于传事,然厥初亦凭口耳,虑有愆误,则练句协音,以便记诵。文字既作,固无愆误之虞矣,而简策繁重,书削为劳,故复当俭约其文,以省物力,或因旧习,仍作韵言……协其音,偶其词,使读者易于上口,则殆犹古之道也。②

总结上述,可注意者有三：一为口头文学本是文学之始；二为口头文学为便于记忆、传诵多为韵语；三为韵语的口头文学既成歌咏则言词谐美,为众所赏。所以歌咏吟唱的文学不仅是因为草创之初的历史条件的限制,成了一切文学的必由之径,而且其表现出来的

---

①　林庚：《唐诗综论》,人民文学出版社 1987 年版,第 55 页。
②　鲁迅：《汉文学史纲要》,见《鲁迅全集》第九卷,人民文学出版社 1981 年版,第343 页。

直观、鲜活、灵动、质朴的原初形态构成了文学艺术的质素,成了后世文学艺术的根。

中国古代,歌诗传唱十分普遍。《墨子·公孟》指斥儒者"诵诗三百,弦诗三百,歌诗三百,舞诗三百",认为儒家之道足以丧天下有四,其一即是"弦歌鼓舞"。证明春秋时诗歌即能唱诵。《汉书·艺文志》中所记述的三百一十四篇,如《高祖歌诗》二篇。《史记·高祖本纪》载:

> 高祖还过沛,留置酒沛宫,悉召故人父老子弟纵酒,发沛中儿得百二十人,教之歌。酒酣,高祖自击筑,自为歌。诗曰:"大风起兮云飞扬,威加海内兮归故乡;安得猛士兮守四方!"令儿皆和习之。高祖乃起舞,慷慨伤怀,泣数行下。

就是歌诗的一个典型例证。

从西汉武帝时起,兼管俗乐的乐府机关,采撷、演唱那些新兴俗乐的民歌,并将文人诗赋被之管弦进行演唱。《汉书·艺文志》载:

> 自孝武立乐府而采歌谣,于是有赵代之讴,秦楚之风,皆感于哀乐,缘事而发;亦可观风俗,知薄厚云。

《汉书·礼乐志》亦载:

> 至武帝定郊祀之礼,乃立乐府,采诗夜诵。有赵代秦楚之讴。以李延年为协律都尉。多举司马相如等数十人造为诗赋,略论律吕,以合八音之调,作十九章之歌。

在南朝宋郭茂倩《乐府诗集》所列十二类乐府诗中,如其中"相和歌词"中的"古辞"，原是"街陌谣讴"，被乐府机关采撷来配乐歌唱。《宋书·乐志》云：

> 《相和》，汉旧曲也。丝竹更相和，执节者歌。

此外，"清商曲词""杂曲歌词"中也颇多民歌。可见，汉代存在歌诗的现象。

汉代的歌诗，从魏晋起，开始被称为乐府。如汉以后的清商曲词，即东晋南朝时期流行的清商清声歌词，其中也颇多民间歌词；《杂曲》中也多有民间歌词，像叙事长诗《焦仲卿妻》即是经过长期流传到《玉台新咏》时才写定①。北朝的《横吹曲》《杂曲》中的许多民歌也经过了长期传唱，如脍炙人口的《木兰诗》。可见魏晋六朝诗歌中也多有歌诗。

齐梁时代，诗歌创作过分讲究声律、铺陈排比、文词藻饰，多为诗歌史研究者所诟病。并不是说美文学给文学带来了不幸，"文学创作是自然之道的表现"②，所谓自然之道，并不是一经存在即为合理，而是一方面要言志，缘情而发；另一方面要力戒刻意雕饰，使情性自然流露于笔端。合于自然之道而品格高迈的美文学自然是上乘佳作，但如果陷入了过分雕琢矫饰的歧途，有了人为限制的成规定法，而不是合于文学或诗歌发展的规律，那么文人的创作必然会走向没落。

鲁迅先生曾说："歌、诗、词、曲，我以为原是民间物，文人取为己有，越做越难懂，弄得变成僵尸，他们就又去取一样，又来慢慢的绞死它……词、曲之始，也都文从字顺，并不艰难，到后来，可就实在难读了。"（《鲁迅书信集》上卷《致姚克信》）诗歌发展史上，每一次新变，无不是吸取民间歌诗的养分。如《诗经》之后沉寂了二百多年的

---

① 陆侃如、冯沅君：《中国诗史》，百花文艺出版社1999年版，第208页。
② 王运熙：《文心雕龙探索》，上海古籍出版社2005年版，第55页。

诗坛,在楚地民歌的影响下,屈原了创制了楚辞。建安时期出现的诗歌创作高潮,文人竞相作五言诗,风格远效汉乐府民歌,产生了许多反映"世积乱离,风衰俗怨"(《文心雕龙·时序篇》)的诗篇。

在这里有必要注意一下诗歌音声美的重要特性。齐梁甚至唐初,永明体和宫体诗是文人诗歌创作的必要积淀,是诗歌音声美特性的一个发展。闻一多先生说得好:"那是一个以声律的发明与批评的勃兴为人所推重……的时期。"[①]诗歌首先是音声美的问题,然后才是内容的发展。所以"回忌声病,约句准篇"(《新唐书》卷二〇二《宋之问传》)的形式追求,推动了格律诗的发展。与此同时,正如鲁迅先生指出的文人创作的弊病那样,内容上要求新变,必须克服"越做越难懂"的毛病,诗歌必须向平易通俗化转向,在以"言志缘情"和"缘事而发"充实了之后,才能达臻诗歌高潮。所以唐诗的繁荣不单单是文人的贡献,民歌及不为正统重视的通俗诗的功绩也不容抹杀。唐代的诗歌高潮,是在社会上的歌诗传唱与文人创作共同推动下,空前地兴盛起来的。

总结言之,"唐人诗不言法"(明代李东阳《怀麓堂诗话》),唐诗创作合于自然之道的根本原因是,唐诗不是做出来的,而是用"心"唱出来的。唐诗之所以繁荣,歌诗起了非常重要的作用。

能证明唐代歌诗发达情形的,一是唐代诗人的诗篇中,经常出现诗可以歌的情形,如:"与君歌一曲,请君为我侧耳听。"(李白《乐府杂曲·鼓吹曲词·将进酒》)"今日听君歌一曲,暂凭杯酒长精神。"(刘禹锡《酬乐天扬州初逢席上见赠》)"君歌声酸辞且苦,不能听终泪如雨。君歌且休听我歌,我歌今与君殊科。"(韩愈《八月十五夜赠张功曹》)"歌诗铙鼓间,以壮我元戎。"(柳宗元《乐府杂曲·鼓吹铙歌·东蛮》)皮日休《襄州春游》:"信马腾腾触处行,春风相引与诗情。等闲遇事成歌咏,取次冲筵隐姓名。"李端《古别离二

---

① 闻一多:《唐诗杂论、诗与批评》,生活·读书·新知三联书店 1999 年版,第 12 页。

首》:"清宵歌一曲,白首对汀洲。"李端《酬前驾部员外郎苗发》:"咏歌虽有和,云锦独成妍。"等等。所以,明代胡震亨《唐音癸签》卷一在列举唐诗各体的名称时称:"有曰'咏'者,曰'吟'者,曰'叹'者,曰'唱'者,曰'弄'者。咏以永其言,吟以申其郁,叹以抒其伤,唱则吐于喉吻,弄则被诸丝管。此皆以其声为名者也。"像后世的"熟读唐诗三百首,不会作诗也会吟"也是着眼于诗歌的便于吟诵的特征。综上所述,诗可以歌,歌诗是中国古代诗歌发展过程中一个普遍的现象。这说明唐诗的重要的传达手段是口头吟唱,这也是唐诗繁荣的重要原因。

二是唐人小说中记录了诗可以歌的故事。这时有了专门的演唱诗的歌者。如中唐薛用弱《集异记》中的《王涣之》(《全唐五代小说》卷二十八)就记述了开元中,诗人王昌龄、高适、王涣之至旗亭饮酒,听大内梨园伶官十几人会宴时,歌妓歌几位诗人诗作的故事。如元稹的《酬友封话旧叙怀十二韵》:"怜君诗似涌,赠我笔如飞。会遣诸伶唱,篇篇入禁闱。"这是说诗人的诗篇经诸伶传唱而进入了宫禁内院,可见当时的皇亲贵戚也爱听歌诗。据《新唐书》卷九十三载,刘禹锡任朗州司马时(一说任夔州刺史时),见当地祭祀鬼神时,"歌竹枝,鼓吹裴回,其声伧伫……乃倚其声,作竹枝辞十余篇。于是武陵夷俚悉歌之。"这表明歌诗也被平民百姓歌诵吟唱,等等。因此可见,唐代诗歌传唱,是上至皇室贵族下至平民百姓精神生活的一项重要内容,多用来抒情娱性。

歌诗的普遍存在,对这时萌芽的白话小说产生了很大的影响。歌诗的成熟促使说(讲)书唱书用大段的韵语进行表演传唱成为可能。

二、唐代诗歌和歌诗对白话小说韵文的七言句式产生了巨大影响

到了唐代"诗歌形式进一步成熟,七言诗进入了全新的局面……七言诗一旦成熟地走上历史舞台来,局面便全然不同,通篇完整的四言好诗便几乎从此不可复得,骈文等也不得不从此步入衰竭;这乃是诗歌语言宣告彻底进入全新阶段的结果"①。诗歌七言句式的成熟,对于当时的韵文文学产生了极大的影响。唐代汉译佛典的偈颂多用七言句式,受到了当时诗歌的影响就很明显,正如周一良先生所言:

> 佛典的体制固然是依照了原本,但究是译成汉文,多少受汉文文学的影响。譬如经典里的偈语,不问原文音节如何,大抵魏晋六朝时所译以五言四言为多,七言极少。而隋唐以后所译偈语,什九是七言,五言极少,四言简直看不到了。②

可见,汉译佛典中偈颂的形成当是在魏晋南北朝隋唐之世的诗歌、韵文的影响下逐渐走入佛典中的。在同样的文化文学氛围中,出现于唐五代的白话小说,其中韵文句式,也受到了唐代诗歌七言句式的影响。

按照《全唐五代小说》中收录的敦煌藏卷中的白话小说作品进行考查,对敦煌藏卷中白话小说的韵文统计分析如下:

篇　　名	四言	五言	六言	七言	八言	九言	其　　他
《伍子胥》		10		270			
《孟姜女》(残卷)		10		56			
《汉将王陵》				159			
《李陵》				202			
《王昭君》		25		170			

---

① 林庚:《唐诗综论》,人民文学出版社 1987 年版,第 356 页。
② 郁龙余编:《中印文学关系源流》,湖南文艺出版社 1987 年版,第 106 页。

续　表

篇　　名	四言	五言	六言	七言	八言	九言	其　　他
《张义潮》				44			
《张淮深》				128			
《舜子》				8			
《秋胡》		6					
《庐山远公话》		32		16			
《孔子项托相问书》				56			
《燕子赋》		4		4			
《燕子赋》（伯二六五三）		4					
《下女〔夫〕词一本》	116	96	12	36			
《太子成道经一卷》		8	8	178			
《太子成道变文》			6	24			
《八相变》		4	16	164			
《破魔变文》				97	3		七三三式 1 句或三三七式 4 句
《降魔变文一卷》		1	10	415	9		
《难陀出家缘起》			86	134			
《目连缘起》		8	87	163			三三七式 1 句
《大目乾连冥间救母变文》	1	23	12	647	8	4	十言 2 句；三三四式 1 句；三三七式 4 句；四七式 2 句
《目连变文》			8	64			

篇　　名	四言	五言	六言	七言	八言	九言	其　　他
《欢喜国王缘》		40	16	132			三三七式2句;
《丑女缘起》		16	74	215			三三七式4句;
《捉季布传文》				638			三三七式1句;
《董永》				234			
总计	117	287	335	4 254	20	4	
	2.3%	5.7%	6.7%	84.8%	0.4%	0.08%	

附注：三三七式16句；七三三句式1句；十言2句；三三四式1句；四七式2句。

　　以上统计表明，在用于唱或吟的约5 017句韵语中，七言句占了将近百分之八十五；其次为六言句；再次是五言、四言。可见，敦煌藏卷中白话小说中的韵语形态是以七言为主的唱词体。敦煌藏卷白话小说七言居多的原因，一方面受当时诗歌句式的影响，另一方面也是它本身表达故事内容的一种内在需要。

　　这是因为七言句在语言表达上更自由，更利于与口语结合，也就更利于用在唱的传达表演上。正如林庚先生研究指出的："七言与五言比较起来，是一种更显得俚俗而易于上口的诗歌节奏，这是因为五言的上半行还具有四言的节奏性质，所以更文雅些，持重些。而七言的彻底性正是语言的一种进一步解放，诗歌形式的真正意义，本是一种语言的解放，它的规律性、统一性、节奏性，乃是属于一种掌握法则后的真正自由。而这个法则又是建立在日常语言的现实基础上的。""如果说建安以来的五言古诗还难免较多散文的成分，那么绝句也就意味着诗歌语言的更为纯净化；绝句的登上诗坛，因此可说是五七言诗充分成熟的又一个鲜明标志。唐人的七古相对地说要比五古活跃得多，就因为五古还不免有时习惯于长期以来过渡性的表现方式,而七古则是全新的。七古正如绝句,也都是到了盛唐诗歌高潮的到来,才一跃而为诗坛的宠儿。五古一般颇少换韵,而七古则总是不断地换韵……它与绝句在歌的传统上所以有着一脉相通之处。"①"唐近体诗本以律诗为主体,但真正的奇花并不是律诗,而是绝句,是七绝。唐的七绝在语言上确是有创造性的,是过去未有的。"②由此可见,七古与七绝的诗歌语言形式,对于增强诗歌语言表现力起了相当巨大的作用。正因为在歌的传统上,唐五代白话小说借助唱的方式表演传达时,其句式因为要合于唱的需要,更要求适宜于表达其故事内容,在运用七言句式上,有歌诗成熟了的七言句式可资借鉴,也就不免受到了歌诗成熟的七言句式的影响。

可以看出,诗歌语言形式变为七言,这对于白话小说韵语语言的表现形式起了非常大的促进作用。

敦煌藏卷中白话小说韵语语言因为要讲唱给俗众,太雅致、太艰深不利于听众接受,所以通俗化、接近口语是其必然追求。然而,太浅显、太俚俗又不利表现讲唱韵语中的"诗情画意",讲唱艺人或下层文士在当时唐诗繁荣的语言大环境下,受唐诗语言的影响,又有所提高。

在韵语语言的发展过程中,通俗的韵语语言与雅致的韵语语言(文人的诗歌语言)交融互补,相互促进,共同增强了韵语语言的表现力。唐代歌诗和诗歌对白话小说韵文的影响,使得唐五代白话小说韵文在语言内质上有了明显的提高,这就大大增强了白话小说韵语的表现力。

唐诗的语言本来就与日常语言联系很密切。林庚先生说:"事实上,唐诗给人们留下的一般印象,不但比它以前的历代诗歌容易理解和感受,而且比它以后的宋、元、明、清的诗歌也更容

---

① 林庚:《唐诗综论》,人民文学出版社 1987 年版,第 92、56 页。
② 朱星:《中国文学语言发展史略》,新华出版社 1988 年版,第 90 页。

易理解和感受。"唐诗语言的成熟,之所以"达到炉火纯青而不逾矩的境地",与其"从日常语言中来又回到日常语言中去"①有很大的关系。可见,带有日常语言的特点是唐诗语言成熟的必要条件。

唐诗的繁荣,是建立在当时语言水平的大背景下的。这个大背景,不只是唐诗语言以一般语言为基础而发展成熟,而且一般语言又在唐诗语言的影响下有所提高。唐诗浅出易晓,在当时社会又有歌诗的风气,就很容易对讲书唱书中的韵语产生影响。敦煌藏卷中白话小说韵语语言水平的提高即是如此。

我们试将《佛本行集经》[隋阇那崛多于隋开皇七年至十一年(587—591)译]与敦煌藏卷白话小说《破魔变》中类似情节的韵语加以比较,就能明白有没有受唐诗影响,韵语的质是不同的:

佛 本 行 集 经

魔女复白菩萨言,仁今少壮甚可惜。
衰朽年老时未至,色力强盛且恣情。
必其赢瘦不能堪,乃可舍此身端正。
我等华容悉三五,正是仁者好良朋。
五欲嬉戏最婳妍,何故乃然厌离我。
仁今若不见容受,我等随逐终不辞。

仁者面色犹初月,观我颜貌似莲花。
口齿洁白清净牙,如此妙女天中少。
况复世间仁已得,身心柔顺不相违。

破 魔 变

劝君莫证大菩提,何必将心苦执迷?

---

① 林庚:《唐诗综论》,人民文学出版社1987年版,第80、81页。

我舍慈亲来下界,亲愿将身作夫妻。

阿奴身年十五春,恰似芙蓉出水宾(滨)。

帝释梵王频来问,父母嫌卑不许人。

见君文武并皆全,六艺三端又超群,

我舍慈亲来下界,不要将身作师僧。

可以看出,《破魔变》中的韵语不但有诗的意味,而且节奏音律上也明显受到了诗歌的影响。这就方便了声情并茂地吟唱,而且也能通过韵语表现出丰富的故事内容和意蕴。不独《破魔变》如此,敦煌藏卷中的白话小说比较成熟的作品,像《伍子胥》《王陵变文》《李陵变文》等韵语表现力的提高,都受到了唐诗的影响。

总之,唐代诗歌的成熟不仅使得唐五代说(讲)书唱书用大段的韵语讲唱成为可能,而且在语言形式和艺术表现力上使敦煌藏卷中的白话小说韵语得到很大的提高。

第三节　唐五代白话小说中韵语的描叙功能

唐五代白话小说有着符合近世小说美学要求的表现,是中国白话小说最早的作品。由于其借助于讲唱的表演传达方式产生、发展,用于唱的韵语在这个时期的白话小说中就占据着相当重要的地位。其韵语不仅是培育白话小说不可或缺的因素,而且在塑造白话小说美学品格上也起到了相当重要的作用。其韵语的描叙功能对于后世白话小说人物对话运用韵语产生了巨大的影响,本节着重讨论唐五代白话小说韵语描叙的渊源及其描叙功能在塑造白话小说美学品格中所起的作用。

一、唐五代白话小说韵语描叙功能的渊源

唐五代白话小说韵语描叙功能有其渊源,主要受到了赋、诗及佛典运用韵语(偈颂)的影响。

(一)赋中描叙成分的影响

赋在小说产生、发展过程中对其描叙能力的培育,专家学者已多所注意。郭绍虞先生曾说:"小说与诗歌之间本有赋这一种东西,一方面为古诗之流,而另一方面其述客主以首引,又本于庄、列寓言,实为小说之滥觞。"①董乃斌也说:"赋作者是用'事'来引出并层层推进抒情和议论,是将主观性很强的抒情议论置于一定的故事框架之中,这就有了一点儿小说雏形的意味。"②刘勰在《文心雕龙·诠赋篇》曰:"赋者,铺也;铺采摛文,体物写志也。""写物图貌,蔚似雕画。"赋作为一种文体的特点是以主客问答的方式铺陈,即一开始就以描写和叙事为其能事。赋对于中国叙事文学发展的贡献是不可抹杀的。特别对于描写手法的发展,使得韵文文学在写景状物、描摹人物方面取得了突出成就。诗、文、词、曲在这方面都要向赋汲取养分,白话小说中融入的韵语在这方面表现尤其明显。

我们以为,赋对于白话小说描、叙能力的培育主要表现两方面,一是以问答的结构方式构设故事;一是"穷形尽相"地描叙事物。

赋以问答的结构方式构设故事对于白话小说多所启发,它是与佛典的问答方式一起对敦煌藏卷白话小说以问答的方式结构故事产生影响的。这一点我们将在佛典问答结构方式构设故事对白话小说影响处一起来讨论。

赋以"穷形尽相"地描叙事物为能,有直接影响唐五代白话小

① 郭绍虞:《照隅室古典文学论集》(上编),上海古籍出版社 1983 年版,第 87 页。
② 董乃斌:《中国古典小说的文体独立》,中国社会科学出版社 1994 年版,第 127 页。

说的。如收入《全唐五代小说》卷九十四的《晏子赋》和《燕子赋》。赋本就是一种亦诗亦文，但又非诗非文的文学样式，既有诗的整齐句式、和谐的音韵，又有散文的句式和行文特点。一般仍将其归入韵文文学的范围内。所以《晏子赋》和《燕子赋》中都夹杂韵语，并且也最直接地引入问答的结构形式。如《晏子赋》中晏子出使齐国，因其黑瘦短小，极其丑陋，齐王出问题欲羞辱他一番，不想晏子对答如流，不辱使命，最终受到了齐王尊敬。其中有运用韵语描叙的：

> 梧桐树虽大里空虚，井水虽深里无鱼，五尺大蛇怯蜘蛛，三寸车辖制车轮。
>
> 黑羊之肉，岂可不食？黑牛驾车，岂可无力？黑狗趁兔，岂可不得？黑鸡长鸣，岂可无则？鸿鹤虽白，长在野田；丧车虽白，恒载死人。漆虽黑向人前，墨挺虽黑在王边。
>
> 粳粮稻米，出于粪土。健儿论功，伫儿说苦。今臣共王言，何劳问其祖！

《燕子赋》借黄雀强夺燕巢引起一场争讼的故事，真实生动地反映出当时社会的黑暗情形，显示出了作者对社会人生的理解和爱憎。"全篇是韵文，但却具备短篇小说的严密结构和故事性……它的用韵非常自由……同时韵的转换押叶也轻松愉快。"①但在对唐五代白话小说中的唱词影响方面，多数还是在它对诗歌产生了影响之后，间接地影响唐白话小说唱词。

（二）诗歌中描叙成分的影响

诗歌本身就有赋的表现手法，但赋的表现手法在诗歌中的发

---

① 周绍良、白化文编：《敦煌变文论文录》（下），上海古籍出版社 1982 年版，第 767、768 页。

展,也受到了作为文类的赋的影响和促进。这可以从诗歌中举出许多例子。如汉乐府民歌中的《陌上桑》《焦仲卿妻》《战城南》《有所思》《东门行》《妇病行》《孤儿行》等；南北朝乐府民歌中的《木兰诗》《西洲曲》等；唐代诗人中像张若虚的《春江花月夜》、李白的《远别离》《蜀道难》《长干行》《梦游天姥吟留别》、杜甫的《兵车行》《丽人行》《自京赴奉先县咏怀五百字》《北征》、"三吏""三别"、元稹的《连昌宫词》、白居易《长恨歌》等。正是由于有这样一个强大富厚的诗歌传统,在这样的文化文学的氛围中,到唐五代,白话小说的唱词韵语才足以形成那样的规模。如果我们拿李白的《远别离》《长干行》与《伍子胥》对读；拿杜甫的《兵车行》《北征》、"三吏""三别"与《汉将王陵变》《李陵变》对读；拿《陌上桑》与《秋胡变文》对读；拿《焦仲卿妻》与《王昭君》对读,不难发现唐五代白话小说韵语的描叙功能是在前此诗歌描叙艺术积累的基础上发展的。前节我们已经提到,歌诗和诗歌艺术表现方法的成熟促使说(讲)书唱书用大段的韵语进行表演传唱成为可能,这是当时诗国高潮的大气候所致。没有前此诗歌韵语描叙方式的艺术积累,唐五代白话小说不可能出现运用大段七言及五言韵语来讲唱描叙的现象。

（三）汉译佛典中偈颂中描叙成分的影响

佛教徒在传播教义过程中,经常采用用散体铺叙说理,再用韵语(偈颂)加以总结或再加铺陈的形式,来劝说信众；也有在宣传教义时,用转读的方式念诵散文,用呗赞音乐吟唱韵语,韵散相间,相辅相成演说经义。这种活泼的形式,可以吸引更多的听众,获得更广的传播。

佛典中运用偈颂,通常出现在佛与其弟子等以偈问答时。这种运用韵语的问答形式与赋体的问答形式共同作用,对于唐五代白话小说运用韵语的方式产生了极大的影响。

佛教徒为广泛宣传教义的需要,将许多活泼有趣的形式引入佛

典中。佛典里常夹入诗歌的进行说法。如《生经》卷一《佛说野鸡经》叙野猫见了树上的野鸡,欲诱其下树而为美餐。于是野猫唱:

　　　　意寂相异殊,食色若好服。从树来下地。当为汝作妻。

野鸡对曰:

　　　　仁者有四脚,我身有两足。计鸟与野猫,不宜为夫妻。

这种对唱形式,风趣幽默,增强了佛典的艺术感染力。《燕子赋》中的对答形式也有这种方式的影响。

　　不过佛典中韵语的描叙能力与唐五代白话小说中韵语的描叙能力是不能比的。让我们比较一下佛典中的偈赞与白话小说韵语运用情况:

　　隋阇那崛多于隋开皇七年至十一年(587—591)译的《佛本行集经》(六十卷),向被誉为"行文流畅,描述精彩,刻画人物,形神兼备,栩栩如生,是一部优秀的佛教文学作品"。有一段与敦煌藏卷白话小说《破魔变》类似的情节,我们将两者进行比较,看它们在运用韵语上有什么区别:

《佛本行集经》卷第二十八

　　尔时魔王波旬女等,善解女人幻惑之法,更加情态,益显娇姿,庄严其身,亦现美妙音辞巧便,来媚菩萨,而有偈说:
　　　　魔王波旬有三女,可爱可嬉喜见侍。
　　　　在诸女中最尊豪,魔王教令善严饰。
　　　　速疾往诣菩萨所,现诸幻惑作娇姿。
　　　　使身犹如弱树枝,婀娜随风而摇动。
　　　　在于菩萨前向立,歌舞口唱如是言:

"仁善释子当作王,云何坐彼大树下。
此盛上春妙时节,男女合会生喜欢。
犹如诸鸟自相娱,欲心一发难止息。
时至且可共受乐,何故守心不观我。
我等今者复以来,宜应同行称心适。"
彼圣犹如日初出,亿劫行诸行积功。
其心不动如须弥,妙音清激犹雷响。
行步安庠若狮子,语言利益多所成。
世间众生不思量,恒为诸欲起斗争。
既起斗争便言讼,如是无智等诸人。
常为如此苦恼煎,智人知之不随顺。
捐弃出家而远离,处于山林以自娱。
我今时节已现前,欲证常在甘露法。
先顺降服彼魔众,然后当成十力尊。

其魔波旬诸女等,更白菩萨如是言:
"仁者面目如净花,愿听我等诸语说。
但且受于世王位,自在最胜上尊豪。
若卧若坐及起行,作妙音声无断绝。
菩提极果甚难得,况复诸佛智慧身。
解脱正路行涉难,仁见有谁往能到。"

是时菩萨复报彼:"我当决定作法王。
于天人中自在尊,转妙法轮无有上。"

《破魔变》

魔王有其三女,忽见父王不乐,遂即向前启白大王:
近日恰似改形容,何故忧其情不乐!

> 为复诸天相恼乱？为复宫中有不安？
>
> 为复忧其国境事？为复忧念诸女身？
>
> 惟愿父王有慈愍，如今为女说来由。

父王道云云：

> 不是忧念诸女身，汝等自然已成长；
>
> 也不忧其国境事，天宫快乐更何忧！
>
> 吾缘净饭悉达多，近日已于成正觉，
>
> 叵耐见伊今出世，应恐化尽我门徒。
>
> 若使交他教化时，化尽门徒诸弟子；
>
> 我即如今设何计，除灭不交出世间。

于是三女遂即进步向前，谘白父王云云：

> 瞿昙少小在深宫，色境欢娱争断得？
>
> 没是后生身美貌，整是贪欢逐乐时。
>
> 我今齐愿下阎浮，恼乱不交令证果，
>
> 必使见伊心退后，不成无上大菩提。

魔王闻说斯计，欢喜非常。库内绫罗，任奴妆束。侧抽蝉鬓，斜插凤钗，身挂绮罗，臂缠璎珞。东邻美女，实是不如；南国娉人，酌（灼）然不及。玉貌似雪，徒夸落（洛）浦之容；朱脸如花，谩说巫山之貌。行风行雨，倾国倾城。人漂五色之衣，日照三珠之服。仙娥从后，持宝盖以后随；织女引前，扇香风而塞路。召六宫彩女，发在左边；命一国夫人，分居右面。直从上界，来到佛前，歌舞齐施，管弦竞奏云云：

> 论情实是绮罗人，若说容仪独超春。
>
> 具足十力无所畏，在于三界独巍巍。
>
> 诸学无学弟子群，千亿万数围绕我。
>
> 口常作如是赞叹，大圣出兴除世疑。
>
> 我当为彼说法时，游行处处随心意。
>
> 是故我于世间内，不乐一切五欲欢。

魔女复白菩萨言,仁今少壮甚可惜。

衰朽年老时未至,色力强盛且恣情。

必其羸瘦不能堪,乃可舍此身端正。

我等华容悉三五,正是仁者好良朋。

五欲嬉戏最媛妍,何故乃然厌离我。

仁今若不见容受,我等随逐终不辞。

菩萨复便为说言,今日既得人身体。

努力远离于诸难,勤求入彼甘露门。

能舍世间苦难时,则离人无一切难。

及今老病死未至,诸恶斗争复不兴。

我等速疾应当行,早离于斯诸难处。

常住寂然无畏所,是彼真实涅槃城。

尔时魔女复说偈言:

仁在天中如释天,左右端正诸天女。

焰摩兜率及化乐,他化自在并魔宫。

具足玩好无所亏,但受五欲莫寂灭。

尔时菩萨以偈报言:

五欲如霜不久住,亦如秋云雨暂时。

汝女可畏如蛇瞋,帝释夜摩兜率等。

悉属魔王不自在,欲事百怨何可贪。

尔时魔女复说偈言:

仁可不见树木花,诸蜂诸鸟杂音响。

地生青色柔软草,复出种种诸妙林。

紧陀诸天作伎声,如是妙时可受乐。

尔时菩萨以偈报言:

树木依时著花果,蜂鸟饥渴取气香。

日炙至时地自乾,昔佛甘露不可尽。

尔时魔女复说偈言:

> 仁者面色犹初月，观我颜貌似莲花。
>
> 口齿洁白清净牙，如此妙女天中少。
>
> 身挂天宫三珠服，足蹑巫山一行云。

第一女道："世尊！世尊！人生在世，能得几时？不作荣华，虚生过日。奴家美貌，实是无双，不合自夸，人间少有。故来相事，誓尽千年。不弃卑微，永共佛为琴瑟。"

女道：

> 劝君莫证大菩提，何必将心苦执迷？
>
> 我舍慈亲来下界，亲愿将身作夫妻。

佛云：

> 我今愿证大菩提，说法将心化群迷。
>
> 苦海之中为船筏，阿谁要你作夫妻！

第二女道："世尊！世尊！金轮王氏，帝子王孙，把（抛）却王位，独在山中寂寞。我今来意，更无别心，欲拟伴在山中，扫地焚香取水。世尊不在之时，我解看家守舍。"

女道：

> 奴家爱着绮罗裳，不熏沉麝自然香。
>
> 我舍慈亲来下界，誓将纤手扫金床。

佛道：

> 我今念念是无常，何处少有不烧香；
>
> 佛坐四禅本清净，阿谁要你扫金床。

　第三女道："世尊！世尊！奴家年幼，父母偏怜，端正无双，聪明少有。帝释梵王，频来问讯，父母嫌伊门卑，令不交作新妇。我见世尊端整，又是净饭王子，三端六艺并全，文武两般双备。是以抛却父母，故来下界阎浮，不敢与佛为妻，情愿长擎座具。"

女道：

> 阿奴身年十五春，恰似芙蓉出水宾（滨）。

　　　　　帝释梵王频来问，父母嫌卑不许人。
　　　　　见君文武并皆全，六艺三端又超群，
　　　　　我舍慈亲来下界，不要将身作师僧。
　　佛道：
　　　　　汝今早合舍汝身，只为从前障佛因，
　　　　　大急速须归上界，更莫纷纭恼乱人。

　　　　　况复世间仁已得，身心柔顺不相违。
　　尔时菩萨以偈报言：
　　　　　我观汝体不净流，诸虫周匝千万孔。
　　　　　不牢诸恶遍身满，生老病死恒相随。
　　　　　我求世间最上难，真正不退智人道。
　　　　　彼见六十四种巧，手动璎珞锁耳珰。
　　　　　被欲箭射微笑言，圣子云何不颠倒。
　　　　　诸有见患大仁者，见美五欲犹毒瓶。
　　　　　利刃涂蜜截舌伤，欲如蛇头火坑阱。
　　　　　如人师子行风动，树木山壁悉崩倾。
　　　　　我今感德离欲中，舍弃汝等犹如彼。
　　　　　其诸魔女出百伎，衒惑菩萨不动移。
　　　　　菩萨如象师子王，犹如须弥住无动。
　　　　　彼等诱诳既不得，心生惭愧各低头。
　　　　　恭敬欢喜赞叹言，尊面净如莲花洁。
　　　　　亦如醍醐及秋月，巍巍光照若金山。
　　　　　心所求者愿当成，自度度他千万众。

　　通过比较可以看出，汉译佛典因为要遵循原典的缘故，照经译出，
其中的偈颂冗长而呆板，说经人的讲述口气很明显，内含义理较
多，注重渲染，为佛法张扬，语言朴拙近于散体；而白话小说的韵语

有了很大的进步。韵语对话描写，不仅是故事的过渡，而且可以映衬出人物形象，通过对话，将魔女孝顺体贴、娇媚无知的性格和魔王焦躁烦恼的情绪毕现出来。后面魔女骚扰世尊一节，韵语的量比之于佛典大大缩减，三个魔女渐次出场，分别以色引诱世尊，通过韵语对话展开故事，韵语是服务于小说故事的，且能与人物形象相回互，韵语口语化中有诗味、诗情，寓庄于谐，兴味盎然，生动有趣。唱词韵语的这种变化，更可能是唐诗——七言歌诗和诗歌，促进了白话小说韵语的成熟。"唐的七绝在语言上确是有创造性的，是过去未有的……在二十八个字中写出如此深远的情思，美绝的景色，高奇的格调，所以能脍炙人口，耐人寻味。"①

　　唐五代白话小说中的韵语也有一个发展成熟过程。因为直接面对俗众的缘故，敦煌藏卷中白话小说大量运用了口语词汇，有着从浅俗到润饰的发展过程。在敦煌藏卷佛教题材的白话小说中，如《敦煌变文集》卷四《太子成道经一卷》其中韵语就极其俚俗。如：

吟　　上从兜率降人间，托荫王宫为生相。九龙齐温香和水，净浴莲花叶上身。

圣主摩耶往后园，彩女频（嫔）妃奏乐喧。鱼透碧波堪上岸，无忧花树最宜观。

无忧花树叶敷荣，夫人缓步彼中行。举手或攀枝余叶，释迦圣主袖中生。

释迦慈父降生来，还出右胁出身胎。九龙吐水旱（早）是贵，千轮足下瑞莲开。

阿斯陀仙启大王，此令瑞应极祯祥。不是寻常等闲事，必作菩提大法王。

---

① 朱星：《中国文学语言发展史略》，新华出版社1988年版，第90页。

前生以殿下结良缘,贱妾如今岂敢专。是日耶输再三请,
太子当时脱指环。

长生不恋世荣华,厌患王宫为太子。舍却轮王七宝位,夜
半逾城愿出家。

六时苦行在山中,鸟兽同居为伴侣。日食麻麦求胜行,雪
山修道证菩提。

见人为恶处强攒头,闻道讲经佯不听。今生小善总不曾
作,来世觅人(身)大教难。

火宅忙忙何日休,五欲终朝生死苦。不似听经求解脱,学
佛修行能不能。

能者严心合掌着,经题名目唱将来。

整段诗歌平仄不合,亦不讲究对仗,大体看不像诗歌语言,更像是
描叙词语的拣择连缀。其大量运用俗语俚词,纯粹是为了吟唱时
便于听众理解接受,以达到"易听深信"的目的。这段韵语最能代
表敦煌藏卷中白话小说韵语的浅俗特色。

《八相变》中的韵语大部分还像《太子成道经一卷》中的语言一
样俚俗,如:

我今欲拟下阎浮,汝等速须拣一国。遍看下方诸世界,何
处堪吾托生临。

按:这是我佛如来吩咐金团天子语。

南山有一阿斯仙,修行岁久道行专。颜貌已过经千载,早
登五道相人间。

瞻看国内呼第一,世上无比共齐肩。屈请将来令交相,臣
此今朝不虚然。

按：这是文殊菩萨对迦毗罗（卫）国国王语。

　　大王屈请圣仙才，侵晨便到门守（首）来。广排绮席花敷
殿，共王祇揖上基阶。

　　启口申说夫人孕，生下太子大奇哉。仙人忽见泪盈目，呼
（吁）嗟伤叹手頼颞。

按：这里将阿斯仙与国王语以及叙述人的场面描叙语掺在了
一起。

　　城南有一摩醯（醯）神，见说寻常多操嗔。世上或行诈伪
事，就前定验现其真。

　　大王但将此太子，才见必令始知闻。若是祯祥于本主，的
定妖邪化为尘。

按：这是阿斯仙对国王语。

　　《八相变》中韵语语言虽俚俗，但不同于《太子成道经一卷》。
《太子成道经一卷》是描叙语言的俚俗，而《八相变》已将韵语化入
了小说中人物的对话描写，所以同是韵语语言的俚俗，但有着不同
的效果，《八相变》韵语语言的俚俗在世俗听众看来因为更接近他
们的生活语言，就可能更生动形象。

　　除此而外，《八相变》中韵语开始讲究对仗：

　　无忧树下暂攀花，右胁生来释氏家。五百天人随太子，三
千宫女捧摩耶。

　　堂前再政（整）（一作"飞来"）鸳鸯被，园里休（疑为"体"）
登翡翠车。

　　产后孩童多瑞相，明君闻奏喜无衡（涯）。

"五百天人"与"三千宫女"对；"随"与"捧"对；"太子"与"摩耶"对；"堂前"与"园里"对；"政（整）"与"登"对；"鸳鸯被"与"翡翠车"对等。

> 九龙吐水浴身胎，八部神光耀殿台。希期（奇）瑞相头中现，菡萏莲花足下开。

"九龙吐水"与"八部神光"对；"浴"与"耀"对；"头中"与"足下"对；"现"与"开"对等。

> 指天天上我为尊，指地地中最胜仁。我生胎分今朝尽，是降菩萨最后身。

"指天"与"指地"对；"天上"与"地中"对；"我为尊"与"最胜仁"对。

> 太子生下瑞灵颜，诸臣猜道是妖奸。臣请大王须除弃，留存家国总不安。
> 太子相好无等伦，降下阎浮化理民。居家定作轮王位，出世应为大法尊。

"居家"与"出世"对；"定作"与"应为"对；"轮王位"与"大法尊"对。

> 眼暗都缘不弁色，耳聋高语不闻声。欲行三里二里时，虽是四回五回歇。

"眼暗"与"耳聋"对；"不弁色"与"不闻声"对；"三里二里"与"四回五回"对。

拔剑平四海，横戈敌万夫。一朝床枕上，起卧要人扶。

"拔剑"与"横戈"对；"平"与"敌"对；"四海"与"万夫"对。

楼头才打三更鼓，寺里初声半夜钟。一似门徒弹指顷，须臾便到雪山中。

"楼头"与"寺里"对；"才"与"初"对；"打"与"声"对；"三更鼓"与"半夜钟"对。

行行行来下青山，马叫人悲惨别颜。千树夜花光璨烂，一溪流水绿潺潺。
心忧到被君王问，暗地思量奏对言。亦入城来人总喜，问太子如今在阿那边。

"千树夜花"与"一溪流水"对；"光璨烂"与"绿潺潺"对，等等。虽然对仗还不能说是工稳，但比起《太子成道经一卷》中的韵语，显然更与诗语接近。其中的原因可能是受到了唐诗的影响。

《八相变》中的韵语描叙成分明显地比《太子成道经一卷》增加了。《八相变》将太子出生的故事加入了讲唱者想象的成分，使其比《太子成道经一卷》在依照《佛本行集经》讲唱时，故事情节更丰富了。《八相变》中的韵语描叙除了通俗化之外又有了较为丰富的内容。讲经文在"易听深信"基础上，发展而为以丰富的故事内容吸引听众。

与《八相变》比较起来，《破魔变文》用韵语进行对话描写更生动形象。《八相变》中的语言描写，还只限于叙述介绍。如如来吩咐金团天子的语言：

> 我今欲拟下阎浮,汝等速须拣一国。遍看下方诸世界,何
> 处堪吾托生临。

文殊菩萨对迦毗罗(卫)国国王的语言:

> 南山有一阿斯仙,修行岁久道行专。颜貌已过经千载,早
> 登五道相人间。
> 瞻看国内呼第一,世上无比共齐肩。屈请将来令交相,臣
> 此今朝不虚然。

阿斯仙对国王的语言:

> 城南有一摩醯(醯)神,见说寻常多操嗔。世上或行诈伪
> 事,就前定验现其真。
> 大王但将此太子,才见必令始知闻。若是祯祥于本主,的
> 定妖邪化为尘。

这些人物语言都不是为了表现人物的性格和情感的,只起着一种
叙述介绍的作用。而《破魔变文》就不同了,如:
魔王有其三女,忽见父王不乐,遂即向前启白大王:

> 近日恰似改形容,何故忧其情不乐!为复诸天相恼乱?
> 为复宫中有不安?
> 为复忧其国境事?为复忧念诸女身?惟愿父王有慈愍,
> 如今为女说来由。

父王道云云:

　　不是忧念诸女身,汝等自然已成长;也不忧其国境事,天宫快乐更何忧!

　　吾缘净饭悉达多,近日已于成正觉,叵耐见伊今出世,应恐化尽我门徒。

　　若使交他教化时,化尽门徒诸弟子;我即如今设何计,除灭不交出世间。

于是三女遂即进步向前,谘白父王云云:

　　瞿昙少小在深宫,色境欢娱争断得? 没是后生身美貌,整是贪欢逐乐时。

　　我今齐愿下阎浮,恼乱不交令证果,必使见伊心退后,不成无上大菩提。

"其中《维摩诘经讲经文》,长达数十卷之多。虽残缺不全,但气势极雄伟。《降魔变文》残存五卷,有说有唱,中间叙须达忽见光明,思念如来,沉吟嗟叹曰:

　　崇楼高峻下重关,行路清霄阻往还。思谒尊容未得见,踟蹰瞻望力难攀。

　　每恨生居邪见地,未蒙智杵碎邪山。幸愿慈尊垂汲引,专心伫望礼尊颜。

看样子,这些诗句可能经过文士的润饰,是当时和尚唱的部分。"①
　　发展到《伍子胥》《王陵变文》《李陵变文》《王昭君》等,讲唱韵语已经是有助于刻塑人物形象的相当成熟的人物语言了。

_____

① 　陈汝衡:《宋代说书史》,上海文艺出版社 1979 年版,第 13 页。

二、唐五代白话小说中运用韵语进行描写、叙述

唐五代白话小说多数基于配图讲唱的方式,像《汉将王陵变》《李陵变文》《王昭君》等。依据不仅仅是"[从此]一铺,便是变初""谨为陈说""而为转说""若为陈说""遂为陈说"等的引词,而且白话小说韵语描叙呈现出来的画面也很明显。也有一些从配图讲唱的方式脱胎出来,很自然地采取韵散相间的体式,其内容重心在韵语的唱的部分,这里散体所起的是一种铺叙故事情节的作用,韵体担负了故事中大部分的对话、故事场景的描写。现将《全唐五代小说》所收十六篇"韵散相间"体式的敦煌藏卷中的白话小说统计列表如下,以明韵体唱诵部分在小说中所起的作用:

	人物语言或对话描写	场景、场面的烘托渲染	铺叙故事	议 论	其 他
《伍子胥》	11	1			
《汉将王陵变》	6	3			
《李陵变文》	2	5			
《孟姜女变文》	3				古诗:1
《王昭君》	2	8			祭词:1
《张议潮》		2			
《张淮深》		5			
《太子成道经》	7(注一)		7	3	
《八相变》	20	9	5		
《破魔变文》	10	3	4	2	2(注二)
《降魔变文》	9	10	3		
《难陀出家缘起》	3	4	3		
《目连缘起》	5	5	3		

	人物语言或对话描写	场景、场面的烘托渲染	铺叙故事	议 论	其 他
《大目乾连冥间救母变文》	4	15			
《欢喜国王缘》	2	13	3		
《丑女缘起》	18	12	2	2	
《孔子项讬相问书》			1		
合计	102	96	31	7	4

注一：其中发愿诗：3；注二：外貌描写：1；用以歌功颂德：1。

由此可以看出，敦煌藏卷中白话小说的韵体部分主要承担着小说人物的语言及对话描写（共102处）。运用韵语进行对话描写，来刻画人物形象，铺陈故事，是由讲唱的艺术特质所决定的，也是讲唱技艺的表现特征之一。其次，是对环境场面的烘托渲染（共96处），是对小说的故事场面以及人物形象的烘托。因为一部分讲唱有图画的辅助解说，所以可以大肆渲染，这也是讲唱技艺的表现特征之一。再次，出现了铺叙故事的韵文诗体（31处），这一部分虽然比重不是很大，但正是这一部分开启了后来韵文体叙事文学，诸如弹词、宝卷、鼓词等。

唐五代俗讲主要通过讲唱这种形式来吸引俗众，实际上，韵语演唱并不是叙述故事的合适方式。但是唐五代的讲唱艺人在韵散相间体式下，也创作加工出了一大批成就较高的小说作品。如《破魔变文》《降魔变文》《大目乾连冥间救母变文》《伍子胥》《汉将王陵变》《李陵变文》《孟姜女变文》《王昭君》等这些"韵散相间"的作品，还有像《季布骂阵词文》全篇全用韵语描叙故事的作品。其中韵语在描叙故事时，能够通过人物内心活动、人物行动、人物语言对话的描写等,塑造出一个个较鲜活的人物形象。敦煌藏卷中白话小说韵文,由于歌咏吟唱的不可或缺,使韵文体现出来的音乐美(音韵、节奏呈现出来的美)、"绘画美"(形象、意象呈现出来的美),成了感耳、感目、感心等审美感受的要件。我们试以《伍子胥》为例分析唐五代白话小说韵语的描叙功能。

《伍子胥》在结构上可能分为两部分——逃难与复仇。这两部分又是由几个故事——串连起来的,线索就是伍子胥的行动。在这几个故事情节中有几个场面,也可以称为"画面"。韵语即是对这几个画面的描叙。散体充当了贯穿联结的作用。如果用珠串来形容的话,韵语好比是珠,而散体就是穿珠的线。可以说《伍子胥》的光彩主要在珠——韵语上。

《伍子胥》中人物语言及对话描写多用韵语。讲唱伎艺通过讲唱的表演传达方式来叙说故事,这使其能够集中地运用韵语进行人物语言及对话描写。一方面,讲唱艺人可以通过韵语演唱的音声韵调来表现人物的神情意绪,突显人物,这也是一种人物特写镜头式的表达方式;另一方面,这种珠串式的结构方式是通过场景的转换实现其故事叙述的目的的。

楚王用伍奢书信派人骗子尚、子胥入都救父,使人回复楚王时,"使人得语,便即却回,将绳自缚,乃见平王。启平王曰"后有韵语十句:

> 奉命身充为急使,日夜奔波历数州,会稽山南相趁及,拔剑意欲斩臣头。
> 臣惧子胥用中剑,子胥怕臣俱总休。彼此相拟不相近,遥语声声说事由。
> 却回报你平王道:即是兴兵报父仇。

这十句韵语隔句为韵。这是使人叙说欺骗子胥不成,回来推诿的表白。既写出了子胥揭穿其欺骗面目时的针锋相对，又写出了使人败回后的胆怯与推诿，同时将子胥报仇的信息作为情节的发展传达给了楚王。通过语言描写的复述不仅将追捉情形进一步作了呈现，而且也为下文情节的发展作了铺垫。

子胥被楚王追捉至莽荡山间，"按剑悲歌而叹曰"后有韵语十二句。此处十二句韵语隔句为韵，借子胥"悲歌而叹"来描写子胥的心理活动。人物语言描写中有叙述人代主人公情感发抒的成分在，但是讲唱韵语中主人公的口吻和讲唱艺人的口吻同时存在，明显区别于戏曲的角色扮演，讲唱文学中人物语言描写仍是叙述人语言，而不是角色语言，所以这里讲唱人物的语言区别于代言体（戏剧）的角色语言。此处韵语讲唱因为有了首句"子胥发忿乃长吁"，使得艺人与角色拉开了距离。但为了更好地表现主人公的心理活动，使得听众如闻其声，如见其人地进入故事之中，讲唱艺人不可能抹去角色意识，这就在人物语言描写中加进了讲唱艺人对于人物情感体发的感情成分。这里运用韵语进行人物语言描写的艺术方法，更可能受诗歌"因感而发"特性的影响，也体现出了讲唱艺人在其表演伎艺当中能够通过体察人物的情感，来进行人物形象的刻画，加强讲书唱书的艺术表现力。

子胥逃至颍水，听到打纱声，后出韵语十六句。这十六句韵语隔句为韵，真切地写出了逃难之人的困迫惊恐的情状：

子胥行至颍水旁，渴乏饥荒难进路。遥闻空里打纱声，屈节斜身便即住。

虑恐此处人相掩，捻脚攒形而暎（映）树；量久稳审不须惊，渐向树间偷眼觑。

津旁更亦没男夫，唯见轻盈打纱女，水底将头百过窥，波上玉腕百过举。

即欲向前从乞食，心意怀疑生游（犹）豫，进退不敢辄谘量，踟蹰即欲低头去。

子胥被楚王追拿，一路跋涉，逃至颍水旁，饥渴困乏一步也走不动了。远远地听到女子浣纱的打纱声，踉踉跄跄，屈节斜身跪屈下来。心里害怕此时楚王的人又来追拿，缩手缩脚地掩藏在大树后面；屏声敛气向四周围观察了很久，估计没有楚王的人，不须惊恐，才渐渐地从树林中偷眼往外观瞧。见颍水旁一个男子也没有，只有一个轻盈的浣纱女在那里浣纱，一边浣纱一边在水里照着自己美丽的模样儿，碧波间只见一只白皙的玉腕来来回回挥动着浣纱。子胥意欲向女子乞食，心中犹豫不决，徘徊了良久，因为不知女子的为人，还是决定饿着肚皮逃离。这是讲唱艺人对于人物形象用心体察之后，细致入微地描摹刻画，通过人物的动作、神情意态、心理描写，勾画出一幅生动形象的图画。

浣纱女自我介绍并邀子胥吃饭，韵语八句。这八句韵语隔句为韵，且首句入韵；既描画出浣纱女美丽的容貌，又体现出了其富有同情心，大方好客的善良品质。

子胥吃饱后，与女子说明自己身世，女子同情子胥，怕引起怀疑，抱石投江而死。此段韵语共三十八句。这三十八句韵语，用对话描写夹以加以场景刻画，特别着力于人物的情态——子胥的惊恐与小心，浣纱女贞信仗义——的刻画，这就使人物形象比较鲜明地凸显了出来。

其他如子胥遇到其姊一节，七言韵语十八句、五言四句；遇其妻的一节，韵语六十八句；遇渔父一节韵语十六句；子胥至莽荡山的悲吟等，都能以人物刻画为重心，突出表现人物的神情意绪，使得人物形象能够比较鲜明地凸显出来。当然，这种通过韵语描叙刻画人物形象，一方面离不开讲唱艺人们长期艺术实践的经验积累，另一方面也是诗歌艺术表现力发展到唐已经成熟，讲唱伎艺在

这样的文化—文学环境下，运用韵语描叙故事便不难取得这样的
成就。

　　不独《伍子胥》如此，其他如《破魔变文》《降魔变文》《大目乾连
冥间救母变文》《汉将王陵变》《李陵变文》《孟姜女变文》《王昭君》
等作品，也运用韵语描叙故事，刻画人物较成功。

第六章　宋元白话小说的发展与诗词韵文

　　宋元白话小说(市人小说)是唐五代白话小说的发展。如果说唐五代白话小说还是孕育于讲唱伎艺母体中的胚胎,那么,宋元白话小说便是从母体中诞生出来的胎儿,但其仍不能脱离说话伎艺的哺育。这里尤可注意的是,用以传达表演的手段——说与唱逐渐有了明显的分离,宋元"话本"的小说史意义是其基本确定了中国古代白话小说的形态。

　　就白话小说融入诗词而言,宋元白话小说与唐五代白话小说有着明显的不同。唐五代白话小说还在讲唱伎艺的母体中中孕育着,所以带有非常突出鲜明的讲唱特征——特别是唱的特征。而宋元时期,讲唱文学内部分工比较细了,特别是以唱为主的"讲书唱书"和以说为主的"说话"有了比较明显的区别。故宋元白话小说中的诗词韵文不像唐五代白话小说韵文那样承担叙说故事的作用了。这样,白话小说逐渐开始与讲唱文学分路,而主要牵着"说话"的衣襟发展着。

　　虽然诗词韵文不在白话小说中起叙事的作用了,但宋元白话小说还是承继了唐五代白话小说的体式。诗词韵文及对句仍在白话小说中大量存在,并且发挥着一定的作用。

本章主要针对宋元白话小说中"讲史"①与"小说"②两类白话小说中的诗词韵文进行分析研究,但因为宋元白话小说除了讲说的主要故事以外,"小说"之前还有"入话"或"头回",所以"入话"或"头回"作为宋元白话小说的特殊组成部分,其中的诗词韵文也是我们进行研究的对象。

第一节　"篇首""入话"及"头回"中的诗词研究

有人认为,宋元白话小说中"小说"的"篇首""入话"或"头回",如果用近代小说观念来衡量,简直就是赘疣。其实不尽然,倒并不是说存在的就是合理的,就是有价值的,但我们认为,对于"篇首""入话"及"得胜头回"及其中诗词的分析研究,还要结合当时特定的社会历史条件,用历史的观点研究分析它的价值和意义。

一、从"篇首""入话"与"头回"的来源看其中诗词的意义和作用

根据胡士莹先生的意见,将"小说"话本开头所用的诗词命名为"篇首";"在篇首诗词或连用几首诗词之后,加以解释,然后引入正话的,叫作'入话'";将"篇首"和"入话"之后,"插入一段叙述和正话相类的或相反的故事"叫作"头回"。③

"篇首""入话"的源头当可追溯至敦煌讲唱经文的押座文。傅

---

① 元人称讲史为平话,现存宋编元刊或元人新编的讲史话本,大都标明平话。本章主要依据丁锡根先生点校的《宋元平话集》(上、下)(上海古籍出版社,1990 年版)为讨论对象,可惜我见不到《薛仁贵征辽平话》。
② 现存"话本"都是明代刻本,哪些是宋元作品还在进一步的考证研究中,本章主要依据程毅中先生辑注的《宋元小说家话本集》(齐鲁书社,2000 年版)为讨论对象。
③ 胡士莹:《话本小说概论》,中华书局 1980 年版,第 135、136、138 页。

云子先生云:"所谓押座文者,乃以偈颂若干叠构成,其体盖源于六朝以来之唱导文,或为经变之序词,以赞颂而阐述一经大意;或作经题之催声,以高音而镇押座下听众。"①既押座文为讲唱经文的开篇,其中韵语也一定伴随音乐唱出来。押座文所用音乐,当是唱导音乐。王小盾先生也说:"唱导音乐综合梵呗和汉地民间说唱而成,用于'宣唱法理,开导众心'。"②押座文虽用于开场押座,但仍然采用了吸引听众的演唱的方式。敦煌藏卷中所存的押座文,今见的有:《佛说阿弥陀经讲唱押座文》《维摩经押座文》《温室经讲唱押座文》《三身押座文》《八相押座文》《帮圆鉴大师二十四孝押座文》《在街僧录大师押座文》以及伯二〇四四说八相的《押座文》、俄藏八关斋戒《押座文》、斯二四四《押座文》等。

《佛说阿弥陀经讲唱押座文》有三段韵文,第一段韵文先说佛主慈悲,苦修三劫,亲说教救度众生;接着说地狱苦状;接着劝孝;接着说若听讲此经,能成佛成正觉,脱离恶业苦海。第二段韵文主要是说希望佛主庇护。第三段韵文先说上天闻法的情形;再是对皇帝、太子、公主、卿相、远行者、病苦者、三涂受苦者、飞禽走兽、亡魂饿鬼等的祝愿,劝其敬奉三宝;后说化生童子功德。

《维摩经押座文》亦有三段韵文,第一段韵文先劝说俗众修梵行和如来神通广大;再敷衍《维摩经》内容;后愿佛主庇护,听众听经解脱苦难。第二段韵文先说生死轮回之苦;再说佛为宝积讲说净土行法;最后夸说维摩经可以救度众生不受阿毗罪报。第三段韵文,上标"方便品",主要说在家居士维摩的功德。

《温室经讲唱押座文》,傅云子先生将其分为八叠。"第一叠至第三叠颂释迦过去历千万劫,舍身舍命,得证菩提,光照三千世界,为押座文之通例。第四叠述耆婆之母柰女生前异闻。第五六两叠

① 周绍良、白化文编:《敦煌变文论文录》(下),上海古籍出版社 1982 年版,第487页。
② 王小盾:《佛教呗赞音乐与敦煌讲唱词中"平""侧""断"诸音曲符号》,见《中国诗学》(第一辑),南京大学出版社 1991 年版,第24页。

述耆婆神医事迹。第七八两叠始正言耆婆诣佛，佛为说七功德。以下则为押座文不易之体。"①傅先生所谓"押座文不易之体"指的就是吸引俗众听讲所致的问辞。这些问辞直截了当，将俗众听讲最关心的问题明点出来，并起着引起下面讲经文的作用。这些问辞，如《佛说阿弥陀经讲唱押座文》中的：

> 此经难遇复难逢，若有得闻皆作佛，大宝花王成正觉，永舍凡夫恶业身。
> 愿不愿？愿不愿？

此下白道。愿者还须早至道场听一回妙法，人劝多人，求经作佛。若是信心，即须觉悟，诸佛说法，意在如恩（思——斯）。能不能？能者高声念阿弥陀佛。

> 既舍喧喧求出离，端坐身心能不能？能者虔恭合掌着，清凉高调唱将来。
> 普劝门徒修真行，学佛修行能不能？能者念阿弥陀。

如《维摩经押座文》中的：

> 不似听经求解脱，学佛修行能不能？能者虔恭合掌着，经题名字唱将来。

如《温室经讲唱押座文》中的：

> 已舍喧喧求出离，端坐听经能不能？能者虔恭合掌着，经

---

① 周绍良、白化文编：《敦煌变文论文录》（下），上海古籍出版社 1982 年版，第 486 页。

题名字唱将来。

如《三身押座文》中的：

> 既能来至道场中，定是愿闻微妙法，乐者一心合掌着，经
> 题名字唱将来。

综上所述，押座文以一段或几段韵文，"或为经变之序辞，以赞颂而阐述一经大意；或作经题之催声，以高音而镇押座下听众"[1]。目的是引出讲唱经文的正文。

押座文在形式和作用上启发了宋元"说话"的"篇首""入话"诗词。如宋元话本《山亭儿》的"篇目"首诗：

> 春浓花艳佳人胆，月黑风高壮士心。讲论只凭三寸舌，秤
> 评天下浅和深。

此诗又见于罗烨《醉翁谈录·小说引子》，就是说话人在讲说时冠以篇首的常用的旧辞，这大约是"烟粉""朴刀""杆棒"等类题材常用的篇首诗。这种已定型了的篇首诗和押座文包含的常用的那类问辞就极类似。

像押座文"阐述一经大意"一样，说话的"篇首""入话"诗词也"点明主题，概括全篇大意"[2]。如《风月瑞仙亭》的"入话"诗：

> 夜静瑶台月正圆，清风淅沥满林峦。朱弦慢促相思调，不
> 是知音不与弹。

---

[1] 周绍良、白化文编：《敦煌变文论文录》（下），上海古籍出版社1982年版，第486、487页。

[2] 胡士莹：《话本小说概论》，中华书局1980年版，第135页。

概括的就是相如月夜调文君的故事。再如《快嘴李翠莲记》的"入话"诗：

> 出口成章不可轻，开言作对动人情。虽无子路才能智，单取人前一笑声。

既是对小说故事的概括，又点明了说话的娱乐目的。宋元话本中的"篇首""入话"诗词起这类作用的篇目还有不少，兹不赘举。

　　总之，在白话小说发展的过程中，由唐五代讲唱向宋元说话的发展，押座文中用韵语对于"说话"中"篇首""入话"用诗词的影响非常明显。

二、从"入话"和"头回"的作用看其中诗词在白话小说中的意义

　　因为演唱方式要求较高，发展到宋元"说话"中的诗词已经是"曰得词，念得诗"（罗烨《醉翁谈录·小说开辟》），"大抵都是念白而不是唱词"①了。当然这与宋元说话的篇首所引是诗词而不是大段的韵语有关系。

　　"入话"或"得胜头回"的存在，本是说话人为等待更多的听众，而在说话开始时搭入的"引首"，所谓"词话每本头上有请客一段，权做个德（得）胜'利市'头回"（明钱希言《戏瑕》卷一）即是指此而言，当然有明显的商业利益的目的——为了收入得多点儿，而等待听众。

　　鲁迅先生在讲到"入话""头回"的时候，曾论述说："此种引首，与讲史之先叙天地开辟者略异，大抵诗词之外，亦用故实，或取相类，或取不同，而多为时事。取不同者由反入正，取相类者较有浅

---

① 　胡士莹：《话本小说概论》，中华书局 1980 年版，第 135 页。

深,忽而相牵,转入本事,故叙述方始,而主意已明,耐得翁之所谓'提破',吴自牧之所谓'捏合',殆指此矣。凡其上半,谓之'得胜头回',头回犹云前回,听说话者多军民,故冠以吉语曰'得胜',非因进讲宫中,因有此名也。"①这里的论述已经很明确了,"入话""头回"中故事均与正文有联系,不是为了单纯的拖延时间而引入"入话"和头回。如果为了单纯的拖延时间,那听众也不会答应。

我们再来看胡适先生对于"头回"的研究。胡适先生说,"得胜"便是"得胜令"曲调的简说。说话人在开场前,必须打鼓开场,得胜令当是常用的鼓调,"得胜令"又名"得胜头回"。② 王古鲁先生、胡士莹先生依胡适说,均认为是来源于开场锣鼓。因为说话地点的固定,"说话的时间也逐渐固定,就不需要用锣鼓来号召听众,因此就逐渐淘汰,而以'入话'或'得胜头回'代之了"③。此说值得研究。同时,胡士莹先生又指出:"至于称为'权做个得胜头回',倒并不是意味着用一个小故事'权'充[得胜令]之类的音乐,因为如果作此解释,'权做个笑耍头回'的一句就无法说通了。"④

我们以为,敲打开场锣鼓是为召集听众;而"入话"或"得胜头回"是为了等待更多的听众,这一点是有区别的。可以说,当开场不定时的时候,打开场锣鼓是为了召集听众,但为了等待听众不能一味地只打开场锣鼓,还是要说"入话"或"得胜头回"的。定时开场后,有可能不要打开场锣鼓,就说"入话"或"得胜头回"了。而无论以上哪种情况,为等待听众,必然要说"入话"或"得胜头回"。所以,说话为了召集听众敲打开场锣鼓与"入话"或"得胜头回"并不一定有必然的联系。假如早期宋元话本没有"入话"或"得胜头回",而后来因为说话地点的固定,有了"入话"或"得胜头回",这倒

---

① 鲁迅:《鲁迅全集》第九卷,人民文学出版社 1981 年版,第 116 页。
② 胡适:《宋人平话八种·序》,文史哲出版社 1981 年版,第 14 页。
③ 章培恒整理,王古鲁注释:《二刻拍案惊奇》附录三,上海古籍出版社 1983 年版;胡士莹:《话本小说概论》,中华书局 1980 年版,第 56 页。
④ 胡士莹:《话本小说概论》,中华书局 1980 年版,第 139 页。

大约可以说用锣鼓来号召听众被"入话"或"得胜头回"取而代
之了。

至于开场锣鼓用一个"得胜令""德(得)胜利市"的曲调,为吸
引召集听众;而"头回"用德(得)胜"利市"头回,讨个吉利,名称叫
得好听点儿,对于听众来说,感觉上就要好得多。这种说法也不是
不可能。因为听众听"说话",在娱乐之外,还想通过听故事对生活
中的穷塞通达找寻一个能令其满意的答案,来求得精神心灵上的
安慰。这也是一种常有的世俗心理。

于此明白,宋元白话小说的"入话"或"得胜头回"就是从为了
不冷场而吸引前来的听众,它们与正文也存在着一定的联系。可
以肯定地说,在当时说话艺人和听众看来,"说话"有"篇首""入话"
和"头回"都是必要的。

所以,宋元话本所存篇目中,几乎每篇都有篇首或入话或头
回。为了将宋元话本运用篇首或入话或头回这一现象看得更清
楚,我们将所研究的四十篇宋元"小说"中"篇首""入话"或"头回"
中的运用诗词的情况特列表统计如下:

篇　　名	篇　　首	入　　话	头　　回
郑节使立功神臂弓	诗 1		
三现身	诗 1		对句 1;韵语 1 套。
山亭儿	诗 1		
杨温拦路虎传	诗 1		
宋四公大闹禁魂张	诗 1		引唐胡曾《咏史诗·金谷园》2
碾玉观音	春景词 3;春归诗:8		
西山一窟鬼	篇首沈文述《念奴娇》词 1	入话词 14	

篇　　名	篇　　首	入　　话	头　　回
定山三怪	篇首诗 1	韵语 1 套;对句 1	
错斩崔宁	篇首诗 1		
种瓜张老	篇首诗 1	状雪景,诗 3 句;词 4 首	
西湖三塔记		诗 3;词 5;两句诗 1;韵语 1 套;对句 1	
简帖和尚	对句 1;肖像词 1		词 4;诗 3
柳耆卿诗酒玩江楼记	诗 1		
合同文字记	诗 1		
风月瑞仙亭	诗 1		
快嘴李翠莲记	诗 1		
洛阳三怪记	诗 1	诗 1;词 2;	
张子房慕道记	诗 1		
阴骘积善	诗 1		
陈巡检梅岭失妻记	诗 1		
五戒禅师私红莲记	诗 1		
刎颈鸳鸯会	诗 1;词 1		诗 2;对句 2
花灯轿莲女成佛记	诗 1		
曹伯明错勘赃记	诗 1		
错认尸	诗 1		
夔关姚卞吊诸葛	疑缺		
张生彩鸾灯传	诗 1		诗 3;对句 2
苏长公章台柳传	诗 1		

续　表

篇　　　名	篇　　首	入　　话	头　　回
赵旭遇仁宗传	诗 1		
史弘肇传	诗 1	对句 1	诗 10；词 2；对句 1
燕山逢故人郑意娘传	词 1	词 1	
金鳗记	诗 1		
勘靴儿	词 1	诗 1	
陈可常端阳仙化	诗 1		
张主管志诚脱奇祸	诗 1	词 1；对句 1	
俞仲举题诗遇上皇	词 1		韵语 2 套；对句 1；诗 1
皂角林大王假形	诗 1		韵语 1 套
福禄寿三星度世	诗 1		
闹樊楼多情周胜仙	诗 1		

　　虽然"篇首""入话"及"得胜头回"与正文也存在着一定的联系,但它们的目的是为了吸引、等待听众,与白话小说内质及美学品格的发展关系并不大;它们又依存于"说话"伎艺,作为白话小说的一个发展阶段中的一种现象,应该有所了解。一旦说话伎艺发展到了白话小说,它们便失去了存在的根基,于是便逐渐地消退了。需要特别指出的一点是,"篇首""入话"及"得胜头回",对于白话小说体制产生了很大的影响,特别是"篇首"诗词在后世大部分的白话小说中都留存着。篇首诗词成为古代白话小说常见的一个形式特征。篇首诗词的保留,除了有其作用"可以是点明主题,概括全篇大意;也可以是造成意境,烘托特定的情绪;也可以是抒发感叹,从正面或反面陪衬故事内容"[1]外,剩下的原因就是传统的

---

① 　胡士莹:《话本小说概论》,中华书局 1980 年版,第 135 页。

惯性了，因其在人们的心理上已经形成了一种定势，所以后来文人创作的白话小说，篇首不冠以诗词好像就不是小说了。

第二节　"讲史"中的诗词韵文研究

由于中国古代长篇白话小说源于宋元"讲史"，故宋元讲史类白话小说融入诗词韵语对于中国古代长篇白话小说影响较大。宋元讲史类白话小说在融入诗词韵语上也不脱"说话"艺人引诗词入白话小说的方式，但尤可注意者是，宋元讲史类白话小说开创了后世长篇白话小说卷首设诗的形式。由于从历史故事中汲取有益于立身处世的人生经验，故"讲史"在当时很盛行。讲史艺人在"讲说通鉴汉唐历代书史文传，兴废争战之事"时，表现出了用诗歌韵语进行细节描写以增强小说故事表现力，对于白话小说的发展是一个重要的贡献，此外，"寓褒贬于市俗之眼戏"，通过诗词韵语说理议论，对历史人物进行评价，以增加小说故事的丰富内涵，对于后世历史演义小说影响也较大。

一、开创了后世长篇白话小说卷首卷尾设诗的形式

宋元讲史类白话小说卷首卷尾设诗的形式对后世长篇白话小说影响极大，可以说古代长篇白话小说篇首篇尾设诗肇始于宋元平话。我们对于现今所能见到的宋元平话卷首卷尾设诗的情况统计如下：

		卷首诗	卷尾诗
《武王伐纣平话》	卷上	1	无
	卷中	无	1
	卷下	无	1

续　表

		卷首诗	卷尾诗
《五代梁史平话》	卷上	1	1
《五代唐史平话》	卷上	1	1
	卷下	1	1
《五代晋史平话》	卷上	［前缺］	1
	卷下	1	1
《五代汉史平话》	卷上	1	1
《五代周史平话》	卷上	1	1
	卷下	1	［尾缺］
《七国春秋平话后集》	卷上	2	无
	卷中	无	无
	卷下	无	1
《秦并六国平话》	卷上	1	无
	卷中	1	"正是"对句2
	卷下	无	1
《前汉书平话续集》	卷上	无	无
	卷中	无	无
	卷下	无	无
《三国志平话》	卷上	1	1
	卷中	无	无
	卷下	无	1
《宣和遗事》	前集	1	无
	后集	1	1

　　在以上对宋元平话篇首设诗所作的统计中,《五代晋史平话》
卷上前缺,但依据其卷下卷首有诗,可以推测其卷上卷首必有诗。

这样,十一种平话中就只有《前汉书平话续集》篇首无诗了,也可能是话本定本时的省略。就此而言,一篇完整的平话,它的篇首设诗应该是一种常见的形式。

在敦煌藏卷白话小说中也有历史题材的篇目,如《伍子胥》《汉将王陵变》《李陵变文》《张议潮》《张淮深》《韩擒虎话本》《季布骂阵词文》等,虽然唐五代讲唱伎艺与宋代"说话"有一种渊源关系,但敦煌藏卷中的白话小说不见有篇首设诗的,所以白话小说篇首设诗当自"说话"始。因为宋元平话对于后世长篇白话小说的形成产生了非常大的影响,可以说,平话的篇首设诗直接开创了后世长篇白话小说的卷首设诗的形式。

具体而言,平话的卷首设诗对于后世长篇白话小说卷首诗的形式影响主要表现在:一是作为讲述历史故事的引首;二是概括全篇大意;三是用作对史事的评论。

如《五代梁史平话》卷上卷首诗说五代战乱频仍,朝代更易频繁,用以作为讲述小说故事的引首;如《五代唐史平话》卷上卷首诗概说后唐李克用出身和其开创后唐基业,以引出唐史故事;如《五代唐史平话》卷下的篇首诗,对于唐明宗功业半途而废的评价总结;《五代晋史平话》卷下卷首诗对石敬瑭借契丹称帝的讥评;《五代汉史平话》卷上卷首诗作为故事引首,并对后汉取代后晋作评论;《五代周史平话》卷上卷首诗总结全篇大意,并作历史概括;《五代周史平话》卷下卷首诗概括全篇大意,赞周世宗;宋元平话卷尾设诗,多是对故事作出总结评论,有时也有引出后文的作用。如《五代梁史平话》卷上的卷尾诗,就是总结卷上故事,引出卷下故事,惜卷下佚。再如《五代唐史平话》卷上卷尾诗,就是总结小说故事并作出评论的。再如《五代唐史平话》卷上的卷尾诗,就是对后唐兴亡的简要总结。再如《五代晋史平话》卷上及卷下的卷尾诗既对故事作出总结,又谴责了石敬瑭臣契丹引狼入室的恶劣行径。《五代汉史平话》卷上卷尾诗谴责石敬瑭引狼入室,说其恶有恶报,终使契丹赶晋主下台，为汉取代。《五代周史平话》卷上卷尾诗是对刘崇伐丧遭败的评论。

二、用诗歌韵语进行细节描写增强小说的艺术表现力

中国人表现出的历史观念极重，不是单纯地尊崇历史，而是由于中国人价值观念的根本在现世人生，希望通过关注历代祸福存亡之变而有所得，即要求从真实历史故事中汲取有益于立身处世的人生经验。可以说这是中国人价值判断的根本出发点。宋代说话人在"讲说通鉴汉唐历代书史文传，兴废争战之事"（吴自牧《梦粱录·小说讲经史》）时，就已经注意到了听众对于小说故事"真实性"的要求。所以在故事的真实性上多力求做到"不敢谬言""言非无根""谨按史书"（《醉翁谈录·小说引子》）等，但是说话毕竟是一门艺术，说话人要依靠这门伎艺生活，为了吸引更多的听众，他还必须注意讲史的故事性、娱乐性。

宋元讲史艺人比较注重小说故事的趣味性和小说的娱乐功能。吴自牧《梦粱录·小说讲经史》云："说话者谓之'舌辩'……又有王六大夫，原系御前供话，为幕士请给讲，诸史俱通，于咸淳年间，敷演《复华篇》及中兴名将传，听者纷纷，盖讲得字真不俗，记问渊源甚广耳。"宋灌园耐得翁在《都城纪胜·瓦舍众伎》中也说讲史书是"寓褒贬于市俗之眼戏也"；鲁迅先生在论及《五代史梁史平话》时说："一涉细故，便多增饰，状以骈俪，证以诗歌，又杂诨词，以博笑噱。"[1]均指明了讲史话本注重故事的趣味性和小说的娱乐功能这一特性。

出于"记问渊源甚广"的需要，宋元讲史类白话小说注重交代故事的来龙去脉，在故事的来龙去脉交代中常常运用诗词韵语来增强故事的趣味性和真实性。如《五代梁史平话》在叙述由洪荒之

---

① 鲁迅：《鲁迅全集》第九卷，人民文学出版社 1981 年版，第 115 页。

初到唐末这一段历史时,为引出黄巢起义特增设了唐太宗让袁天纲"入司天台观觑天文,推测世运"一段,其中融入一诗一对句。诗及对句将小说故事快速地推进了,略去了唐代二百八十多年的历史,将时间直接推进到了唐末。由于袁天纲的推背谶诗揭示出了"祸福存亡之变",字谜对句预言了黄巢造反的事实,在当时的历史条件下,无疑有增强故事的"真实性"和趣味性的作用。

顾颉刚先生说:"古代人最喜欢作预言,也最肯信预言。"①古代社会术数、阴阳五行学说等的迷信思想很流行,阴阳家、占星家及司天台(监)职员们依靠其掌握的一点儿天文知识,结合"天人感应"学说和"谶纬迷信"附会史实和事实制造出一些作谎的预言,以其"后知后觉"欺骗麻痹下层人民。在当时人的思想意识里,对于世事的认识也多归于"时也,运也,命也",认为一切皆由天定,一切皆是天命,人的努力往往拗不过天,更直接些便是努力了也不能改变定势。这里当然有消极的成分,但这种消极是由客观历史条件限制所产生的,世俗民众宁可相信事实,也不相信空幻的理想。

袁天纲其人在《旧唐书》中有传,并记述了他预言武则天当皇帝的事实,可见,袁天纲在当时确实是个传奇式的术士。《西游记》中还提及他的叔叔袁守诚的神奇。无论如何,讲史艺人用谶诗和字谜预言构设故事,既增强故事的趣味性,又增强了故事的真实性,无疑有助于增强小说的艺术表现力。

宋元讲史类白话小说常常通过细节描写来增强故事的趣味性和真实性。在小说艺术因素中,人物极其重要。即使宋代讲史极重故事情节,也能在故事情节发展过程中刻画出人物的性格。讲史艺人常常能用心体察人物在一定境遇中的思想心理,将其所思所想与世俗听众拉近距离,使世俗听众更易通过小说故事感受社会人生。

---

① 顾颉刚:《秦汉的方士与儒生》,上海古籍出版社 1998 年版,第 104 页。

对于小说中融入的诗词韵语,讲史艺人通常能着眼于人物的感情意绪,通过题诗的方式,渲染氛围。如《五代梁史平话》叙黄巢去探榜,探听得却是别人作了状元,别人作了榜眼,别人作了探花郎。黄巢见金榜无名,闷闷不已。拈笔写着四句……这里没有在黄巢落第后,直接抒发其对现世社会的不满,而是由其题诗一首抒发心中懊丧及思乡之情,这可能更符合人物性格的发展,也更易于为世俗听众所接受。接着叙黄巢行囊已空,又及深秋天气,其题诗一首道出不能回乡的苦况。此时的黄巢也没有露出反意。他甚至仍然自我安慰:"咱每今番下了第,是咱的学问短浅。"直到他要去见朱五经,写诗作"榜子"时,内心深处那种不平之气才不觉流露出来。所以他作诗说:

> 百步穿杨箭羽疏,踌躇难返旧山居。鲰生欲立师门学,乞授黄公一卷书。

当朱五经说出他只是教些孝悌忠信、三纲五常时,黄巢一触即发,道出了其满腔激愤。抓住人物的心理及其所处的场景进行细致描写,这些描写中也能初步展现形成人物性格的历史,这一点是讲史艺人的生活经验和其用心体察加上其艺术经验所决定的。"人物写活了,而且符合历史的(生活的)真实,那么他们的行为所构成的情节也活了,也给出人以真实感,于是读者(听众)感知了一种恍似真实的生活景象,这种景象可以和现实人生参照对比,从而启发人理解人生,理解历史。"[①]

三、"寓褒贬于市俗之眼戏"

宋元讲史类白话小说在注重小说故事的趣味性和小说娱乐功

---

① 何满子:《古代小说艺术漫话》,辽宁教育出版社 2001 年版,第 54 页。

能的同时,也充分体现出了评价效能。宋灌园耐得翁《都城纪胜·瓦舍众伎》云:

> 其(影戏)话本与讲史书颇同,大抵真假相半,公忠者雕以正貌,奸邪者与之丑貌,盖亦寓褒贬于市俗之眼戏也。

宋元讲史类白话小说当然是根据作为听众的市民和讲史艺人的理想和信念,对于小说人物和故事表现出肯定或否定的态度。宋元白话小说的评价功能多由其中的诗词韵语担任。

它们是以世俗的价值观念作为评判标准的。在《五代梁史平话》中对于刘邦的评价主要着眼于"他取秦始皇天下,不用篡弑之谋"。普通民众愤恨的是那些不能光明正大行事的小人,通过阴谋篡弑夺取天下的"乱臣贼子",这里阐发的是古代道德观念中"忠""诚""义"等内涵。《五代周史平话》卷上说郭威在刘知远死后逼其寡妇孤儿禅位,九年之后,赵匡胤在柴荣死后,陈桥兵变,夺取了后周政权。内中寓含了对郭威的讥讽。《五代梁史平话》对隋炀帝的评价,主要着眼于其"弑了父亲,便淫了父妾,自立为帝,荒淫无度;靠他混一天下,张着锦帆,造着迷楼,一向与妃子游荡忘返,便饥馑荐臻,盗贼蜂起,都不顾着",这样的行为自然被民众所唾弃,所以,讲史艺人引用邵康节诗两句对其进行讥刺谴责。《宣和遗事前集》叙宋徽宗劳民伤财、大兴土木、荒淫迷信时,也用诗对其进行讥刺谴责。《五代周史平话》卷下篇首诗对周世宗柴荣的褒扬,评价的标准着眼于周世宗的"仁明""命将"知人、"立法均田""崇本业""便苍生""使中原见太平"等对于人民生活有益的措施。这样的君主当然是人民所期望和欢迎的。《宣和遗事前集》篇首诗评价的标准亦着眼于"贤君务勤俭""庸主事荒淫"等,体现的也是下层人民的爱憎好恶。对于周幽王、楚灵王、陈后主、隋炀帝、唐明皇等以诗进行指责,着眼点就是"庸主事荒淫"。《五代唐史平话》卷下的篇首诗对晋王李存勖的评价，庶几可与欧阳修的《五代史·伶官传序》对读。这里着眼的主要是朝代兴亡的评价。

《宣和遗事前集》中在叙及王安石变法时，多行指责。并说其子王雱因为人性险恶，喜杀，病死后在阴司受罪。王安石梦其子诉其苦状："父亲做歹事，误我受此重罪。"并以诗对王安石斥骂。王安石变法失败后，下层民众对其所作所为不能理解；再加上他所提拔的蔡京等人的臭名昭著，民众多对王安石进行毁斥。同书在叙及徽宗任命蔡京为右丞相时，小说艺人评论道：

> 不争奸佞居台辅，合是中原血染衣。
> 不因邪佞欺人主，怎得金兵入汴城。

表现出对权奸误国的极其愤恨。

四、开创了后世长篇白话小说运用诗词描写的先例

宋元讲史类白话小说中也有以诗词韵语进行简单的场景及场面描写的，这和"小说"类白话小说方式方法大致相类。

宋元讲史类白话小说中已经出现了用诗词韵语对酒店场景进行描写的。如《五代梁史平话》叙黄巢和朱温、朱全昱、朱存三个要去吃酒，见那酒店前挂着一个酒望儿，上面写着四句诗。宋元讲史类白话小说中也出现了用诗词韵语状写山岭的，如《五代梁史平话》黄巢和朱温、朱全昱、朱存过悬刀峰。宋元讲史类白话小说中也出现了用诗词韵语描写庄院的，如《五代梁史平话》黄巢等劫掠的侯家庄。宋元讲史类白话小说中已经出现了用诗词韵语进行人物肖像描写，如李克用的披挂打扮、黄巢的打扮。

宋元讲史类白话小说中已经出现了用诗词韵语进行酒宴场面描写，如朱温平定河北诸镇后，大摆宴筵庆贺，写宴会情状；裴渥迎接王仙芝及黄巢等入城，置酒欢宴的场面。

宋元讲史类白话小说中已经出现了用诗词韵语进行时间描写的，如朱温与刘文政商量落草至夜色二更，月明如昼时分。

《醉翁谈录·小说引子》中说"曰得词、念得诗"，又说"论才词有欧、苏、黄、陈佳句；说古诗是李、杜、韩、柳篇章"。讲史类白话小说中亦有引用前人诗歌诗句的，如《五代晋史平话》卷上叙石敬瑭十岁随其父出猎时引杜甫《孤雁》诗；《五代唐史平话》卷下明宗问冯道百姓是否赡足，冯道引聂夷中的《伤田家》诗应答；《宣和遗事》说唐明皇事引白居易《长恨歌》中诗句；《五代史平话》中在置酒送别时常引王维《送元二使安西》中名句等。

第三节 "小说"中的诗词韵文研究

宋元"小说"类白话小说，是"宋元小说中最具文学价值，生命力最强的一个群体"①。它对于后世的白话小说，特别是短篇白话小说产生了极其重要的影响。可以说，宋元白话小说已经初步具备了后世白话小说所有艺术表现手段，但因于其依附于"说话"伎艺，"说话"艺人多来自下层，这些小说艺术手段是"说话"艺人在长期演艺中积累下来的。后世作为案头文学的文人创作的白话小说文本多模仿宋元白话小说，不仅拟书场格局保留于其中，而且多种艺术表现手段都是学习此类宋元白话小说发展而来的。其中，尤其是古代白话小说运用诗词韵文进行描写、议论受此类宋元白话小说的影响最深。

本节拟从宋元"小说"类白话小说运用诗词韵文进行人物肖像描写、场景场面描写以及说理议论三个方面，讨论宋元"小说"类白话小说运用诗词韵文的贡献以及它对于后世白话小说产生的巨大影响。

① 萧相恺：《宋元小说史》，浙江古籍出版社1997年版，第100页。

一、开创了白话小说用诗词韵语进行人物肖像描写的先例

中国古代白话小说从中晚唐五代讲书唱书，发展而为宋元"说话"，白话小说从借助于表演传达手段的"唱"，逐渐转变为只说不唱的艺术形式。在从听讲唱为主逐渐向听故事为主的发展过程中，为了吸引听众，说话艺人必须在故事情节的引人入胜上下功夫，于是小说故事情节的繁复曲折得到了显著的发展和加强。这是白话小说发展过程中必然要经历的一个阶段。

小说中故事情节的繁复曲折离不开一定的人物，离不开人的行为和人与人之间的关系。宋元白话小说多将人物形象的刻画放在故事情节的发展过程中，在故事情节的发展过程中才能感到人物的存在。然而，由于故事情节压倒人物之势，常常使人物形象淹没在故事情节之中，致使听众或读者感受到的故事因素要远远大于小说中人物形象，也就是说，人物并不是这一时期白话小说发展最为充分的艺术因素。宋元说话艺人也许感觉到了这种对于故事真实性和艺术性影响的现象，由于他们还不可能深层次地去把握塑造人物形象的方式，就只能通过人物的肖像描写去弥补这一不足。宋元白话小说常以人物肖像描写来交代故事人物的情况，从而增强小说故事的形象感和生动性。

由于宋元白话小说在塑造人物形象方面还处于小说人物塑造的初级阶段，故宋元"小说"多从人物的衣着服饰上来勾勒人物形象轮廓。如《三现身》写边瞽相貌，描写孙文的相貌打扮，《山亭儿》描写一官人穿着打扮，《杨温拦路虎传》写那汉子——贼人李贵的相貌着装，《宋四公大闹禁魂张》写一精致后生——赵正的打扮，《宋四公大闹禁魂张》写老儿王秀的穿着，《西山一窟鬼》写鬼的穿着与神将穿着相貌，《错斩崔宁》写静山大王着装打扮，《西湖三塔记》写女孩着装打扮，《简帖和尚》写一婆婆长相，《勘靴儿》说泥塑二郎神相貌打扮，《皂角林大王假形》说皂角林大王相貌，等等。这

种以人物穿着服饰的描写来弥补人物形象刻画不足的应急作法，初步地给读者呈现出了人物的大致轮廓。人物形象的模糊不实，也对小说故事的生动、真实产生了一定影响。

在"说话"艺人艺术实践过程中，他们在不懈地探索怎样才能对于人物形象进行较深入地描摹刻画。其中较为直接的一种方式是，抓住人物相貌有代表性的特征对人物进行较为精细的描写刻画。这类描写如古代绘画中的工笔人物画一样，比较真切地展现出了人物的形貌体态。如《定山三怪》写酒保相貌，《西湖三塔记》描写女孩母亲容姿、奚真人相貌，《简帖和尚》写一官人——简帖和尚的相貌、迎儿长相、罪人长相、那官人肖像，《洛阳三怪记》说赤土大王相貌，《杨温拦路虎传》写冷小姐美貌，《宋四公大闹禁魂张》写禁魂张员外家与人私通的妇女的美貌、赵正装作的妇女相貌，等等。

受中国传统绘画"传神写照"理论的启发，他们除描摹人物的服饰穿着、相貌仪容外，更倾向于从人物的形象刻画中体现其风神意态。如《杨温拦路虎传》的从杨玉眼中看冷氏美貌，《碾玉观音》写秀秀美貌，《西山一窟鬼》写李乐娘美貌、锦娘美貌，《柳耆卿诗酒玩江楼记》写周月仙之美貌，《风月瑞仙亭》写文君美貌，《简帖和尚》写女主人公相貌，《洛阳三怪记》写穿白衣妇人的美貌，《刎颈鸳鸯会》写蒋淑真美貌性情，《花灯轿莲女成佛记》写莲女十八岁上头后的美貌，《张生彩鸾灯传》描摹女子美貌，《燕山逢故人郑意娘传》说郑意娘妇人美貌，《燕山逢故人郑意娘传》说女道士刘金坛美貌，《张主管志诚脱奇祸》描写小夫人美貌，《陈巡检梅岭失妻记》说陈巡检妻张如春美貌，《苏长公章台柳传》写章台柳的美貌，等等。吴组缃先生曾说，"佳人胆"是宋元白话小说的主要内容之一，抓住了当时现实的主要问题。① 当然"说话"艺人对于故事中的女性形象

---

① 吴组缃、沈天佑：《宋元文学史稿》，北京大学出版社 1989 年版，第 231 页。

就特别着意刻画,但这种描摹受中国诗歌传统的影响,常用"连类比义"的手法,空泛的比义常使形象更朦胧模糊,意大于象。人物形象的描摹刻画于此陷入了一种歧途,无怪乎有人不满意中国古代小说中美女形象的刻画仅有的八个字——沉鱼落雁、闭月羞花。形象的模糊性导致一段文字被同一类型的人物频繁地借用,这就为其程式化大开方便之门,中国古代小说中运用诗词韵语进行人物刻画多落入套式,原因即在于此。而宋元白话小说中的人物形象刻画,首开其端。

其他如描写老翁、老太的状貌,也都流于程式化。如《种瓜张老》写申公状貌,《西湖三塔记》写婆婆相貌,《洛阳三怪记》说一婆子相貌,《闹樊楼多情周胜仙》用宝塔诗叙写女子容貌纯粹流于文字游戏了,等等。

宋元小说中描写人物性情也流于程式化,没有个性。如《种瓜张老》道媒婆厉害的韵语也是对于普天下媒婆都适用的,但这种描写对于后世白话小说产生了很大影响,后世白话小说在描写媒婆、牙婆、马泊六时常用此法。再如《宋四公大闹禁魂张》写禁魂张员外的性格,虽够得上典型了,但夸张有余,似乎用来讽刺一切的吝啬鬼都合适。

总之,宋元"小说"在人物描写上经历了一个由浅入深的发展过程。由于这一时期的白话小说故事情节处于重要地位,致使人物形象不能很好地凸显,根本原因是因为白话小说还处于"说话"阶段。正由于此,"小说"中运用诗词韵语刻画人物流于类型化。

二、开创了白话小说用诗词韵语进行场景场面描写的先例

宋罗烨《醉翁谈录·舌耕叙引·小说引子》有"春浓花艳佳人胆,月黑风高壮士心"等句,其中多少透露出了宋元白话小说在讲论故事时,关涉到的运用诗词韵语来描写场景的内容。上引吴组缃先生的论述,以为宋代"小说"中烟粉和公案类的作品最多,用

"佳人胆""壮士心"当然也就概括了宋元话本的主要内容,也抓住了当时社会的主要问题。既然要写"佳人胆"和"壮士心",那必然离不开"春浓花艳""月黑风高"等的景物描写。以前不理解宋元话本篇首和入话中为什么那么多咏春的诗词!细想,也有用它们来为描写"佳人胆"作铺垫的——少女怀春,当然就渴慕爱情,也必要设法争取爱情的自由。

宋元白话小说中所选择的场景已经能做到对于情节的发展是合理的,且能烘托渲染情节,增添情节的艺术效果,这对于后世白话小说多有启发。如《山亭儿》陶铁僧被万员外辞退后,直落得"没经纪,无讨饭吃处"。小说很紧凑地进入了深秋季节,这就为陶铁僧勾结大字焦吉、十条龙苗忠劫杀万小员外、当直周吉并劫夺万秀娘作了非常合情合理的铺垫。小说中陶铁僧等三人行凶的场所选择在一片林子也较易为读者所接受,后状林子之场景,有利于烘托渲染故事氛围。当然,多数场景的构设不免取巧,也就是这种场景的巧设,使得故事情节的进展才合情合理,故事内容也才能更集中。如大字焦吉要杀万秀娘,十条龙苗忠转移并卖掉万秀娘要在天晚一更后。小说融入诗词就显得十分紧凑。尹宗在背负万秀娘逃出,看看近了襄阳府时,不幸又走入了大字焦吉庄,小说在这种回环曲折的情节发展过程中,在其间就安排了一场暴雨。虽觉安排得突兀,但不失为"敷衍处有规模,有收拾"。调动听觉写距离,极能把捉听众的心理,但就在即将近了时,虚晃一着,来了个虚近实远,及时安排了一场暴雨,使故事情节陡转直下,偏偏进的又是大字焦吉庄。这就是所谓的"敷衍处有规模,有收拾"。描写场景,即使是疏落的几笔,其安排也是与情节紧相关联的,使其为故事情节服务。

在《西山一窟鬼》中有一段比较精彩的融入诗词描写,写吴教授与王七三官人频频遇鬼的情节,其中两处写场景的韵文脱落了。这两处韵语的脱落,给小说造成了较大影响,即明显感到情节不连贯。即如经过西山驼献岭时不出骈文或韵语，直接接"下那岭去……"就感受不出二人走上了岭的情状，明显感到有跳跃；再如返回时路过西山驼献岭遇雨一处，不出骈文或韵语，也不能体现出二人在雨中跟跄奔突，慌不择路的情状。这不仅影响情节的连贯，而且于故事具体形象也有损害。

相比而言，《定山三怪》因为有一首一言至七言的宝塔诗来状写山，从而向小说故事过渡，就显得自然可信得多。正由于此，宋元白话小说中常有跟随故事人物展开场景描写的，以增加故事情节的真实性。如《阴骘积善》用骈文写林积沿途所见景色；《陈巡检梅岭失妻记》用骈文写陈巡检夫妻沿路所见景色；《燕山逢故人郑意娘传》用骈文写杨思温眼前景；《史弘肇传》用骈文写史弘肇路上遇一大林；等等。

当然，多数情况下，场景的处理不过是巧设一个时间、空间，对于故事情节的发展而言，时间、地点的交代在宋元白话小说中是最常用诗词韵语的。举凡春夏秋冬，早晚午夜，村庄、庙宇、酒店、亭台楼阁、山水、风花雪月等，都是宋元白话小说所涉及的场景。如正文故事中的有关季节描写的诗词韵语：《定山三怪》一言至七言的宝塔诗写春景、夏景，《种瓜张老》写天气热，不禁让人想到"水浒"中"赤日炎炎"诗；《西湖三塔记》的词写清明景致，《西湖三塔记》的诗也写清明时节景致；其他如《刎颈鸳鸯会》骈语一套写十三试灯的热闹景象；《花灯轿莲女成佛记》骈语一套，写元宵灯景；《燕山逢故人郑意娘传》韵语一套，说燕山元宵盛景；《燕山逢故人郑意娘传》韵语一套，说燕山元宵盛景；等等。

宋元白话小说中一天的场景也交代得很明确。除《山亭儿》写晚景的骈语外，还有《杨温拦路虎传》写晚景，《西湖三塔记》写天犹未明的骈语，其他如《杨温拦路虎传》写天刚破晓的骈文及对句；《洛阳三怪记》写天色渐晓骈文及对句；《阴骘积善》写晓景的骈文；《宋四公大闹禁魂张》写晚景的骈文。《定山三怪》写晚景骈语；《洛阳三怪记》写晚景骈文;《阴骘积善》写晚景的骈文,且很精致地嵌入了数字;《燕山逢故人郑意娘传》写晚景的骈语;等等。

宋元白话小说中对于人物出没的处所——村庄也多有描写:如《山亭儿》那大官人住的杀人剪径的黑庄,《定山三怪》有一言至七言的宝塔诗描写庄院,此外,《杨温拦路虎传》对于杨员外庄上景致也大加铺陈;《种瓜张老》用一首《临江仙》词写庄院景致;等等。

宋元白话小说多用诗词韵语对场面展开铺陈描写。酒席宴筵的场面就多所铺陈。如《定山三怪》用骈文描写酒席宴筵的场面,《西湖三塔记》用诗描写酒席宴筵的场面,其他如《洛阳三怪记》用骈文描写酒席宴筵的场面,等等。

还有用诗词韵语描写喜庆场面的,如《杨温拦路虎传》用骈文描写杨温与冷小姐的喜庆场面;《刎颈鸳鸯会》用骈文描写新婚夜景象等。

还有对于小说中出现的庙宇、酒店、亭台楼阁展开铺写的。如《杨温拦路虎传》用骈文状岳庙,《种瓜张老》用骈文写雪中花园景致,《洛阳三怪记》也有用骈文状庙宇景象的;《风月瑞仙亭》用骈文写卓王孙家园中景致;《洛阳三怪记》用骈文写潘松走到会节园时景致;《洛阳三怪记》用骈文写一崩败花园景象等。

酒店酒楼茶坊也是其描写的重点场景。如《赵旭遇仁宗传》用《鹧鸪天》词写樊楼景象;《宋四公大闹禁魂张》用诗写一酒店景致;《洛阳三怪记》用诗写酒店景;《阴骘积善》用骈文状写茶坊场景。

宋元白话小说中名胜景点也作为人物活动的重要场所进行描写。如《五戒禅师私红莲记》用诗写西湖苏堤景致;《张生彩鸾灯传》引柳永《望海潮》词,说杭州景致;《史弘肇传》用骈文写河南府繁华景象;《福禄寿三星度世》用诗描写浔阳江之势等。

古代白话小说中常用诗词韵语来写风,特别是鬼风、神风在宋元白话小说中已经出现,这对后来的白话小说影响是较大的。《水浒传》《西游记》《封神演义》《三遂平妖传》等白话小说中经常出现这类风的诗词韵语。《西山一窟鬼》用诗写神风，《定山三怪》用一言至七言的宝塔诗写风，《西湖三塔记》也有用与《定山三怪》一样的宝塔诗写风。其他如《洛阳三怪记》用骈文描写徐道士作法，起一阵大风；《洛阳三怪记》用诗写风；《陈巡检梅岭失妻记》的用诗写风；《陈巡检梅岭失妻记》用诗写紫阳真人使风；《皂角林大王假形》用诗说风势。用诗词韵语描写火的场面也有，如《碾玉观音》火景诗。

其他随小说故事发展出现的雪、月、山、水等等场景都有描绘。如《史弘肇传》引石信道《雪诗》写雪景；《定山三怪》用一言至七言的宝塔诗咏月、咏山、咏松；《种瓜张老》用诗写溪水景致。

其他场面描写在宋元白话小说中也基本出现了，如打斗场面的描写，《史弘肇传》用骈文写郭威与李霸用使棒场面。如官员仪仗的场面描写，《史弘肇传》用对句写刘太尉仪仗；《燕山逢故人郑意娘传》用骈文写贵人仪仗盛况，等等。帝王坐宫，官府排衙，也均有描写，如《史弘肇传》用骈文写帝王坐殿，百官侍奉处理公事的场面；《陈可常端阳仙化》用诗写衙门威势与厉害。捕吏捕盗的行动场面也出现了，如《山亭儿》中捕吏去捉拿陶铁僧、大字焦吉、十条龙苗忠的场面。人物在节日中游览的场面也有，如《西山一窟鬼》用骈文写春游场面，等等。

以上这些用于场景描写的诗词韵语，我们在由宋元"说话"发展而来的《水浒传》中也经常看到，其后，运用诗词韵语进行场景描写几乎均按这一套路。可以看出，这些场景描写对于古代长、短篇白话小说运用诗词韵进行场景描写来说，是开创性的。

总之，宋元"小说"在运用诗词韵语进行场景、场面描写，其描写手段与方法以及描写角度，都对后世白话小说在场景、场面描写产生了极大的影响，可以说，宋元"小说"在运用诗词韵语进行场景、场面描写开创了白话小说用诗词韵语进行场景描写的先例。

三、开创了白话小说用诗词韵语进行议论说理的先例

宋元白话小说中融入的诗词韵语好说理议论,这也与宋诗在这方面的表现有关系。前人在论述宋诗的时候,认为是受"本朝人尚理"(严羽《沧浪诗话》)的影响,"宋诗多以筋骨思理见胜"①。"宋诗以意胜,故精能,而贵深析透辟……宋诗之美在气骨,故瘦劲……宋诗虽尽事理之精微而乏兴象之华妙,虽有内容之增广而乏情味之醇厚。"②宋诗风貌是"主意主理的创作形态;以意炼象与由象见道;概念化知识的展现;语言形式的知觉"③。"宋代文学家喜欢在作品里说理以至说教,不但'以议论为诗',作诗'言理而不言情',而且在词里也往往大谈儒家或禅宗的哲学和心理学。"④"宋人不是把诗作为单纯抒情的场合表露感情的场合,而是作为表露感情的同时,也表露其理智的场合……宋诗中有叙述性很强的诗,这是以知性自矜的诗。在过去的文学中用散文叙述的内容、题材,在宋人往往用诗来吟咏。""不过宋诗的性质,也可以从稍稍不同的角度来理解。这就是诗人们抱有各种哲学见解,并想要通过诗来谈论这些见解……进一步切实地考虑所谓人是什么,应该如何生活……诗人为了叙述哲学,而使用论理性的语言,在某些场合甚至到了破坏诗的调和的地步。"⑤"几乎所有的题材都可以谈理寓道,这是欧、梅、苏的一大拓展,也是翁方纲所谓宋诗'精诣'所在。写景,状物,咏史,言情,触处即生议论,表现出宋人理性深思的特点。欧、梅、苏所处时代,是理学萌生并发展的时代,理性主义思潮开始蔓延,宋人的观念和思维方式都发生了很大变化,他们的

① 钱锺书:《谈艺录·唐宋诗风格之别》,上海教育出版社 1992 年版,第 570 页。
② 缪钺:《诗词散论》,上海古籍出版社 1982 年版,第 36、37 页。
③ 龚鹏程:《文学与美学》,台湾业强出版社 1986 年版,第 157 页。
④ 中国社会科学院文学研究所编:《中国文学史》(三册),人民文学出版社 1979 年版,第 544 页。
⑤ 〔日〕吉川幸次郎:《宋元明诗概说》,李庆等译,中州古籍出版社 1987 年版,第 10、20 页。

诗因此而打上了时代烙印。欧、梅、苏开宋诗大量'以议论为诗'的风气,他们的议论有的颇为新警,有的则迂腐生硬。"①这些议论的共同之处是宋诗好说理议论。正是宋诗的这一特点及其题材内容上的表现,直接影响了白话小说中以诗词来韵语来揭发哲理,发抒议论。

宋元小说融入的诗词韵语中,多有富含哲理的警句。它们多是概括市民日常生活经验,加以总结而成。宋元白话小说与宋元市民的生活、精神和心理有着直接的关系。在现实生活中有太多的难测和不如意,是造成他们有意识地注意一些经验教训的直接原因,也是直接与最基本的生存生活需求相联系的。说话要吸引市民,则必须贴近他们的生活。于是"议论总结,鉴往知来""顷刻间提破"(《都城纪胜·瓦舍众伎》),"夫小说者虽为末学,尤务多闻。非庸常浅识之流,有博览该通之理"(宋罗烨《醉翁谈录·小说开辟》)。"由是有说者纵横四海,驰骋百家;以上古隐奥之文章,为今日分明之议论……皆有所据,不敢谬言。言其上世之贤者,可为师;排其近世之愚者,可为戒。言非无根,听之有益。"(宋罗烨《醉翁谈录·小说引子》)借讲说小说故事来向听众宣扬日常生活中的道理和人生哲理,白话小说中融入的诗词韵语,也便被常用来警醒听众。

宋元白话小说对于社会人生的关切,希冀对于社会人生有一种深入的认识和把握,主要表现在市井细民对人的命运的深切关注。

中国古代哲学中讨论"天人关系",儒家认为天命是不可抗拒的,孔子言"畏天命"(《论语·季氏》),将其置于"君子三畏"的第一位。墨子既讲"非命",又有"天志""明鬼"的观念。老子讲"复命",说"天网恢恢,疏而不漏",就是说人逃不过天命的支配。孟子以为

---

① 王水照:《宋代文学通论》,河南大学出版社 1997 年版,第 96 页。

"莫之为而为者天也,莫之致而至者命也"(《孟子·万章上》),说的就是"天命"非人力所能为、所能致。庄子在"天命观"上要人"安命",所谓"死生存亡,穷达贫富,贤与不肖毁誉,饥渴寒暑,是事之变,命之行也"(《庄子·德充符》)。"知其不可奈何而安之若命,德之至也。"(《庄子·人世间》)荀子讲"制天命而用之",倒是认为人可以战胜天命,获得自由。

但是在整个中国古代社会中,联系社会人生,普遍地认为"天命"还是一个不可改变和无法企及的神秘状态,并且从现世生活的否泰蹇顺去理解命运。如:

> 农趁时,商趣(趋)利,工追术,仕逐势,势使之然也。然农有水旱,商有得失,工有成败,仕有遇否,命使然也。(《列子·力命》)

所有生产生活中不能理解的规律性和非规律性的东西,统统归之于"命运":

> 凡人遭偶及遭累害,皆由命也。有死生寿夭之命,亦有贵贱贫富之命。自王公逮庶人,圣贤及下愚,凡有首目之类,含血之属,莫不有命。命当贫贱,虽富贵之,犹涉祸患矣。命当富贵,虽贫贱之,犹逢福善矣。(王充《论衡·命禄》)
>
> 孔子罕言命,盖难言之也。非通幽明之变,恶能识乎性命哉?(司马迁《史记·外戚世家》)

这样势必带来对于天命的困惑:"倘所谓天道,是邪非邪?"(司马迁《史记·伯夷叔齐列传》)"究天人之际"在中国古代并没有一个明确的认识。每当到了无可如何的时候,必要悲叹"时也,运也,命也"。宋元白话小说中也体现出了这种传统的运命观,如《三现身》

的篇首诗,说人生穷达贫富寿夭均由时而不由人。《合同文字记》中评说万事命分已定,显示出对生活悲观绝望的情绪。《皂角林大王假形》篇首诗一,说宝贵荣华乃是天意,枉求不得。再如《陈巡检梅岭失妻记》中的诗、《俞仲举题诗遇上皇》中的词,等等。

在这种悲凄失落的对于"天命"的理解认识当中,也暗含着一种对于现存秩序的愤激之情。如上举《皂角林大王假形》篇首诗就内含了对于才智之士落魄不遇的不平之情。再如《曹伯明错勘赃记》对于天地神明的描摹,让人联想到关汉卿《窦娥冤》中对于天地的控诉怒斥。虽不及《窦娥冤》的大胆与痛快淋漓,但在无奈情绪的深处也透露出了愤激之情。

宋元白话小说对于社会人生的关切,希冀对于社会人生有一种深入的认识和把握,还表现在市井细民对现世生活经验的总结上。这些诗词韵语有的反映了他们的善恶观——乐善好施,有的反映了他们的名利观——尚义莫贪,有的劝人远色戒酒,如《金鳗记》《错认尸》《杨温拦路虎传》《宋四公大闹禁魂张》《定山三怪》《错斩崔宁》《刎颈鸳鸯会》等。

与其说这样的认识表面化,毋宁说是感性化,个中当然有认识水平受其所处社会历史条件限制的原因,不过这也大致反映出古代中国人社会哲学及人生哲学的认识水平。像以上诗歌韵语所含关于儒、释、道思想的词语明显反映出中国古代人所秉持的哲学观念。这种对于社会人生的哲理的议论,当然是有宋一代的文化思潮影响所致,如"文以载道"说的影响。

除社会人生义理的议论之外,白话小说中的部分诗词韵语还表现出对于现世生活悲观失望的情绪。如《红白蜘蛛》中的诗点明人生总是一个"愁"字,《张子房慕道记》中的诗说人生如梦,《曹伯明错勘赃记》《张主管志诚脱奇祸》中的诗说世事不如人意,这里表现出的是一种看透世事的消极悲观情绪。

宋元白话小说中用于议论说理的韵语,还有一些是民间谚语,或曰俗话、常言等,其特点是简短精练,形象生动,说理深刻,比喻恰当,表意准确等。这些谚语是下层人民在长期的生产劳动和社会生活实践中总结出来的,反映了他们的经验和愿望,富有深刻的哲理性。谚语主要活在下层人民的口头上,它在社会上广泛流传的过程中,被普遍地引用,成为一种大众喜闻乐见的表情达意的方式,因而白话小说中也大量地融入谚语,如《三现身》《山亭儿》《杨温拦路虎传》《碾玉观音》《简帖和尚》《错斩崔宁》《合同文字记》,等等。

总之,宋元"小说"用于议论说理的诗词韵语多与社会生活实际紧相结合,关切的是市人的生存及日常生活,这样的议论才揭发出"博览该通之理",而不至于成为"庸常浅识",使得市人通过听讲书获得一些生活哲理,才能吸引更多的听众。

综上所述,宋元"小说"运用诗词韵语对于人物、景物描写的表现手法以及在议论说理中所涉及的内容蕴含都为后世的白话小说运用诗词韵语开了先例。这一开端成为古代白话小说形式系统的一个重要方面,古代白话小说经过近千年的发展,多数没能摆脱这种小说模式。

第七章　明代白话小说中的
　　　　诗词韵文研究

　　明代白话小说是我国白话小说发展史上一个极其重要的发展阶段。经过长期的讲唱和"说话"的艺术积累，无论在题材内容，还是在艺术手法上，都已经渐臻成熟，这就使长篇白话小说的改编创作成为可能。元末明初，罗贯中与施耐庵由宋元讲史集体累积改编创作而成的《三国志通俗演义》和《水浒传》，成为我国古代长篇白话小说标志性的"双峰"；它们的成功同时引发了明清两代历史演义类和英雄侠义类小说的大量创作。万历二十年（1592），《西游记》由南京世德堂刊出，这是又一部根据讲唱和"说话"的艺术积累通过再创作完成的集体累积型小说，它用"作家的个人风格融解了群体风格，成为中国古代长篇小说由集体创作到个人创作的过渡"①。产生于 16 世纪末的《金瓶梅》，"是中国作家首次独立创作的长篇小说"②。"在我国小说史上是一部里程碑式的作品，它的诞生标志着我国古代长篇小说艺术发展到一个新阶段。"③晚明文学家冯梦龙的"三言"从收集、整理、改编宋元旧篇开始，为保存古代短篇白话小说贡献最大，"三言"中也有冯梦龙创作的小说作品；凌濛初"二拍"在"三言"的带动下创作完成，"三言二拍"对于我国

---

① 李时人：《明清小说鉴赏辞典·西游记》，浙江古籍出版社 1992 年版，第 288 页。
② 李时人：《金瓶梅新论》，学林出版社 1991 年版，第 116 页。
③ 宁宗一：《明清小说鉴赏辞典·金瓶梅》，浙江古籍出版社 1992 年版，第 400 页。

古代短篇白话小说的发展起了极大的推动作用。"四大奇书"（冯梦龙语，见李渔《两衡堂刊本三国志演义序》）与"三言二拍"是明代白话小说中成就最突出的著作。

本章主要对明代小说"四大奇书"及"三言二拍"中的诗词韵文进行研究。

第一节 《三国演义》及其他历史题材 白话小说运用诗词研究

以《三国演义》为代表的历史演义小说所引用的诗（词），或对所记人物行为、品行进行赞扬，或表明史传作者的道德伦理态度，或对历史经验教训进行总结，等等。这些形式，根本的目的是为了使小说故事"信实"，所以常常采用引诗为证的方式，致使"有诗为证"最终成为历史演义小说运用诗词的主要形式。即使像那些白话小说中融入故事情节的诗（词），也是从史传引诗写实的方式发展而来，可以说是"记实"。这种依傍诗（词）证"实"的作法，是其特定的文化—文学环境决定的。

本节拟从历史演义源流、发展入手，通过分析《三国演义》等历史题材白话长篇小说中融入诗词的现象，以期揭示古代小说"有诗为证"形态的形成原因。

一、史传引诗证史的传统对历史演义小说的影响

中国古代的史官传统，培养了史的权威性；古代的经学由官学垄断，也培养了经的权威性。"六经皆史"，当然不是混淆经、史，而是着眼于两者同具的权威性。当经、史的权威意识在中国人的思想深处扎根之后，"权力意志"一变而为尊崇心理。

中国人重经验的习性和善于比附的思维方式，又不免将经史

与现实关联。因为经史的权威性，再加上实践中的随意比附，它理所当然内含了历史演进的法则和个体行动的信条——如将《易》认作内含了天地四时变易之理的经；将《书》视作内含了先王典政的样本；将《礼》视为人伦关系的训示；《诗》不单能出使专对，而且能"兴、观、群、怨"，厚人伦、成孝敬、识草木鱼虫；《春秋》更有拨乱反正，使乱臣贼子惧的功能。它几乎无所不包，无所不能，几乎成了人们生存生活的智囊，取之不尽，用之不竭。"崇奉"心理使人们自觉不自觉地将经史蕴意作为思想和行动的信条。

前已论及，受当时风尚影响，《左传》等史传引用诗句说理议论、言志抒情，就因为《诗》《书》等典籍被当时人所共同尊奉的经典并经常使用，不独记述史实引诗为证，史家评论也引诗为证，就是叙述史实所用之诗，也是出于写实的目的。这种通过引经据典证史，从而达到阐明事理的方式，影响和启发了后来白话小说"有诗为证"的形式。

作为文章写作的一种表达方式和技巧，引证也受到了历代作家的重视。刘勰《文心雕龙》就单辟《事类》一章对此现象加以专门研究。他所谓的"据事以类义，援古以证今""引成辞以明理""然则明理引乎成辞，徵义举乎人事，乃圣贤之鸿谟，经籍之通矩也"等，即说明了中国古代作者在创作过程中，极大地受到了传统的重经史、重经验的心理及思维定式的影响，并继承了史传引诗为证的创作方式，再加上文章自身的实用性也要求其议论说理有证可据，从而能更好地为现实人生服务，于是文章中引古为证、引辞为证等，就成为一种常见的行文形式。毛宗岗以为"《三国》一书，乃文章之最妙者"（《读三国志法》），又说"叙事之中，夹带诗词，本是文章极妙处"（《三国志演义凡例》）。可见，后来的小说评点家对文章引证对于白话小说引诗为证的影响是有一定认识的。

中国人重经验的习性表现在社会实践中，还有一种平等的"言之有理"的经验模式。这种情形虽不将其经验之辞作为信条，但也被作为思维及行动的参证。后世一些诗词对句,对社会生活的深入反映及对生活经验的深刻总结,在社会中广泛流传并产生较大影响,致使其常常被视为亚经典与"至理名言"而引用。白话小说中常用的"正是……"的形式大致可归入此类。

两种引诗模式在白话小说发展过程中,既独立发展,又相互影响,共同形成了白话小说引诗为证的模式。

宋元"讲史"在引入诗词韵语的时候,就已初步呈现出这种形势。如《五代史梁史平话》卷上在叙及隋炀帝大兴土木,恣意行乐,致使民不聊生,盗贼蜂起时,引宋人邵雍的诗来证实炀帝的暴政,就将炀帝荒淫失国的原因揭示得较为集中。如《宣和遗事》前集在叙及辽将夔离不犯燕山,而宋兵伐之,后人误以为此是造成北宋灭亡的根由,作者引诗为证进行议论辩驳,等等。

引诗为证或"正是"的形式在白话长篇小说定型且成熟的作品,应当是《三国志通俗演义》。

二、引用诗词韵文作为历史演义以"实"证"虚"的表达方式

元末明初,《三国志通俗演义》的产生标志着当时人历史意识的蓬勃高涨。特别是下层社会,面对宋、元两朝社会的激荡,汉民族人民情绪中寻根究史的意识表现得异常强烈。有着唐五代历史题材讲唱和宋元"讲史"积淀的讲史传统,顺应下层人民对历史的关注,通俗演义便适时地产生了。

然而,白话长篇小说的产生,仅有讲史的一点儿积累是远远不够的。它还要求创作者必须有某一历史阶段的历史知识,对于逸闻传说的广见博闻,对小说技巧的掌握,对于历史社会的深刻认识,对于接受层次的水平和喜好的了解,还要面对中国古代强大的历史传统和士大夫们的成见,等等。

虽然《三国志通俗演义》作者没有留下关于其创作的资料,但后来人们对于历史演义的认识,还是表明了在积累过程中这些因

素对于白话小说的产生起了制约或促进的作用。

历史演义由史而来,但又不能是史的照搬。这是由其接受主体的接受水平和喜好决定的。宋元讲史时期也已经有人注意到了这个问题,如《都城纪胜》所云,讲史书"大抵真假相半,公忠者雕以正貌,奸邪者与之丑貌,盖亦寓褒贬于市俗之眼戏也"。这里揭示出了用虚实结合的创作方法塑造真假相半的公忠者、奸邪者形象,目的是为了"市俗之眼戏"。在那时的时代氛围中,当然是娱乐的比重更大些。

但《三国志通俗演义》创作的时代氛围,决定了演义小说的创作已不再是单纯地为了娱目的"眼戏"了,它有着一个民族对历史的深刻认识和深沉反思,所以它对待历史的态度,就是以"实"为主的庄重和严肃。

前此研究者,从《三国演义》"七实三虚"(章学诚语)的表象上,多剖析其"史实"和"虚构"的比重,局限于从小说故事的创作层面考察其内容特点。这也是历史演义在产生、发展过程中被注意的焦点。

但是历史小说所体现出来的,已经不是三国历史的史实了,而应是"基本符合史实而以虚构缘饰"①的艺术真实。这种艺术真实包含有对于社会历史的深入挖掘,具有深厚的历史文化蕴涵。本师时人先生曾指出《三国演义》是一部我们民族亚史诗、亚经典性质的作品。② 真是深刻得一针见血。这里所揭示出来的当然也有作为民族心路历程的"心灵史"的成分。它在以小说的艺术形式给人以美的享受的同时,更有一种现实映照下的历史沉痛感和责任感。《三国演义》揭示出来的文化意蕴实际才是其小说成就的重

① 何满子:《汲古说林·历史小说在事实与虚构之间摆动》,重庆出版社1987年版,第81页。
② 李时人:《〈三国演义〉:亚史诗和亚经典》,载《光明日报·文艺观察》1994年11月9日。

心。针对历史演义体现出来的这种"实",我们更愿意以小说揭示出来的历史文化意蕴为其内容。

同时,"文以载道"的文学传统又制约着白话小说作者对于历史社会的深刻认识。它基于史实上的创作虚构,如恩格斯所说的:"为了观念的东西,而忘掉了现实主义的东西。"①致使有鲁迅先生所指出的:"欲显刘备之长厚而似伪,状诸葛之多智而近妖"的倾向。即使关羽的形象,虽"义勇之概,时时如见"②,但更多时候是观念的化身。

历史演义小说和历史间的矛盾是从始至终都存在着的。《三国志通俗演义》及《三国演义》在对历史事件的描叙中,带着一种民族情绪,又加以作者的时代观念及其思想认识。小说的形象体系可以说是以"实"为本。但其中之"实",已经不再单纯是三国时期的历史图像了,它是整个民族历史图像的缩影;人物和事件已经不是特定历史时期的人物和事件了,它是更为典型的人物和历史事件。作者及后来的修订者,均清楚地认识到了这种典型性与三国历史本身有一定的差距,并暗暗移花接木,引用前人之诗或假托前人有诗为证,来弥补那可能出现的"漏洞"。如《三国志通俗演义》卷之五《青梅煮酒论英雄》中将《三国志》中"曹公从容谓先主曰:'今天下英雄,唯使君与操耳。本初之徒,不足数也。'先主方食,失匕箸"几句铺叙为一节故事。将"闻言落箸"再加以霹雳雷声,写刘备趁机掩饰其慌乱,骗过了曹操。曹操以为他是一个胸无大志的无用之人。后出"有诗曰"一首及苏轼诗一首以为佐证。到了《三国演义》,毛宗岗大约嫌这两首诗说服力不强,就将其改为一首诗,

---

① 恩格斯:《致斐迪南·拉萨尔》,《马克思恩格斯全集》第 29 卷,见《马克思主义文艺论著选讲》,纪怀民等编著,中国人民大学出版社 1982 年版,第 215 页。恩格斯的原话是:"我们不应该为了观念的东西,而忘掉了现实主义的东西,为了席勒而忘掉莎士比亚……"

② 鲁迅:《中国小说史略》第十四篇"元明传来之讲史"(上),见《鲁迅全集》第九卷,人民文学出版社 1981 年版,第 129、130 页。

使诗意与故事结合得更紧密。目的当然是由诗证史、证"实"了。

由于其创作目的的需要,又时时害怕"孤证无力",担心"虚"而失实会对自己所要阐发的"道"的真实或合情合理造成影响,就不时地借助后人对于历史事件的吟咏来作为佐证。如《三国志通俗演义》卷之七《玄德跃马跳檀溪》,为增加故事的真实性,用了后人诗四、苏轼诗一、胡曾诗一作佐证。内容明显是虚构的,但因为有了这六首诗,你不得不信,跃马檀溪这是一件"真实"的事。毛宗岗修改《三国演义》将后人诗四、胡曾诗一删去了,单保留了苏轼的诗。毛宗岗删诗是出于"俗本每至'后人有诗叹曰',便处处是周静轩先生,而其诗又甚鄙俚可笑。今此编悉取唐宋名人作以实之,与俗本大不相同"(《三国志演义凡例》)的目的。这里毛宗岗不仅要求叙事结合诗词"是文章的极妙处",更注重于用名人效应来证实——苏轼说的,大文豪,你信也不信?!

这种以"实"证"虚"的作法,就是学习史传和古代文章中常用的引诗方式,加以改造,并尽可能地让其与故事内容紧密结合,用来为造成故事内容的真实印象服务。《三国志通俗演义》及《三国演义》以这种引诗为证的方式为融入诗歌的主要形式。

不独《三国演义》如此,由于历史演义中以揭发历史得失、总结经验教训为多,于是多数作品都有这方面的表现。如《西汉通俗演义》,其中"诏表辞赋,模仿汉作,诗文论断,随题取义"(《西汉通俗演义序》)。如《隋炀帝艳史》,"著书立言,无论大小,凡有关于人心世道者为贵。《艳史》虽穷极荒淫奢侈之事,而其中微言冷语,与夫诗词之类,皆寓讥讽规谏之意。使读者一览,知酒色所以丧身,土木所以亡国,则兹编之为殷鉴,有裨于风化者岂鲜哉!方之宣淫之书,不啻天壤"(《隋炀帝艳史凡例》)。所谓"随题取义"引入的诗篇,就是为了揭发小说的"题"中应有之义的,也就是辅证的作用了。具体例子不再赘举。

"有诗为证"是利用"名人诗"或"后人诗"的权威性,增加故事或情节的可信度和真实性,实际上是一种间接的写实的手法,终究是为了达到写实的目的,"本来就是冀望取信于人的"①。不仅如此,白话小说引诗还有其进一步的目的,那就是有补于世道人心的教育目的。

小说中融入故事情节的诗(词),也多从史传引诗写实的方式发展而来。前面我们在论述史传引诗对白话小说的影响时,谈到史传引诗有实录的,如:

> 冬十二月,狄人伐卫……及狄人战于荧泽,卫师败绩,遂灭卫。卫侯不去其旗,是以甚败……许穆夫人赋《载驰》……(《左传·闵公二年》)
>
> 秦伯任好卒。以子车氏三子奄息、仲行、针虎为殉,皆秦之良也。国人哀之,为之赋《黄鸟》。(《左传·文公六年》)

等等。这种"实录"形成了诗、史互证的格局。《史记》也有这种引诗形式。如《史记·高祖本纪》引《大风歌》;《项羽本纪》引"力拔山兮气盖世"一歌等,均为史传记实。《三国志通俗演义》及《三国演义》也有这种情形,如《三国志通俗演义》卷之十六"曹子建七步成章"有曹丕想杀曹植,令其七步成章、应声作诗的情节。其中"煮豆燃豆萁"在《世说新语·文学》、唐李善《文选注》在《齐竟陵文宣王行状》(南朝梁任昉)注、宋《漫叟诗话》卷十二等中均有记载,可见,这一故事在社会上已经流传很久了,并在流传过程中已经经过加工改造。"两肉齐道行"诗,今虽不知其所出,或者就是作者从哪里借用过来,或者就是作者的创造。无论如何,这里的引诗都是为了"写实",即证明曹植受曹丕迫害的历史是真。这种写法很像《史记》。又因为《三国志通俗演义》是通俗演义的缘故,所以,《三国志

---

① 宁宗一、鲁德才编:《论中国古典小说的艺术》(台湾香港论著选辑),南开大学出版社 1984 年版,第 148 页。

通俗演义》作者怕这种"写实手法"露了马脚，又引"后人诗"两首为证。而到了毛宗岗改编的《三国演义》时，觉得"后人诗"太累赘了，即将其删去。因为他认识到了有七步成章、应声作诗就足以将故事写得真实可信了，再用后人诗反而对文章行文造成不利。

三、引用诗词韵文作为历史演义"正名"的需要

前人以为小说中夹入诗词，在阅读故事的时候，顺便欣赏诗歌，是一种很惬意的享受。所谓的"叙事之中，夹带诗词，本是文章极妙处"（清毛宗岗《三国志演义凡例》）。"小说中诗词等类，谓之蒜酪"（凌濛初《拍案惊奇凡例》）即指此而言。当然，与小说故事情节结合紧密，能增强小说的表现力，有助于增强小说的美学品格的诗词，如还能给读者带来美的享受，那当然应该是好的诗词。但白话小说中的多数诗词做不到这一点，常常连篇累牍，拖拖沓沓，破坏了小说故事情节的完整性，让读者常感发腻。

前人对于小说中夹带诗词的认识当然不会像后人一样以近代意义上的小说美学要求为标准去进行衡量。他们不能超越当时的历史条件，自然按照他们的认识标准来认识这些诗词。

前面我们已经提到，《三国志通俗演义》及《三国演义》是在当时人历史意识的蓬勃高涨的时代背景下，顺应下层人民对历史的关注而产生的。故有其产生的特定的文化——文学环境。

因为要给下层人民看，他们的文化程度不高，而"夫经书之诣最奥而深，史鉴之文亦邃而俊，然非探索之功、研究之力，焉能了彻于胸而为人谈说哉？"（清如莲居士《说唐全传序》）正史"偃蹇糊口，莫之尽其涯涘"（明陈继儒《唐书演义序》），在历史意识表现得异常强烈的时候，下层民众没有读懂正史甚至古史、杂史等各形各色的史的能力，那么，又如何满足这种对历史知识的需要呢？只能是对那些各形各色的史加以改造。通过语言的通俗化，改造为下层民众能够接受或阅读的演义。

又因为历史著作中除《左传》《史记》等少数作品外,多数只是平实地记事,既乏叙事描绘,又乏文采,更乏兴寄蕴意。如果照史依实改编过来,不能满足当时社会条件下读者的要求。后出的冯梦龙改编的《新列国志》之所以流传不广,不远,不能深入人心,原因就因为它照史依实改编,艺术层次低下。小说也内在地需要对史加以改造。这种改造就是加入作者创作的成分,以体现作者对历史的认识评价,反映出作者的意兴心绪。

但这个改造过程又是艰难的。上文我们提到,小说作者创作时,要面对中国古代强大的历史传统和士大夫们的成见。当时就有许多人反对或不满意于将正史进行"演义"。其主要原因,一是演义属于稗说,"小道",不入流;二是虚而不实,不足信,以其传史,容易让人误入歧途;再是语言俚俗,不入文章正统。

历史演义作者及其支持者,针对历史演义是稗说,"小道",不入流的局面,一方面将其附庸于史,称稗史;又加紧以"载道""有补于人心""治身理家""可观"等相号召,提高其地位。另一方面,极力求"实",针对语言俚俗,引入诗词,增加其语言的雅致,以攀附正统文学,增加其可观性。这一切均是为历史演义正名的做法。

历史演义作者、改编者以及序跋作者、评点者等,无论对该类白话小说美学特征和小说品格认识是深是浅,大多在历史演义发展过程中,能够针对当时文化—文学环境的实际情况,提出他们对于历史演义发展的意见和想法,直接或间接地,或者不露声色地意识到了引诗(词)入小说的必要性,也不同程度地认识到了其中引诗(词)为证的重要意义。不能由于前人没有成熟的小说观念,认识不清小说的审美特性,进而否认前人在白话小说发展过程中实施的一些不得已而为之的做法。

用近代意义上的小说美学要求来衡量,结合历史演义发生发展的实际情况,"引诗为证"是一种不得已而为之的做法,所以在其发展过程中时时显得捉襟见肘,于是就有不时地对其中的诗词进行删改的做法。但引诗为证的做法还是为历史演义小说的发展提供了不小的帮助。这种帮助使得白话长篇小说得以存在，并为历史演义及白话长篇小说的进一步发展打开了局面。所以"自罗贯中氏《三国志》一书以国史演为通俗，汪洋百余回，为世所尚。嗣是效颦日众，因而有《夏书》《商书》《列国》《两汉》《唐书》《残唐》《南北宋》诸刻，其浩瀚几与正史分签并架"（明可观道人《新列国志叙》）。后出的历史演义均以《三国志通俗演义》为模范，其品类特征逐渐得到定型化。这种"引诗为证"的方式因为《三国志通俗演义》传播之广，影响之大，后出的白话小说大多也模仿该方式，引诗入小说。不过后出的白话小说引诗的方式，不再局限于证实了，多数出于表达的需要，将诸如景物描写、场景描写、人物形象刻画等，也贯之以有诗为证。这与最初历史演义的有诗为证的表现方式是有区别的。

我们以为，历史小说中融入诗词或引入诗词的根本目的是为了证实。它是在文化—文学的特殊环境里，形成的一种并不是出于为白话小说美学品格和美学要求考虑的形式特征。这种特征实际上是一种在小说发展过程中被挤压成的畸形形态。那么，强要谈历史演义小说中的诗词韵语如何"极妙"，如何"蒜酪"，那只能是将这一现象拔高，就不可能作出客观的认识了。

第二节 《水浒传》中的诗词韵文研究

明代"四大奇书"各具特色。大致而言，《三国演义》描摹历史画面；《水浒传》突现英雄人物；《西游记》侧重神魔斗法；而《金瓶梅》写"泄欲"——人性辐射开来的各种欲望。

《水浒传》写英雄人物，着意于他们的行为——"发迹变泰"，所以情节对于小说的地位仅次于人物。围绕人物及其行动构设其场景、氛围和节奏。这样,小说的几个主要艺术因素就基本完备了。读《水浒传》的这种感觉非常鲜明。由于《水浒传》这种突出的表现,所以其中的诗词韵语,基本上是服务于人物形象刻画与情节的对于场景的描写。小说以"特写镜头式"的艺术手法,使这些诗词韵文尽可能地对刻画人物形象,描摹场景,烘托渲染氛围及把握节奏等,起到一定的辅助作用。

一、运用"人物特写镜头式"的赋及骈体语和人物赞词相结合来刻写人物

《水浒传》一百八人的前身是宋江三十六人。《宋史》卷三百五十一《侯蒙列传》中就有"江以三十六人横行齐魏"的记载。而宋江三十六人的具体姓名可能在当时的"说话"中已经出现:"讲史"现存的话本《宣和遗事》中明确列出了宋江及三十六人和张横的绰号和姓名;而"小说",据南宋人罗烨的《醉翁谈录·小说开辟》载,也有公案类《石头孙立》,朴刀类《青面兽》,杆棒类《花和尚》《武行者》等。

《宣和遗事》因为是"讲说前代书史文传兴废争战之事"(灌园耐得翁《都城纪胜》)的,所以"几乎没有刻画人物性格"[①];而"小说"中像《石头孙立》《青面兽》《花和尚》《武行者》等才开始以人物为中心展开故事。

宋江三十六人形象的进一步发展,是南宋著名画家李嵩(约1170—约1255)为他们所画之像和龚开的为他们所作的画赞。据周密《癸辛杂识·续集》载:

> 龚圣与作《宋江三十六人赞并序》曰:"宋江事见于街谈巷语,不足采著。虽有高如李嵩辈传写,士大夫亦不见黜。余年少壮时,慕其人,欲存之画赞,以未见信书载事实,不敢轻为。

① 何满子:《水浒概说》,上海古籍出版社1993年版,第9页。

及异时见《东都事略》中载侍郎《侯蒙传》，有书一篇，陈制贼之计云：'宋江以三十六人横行河朔、京东，官军数万，无敢抗者。其材必有过人，不若赦过招降，使讨方腊，以此自赎，或可平东南之乱。'余然后知江辈真有闻于时者。于是即三十六人，人为一赞，而箴体在焉。盖其本拨矣，将使一归于正，义勇不相戾，此诗人忠厚之心也。"

可见，李嵩确曾为宋江三十六人画过像。据元夏文彦《图绘宝鉴》载：

> 李嵩，钱塘人，少为木工，颇达绳墨。后为李从训养子。工画人物道释。得从训遗意，尤长于界画，光、宁、理三朝画院待诏。

现在传下来的李嵩的人物画主要有《货郎图》《婴戏货郎图》《罗汉图轴》《二仙图》《岁朝图轴》《听阮图轴》《明皇斗鸡图》《观灯图轴》等。如其《货郎图》，人物塑造主要用线描，用笔工致劲健，画面人物形象逼真，朴实可爱。虽然他为宋江三十六人画的像早已失传了，但我们从以上这些人物画中也可以想见李嵩所画宋江三十六人的形容情态。

古代人物画，东晋顾恺之提出要"传神写照"。到南宋，陈郁又提出"写心"说：

> 盖写形不难，写心惟难……夫写屈原之形而肖矣，倘不能笔其行吟泽畔，怀忠不平之意，亦非灵均；写少陵之貌而是矣，倘不能笔其风骚冲淡之趣，忠义杰特之气，峻洁葆丽之姿，奇僻赡博之学，离寓放旷之怀，亦非浣花翁。盖写其形必传其神，传其神必写其心，否则君子小人貌同心异，贵贱忠恶，美自

而别,形虽似何益? 故曰：写心惟难。

题画诗在中国古代也很风行,题人物画的诗也不少见。如白居易《题旧写真图》、张祜《题画僧二首》、苏轼《书丹元子所示李太白真》《自题金山画像》等。苏轼《自题金山画像》就能写其内心之苦悲：

> 心似已灰之木,身如不系之舟。问汝平生功业,黄州惠州儋州。

受这种绘画理论和题画诗风气的影响,龚开当然在对宋江三十六人"慕其人"时,要以"诗人忠厚之心""存之画赞"了。

李嵩的"宋江三十六人画像"及龚开的"宋江三十六人画赞"对于后来《水浒传》人物的塑造和以诗词韵语的形式刻写人物的方式产生了不小的影响。这种累积,使得后来的《水浒传》每每人物出场时,作者都要以诗词韵语的形式进行"人物特写",来刻画人物的形貌神情。《水浒传》人物形象的塑造主要在人物的行动过程中完成,而这种运用诗词韵语的形式,对人物形象塑造就起着一定的辅助作用。

茅盾先生在谈到《水浒传》的人物塑造时曾说：

> 记得有一本笔记,杜撰了一则施耐庵如何写《水浒》的故事,大意是这样的：施耐庵先请高手画师把宋江等三十六人画了图像,挂在一间房内,朝夕揣摩,久而久之,此三十六人的声音笑貌在施耐庵的想象中都成熟了,然后下笔,故能栩栩如生。这一则杜撰的施耐庵的创作方法,有他的显然附会的地方……但是他所强调的朝夕揣摩,却有部分的真理。①

---

① 茅盾：《谈〈水浒〉的人物和结构》,载《文艺报》1950 年 4 月 10 日。

对于《水浒传》的创作而言，"《宣和遗事》宋江故事部分陈其骨架，
众多人物的'小说'具其血肉；逐步演进，不断增饰，这就是传统积
累型长篇小说《水浒传》成书前早期传播的大致情况"①。这个断
语下得相当准确。再加上中间元代"水浒戏"人物塑造的"增饰"，
这种"成书前早期传播"的积累——"朝夕揣摩"，就使得《水浒传》
在运用诗词韵语进行"人物特写"时，呈现出"人物画"与"人物赞"
交相辉映，来辅助小说塑造其人物的格局。如《水浒传》第十八回
写宋江的出场：

> 何涛看时，只见县里走出一个吏员来。看那人时，怎生模
样，但见：
> 眼如丹凤，眉似卧蚕。滴溜溜两耳悬珠，明皎皎双睛点
漆。唇方口正，髭须地阁轻盈；额阔顶平，皮肉天仓饱满。坐
定时浑如虎相，走动时有若狼形。年及三旬，有养济万人之度
量；身躯六尺，怀扫除四海之心机。上应星魁，感乾坤之秀气；
下临凡世，聚山岳之降临。志气轩昂，胸襟秀丽。刀笔敢欺萧
相国，声名不让孟尝君。
> 那押司姓宋名江，表字公明，排行第三，祖居郓城县宋家
村人氏。为他面黑身矮，人都唤他做黑宋江。又且于家大孝，
为人仗义疏财，人皆称他做孝义黑三郎……这宋江自在郓城
县做押司。他刀笔精通，吏道纯熟，更兼爱习枪棒，学得武艺
多般。平生只好结识江湖上好汉，但有人来投奔他的，若高若
低，无有不纳，便留在庄上馆谷，终日追陪，并无厌倦；若要起
身，尽力资助，端的是挥金似土。人问他求钱物，亦不推托。
且好做方便，每每排难解纷，只是周全人性命。时常散施棺材
药饵，济人贫苦，周人之急，扶人之困。以此山东、河北闻名，

① 何满子：《水浒概说》，上海古籍出版社1993年版，第9页。

都称他做及时雨,却把他比做天上下的及时雨一般,能救万物。曾有一道《临江仙》赞宋江好处:

> 起自花村刀笔吏,英灵上应天星。疏财仗义更多能。事亲行孝敬,待士有声名。　　济弱扶倾心慷慨,高名水月双清。及时甘雨四方称,山东呼保义,豪杰宋公明。

再如六十一回写燕青的出场:

> 卢员外看了一遍,便道:"怎生不见我那一个人?"说犹未了,阶前走过一人来。但见:
>
> 六尺以上身材,二十四五年纪。三牙掩口细髯,十分腰细膀阔。带一顶木瓜心攒顶头巾,穿一领银丝纱团领白衫,系一条蜘蛛斑红线压腰,着一双土黄皮油膀胲靴。脑后一对挨兽金环,护项一枚香罗手帕。腰间斜插名人扇,鬓畔常簪四季花。
>
> 这人是北京土居人氏,自小父母双亡,卢员外家中养的他大。为见他一身雪练也似白肉,卢俊义叫一个高手匠人,与他刺了这一身遍体花绣。却似玉亭柱上铺着软翠。若赛锦体,由你是谁,都输与他。不则一身好花绣,更兼吹的、弹的、唱的、舞的,折白道字,顶真续麻,无有不能,无有不会。亦是说的诸路乡谈,省的诸行百艺的市语。更且一身本事,无人比的。拿着一张川弩,只用三枝短箭,郊外落生,并不放空,箭到物落。晚间入城,少杀也有百十个虫蚁。若赛锦标社,那里利物管取都是他的。亦且此人百伶百俐,道头知尾。本身姓燕,排行第一,官名单讳个青字。北京城里人口顺,都叫他做"浪子燕青"。曾有一篇《沁园春》词,单道着燕青的好处。但见:
>
> 唇若涂朱,睛如点漆,面似堆琼。有出人英武,凌云志气,资禀聪明。仪表天然磊落,梁山上端的夸能。伊州古调,唱出

绕梁声。　　果然是，艺苑专精，风月丛中第一名。听鼓板喧云，笙声嘹亮，畅叙幽情。棍棒参差，搪拳飞脚，四百军州到处惊。人都美，英雄领袖，浪子燕青。

　　原来这燕青是卢俊义家心腹人也……

我们看，两例虽都用了两段韵语，但两段韵语都不及散体的作用大。韵语形式的"人物特写镜头式的画面"和人物赞词都对人物的刻画起着辅助作用。它们就像电影在故事发展过程中拉近了的人物特写镜头和画外音，帮助读者在故事发展的过程中更好地把握人物形象。

　　用"人物特写镜头式"的赋及骈语（广义的韵文）和人物赞词相结合来刻写人物，这种形式《水浒传》里并不多见，只有在塑造最主要的、形象个性最鲜明的人物形象时才用。《水浒传》里常见的用诗词韵语来刻画人物形象的形式，还是两种形式选择其一。

　　《水浒传》在用"人物特写镜头式"的赋及骈语和人物赞词相结合来刻写人物时，明显表现出了"人物特写镜头式"的赋及骈语，逐渐向散体发展的痕迹。如《水浒传》第十四回刻画吴用的形象：

　　　　雷横和刘唐……看那人时，似秀才打扮：戴一顶桶子样抹眉梁头巾，穿一领皂沿边麻布宽衫，腰系一条茶褐銮带，下面丝鞋净袜。生得眉清目秀，面白须长。这人乃是智多星吴用，表字学究，道号加亮先生，祖贯本乡人氏。曾有一首《临江仙》赞吴用的好处：

　　　　万卷经书曾读过，平生机巧心灵，六韬三略究来精。胸中藏战将，腹内隐雄兵。　　谋略敢欺诸葛亮，陈平岂敌才能。略施小计鬼神惊，字称吴学究，人号智多星。

这里"看那人时，怎生模样，但见——""但见——"等这样的引词已经消失了。它的消失,标志着古代白话小说人物肖像描写,从诗词韵语向散体发展迈出了一大步。

二、用"人物特写镜头式"的赋及骈语辅助散体来刻画人物

如上所述,"人物特写镜头式"的赋及骈语,不及散体刻画人物的作用大,它在小说中的作用是辅助散体来刻画人物。《水浒传》在刻画人物形象时,赋及骈语也表现出了向散体发展的迹象,这表明赋及骈语塑造人物的功能逐渐在减弱。运用诗词韵语想要继续发挥其"人物特写镜头式"的"画面"的作用,就要求其在刻画人物形象时,人物形象画面的笔触必须更集中、更深入。

小说中的人物应该是生气贯注、有生命的。所谓"《水浒》所叙一百八人,人有其性情,人有其气质,人有其形状,人有其声口"(《〈水浒传〉序三》)、"《水浒传》写一百八个人性格,真是一百八样"(《读第五才子书法》)即是指此而言。

《水浒传》在刻画人物的过程中,由于有前此"说话"或"戏剧"人物塑造的"积累",一下子还不能摆脱"人物特写镜头式"的表现方式,但在其塑造人物的过程中,仍然体现出了创作上的自觉。这就表现为逐渐克服诗词韵语塑造人物带来的静态化的不足,逐渐运用散体刻画人物,使人物形象为小说情节发展过程服务。

《水浒传》在运用赋及骈语刻画人物时,受"说话"或"戏剧"人物塑造的"积累"的影响是明显的。如第三回写鲁达的出场:

史进看他时,是个军官模样。怎生结束?但见:

> 头裹芝麻罗万字顶头巾,脑后两个太原府纽丝金环。上穿一领鹦哥绿纻丝战袍,腰系一条文武双股鸦青绦,足穿一双鹰爪皮四缝干黄靴。生得面圆耳大,鼻直口方,腮边一部貉獠胡须,身长八尺,腰阔十围。

这里"人物特写镜头式的画面"就明显有"说话"艺人的形容和戏剧刻画人物的影子。它就表现出一种静态化的特征。它的表现力还要依靠后面散体的驱动，"那人入到茶坊里坐下"，才能将人物"带"活。

由于赋及骈语人物刻画易于使人物静态，作者不免更倾向于散体。散体的介入，是一种创作主体与文学自身的互动。它不仅使得刻画人物形象逐渐运用散体，而且也促使赋及骈语散体化。如第七回写林冲的出场：

> 智深听得，收住了手看时，只见墙缺边立着一个官人。怎生打扮？但见：
> 头戴一顶青纱抓角儿头巾，脑后两个白玉圈连珠鬓环。身穿一领单绿罗团花战袍，腰系一条双搭尾龟背银带，穿一对磕瓜头朝样皂靴，手中执一把折叠纸西川扇子。
> 那官人生的豹头环眼，燕颔虎须，八尺长短身材，三十四五年纪。

这里赋及骈语刻写的画面，就像是戏台上武生形象的轮廓一样，但是它已经改变了将人物形象的刻画全部由赋及骈语来承担的习惯作法，而是让其担当其可能担当好的职责——将其用于人物外部的穿着打扮的描写。赋及骈语的关于人物穿着打扮的刻写必须依靠散体的人物形象特征，才能体现出它在人物刻画中的作用，才能使人物血肉饱满。否则，它就是干瘪的、毫无生气的空壳。当然，具体的人物形象的塑造，还是在人物的行动中完成。我们在此也可看到，人物肖像的描写在人物塑造过程中起着怎样的辅助作用。另外，赋及骈语向较为简洁的散体转变，让读者在把握了人物形象轮廓的同时，更快地进入与人物形象关系更密切的行动中去，避免了拖沓，可以使得情节更紧凑。

为避免人物刻写的静态化,描写语言运用散体是发展的主要方向。但是,运用诗词韵语刻画人物形象的方式,因为传统惯性的作用,还一时不能彻底地根除。有时候还不能听凭小说文体发展的要求,而考虑更多是接受者的习惯。如袁无涯《水浒发凡》提到的就有着典型的代表性:

> 旧本去诗词之繁芜,一虑事绪之断,一虑眼路之迷,颇直截清明。第有得此以形容人态,顿挫人情者,又未可尽除。兹复为增定,或窜原本而进所有,或逆古意而去所无。惟周劝惩,兼善戏谑,要使览者动心解颐,不乏咏叹深长之致耳。

问题的关键在于,散体这时还没有发展到足以充分地"形容人态""顿挫人情"的程度,就不得不借助于诗词韵文了。

在寻找如何较好地运用诗词韵语刻画人物形象的出路时,有一种可能完成这一使命的方式,就是受人物画题诗的影响,要求诗词韵语刻画人物形象画面的笔触必须更集中、更深入,更能够体现人物的意态。如第十五回刻写阮小二形象的韵语:

> 吴用叫一声道:"二哥在家么?"只见一个人从里面走出来。生得如何? 但见:
>
> 眍兜脸两眉竖起,略绰口四面连拳。胸前一带盖胆黄毛,背上两枝横生板肋。
>
> 臂膊有千百斤气力,眼睛射几万道寒光。休言村里一渔人,便是人间真太岁。
>
> 那阮小二走将出来,头戴一顶破头巾,身穿一领旧衣服,赤着双脚,出来见了是吴用,慌忙声喏道:"教授何来? 甚风吹得到此?"

同回刻画活阎罗阮小七的韵语：

> 正荡之间，只见阮小二把手一招，叫道："七哥曾见五郎么？"吴用看时，只见芦苇丛中摇出一只船来，那汉生的如何？但见：

> 疙疸脸横生怪肉，玲珑眼突出双睛。腮边长短淡黄须，身上交加乌黑点。

> 浑如生铁打成，疑是顽铜铸就。世上降生真五道，村中唤作活阎罗。

> 那阮小七头戴一顶遮日黑箬笠，身上穿个棋子布背心，腰系着一条生布裙，把那只船荡着，问道："二哥，你寻五哥做甚么？"吴用叫一声："七郎，小生特来相央你们说话。"阮小七道："教授恕罪，好几时不曾相见。"吴用道："一同和二哥去吃杯酒。"阮小七道："小人也欲和教授吃杯酒，只是一向不曾见面。"

当然，用语言文字描写人物形象，还不能与用线条和色彩作为手段的绘画比。题人物画的诗词，更多地受益于画。一旦诗词没有了真实可感的画作为依凭时，它就要求刻画人物具备更高的艺术技巧、艺术能力和水平。《水浒传》中人物形象的刻画，用素描式的艺术方法，抓住人物形象的特征，能够"传神写意"，这在白话小说发展过程中，已经是相当不容易的创造性行为了。

三、运用诗词韵语进行场景描写的辅助作用

《水浒传》中运用诗词韵语进行场景描写很多见，这种场景描写在宋元"说话"伎艺中就早已有了，《水浒传》在这方面基础上又稍有发展。可能由于《水浒传》重在凸显英雄人物的缘故，它的场景描写没有太引起作者的注意，有时只是作为人物活动的空间，有

时竟重在传其意而忽略了它作为场景的景。这也可能与中国人的欣赏习惯有关,像人物画更重在传神写意一般。中国戏剧也是如此,它的场景更为程式化。袁圣时先生曾就此指出:"就写作艺术论,则吾国小说之特短者一,写景是也。""此空泛、平板、杂乱之写景:非特无助于文情,且有碍于事件之进行……一似拙劣画片之嵌入文中,明见其不称。"①

袁先生的立意较高,可能他所比较的对象"年岁"不同的缘故,结论自然就有些出入。我们对袁先生有助于文情无助于文情,称与不称的判断还可根据实际情况来研究,结论可以商量。但"似画片之嵌入"应该说是一个比较中肯的说法。

何满子先生曾指出,场景,"是指人生活在其中的空间,由物质因素所构成的活动范围……场景主要是自然性的,不很带有决定和显示人物性格的固定的内容……场景只联系着情节,即人物行为的进行,而不直接联系着人物的性格。但是场景必须对于情节是合理的,更要求其能烘染出情节,增添情节的艺术效果。通常有利于情节的氛围也是在场景描绘中造成的"②。据此,我们可以说"场景必须对于情节是合理的"这一点是最为基本的要求。发展成熟点的小说更要求场景能烘染出情节,增添情节的艺术效果,点染出氛围等;再成熟一点儿的小说,更需要场景与人物的性格相协调,能够成为情节转换的契机,等等。

《水浒传》用韵语描写的场景,基本上是出于为人物提供一个活动的场所考虑的,所以多数只粗粗地进行一下点染。在《水浒传》中但凡主要活动场所、重要景点、地点,举凡城市乡村、宫殿寺观、亭台楼阁、酒店茶馆、高峰山岗、山寨水泊等,无不出一段韵语进行铺陈描写。如史进家的庄院(第二回)、柴进的庄院(第二十二

① 北京大学比较文学所编:《中国比较文学研究资料》,北京大学出版社1989年版,第361页。
② 何满子:《水浒概说》,上海古籍出版社1993年版,第93、94页。

回);鲁智深出家的五台山及文殊寺(第四回);败落崩损的寺院瓦
罐寺(第六回);鲁智深、史进、李忠去的潘家酒店(第三回);阮氏三
雄居住的石碣村(第十五回);智取生辰冈的地点黄泥岗(第十六
回);欲暗害林冲的野猪林(第八回);鲁智深离了五台山去栖身的
东京及大相国寺(第六回);英雄聚义的梁山水泊(第十一回);卢俊
义的住地北京城(第六十一回);张顺要过的扬子江(第六十五回);
宋江一行去找招安门路到的东京(第七十二回),等等。

　　但是,《水浒传》中的场景因为联系着情节,即关系着人物行为
的进行,也有时能烘染情节,增添情节的艺术效果,这样的成就是
难能可贵的。

　　《水浒传》中用韵语描写了许多酒店,我们不妨以小说中所写
酒店为例,具体展开分析。

　　有些酒店只是作为活动地点而设的。如:

　　　　风拂烟笼锦旆扬,太平时节日初长。能添壮士英雄胆,善
　　解佳人愁闷肠。
　　　　三尺晓垂杨柳外,一竿斜插杏花旁。男儿未遂平生志,且
　　乐高歌入醉乡。

这里描写的是《水浒传》第三回鲁达、史进、李忠去吃酒的潘家酒
店。小说中写道"三个人转弯抹角来到州桥下一个潘家有名的酒
店。门前挑出望竿,挂着酒旆,漾在空中飘荡。怎见得? 有诗为
证:……"我们从诗中除了能读到"酒"外,几乎看不到是怎样一个
"好座酒肆"。但就是这样,在读者的脑海中,已经是一个吃酒的地
点了,就已经相信了作者所宣称的"潘家有名的酒店"了。我们从
这里可以看出,作者着意的并不是潘家酒店,而其只是引出金老儿
父女和郑屠的一个地点,这个地点选择酒楼是合适的:一则上承
史进故事,可以使鲁达、史进、李忠相聚,二则进一步地引出鲁达的

故事。这首诗与场景的关系不大。如果再对照宋元白话小说《宋四公大闹禁魂张》宋四公走进的"谟县前小酒店"（用的就是这首诗，个别字不同），就更会觉得有诗没诗都不打紧。

再如《水浒传》第十五回，写吴用去请阮氏三雄入伙劫生辰冈，描写阮氏三雄请吴用去的水阁酒店：

> 前临湖泊，后映波心。数十株槐柳绿如烟，一两荡荷花红照水。凉亭上窗开碧槛，水阁中风动朱帘。休言三醉岳阳楼，只此便是蓬岛客。

除了后两句点到是一个酒店外，余者均为描写酒店周遭景致的。可以见出，这里所描写的也只是为四人相聚提供一个地点而已。这一类的还有像第三十二回引出武行者打孔亮，与宋江相会的村落小酒肆，等等。

再看：

> 古道孤村，路傍酒店。杨柳岸晓垂锦斾，莲花荡风拂青帘。刘伶仰卧画床前，李白醉眠描壁上。社酝壮农夫之胆，村醪助野叟之容。神仙玉佩曾留下，卿相金貂也当来。

这是《水浒传》第八回林冲于刺配途中经柴进庄时遇到的酒店。只从韵语上看，比上述的潘家酒店稍显具体，但也只给人以一个乡村路旁酒店的印象，具体的仍然是只能读到"酒"，场景如何并不重要，重要的是由酒保所言引出柴进。这里的场景描写就是情节转换的契机。

重义、勇斗、好酒是梁山泊好汉们的性格。围绕酒来串连英雄豪杰当然是其中应有之义。但除了如上所述以酒和酒店来串连英雄豪杰之外，醉酒亦是小说好看的情节。如《水浒传》第二十九回武松去快活林醉打蒋门神前,要施恩依其"无三不过望"的要求,即:"你要打蒋门神时,出得城去,但遇着一个酒店,便请我吃三碗酒。若无三碗时,便不过望子去。"小说本来是要突出武松醉打蒋门神的,只因一个醉字,才引出去快活林路上的十二三个酒店。但不是十二三个酒店的场景都写,而是选择了其中一个最是下等的酒店——"一座卖村醪小酒店"来写:

> 古道村坊,傍溪酒店。杨柳阴森门外,荷花旖旎池中。飘飘酒旆舞金风,短短芦帘遮酷日。磁盘架上,白冷冷满贮村醪;瓦瓮灶前,香喷喷初蒸社酝。未必开樽香十里,也应隔壁醉三家。

所写无非为衬托武松连这样的酒店都吃,所过酒店当然会一个不剩。读者读了这一段韵语并不会关心怎么就是个卖村醪的小酒店了,对于作者所要突出的有酒店才有醉,而不在于酒店本身,还是能够理解的。这里的用韵语描写酒店某种程度上就有烘染情节的作用。

再如鲁智深醉酒,他酒醉大闹五台山就是一出典型的故事:

> 傍村酒肆已多年,斜插桑麻古道边。白板凳铺宾客坐,矮篱笆用棘荆编。
>
> 破瓮榨成黄米酒,柴门挑出布青帘。更有一般堪笑处,牛屎泥墙画酒仙。

这是《水浒传》第四回描写鲁智深在五台山第二次醉酒的酒店的诗。小说写鲁智深已被几家酒店拒绝其饮酒,于是"寻思一计,若不生个道理,如何能够酒吃。远远地杏花深处,市梢尽头一家挑出个草帚儿来。鲁智深走到那里看时,却是个傍村小酒店。但见——"我们清楚地看到,这首描写酒店的诗没有上述那样的平板和程式化,而是于描写中平添了许多机趣和生气,这机趣和生气就在于它是一个不入流的、没有规模的、乡村里简陋得不能再简陋了的小酒店。这样的酒店不是英雄聚首的地方,也不是豪杰邀朋会友的所在,只能是鲁智深这样贪酒的酒鬼,多日里吃不到酒,馋不择饮所选择的地方。它那"牛屎泥墙画酒仙"的粗陋简朴,不但没有使读者觉得其不成个酒店的样子,这点睛的一笔反使读者有捧腹之感。这是不是场景与人物的性格相协调?

于此可见,《水浒传》运用诗词韵语描写的场景基本是为着辅助人物的行动而设的,不仅仅是为人物的行动提供一个活动场所,而且有成为情节转换的契机;烘染出情节,增添情节的艺术效果;点染出氛围,与人物的性格相协调等的作用。但因为诗词韵语特性的缘故,它的描写并不能如散体一样与人物行动与故事结合得那样紧密。这也有《水浒传》成熟历史时期太早的原因,刚刚从"说话"怀抱中挣脱,还正在向成熟的白话小说发展着。

《水浒传》因为有"说话"、戏剧的积累,同时受中国传统绘画的影响,加上中国人的欣赏习惯的原因,小说以诗词韵文刻画人物与描写场景时,运用"特写镜头式"的艺术手法,尽可能地对刻画人物形象,描摹场景,烘托渲染氛围及把握节奏等,起到一定的辅助作用。同时,诗词韵文因为其自身的局限,在白话小说发展过程中,又表现出逐渐为散体化取代的态势,这说明《水浒传》在创作过程中的努力与白话小说美学品格的日渐成熟也是一致的。

第三节 《西游记》运用诗词韵文的特色

古代白话小说融入诗词韵语很多见,但在小说中能将诗词韵语用得像《西游记》那样花样翻新、灵活多变的,却并不多。《三国演义》融入的诗歌多用于评赞，能为故事情节增色的不多，故死板；《水浒传》承接宋元"说话"发展而来，更着意于拓展故事，在运用诗词韵语方面仍不脱宋元"说话"旧式，故老套。而《西游记》最得白话小说运用诗词韵语的"真传"，再加上元杂剧的影响，它在运用诗词韵语方面，既有承接前此白话小说运用诗词韵文的各种形式，又对白话小说运用诗词韵文进行了适合于小说内容需要的改造，并与其谐谑品格相统一，可以说是对中国古代白话小说运用诗词韵语的一次总结和提高。

一、《西游记》对此前白话小说运用诗词韵语方式的继承

《西游记》作者为了增强小说的艺术表现力，小说中运用诗词韵语"保存了较多的民间说唱文学色彩。大量的诗词骈赋，或用于景物场面描写，或用于人物语言和心理描写，或用于抒情议论"①。其中一些诗词韵文的运用，是直接承袭前此白话小说融入诗词韵语的表现方式的，在这方面就表现出其对于白话小说运用诗词韵语的方式总结和继承。

《西游记》在卷首诗词的运用上，仍旧是承袭了过去白话小说的表现方式，几乎完全是过去宋元"说话"篇首诗词的老套。如第一回卷首诗，第七回、第八回的篇首词等。

《西游记》中的一些写景诗、场景诗、场面诗，均借用了旧形式，虽也对景物、场面进行了铺陈，能简单用于小说的场景中，但这种铺陈并没有凸显出特色，仍显得程式化。如第一回运用骈赋的形式描写花果山和以诗的形式状写水帘洞外的水，描写水帘洞中的场景，就并无鲜明的特色。如第九回对写袁守诚的卦摊，也是旧的铺陈方式。作者只顾状其气派、兴隆、热闹，不想将王维的画也贴到了袁守诚的卦铺里。这对于其场景描写影响不是太大，不留心

---

① 刘上生：《中国古代小说艺术史》，湖南师范大学出版社 1993 年版，第 400 页。

的读者就不经意了。后面凡遇到山水寺庙、花草树木、风火雨雪，
时序到了春夏秋冬、冷暖寒暑等，无不出一篇程式化了的诗词韵语
进行铺陈描写，其中的一大部分就没有鲜明的特色。

《西游记》用赋及骈文式的韵文描写悟空、八戒及沙僧与妖怪
打斗的场面描写。这些场面描写也借用了旧形式，显得程式化，大
部分的场面也没有特色。如第二十一回悟空与黄风怪的打斗
场面：

> 妖王发怒，大圣施威。妖王发怒，要拿行者抵先锋；大圣
> 施威，欲捉精灵救长老。叉来棒架，棒去叉迎。一个是镇山都
> 总帅，一个是护法美猴王。初时还在尘埃战，后来各起在中
> 央。点钢叉，尖明锐利；如意棒，身黑箍黄。戳着的魂归冥府，
> 打着的定见阎王。全凭着手疾眼快，必须要力壮身强。两家
> 舍死忘生战，不知那个平安那个伤。

再第二十二回八戒沙僧流沙河大战的场面：

> 九齿钯，降妖杖，二人相敌河岸上。这个是总督大天蓬，
> 那个是谪下卷帘将。昔年曾会在灵霄，今日争持赌猛壮。这
> 一个钯去探爪龙，那一个杖架磨牙象。伸开大四平，钻入迎风
> 饯。这个没头没脸抓，那个无乱无空放。一个是久占流沙界
> 吃人精，一个是秉教迦持修行将。

《西游记》中一些肖像描写（人、动物、神、魔等）的诗词韵语，也借用
了旧形式，通篇描写路数也大致相同，特色亦不鲜明。如第七十回
描摹金圣娘娘的美貌：

> 玉容娇嫩，美貌妖娆。懒梳妆，散鬓堆鸦；怕打扮，钗环不

戴。面无粉,冷淡了胭脂;发无油,蓬松了云鬟。努樱唇,紧咬
银牙;皱蛾眉,泪淹星眼。一片心,只忆着朱紫君王;一时间,恨
不离天罗地网。诚然是:自古红颜多薄命,恹恹无语对东风。

再如第三十四回写九尾狐狸成精变成的老奶奶:

> 雪鬓蓬松,星光晃亮。脸皮红润皱文多;牙齿稀疏神气
> 壮。貌似菊残霜里色,形如松老雨余颜。头缠白练攒丝帕,耳
> 坠黄金嵌宝环。

这样的肖像描写宋元话本中也常见。再如同回写二魔银角大王的
打扮:

> 头戴凤盔欺腊雪,身披战甲幌镔铁。腰间带是蟒龙筋,粉
> 皮靴靿梅花摺。
> 颜如灌口活真君,貌比巨灵无二别。七星宝剑手中擎,怒
> 气冲霄威烈烈。

凡举小说中天上地下的神鬼妖魔及其变化的各种形象,无不以如
上形式加以刻画。这种大致具象的刻画,虽也给了读者一个人物
形象的轮廓,但毕竟其神情气韵没有刻画出来,对于人物形象的塑
造程式化严重,而个性就不太鲜明。

《西游记》中也承袭了“有诗为证”式的总结性或议论说理性诗
词。这类诗从宋元讲史中发展而来,到《三国演义》而完备。《西游
记》作者对此也想进行改造变化,于是出现借助人物语言描写进行
总结的诗词。虽然也能集中铺叙,但表现力并不很强。如《西游
记》第四十六回车迟国斗圣结束后,国王满眼垂泪,手扑着御案,放
声大哭道:

　　　人身难得果然难，不遇真传莫炼丹。空有驱神咒水术，却
　　无延寿保生丸。

　　　圆明混，怎涅槃，徒用心机命不安。早觉这般轻折挫，何
　　如秘食稳居山！

这是用作议论说理的总结诗，这里虽以车迟国国王之口说出，但与
上下文人物、故事结合得并不紧密，但这种改变形式的做法，还是
应该指出的。

　　《西游记》中一些人物形象用韵语来作自我介绍，或用韵语来
夸耀所用兵器，显然是对讲唱表演传达手法的承袭。如《西游记》
第十九回猪八戒对孙悟空所作的自我介绍，就有讲唱艺人唱的
影子：

　　　那怪道："是你也不知我的手段！上前来站稳着，我说与
　　你听。我：

　　　自小生来心性拙，贪闲爱懒无休歇。不曾养性与修真，混
　　沌迷心熬日月。

　　　忽然闲里遇真仙，就把寒温坐下说。劝我回心莫堕凡，伤
　　生造下无边孽。

　　　有朝大限命终时，八难三途悔不喋。听言意转要修行，闻
　　语心回求妙诀。

　　　有缘立地拜为师，指示天关并地阙。得传九转大还丹，工
　　夫昼夜无时辍。

　　　上至顶门泥丸宫，下至脚板涌泉穴。周流肾水入华池，丹
　　田补得温温热。

　　　婴儿姹女配阴阳，铅汞相投分日月。离龙坎虎用调和，灵
　　龟吸尽金乌血。

　　　三花聚顶得归根，五气朝元通透彻。功圆行满却飞升，天

仙对对来迎接。

　　朗然足下彩云生，身轻体健朝金阙。玉皇设宴会群仙，各
分品级排班列。

　　敕封元帅管天河，总督水兵称符节。只因王母会蟠桃，开
宴瑶池邀众客。

　　那时酒醉意昏沉，东倒西歪乱撒泼。逞雄撞入广寒宫，风
流仙子来相接。

　　见他容貌挟人魂，旧日凡心难得灭。全无上下失尊卑，扯
住嫦娥要陪歇。

　　再三再四不依从，东躲西藏心不悦。色胆如天叫似雷，险
些震倒天关阙。

　　纠察灵官奏玉皇，那日吾当命运拙。广寒围困不通风，进
退无门难得脱。

　　却被诸神拿住我，酒在心头还不怯。押赴灵霄见玉皇，依
律问成该处决。

　　多亏太白李金星，出班俯囱亲言说。改刑重责二千锤，肉
绽皮开骨将折。

　　放生遭贬出天关，福陵山下图家业。我因有罪错投胎，俗
名唤做猪刚鬣。"

再如八戒向悟空夸其钯：

　　那怪道："你错认了！这钯岂是凡间之物？你且听我
道来——

　　此是锻炼神冰铁，磨琢成工光皎洁。老君自己动铃锤，荧
惑亲身添炭屑。

　　五方五帝用心机，六丁六甲费周折。造成九齿玉垂牙，铸
就双环金坠叶。

　　身妆六曜排五星，体按四时依八节。短长上下定乾坤，左右阴阳分日月。

　　六爻神将按天条，八卦星辰依斗列。名为上宝沁金钯，进与玉皇镇丹阙。

　　因我修成大罗仙，为吾养就长生客。敕封元帅号天蓬，钦赐钉钯为御节。

　　举起烈焰并毫光，落下猛风飘瑞雪。天曹神将尽皆惊，地府阎罗心胆怯。

　　人间那有这般兵，世上更无此等铁。随身变化可心怀，任意翻腾依口诀。

　　相携数载未曾离，伴我几年无日别。日食三餐并不丢，夜眠一宿浑无撇。

　　也曾佩去赴蟠桃，也曾带他朝帝阙。皆因仗酒却行凶，只为倚强便撒泼。

　　上天贬我降凡尘，下世尽我作罪孽。石洞心邪曾吃人，高庄情喜婚姻结。

　　下海掀翻龙鼋窝，上山抓碎虎狼穴。诸般兵刃且休题，惟有吾当钯最切。

　　相持取胜有何难，赌斗求功不用说。何怕你铜头铁脑一身钢，钯到魂消神气泄。"

　　这种展开铺叙的表现方式虽增加了小说的谐谑意味，但是多显得拖沓，从而延缓了故事情节发展的节奏，使人觉得累赘。实际也不成功。

二、《西游记》对白话小说运用诗词韵语方式的改造

　　白话小说中融入诗词韵文是否妥帖，要看其与小说内容的联系。倘若诗词韵文是故事情节的有机组成部分，能增加故事和人物的情致意趣，对于提高小说美学品格有帮助，那么，诗词韵文的

运用就是妥帖的。张默生先生曾说:《西游记》"每回中的诗词,多
的有二十余首,少的也有四五首,全书约有一千余首。其描写对
象,多半是天然的风光、道观佛寺、妖怪形状、战斗场面、人物气派
以及行者和诸神怪所变化的另一事物的摹拟……它与散文的配
合,毫不觉得牵强……显得很自然"①。当然,并不是其中的每一
篇诗词韵文都是成功的,但《西游记》的一些场景、场面及人物形象
描写在承袭过去白话小说运用诗词韵语的表现方式同时,确实又
表现出一种模仿、学习的创作自觉,即作者能够结合小说故事情节
的发展,运用旧有的方式,加入自己的创作内容或对前人这方面内
容的改造,使其与小说内容结合得紧密无间,走出了过去对诗词韵
语单纯"借用"的作法。《西游记》经过对古代白话小说运用韵文方
式的改造,其中有一些诗词韵语能与小说的故事内容与人物紧相
结合,成为小说内容的有机组成部分。

　　《西游记》中有一些用于场景描写的诗词,能表现出空间、时间
信息,这方面对于前此白话小说场景描写诗词的改造也表现出一
定的进步。如第十回唐太宗神游地府所过幽冥背阴山的一段骈
语,也能烘染出阴司的阴森可怖:

　　　　形多凸凹,势更崎岖。峻如蜀岭,高似庐岩。非阳世之名
　　山,实阴司之险地。荆棘丛丛藏鬼怪,石崖磷磷隐邪魔。耳畔
　　不闻兽鸟噪,眼前惟见鬼妖行。阴风飒飒,黑雾漫漫。阴风飒
　　飒,是神兵口内哨来烟;黑雾漫漫,是鬼祟暗中喷出气。一望
　　高低无景色,相看左右尽猖亡。那里山也有,峰也有,岭也有,
　　洞也有,涧也有;只是山不生草,峰不插天,岭不行客,洞不纳
　　云,涧不流水。岸前皆魍魉,岭下尽神魔。洞中收野鬼,涧底
　　隐邪魂。山前山后,牛头马面乱喧呼;半掩半藏,饿鬼穷魂时

①　张默生:《谈西游记》,见《西游记研究论文集》,作家出版社 1957 年版,第 93 页。

对泣。催命的判官，急急忙忙传信票；追魂的太尉，吆吆喝喝趱公文。急脚子旋风滚滚，勾司人黑雾纷纷。

再如第十三回叙唐僧到了法门寺斋后天晚的诗：

> 影动星河近，月明无点尘。雁声鸣远汉，砧韵响西邻。
> 归鸟栖枯树，禅僧讲梵音。蒲团一榻上，坐到夜将分。

此诗清新隽逸，颇有意境，与人物、场景关联较紧密，既写出了时间空间，又对三藏与法门寺僧众议论，表明其取经心志进行了烘染衬托。

《西游记》中用于场面描写的诗词韵语多能结合小说情节的发展，从而烘染出故事氛围。这方面的改造也表现出一定的进步。如第一回群猴避暑在松阴下嬉戏的场面：

> 跳树攀枝，采花觅果；抛弹子，邷么儿，跑沙窝，砌宝塔；赶蜻蜓，扑八蜡；参老天，拜菩萨；扯葛藤，编草帏；捉虱子，咬虼蚤；理毛衣，剔指甲；挨的挨，擦的擦；推的推，压的压；扯的扯，拉的拉，青松林下任他顽，绿水涧边随洗濯。

这一场面就较为集中地描写出了一幅生动形象的群猴嬉戏图。这里虽也运用旧形式，但其对故事的展开是非常有必要的。此场面描写能将猴子的顽皮本性写活；且运用韵语，能使各式镜头更集中，才能在铺叙中显示出作品细致生动的艺术表现力。

如第四回写哪吒与美猴王交战的场面，也能结合二神的人物塑造进行具体细致的描绘：

> 六臂哪吒太子，天生美石猴王，相逢真对手，正遇本源流。
> 那一个蒙差来下界，这一个欺心闹斗牛。斩妖宝剑锋芒快，砍

妖刀狼鬼神愁;缚妖索子如飞蟒,降妖大杵似狼头;火轮掣电烘烘艳,往往来来滚绣球。大圣三条如意棒,前遮后挡运机谋。苦争数合无高下,太子心中不肯休。把那六件兵器多教变,百千万亿照头丢。猴王不惧呵呵笑,铁棒翻腾自运筹。以一化千千化万,满空乱舞赛飞虹。唬得各洞妖王都闭户,遍山鬼怪尽藏头。神兵怒气云惨惨,金箍铁棒响飕飕。那壁厢,天丁呐喊人人怕;这壁厢,猴怪摇旗个个忧。发狠两家齐斗勇,不知那个刚强那个柔。

《西游记》中用于人物形象描摹的诗词韵文也能把捉住精怪人物的形象特征进行描写。这方面可以说是《西游记》在人物描写上的一个大发展。第八回八戒的形象:

卷脏莲蓬吊搭嘴,耳如蒲扇显金晴。獠牙锋利如钢锉,长嘴张开似火盆。金盔紧系腮边带,勒甲丝绦蟒退鳞。手执钉钯龙探爪,腰挎弯弓月半轮。纠纠威风欺太岁,昂昂志气压天神。

如第十三回描写寅将军(老虎精)、熊山君(熊罴精)与特处士(野牛精)的形象特征:

雄威身凛凛,猛气貌堂堂。电目飞光艳,雷声振四方。
锯牙舒口外,凿齿露腮旁。锦绣围身体,文斑裹脊梁。
钢须稀见肉,钩爪利如霜。东海黄公惧,南山白额王。

雄豪多胆量,轻健夯身躯。涉水惟凶力,跑林逞怒威。
向来符吉梦,今独露英姿。绿树能攀折,知寒善谕时。
准灵惟显处,故此号山君。

嵯峨双角冠,端肃耸肩背。性服青衣稳,蹄步多迟滞。
宗名父作牡,原号母称牸。能为田者功,因名特处士。

《西游记》根据故事情节发展的需要,借助于前此白话小说中运用诗词的表现方式来连贯故事,这也体现出了作者创作的匠心。小说前七回主要写孙悟空出世和大闹天宫。前七回的叙写,场景与山紧相关联,如孙悟空出世的花果山,孙悟空得道的灵台方寸山,孙悟空被压的五行山等。其间,虽也有上天入地探海的故事铺叙,但孙悟空活动的中心场景还是在花果山。

从第九回观音菩萨长安寻访取经人,写到了长安。这时插入了魏征梦斩泾河龙和唐太宗入冥的故事。这可以说是向取经路上过渡的一个小高潮。这两个故事,是《西游记平话》中的两个重要情节,是唐僧取经故事的历史遗留问题,舍弃是不可能的,也是作者所不愿意的。如果舍弃,将破坏西游故事的完整性。

但是如何在这其间将这两段故事恰到好处地插进来,找一种怎样的过渡方式就是一个匠心问题了。入冥故事与玄奘的连接,由鬼引僧,一场水陆大会可以解决。而由大闹天宫,孙猴子被压五行山,观音寻访圣僧来到长安,绝对不能直接就展开斩泾河龙的故事。怎样引出斩泾河龙的故事呢?小说在魏征梦斩泾河龙前,又插入泾河岸边张稍、李定联诗的一节。

这一节通过张稍、李定争论山青,还是水秀,用诗词互答的形式展开,极像《碾玉观音》等入话中运用诗词的形式。《西游记》作者在小说创作过程中,对于宋元话本"入话"中运用诗词的这种方式,显然是有所认识的。宋元说话艺人为了增加收入,入话中用许多诗词拖延时间,来等待更多的听众,是一种权宜之计。白话小说不一定必须执着于说话留下来的那种已经过时了的形式。但像宋元话本中引用的那些同一题材的名人的诗词,如七宝楼台,炫人眼目,对于作者来说就有点儿欣羡。采取何种方式,既不丢掉这些难以割舍的诗词，又不至于走上入话中纯粹为拖延时间的老路，这是《西游记》作者改造宋元说话运用诗词方式时不得不解决的问题。

可能是因为前所提及的前半部分故事以山为场景中心的缘故，后面再出斩泾河龙的故事一定离不了水。山水又是诗词歌咏的常见的题材。受宋元"说话"运用入话及头回衔接正文方式的启发，又有如《碾玉观音》"入话"中运用诗词的形式可资借鉴，插入诗词作为过渡不失为一种现成讨巧的解决方法。但是宋元白话小说入话中运用诗词的作法太没有生气了，其方式只能通过改造后利用。

《西游记》作者因为其构设小说故事的才能，人物对话利用韵语又是其所长，加之正好乘机在诗词中加入他对生活的认识和理解。渔樵以诗词互答的方式便成了作者在小说创作过程中颇具匠心的一个创造。

运用这一方式阐发出来的题旨，可能有白话小说作者对社会人生理解的一个共同情结，如前此《三国演义》引首词中的"白发渔樵江渚上，惯看秋月春风"；后此《儒林外史》的"功名富贵无凭据，费尽心情，总把流光误。浊酒三杯沉醉去，水流花谢知何处"，与《西游记》渔樵以诗词互答阐发出来的题旨气脉相通，也正如张稍所言："争名的，因名丧体；夺利的，为利身亡；受爵的，抱虎而眠；承恩的，袖蛇而走。算起来不如我们水秀山青，逍遥自在；甘淡薄，随缘而过。"《西游记》这种利用前代说书艺人积累的丰富的经验来连贯故事的作法表现出了作者一定的艺术创造力。

《西游记》运用诗词韵语，在古代诗歌传统及讲唱伎艺的影响下，很多时候是在自觉地汲取前人的艺术表现方式，来丰富自己的创作，使诗词韵语在小说中更富于艺术表现力。

小说中的一些人物语言用诗词，将传统诗歌典重的特点一变而为口语化，更通俗易懂，富含谐趣，表明白话小说已经走过了说书艺人想借重诗词增加其文雅的想法，使小说的人物语言及对话

描写不仅具有诗语的凝练传神,而且变得富有生机,更诙谐幽默,
使白话小说品格变得更独立。如第十九回乌巢禅师述说小说故事
大概的廋词,对悟空、八戒的一番嘲弄,就极有谐趣:

> 道路不难行,试听我吩咐:千山千水深,多瘴多魔处。
> 若遇接天崖,放心休恐怖。行来摩耳岩,侧着脚踪步。
> 仔细黑松林,妖狐多截路。精灵满国城,魔主盈山住。
> 老虎坐琴堂,苍狼为主簿。狮象尽称王,虎豹皆作御。
> 野猪挑担子,水怪前头遇。多年老石猴,那里怀嗔怒。
> 你问那相识,他知西去路。

《西游记》运用诗词韵语进行人物语言及对话语言描写,塑造
人物形象时,能够结合人物的性格特点,以符合人物性格特征口语
化了的诗词韵语,刻画人物的风神韵致。如《西游记》第四十六回
车迟国斗圣虎力大仙要赌"砍头剖腹,下滚油锅洗澡"时,行者向八
戒夸耀本事的韵语:

> 行者道:"我啊,
> 砍下头来能说话,剁了臂膊打得人。扎去腿脚会走路,剖
> 腹还平妙绝伦。就似人家包扁食,一捻一个就囫囵。油锅洗
> 澡更容易,只当温汤涤垢尘。"

在与羊力大仙要赌下滚油锅洗澡时,猴子看到八戒与沙僧唧唧哝
哝,以为在笑他,就想作成八戒捆一绳,于是沉入油锅装死。国王
果命拿唐僧、八戒与沙僧下油锅。八戒已被捆起拿到油锅边。唐
僧要求祭奠悟空:

> 三藏对锅祝曰:"徒弟孙悟空!

　　自从受戒拜禅林，护我西来恩爱深。指望同时成大道，何期今日你归阴！

　　生前只为求经意，死后还存念佛心。万里英魂须等候，幽冥做鬼上雷音！"

　　八戒听见道："师父，不是这般祝了。沙和尚，你替我奠浆饭，等我祷。"那呆子捆在地下，气呼呼的道：

　　"闯祸的泼猴子，无知的弼马温！ 该死的泼猴子，油烹的弼马温！ 猴儿了帐，马温断根！"

这里运用口语化了的诗语，加入了讲唱的特色，均是符合人物性格的语言。对于刻画人物的性格起到了重要的作用。"只要图名""尊性高傲"的"喜仙"孙悟空的形象；秀才气十足的和尚唐三藏的形象；爱小贪生的"直肠痴汉"猪八戒的形象，无不栩栩如生，活灵活现。

　　可以说，"《西游记》的诗意，则与其豪迈超拔的胸襟相联系，同时也在语言上得到了最直接的表现"①。正是这些独特的口语化了的韵语，活跃了《西游记》的谐谑气氛，增强了小说的内在意蕴，完成了其特有的白话小说美学品格。但是"作品中韵文的插入，有的确实相当典雅，颇有意境，和小说的情节进展互为映衬，可是其中铺张罗列，前后重复，甚至平庸乏味、格调不高者也有不少，若从作品结构着眼，相当大一部分韵文的插入其实是多余的"②。所以说《西游记》在运用诗词韵语方面，既有承接前此白话小说运用诗词韵文的各种形式，又有对白话小说运用诗词韵文进行了适合于小说内容需要的改造。可以说它是对中国古代白话小说运用诗词韵语的一次总结和提高。

────────────

① 刘勇强：《奇特的精神漫游：西游记新说》，生活·读书·新知三联书店1992年版，第199页。
② 陈大康：《明代小说史》，上海文艺出版社2000年版，第413页。

第四节 《金瓶梅词话》中的诗词韵文

《金瓶梅词话》作为"中国16世纪后期社会风俗史",其突出特点是对于当时社会风尚进行了真实的描绘①。《金瓶梅词话》"作者只把词曲抄进小说中,时常煞费心机,设计适合使用这些词曲的情景。从某种意义而言,这部小说差不多是一部纳入一种叙述结构中的词曲选"②。此论虽不一定精当,但已经注意到了《金瓶梅词话》运用词曲在量上是极可观的。《金瓶梅词话》在运用诗词韵语方面固然有堆砌之嫌,但它是在当时社会流行的各种文艺活动的背景下,将前代或时下的一些流行的韵文文学作品兼收并蓄于其中,从而更集中、更真实地反映出中国16世纪后期社会上文化娱乐活动的状况,并且《金瓶梅词话》在运用诗词韵语反映当时社会风尚的同时,也通过运用诗词韵语增强了小说的艺术表现力。

一、假娱乐活动展示生活图景

"作为现实主义在我国小说领域的进一步发展,《金瓶梅词话》对于社会现实作了清醒的、富于时代特征的描绘。"③在运用诗词韵语方面,《金瓶梅词话》以词、曲及其他讲唱、戏曲节段构设故事,展开情节,从而从一个侧面展示出当时的社会生活图景,这是其运用诗词韵语的一大特色。"这部小说的作者必定很熟悉当时流行的各式各样的大众娱乐,他写这部小说半是表现他采用讲唱方式的多才多艺的技巧。"④正是通过作者的艺术才能和技巧,《金瓶梅

---

① 李时人:《金瓶梅新论》,学林出版社1991年版。
② 徐朔方编:《金瓶梅西文论文集》,上海古籍出版社1987年版,第141页。
③ 章培恒:《论〈金瓶梅词话〉》,见《金瓶梅研究》,复旦大学出版社1984年版,第1页。
④ 夏志清:《金瓶梅新论》,见徐朔方《金瓶梅西文论文集》,上海古籍出版社1987年版,第139页。

词话》将吟诗、唱词、唱曲、搬演戏曲、表演讲唱等熔于一炉,既反映出中国 16 世纪后期社会上的文化娱乐活动状况,又真实地反映出那个窳败透顶了的社会现实。

《金瓶梅词话》中的娱乐活动多集中在西门庆巴结逢迎长官,交结官府的应酬上,这是那个社会一个侧面的真实展现。如第三十六回写蔡京的假子蔡蕴蔡状元,回家省亲途中路过清河县,西门庆"权"欲熏心,将其请到家里百般讨好巴结,令苟子孝唱南戏《香囊记》第六出中的《朝元歌》二首,传奇《玉环记》中《画眉序》一首,书童唱《玉环记》中《画眉序》一首,《香囊记》第六出中的《锦堂月》助兴。

第四十九回写西门庆迎请宋巡按和蔡御史,百般巴结。蔡状元此时已经作了御史,并兼巡盐。西门庆盛宴款待,"当日西门庆这酒席,也费够千两银"。当宋巡按告辞要走,"西门庆早令手下,把两张桌席,连金银器已都装在食盒内,共有二十抬,叫手下人佚侍候。宋御史的,一张大桌席,两坛酒,两牵羊,两对金丝花,两匹缎红,一副金台盘,两把银执壶,十个银酒杯,两个银折杯,一双牙箸。蔡御史的也是一般的"。宋御史走后,蔡御史在西门庆家"留宿",西门庆请来一帮海盐子弟侍酒歌唱。蔡御史让其唱了一曲《渔家傲》"别后杳无书";席间西门庆乘机让蔡御史"青目"盐引,蔡御史满口答应早掣一个月。海盐子弟又唱《下山虎》。夜晚西门庆让妓女陪侍蔡御史,御史故作正经,成诗一首道其衷怀;蔡御史与西门庆一边携妓取乐,一边听书童唱曲。临行西门庆又赠以厚礼,等等。

《金瓶梅词话》中的娱乐活动又多集中在西门庆的吃喝嫖赌的荒淫生活中。如第六回的散曲《两头南调儿》"冠儿不戴懒梳妆"就是武大死后,西门庆与潘金莲再次相见,西门庆搂金莲,妇人所唱:

　　　　西门庆与妇人重酙美酒,交杯叠股而饮。西门庆饮酒中间,看见妇人壁上挂着一面琵琶,便道:"久闻你善弹,今日好夕弹个曲儿我下酒。"妇人笑道:"奴自幼粗学一两句,不十分好,你却休要笑耻。"西门庆一面取下琵琶来,搂妇人在怀,看着他放在膝儿上,轻舒玉笋,款弄冰弦,慢慢弹着,低声唱道:

"冠儿不带懒梳妆,髻挽青丝云鬓光,金钗斜插在乌云上。唤梅香,开笼箱,穿一套素缟衣裳,打扮的是西施模样。出绣房,梅香,你与我卷起帘儿,烧一炷儿夜香。"

西门庆听了,欢喜的没入脚处,一手搂过妇人粉颈来,就亲了个嘴,称夸道:"谁知姐姐有这段儿聪明!就是小人在勾栏三街两巷相交唱的,也没你这手好弹唱!"妇人笑道:"蒙官人抬举,奴今日与你百依百顺,是必过后休忘了奴家。"西门庆一面捧着他香腮,说道:"我怎肯忘了姐姐!"两个殢雨尤云,调笑玩耍。

再如《金瓶梅词话》第十一回西门庆梳笼李桂姐一节中,李桂姐所唱出于明代传奇《玉环记》第六出的一段唱曲《驻云飞》。第六十一回西门庆奸占韩道国老婆,请申二姐先拿筝来唱了一套《秋香亭》,又唱了一套《半万贼兵》。落后酒阑上来,西门庆吩咐:"把筝拿过去,取琵琶与他,等他唱小词儿我听罢。"申二姐一径要施逞他能弹会唱。一面轻摇罗袖,款跨鲛绡,顿开喉音,把弦儿放得低低的,弹了个《四不应·山坡羊》。王六儿又说:"申二姐,你还有好《锁南枝》,唱两个与老爹听。"那申二姐就改了调儿,唱了两首《锁南枝》,等等。

《金瓶梅词话》中的娱乐活动还集中在西门庆家中,是西门庆及其诸妻妾日常生活的写照。第三十三回潘金莲调戏陈敬济,陈敬济失落钥匙被潘金莲罚唱的《山坡羊》"初相交在桃园里结义"及孝顺金莲的银钱名《山坡羊》二首:

我唱个果子名《山坡羊》你听:

"初相交,在桃园儿里结义。相交下来,把你当玉黄李子儿抬举。人人说你在青翠花家饮酒,气的我把苹婆脸儿挝的粉粉的碎。我把你贼,你学了虎刺宾了,外实里虚,气的我李子眼儿珠泪垂。我使的一对桃奴儿寻你,见你在软枣儿树下就和我别离了去。气的我鹤顶红剪一柳青丝儿来呵,你海东红反说我理亏。骂了句生心红的强贼,逼的我急了,我在吊枝干儿上寻个无常,到三秋,我看你倚靠着谁?"

唱毕,就问金莲要钥匙,说道:"五娘快与了我罢! 伙计铺子里不知怎的等着我哩。只怕一时爹过来。"金莲道:"你倒自在性儿,说的且是轻巧。等你爹问,我就说你不知在那里吃了酒,把钥匙不见了,走来俺屋里寻。"敬济道:"爷哗! 五娘就是弄人的刽子手。"

李瓶儿和潘姥姥再三旁边说道:"姐姐与他去罢。"金莲道:"若不是姥姥和你六娘劝我,定罚教你唱到天晚。头里骗嘴说一百个,才唱一个曲儿就要腾翅子? 我手里放你不过。"敬济道:"我还有一个儿看家的,是银名《山坡羊》,亦发孝顺你老人家罢。"于是顿开喉音唱道:

"冤家你不来,白闷我一月,闪的人反拍着外腔儿细丝谅不彻。我使狮子头定儿小厮拿着黄票儿请你,你在兵部洼儿里元宝儿家欢娱过夜。我陪铜磬儿家私为焦心一旦儿弃舍,我把如同印箱儿印在心里愁无求解。叫着你把那涎脸儿高扬着不理,空教我拨着双火筒儿顿着罐子等到你更深半夜。气的奴花银竹叶脸儿咬定银牙来呵,唤官银顶上了我房门,随那泼脸儿冤家轻敲儿不理。骂了句煎彻了的三倾儿捣槽斜贼,空把奴一腔子暖汁儿真心倒与你,只当做热血。"

敬济唱毕,金莲才待叫春梅斟酒与他,忽有月娘从后边来⋯⋯

第三十九回吴月娘听尼僧说经:

先是大师父说道：

"盖闻大藏经中，讲说一段佛法，乃是西天第三十二祖下界，降生东土，传佛心印……却说岭南乡泡渡村，有一张员外，家豪大富，广有金银，呼奴使婢，员外所娶八个夫人，朝朝快乐，日日奢华，贪恋风流，不思善事。忽的一日出门游玩，见一伙善人……正是：婆婆将言劝夫身，员外冷笑两三声。"

月娘、李娇儿、孟玉楼、潘金莲、孙雪娥、李瓶儿、西门大娘并玉箫都齐声接佛。王姑子念道：

"说八个，众夫人，要留员外；告丈夫，休远去，在家修行。

你如今，下狠心，撇下妻子；痛哭杀，儿和女，你也心疼。

闪得俺，姊妹们，无处归落；好教我，一个个，怎过光阴。

从小儿，做夫妻，相随到老；半路里，丢下俺，倚靠何人。

儿扯爷，女扯娘，捶胸跌脚；一家儿，大共小，痛哭伤情。"

金字经：

夫人听说泪不干，苦劝员外莫归山。顾家园，儿女永团圆；休远去，在家修行都一般。

白文：

员外便说："多谢你八个夫人，我明日死在阴司，你们替我耽罪？我今与你们递一钟酒，明日好在阎王面前承当。"……

又偈：

老员外唤梅香把灯点起，将钢刀拿在手指定夫人。

哪一个把明灯一口吹死，图家财害我命改嫁别人。

若不说一剑去这头落地，一个个心害怕倒在埃尘。

有八个老夫人慌忙跪下，告员外你息怒饶俺残生。

你分明一口气把灯吹死，吃几钟红面酒拿剑杀人。

你若还杀了俺八个夫人，到阴司告阎君取你真魂。

员外冷笑，便叫八个夫人，你哄我当身吹灯不认，如何认我阴司耽罪……员外想人生富贵，都不得是前生修来……我往黄梅山里打斋听经去也。

金字经：

夫人听我说根源，梵王天子弃江山。不贪恋要结万人缘，多全舍，万古标名在世间。员外今日修行去，亲戚邻人送起程。

念了一回，吴月娘道："师父饿了，且把经请过，吃些甚么。"

再如第五十一回月娘听薛姑子、王姑子演金刚科，月娘因西门庆不在，要听薛姑子讲说佛法，演颂金刚科仪：

在明间内安放一张经桌儿，焚下香。薛姑子与王姑子两个对坐，妙趣、妙凤两个徒弟立在两边，接念佛号。大妗子、杨姑娘、吴月娘、李娇儿、孟玉楼、潘金莲、李瓶儿、孙雪娥和李桂姐众人，一个不少，都在跟前围着他坐的，听他演诵。先是，薛姑子道：盖闻电光易灭，石火难留。落花无返树之期，逝水绝归源之路。画堂绣阁，命尽有若长空；极品高官，禄绝犹如作梦。黄金白玉，空为祸患之资；红粉轻衣，总是尘劳之费。妻孥无百载之欢，黑暗有千重之苦。一朝枕上，命掩黄泉。青史扬虚假之名，黄土埋不坚之骨。田园百顷，其中被儿女争夺；绫锦千箱，死后无寸丝之分。青春未半，而白发来侵；贺者才闻，而吊者随至。苦，苦，苦！气化清风尘归土。点点轮回唤不回，改头换面无遍数。南无尽虚空遍法界，过去未来佛法僧三宝。

无上甚深微妙法，百千万劫难遭遇。我今见闻得受持，愿解如来真实义。

王姑子道："当时释迦牟尼佛，乃诸佛之祖，释教之主，如何出家？愿听演说。"薛姑子便唱《五供养》：

释迦佛，梵王子，舍了江山雪山去，割肉喂鹰鹊巢顶。只修的九龙吐水混金身,才成南无大乘大觉释迦尊。

王姑子又道:"释迦佛既听演说,当日观音菩萨如何修行,才有庄严百亿化身,有大道力? 愿听其说——"薛姑子正待又唱,只见平安儿慌慌张张走来说道:"巡按宋爷差了两个快手、一个门子送礼来。"

还有第七十四回吴月娘听宣黄氏卷等。

第六十七回西门庆书房赏雪,西门庆打开一坛双料麻姑酒,与应伯爵等人饮酒玩乐,叫春鸿筛酒,叫郑春唱一套《柳底风微》;与温秀才几个行令;叫春鸿拍手唱南曲《驻马听》"寒夜无茶"、《前腔》"四野彤霞"取乐。第三十五回书童在西门庆家席上唱的李日华所作的四首《玉芙蓉》及谢希大所唱的《折桂令》等。

二、诗、词、曲与人物相映成趣

"《金瓶梅词话》之前的我国古代小说,以情节为主,力争故事的曲折离奇、引人入胜,《金瓶梅词话》则以描写人物为主……作品中的人物性格趋于复杂化,从而更为真实、生动和丰满。"①在描写人物时,《金瓶梅词话》又着力于"欲"——人性辐射开来的各种欲望,以商人西门庆一家的兴衰荣枯为结构中心辐射开去,"著此一家,骂尽诸色",揭发世情冷暖,展示了 16 世纪后期中国社会的黑暗、疯败。

小说中西门庆的人性和生活都是变态的,在不断的"生命最敏感的动物性的疯狂取乐"的亢奋间隙,织进了一丝可算是精神活动的娱乐内容。这暂时的间歇,小说作者仍构设了适合他们生活特点的,依照其各自情趣而设的各式娱乐。如《金瓶梅词话》第十一回西门庆梳笼李桂姐一节中,李桂姐所唱出于明代传奇《玉环记》

① 章培恒:《论〈金瓶梅词话〉》,见《金瓶梅研究》,复旦大学出版社 1984 年版,第 9 页。

第六出的一段唱曲《驻云飞》：

举止从容，压尽勾栏占上风。行动香风送，频使人钦重。嗏！玉杵污泥中，岂凡庸？一曲宫商，满座皆惊动。胜似襄王一梦中，胜似襄王一梦中。

《金瓶梅》第五十二回西门庆、应伯爵、谢希大在花园中吃喝，应伯爵让李桂姐唱曲。桂姐所唱那套曲：

【黄莺儿】谁想有这一程。减香肌，憔瘦损。镜鸾尘锁无心整。脂粉倦匀，花枝又懒簪。空教黛眉蹙破春山恨。

（伯爵道："你两个当初好来，如今就为他耽些惊怕儿，也不该抱怨了。"桂姐道："汗邪了你，怎的胡说！"——）

最难禁，谯楼上画角，吹彻了断肠声。

（伯爵道："肠子倒没断，这一回来提你的断了线，你两个休提了。"被桂姐尽力打了一下，骂道："贼攮刀的，今日汗邪了你，只鬼混人的。"——）

【集贤宾】幽窗静悄月又明，恨独倚帏屏。蓦听的孤鸿只在楼外鸣，把万愁又还题醒。更长漏永，早不觉灯昏香烬眠未成。他那里睡得安稳！

（伯爵道："傻小淫妇儿，他怎的睡不安稳？又没拿了他去。落的在家里睡觉儿哩。你便在人家躲着，逐日怀着羊皮儿，直等东京人来，一块石头方落地。"桂姐被他说急了，便道："爹，你看应花子，不知怎的，只发讪缠我。"伯爵道："你这回才认的爹了？"桂姐不理他，弹着琵琶又唱：）

【双声叠韵】思量起，思量起，怎不上心？无人处，无人处，泪珠儿暗倾。

（伯爵道："一个人惯溺床。一日，他娘死了，守孝打铺在

灵前睡。晚了，不想又溺下了。人进来看见褥子湿，问怎的
来，那人没的回答，只说：'你不知，我夜间眼泪打肚里流出来
了。'——就和你一般，为他声说不的，只好背地哭罢了。"桂姐
道："没羞的孩儿，你看见来？汗邪了你哩！"——）

我怨他，我怨他，说他不尽，谁知道这里先走滚。自恨我
当初不合他认真。

（伯爵道："傻小淫妇儿，如今年程，三岁小孩儿也哄不动，
何况风月中子弟。你和他认真？你且住了，等我唱个南曲儿
你听：'风月事，我说与你听：如今年程，论不得假真。个个人
古怪精灵，个个人久惯牢成，倒将计活埋把瞎缸暗顶。老虔婆
只要图财，小淫妇儿少不得拽着脖子往前挣。苦似投河，愁如
觅井。几时得把业罐子填完，就变驴变马也不干这营生。'"当
下把桂姐说的哭起来了。被西门庆向伯爵头上打了一扇子，
笑骂道："你这诌断肠子的狗才！生生儿吃你把人就怄杀了。"
因叫桂姐："你唱，不要理他。"谢希大道："应二哥，你好没趣！
今日左来右去只欺负我这干女儿。你再言语，口上生个大疔
疮。"那桂姐半日拿起琵琶，又唱：）

【簇御林】人都道他志诚。

（伯爵才待言语，被希大把口按了，说道："桂姐你唱，休理
他！"桂姐又唱道：）

却原来厮勾引。眼睁睁心口不相应。

（希大放了手，伯爵又说："相应倒好了。心口里不相应，
如今虎口里倒相应。不多，也只三两烂儿。"桂姐道："白眉赤
眼，你看见来？"伯爵道："我没看见，在乐星堂儿里不是？"连西
门庆众人都笑起来了。桂姐又唱：）

山盟海誓，说假道真，险些儿不为他错害了相思病。负人
心，看伊家做作，如何教我有前程？

（伯爵道："前程也不敢指望他，到明日，少不了他个招宣

袭了罢。"桂姐又唱：）

【琥珀猫儿坠】日疏日远，何日再相逢？枉了奴痴心宁耐等。想巫山云雨梦难成。薄情，猛拼今生和你凤拆鸾零。

【尾声】冤家下得忒薄幸，割舍的将人孤另。那世里的恩情翻成做画饼。

此曲原载《盛世新声》，又见《词林摘艳》乙集"南九宫"部，题为怨别；又见《雍熙乐府》第十六册"南曲部"，曲牌为《莺啼序》。该曲词原写离情别怨，但因应伯爵在其中插科打诨，本来的那种哀怨凄婉的意趣，在此种场面上却成了调笑闹剧。可见，白话小说作者在引曲词入小说时，将其作为符合故事场面、人物身份及情节发展的材料来加以创造性地运用。

《金瓶梅词话》呈示人性的扭曲，在潘金莲形象刻写上最成功。第一回写潘金莲被张大户嫁与武大心中的悲屈：

　　金莲自嫁武大，见他一味老实，人物猥獕，甚是憎嫌，常与他合气。抱怨大户："普天世界断生了男子，何故将我嫁与这样个货！每日牵着不走，打着倒退的，只是一味味酒，着紧处却是锥扎也不动。奴端的那世里悔气，却嫁了他！是好苦也！"常无人处，唱个《山坡羊》为证：

　　想当初，姻缘错配，奴把你当男儿汉看觑。不是奴自己夸奖，他乌鸦怎配鸾凤对！奴真金子埋在土里，他是块高丽铜，怎与俺金色比！他本是块顽石，有甚福抱着我羊脂玉体！好似粪土上长出灵芝。奈何，随他怎样，到底奴心不美。听知：奴是块金砖，怎比泥土基！

当她与西门庆勾搭成奸，毒死武大后，每日门儿倚遍，眼儿望穿，急切盼望与西门庆相会，就是不见西门庆的影儿。打发王婆，又打发迎儿往西门庆家打探消息。

　　盼不见西门庆到来,骂了几句负心贼。无情无绪,用纤手向脚上脱下两只红绣鞋儿来,试打一个相思卦。正是:逢人不敢高声语,暗卜金钱问远人。有《山坡羊》为证:

　　凌波罗袜,天然生下,红云染就相思卦。似藕生芽,如莲卸花,怎生缠得些儿大! 柳条儿比来刚半叉。他不念咱,咱何曾不念他! 倚着门儿,私下帘儿,悄呀,空叫奴被儿里叫着他那名儿骂。你怎恋烟花,不来我家! 奴眉儿淡淡教谁画? 何处绿杨拴系马? 他辜负咱,咱何曾辜负他!

　　当玳安把西门庆娶孟玉楼之事,"从头至尾告诉了一遍。这妇人不听便罢,听了由不得珠泪儿顺着香腮流将下来。"……妇人倚定门儿,长叹了一口气,说道:"玳安,你不知道,我与他从前以往那样恩情,今日如何一旦抛闪了。"止不住纷纷落下泪来……妇人便道:"玳安,你听告诉:

　　乔才心邪,不来一月。奴绣鸳衾旷了三十夜。他俏心儿别,俺痴心儿呆,不合将人十分热。常言道容易得来容易舍。兴,过也;缘,分也。"

　　说毕又哭。玳安道:"六姨,你休哭。俺爹怕不也只在这两日,他生日待来也。你写几个字儿,等我替你捎去,与俺爹看了,必然就来。"妇人道:"是必累你,请的他来。到明日,我做双好鞋与你穿。我这里也要等他来,与他上寿哩。他若不来,都在你小油嘴身上。"……一面走入房中,取过一幅花笺,又轻拈玉管,款弄羊毛,须臾,写了一首《寄生草》。词曰:

　　将奴这知心话,付花笺寄与他。想当初结下青丝发,门儿倚遍帘儿下,受了些没打弄的耽惊怕。你今果是负了奴心,不来还我香罗帕。

　　写就,叠成一个方胜儿,封停当,付与玳安收了,道:"好歹多上覆他。待他生日，千万来走走。奴这里专望。"那妇人每日长等短等，如石沉大海。七月将尽，到了他生辰。这妇人挨一日似三秋，盼一夜如半夏，等得杳无音信。不觉银牙暗咬，星眼流波。至晚，只得又叫王婆来，安排酒肉与他吃了，向头上拔下一根金头银簪子与他，央往西门庆家去请他来……妇人在房中，香薰鸳被，款剔银灯，睡不着，短叹长吁。正是：得多少琵琶夜久殷勤弄，寂寞空房不忍弹。于是独自弹着琵琶，唱一个《绵搭絮》：

当初奴爱你风流，共你剪发燃香，雨态云踪两意投。背亲夫，和你情偷。怕甚么傍人讲论，覆水难收！你若负了奴真情，正是缘木求鱼空自守。

谁想你另有了裙钗，气的奴似醉如痴，斜倚定帏屏故意儿猜，不明白。怎生丢开？传书寄柬，你又不来。你若负了奴的恩情，人不为仇天降灾。

奴家又不曾爱你钱财，只爱你可意的冤家，知重知轻性儿乖。奴本是朵好花儿，园内初开；蝴蝶餐破，再也不来。我和你那样的恩情，前世里前缘今世里该。

心中犹豫辗转成忧，常言妇人痴心，唯有情人意不周。是我迎头，和你把情偷。鲜花付与，怎肯干休？你如今另有知心，海神庙里和你把状投。

妇人一夜翻来覆去，不曾睡着。

前后对比，对一个是无比嫌憎，对另一个是极其想念。那个社会没有她享受正常的爱情婚姻生活的份儿，她只能舍命去通奸；但设若给了她正常的生活，像潘金莲这样的女性，并不是很容易就能满足了的，她代表了那个社会中，甚至人性中最充沛的那种对无尽的欲望满足的追求。她的贪欲是永无止境的。

诗词吟咏本是封建社会的文人情趣雅事，但《金瓶梅词话》中文人官僚的吟诗不再是显示其风流自赏,而是用来对其进行针砭讽刺。如第四十九回蔡御史留宿西门庆家中,当西门庆找来两个妓女陪侍时,蔡御史突然诗兴大发:

> 于是月下与二妓携手,不啻恍若刘阮之入天台。因进入轩内,见文物依然,因索纸笔,要留题……这蔡御史终是状元之才,拈笔在手,文不加点,字走龙蛇,灯下一挥而就。作诗一首,诗曰:

> 不到君家半载余,轩中文物尚依稀。
> 雨过书童开药圃,风回仙子步花台。
> 饮将醉处钟何急,诗到成时漏更催。
> 此去又添新怅望,不知何日是重来。

这首诗出于蔡御史蔡状元的笔下是鲜活的,它活脱脱衬出一位浅薄奢贪、无聊没趣的庸俗文人,他的生活就是对于酒色财货的无止尽的怅望。国家机器操纵在这一帮人手中,自然会有像西门庆之流来巴结逢迎,他们互利互惠,共同蛀蚀着那个社会。

第二十九回"吴神仙贵贱相人"将月娘、李娇儿、孟玉楼、潘金莲、李瓶儿、孙雪娥、西门大姐、春梅一一相来,其判词既与各人性格契合,也预示出了各人后来的命运,有着构设故事情节的作用,可以说乃是与人物相映成趣:

月娘:
> 女人端正好容仪,缓步轻如出水龟。行不动尘言有节,无肩定作贵人妻。

李娇儿:
> 额尖露背并蛇行,早年必定落风尘。假饶不是娼门女,也是屏风后立人。

孟玉楼：

> 口如四字神清澈，温厚堪同掌上珠。威媚兼全财禄有，终
> 主刑夫两有余。

潘金莲：

> 举止轻浮惟好淫，眼如点漆坏人伦。月下星前长不足，虽
> 居大厦少安心。

李瓶儿：

> 花月仪容惜羽翰，平生良友凤和鸾。朱门财禄堪依倚，莫
> 把凡禽一样看。

孙雪娥：

> 燕体蜂腰是贱人，眼如流水不廉真。常时斜倚门儿立，不
> 为婢妾必风尘。

西门大姐：

> 惟夫反目性通灵，父母衣食仅养身。状貌有拘难显达，不
> 遭恶死也艰辛。

春梅：

> 天庭端正五官平，口若涂砂行步轻。仓库丰盈财禄厚，一
> 生常得贵人怜。

《红楼梦》运用判词提纲挈领交代人物命运极可能受此影响。《儒林外史》中王惠扶乩得判词一节，也与此声气相同。三者相比，《金瓶梅词话》中的相面判词，与生活的距离更近。

《金瓶梅词话》第二十回叙大雪天西门庆和应伯爵等人在常时节家会茶饮酒毕，一行又来到李桂姐处。西门庆不见桂姐，老鸨推说去给她姨妈过生日去了。西门庆后面更衣，发现桂姐与丁二官在饮酒，大闹妓院。西门庆骂老鸨的《满庭芳》"虔婆你不良"及老鸨对答的"你若不来"，也极有情趣，但人物对骂用词曲，不合情理。

作者在将词曲融入小说中的时候，太张扬其熟知的词曲，过分以其充当表现技巧，不免失当。

小说中这样的例子还有，如第六十一回赵太医自嘲的诗：

我做太医姓赵，门前常有人叫。只会卖杖摇铃，哪有真材实料。

行医不按良方，看脉全凭嘴调。撮药治病无能，下手取积不妙。

头疼须用绳箍，害眼全凭艾醮。心疼定教刀剜，耳聋宜将针套。

得钱一味胡医，图利不图见效。寻我的少吉多凶，到人家有哭无笑。

由人物自己直陈，于理也不通。这显然是学习了戏曲的表现方法。

第五节 "三言二拍"及其他拟话本小说中的诗词韵文研究

以冯梦龙的《喻世明言》《警世通言》《醒世恒言》（"三言"）和凌濛初《初刻拍案惊奇》《二刻拍案惊奇》（"二拍"）为代表的拟话本小说，是中国古代白话小说由宋元"说话"向文人创作短篇白话小说发展的重要阶段。"三言"中多数篇章是对宋元旧篇的改编或曰"再创作"①，而"二拍"——"凌氏的拟话本小说，得力处在于选择话题，借一事而构设意象，往往本事在原书中不过数十字，记叙旧闻，了无意趣；在小说则清谈娓娓，文逾数千，抒情写景，如在耳目。

---

① 周中明：《重评冯梦龙对"三言"的贡献》，载《明清小说研究》1992 年第 2 期。

化神奇于臭腐,易阴惨为阳舒,其功力亦实等于创作"①。改编也好,创作也罢,"三言二拍"等拟话本小说是适应当时社会的需要而产生的,都被作者用来实践其"明道救世"的志向抱负,每篇小说也都打上了当时社会的烙印,其形象描写中都蕴含着作者对社会人生的理解、爱憎和评价。本节主要结合中晚明社会的时代背景,就"三言二拍"在当时的社会功用,来讨论"三言二拍"及其他拟话本小说中的诗词韵文。

一、"三言二拍"等拟话本小说产生的社会背景

16 世纪初期,人民"赋税日增,徭役日重",贪官污吏巧取豪夺,不法乡绅收利侵渔,商品经济的迅速发展和少数富商大贾成功的刺激,使人人都做起了发财梦:"贾人几遍天下,良贾近市利数倍,次倍之。最下无能者,逐什一之利。"(张瀚《松窗梦语》卷四)

商品经济的繁荣,使人们,特别是市民阶层的物质生活与精神生活得以改善的同时,也使钱财在人们心目中的地位愈来愈重,逐渐扭曲着人们的灵魂。谋财害命、为富不仁、昧心取利、损人利己、寻衅讹诈、包揽词讼、帮闲说合、坑蒙拐骗、卖奸通奸等各种色相,使得社会风气日益败坏。②

某种程度上,这也与程朱理学"存天理,灭人欲"的思想长期以来对人性的桎梏有一定关系。

到明代中叶,程朱理学作为统治思想,已经表现出了与时代和社会相脱节的倾向。王阳明看到了"功利之见"对于社会、人心不良影响的一面,觉得朱熹的"务外遗内"不能彻底地改变人心日益趋奉的"功利之见";"博而寡要""即物穷理""泛观博览"又太烦琐。

---

① 孙楷第:《三言二拍源流考》,载《北平图书馆馆刊》五卷二号。
② 此处参阅了吴建国:《雅俗之间的徘徊——16—18 世纪文化思潮与通俗文学创作》,岳麓书社 1991 年版的有关章节。

于是适应社会的需要，在陆九渊心学的基础上，发展而为阳明心学。

"心学"的兴起，打破了程朱理学的独尊局面。阳明心学的精髓就是"致良知"，他想通过启发人的"良知"，挽救日益堕落的世道人心。阳明心学的积极的一面，是打破了长期以来束缚人们精神思想的程朱理学这一精神枷锁。

由于王阳明"鼓励他的弟子们成为'铿然鼓瑟'的曾点，因而形成了一种比较生动活泼、教条气息比较少的学风"。这是一种"不同于程朱理学的'狂者进取'的学风"①。王学中的泰州学派就是这种"狂者学风"的产物。

泰州学派的创始人王艮提出了"百姓日用即道"的主张，比阳明的"致良知"更明白简易，更世俗化，在明代社会后期影响很大。

从王阳明开始，以救世为己任，致力于挽救日益堕落的世道人心的通俗道德教育运动，在中晚明社会轰轰烈烈地开展起来了。冯梦龙和凌濛初身处这种时代潮流中，他们满怀传统"士"的"明道救世"的社会责任感，投入到了这一运动之中，将其精力和心智以创作通俗文学，特别是白话小说。

二、"三言二拍"等拟话本小说中诗词的"明道救世"作用

以往对于"三言二拍"的论述，以为它们是感受了李贽所代表的"异端"一派的思想，来反对程朱理学长期以来对于人性的束缚，反对禁欲主义、蒙昧主义，言私言利，好货好色，宣扬尘世利益和享乐的。但从"三言二拍"的实际情况来看，它们并没有像李贽思想中倡导的那样激进。如果说小说中有私有利、有货有色，那也是时代赋予小说的内容。冯梦龙、凌濛初等是那种典型的封建社会的

① 冯契：《冯契文集》第六卷，华东师范大学出版社 1997 年版，第 157 页。

士、儒，他们面对社会日益堕落的世道人心，满怀"明道救世"的社会责任感，补救社会、疗治人心是他们作为一个旧时代知识分子的"良心"和自始至终的"志向抱负"。

《喻世明言叙》曰：

> 《孝经》《论语》，怯者勇，淫者贞，薄者敦，顽钝者汗下。虽小诵《孝经》《论语》，其感人未必如是之捷且深也。

《警世通言叙》亦曰：

> 《六经》《语》《孟》，谭者纷如，归于令人为忠臣，为孝子，为贤牧，为良友，为义夫，为节妇，为树德之士，为积善之家，如是而已矣。

通俗小说就是佐经书史传从而进行道德伦理教化的。

《醒世恒言叙》曰：

> 忠孝为醒，而悖逆为醉；节俭为醒，而淫荡为醉；耳和目章、口顺心贞为醒，而即聋从昧、与顽用嚚为醉。

凌濛初《拍案惊奇凡例》曰：

> 是编主于劝戒，故每回之中，三致意焉，观者自得之，不能一一标出。

《二刻拍案惊奇小引》云：

> 意存劝戒，不为风雅罪人。

睡乡居士《二刻拍案惊奇序》中引凌濛初语云：

> 使世有能得吾说者，以为忠臣孝子无难，而不能者，不至
> 为宣淫而已矣。

"三言二拍"中的诗词绝大多数必须依附于小说故事才能发挥
其作用。一旦脱离了小说故事，它们本身的价值几乎丧失。所以，
论述"三言二拍"中的诗词作用必须紧紧围绕其小说故事。

"三言二拍"多以业报轮回和因果报应设置故事，内中夹杂了
一些迷信和消极的成分。这类拟话本中的诗词，多是概括总结全
篇的，说教味道较浓重不说，诗词中也较明显地表现出了业报轮回
和因果报应的思想。结合当时的历史状况分析，这也不能说完全
是消极的。

佛教传入之前，中土社会中所流传着的善恶报应思想，如儒家
的"积善之家必有余庆，积不善之家必有余殃"等，缺乏一种威慑约
束力量，在信的程度上还不能震慑人心。佛教的业报轮回思想和
因果报应说，与中国传统的命运观有其认识上的相通之处。佛教
在中土长期流传的过程中，它的"宿命论"并没有构成对中土"知其
不可为而为之"的精进精神的消解，而是对如庄子哲学中所宣扬的
"安之若命"思想进行了充实。儒家思想中"智"的成分是隶属于
"德"的。在"安"的意义上，佛教的信仰便和儒家的德治以及道家
的"安命"观念相结合，从而生成了中土的报应观念。

中土佛教的善恶报应思想中，因为有了"六道轮回"，便使得善
恶报应充实了许多，对于社会道德秩序的警诫作用也大了许多。
由于当时认识水平的限制和服务教化的目的，冯、凌等人面对当时
社会日益堕落的世道人心，在那场挽救日益堕落的世道人心的通
俗道德教育运动中，为"明道救世"，疗治人心，用信仰威吓这种规
范制约力量来构设其小说故事，当然就既能为下层民众所接受和

喜欢,又为他们实现志向抱负提供了可能。小说中所用的诗词在总结故事时明道,实质上就是一种"救世之音"。

"三言二拍"中也言私言利言货,但更反对见利忘义、损人利己、谋财害命、为富不仁、昧心取利、唯利是图、势利刻薄等罪恶勾当。这种思想倾向在小说中用诗词所作的议论总结中,表现得很明显。如《醒世恒言》第一卷"两县令竞义婚孤女"篇首诗:

> 风水人间不可无,也须阴骘两相扶。时人不解苍天意,枉使身心着意图。

入话总结诗:

> 目前贫富非为准,久后穷通未可知。颠倒任君瞒昧做,鬼神昭鉴定无私。

入话中讲王奉受兄长临终之托,收养侄女。侄女琼英已许配潘华,女儿琼真已许配萧雅。后见潘华貌美家富,萧雅人丑家穷。王奉为"不教亲生女儿在穷汉家受苦",临嫁之时,就将琼真充做侄女,嫁与潘家。哥哥所遗衣饰庄田之类,都给了女儿。却将琼英嫁与那飞天夜叉萧雅,只是薄薄备些妆奁嫁送。谁知嫁后,潘华自恃家富,不习诗书,不务生理,专以嫖赌为事。萧雅勤苦攻书,后来一举成名,直做到尚书地位,琼英封一品夫人。这里讥刺的就是王奉的"私""利"。诗中所说"阴骘",指的是积善积德。不积善不积德,无论怎样"着意图"到头来只是枉然。贫富穷通不要看目前,做人的关键是不瞒昧。在向正文过渡时作者评道:

> 看官,你道为何说这王奉嫁女这一事?只为世人但顾眼前,不思日后。只要损人利己,岂知人有百算,天只有一算。

你心下想得滑碌碌的一条路,天未必随你走哩! 还是平日行善为高。

正文故事叙知县石璧因仓中失火烧损官粮千余石,赔偿不起,忧郁病死。女儿和养娘被官卖。一向在外为商的贾昌,念石璧对己曾有保家活命之恩,无从报效,赎买石小姐,尽心养在家中,准备为其择一好婿。小说特别对于贾昌恩养石小姐展开了铺叙,意在赞扬商人贾昌的知恩报恩。后石小姐被贾昌妻卖入县尹钟离义家。当钟离义得知石小姐身世时,决定推迟女儿婚事,先嫁石小姐。此举感动了亲家高大尹。最终,钟离小姐、石小姐分别嫁给高大尹两个儿子。故事说"两县令竞义婚孤女"表彰两县令的"义"。结尾诗说:

> 人家嫁娶择高门,谁肯周全孤女婚? 试看两公阴德报,皇天不负好心人。

小说中以石璧托梦钟离义的形式,为此诗作了注脚:

> 上帝察其清廉,悯其无罪,敕封吾为本县城隍之神。月香吾之爱女,蒙君高谊,拔之泥中,成其美眷,此乃阴德之事,吾已奏闻上帝。君命中本无子嗣,上帝以公行善,赐公一子,昌大其门。君当致身高位,安享遐龄。邻县高公与君同心,愿娶孤女,上帝嘉悦,亦赐二子高官厚禄,以酬其德。君当传与世人,广行方便,切不可凌弱暴寡,利己损人。天道昭昭,纤毫洞察!

这里特别指出了石璧的清廉,钟离、高公的好义,都是因利损阴的对立面。有了如此阴德,才会有好报。借石璧魂魄传言:切不可凌弱暴寡，利己损人。天道昭昭，纤毫洞察！教育世人。由此可见，作者创作小说的主旨就是为了"明道救世"。小说中诗词也起着总结议论、点明主旨、警醒人心的作用。

再如《初刻拍案惊奇》卷十五"卫朝奉狠心盘贵产，陈秀才巧计赚原房"小说故事中陈秀才因为撒漫嫖娼，败家失产。卫朝奉"平素是个极刻薄之人""有百般的昧心取利之法"，百般逼勒，将陈秀才房产占为己有。陈秀才最终设计夺回原产。小说篇首诗：

> 人生碌碌饮贪泉，不畏官司不顾天。何必广斋多忏悔？让人一着最为先。

这一首诗，单说世上人贪心起处，便是十万个金刚也降不住，明明的刑宪陈设在前，也顾不的。子列子有云："不见人，徒见金。"盖谓当这点念头一发，精神命脉，多注在这一件事上，那管你行得也行不得？

结尾诗：

> 撒漫虽然会破家，欺贪克剥也难夸。试看横事无端至，只为生平种毒赊。

谴责的就是卫朝奉为富不仁、唯利是图、势利刻薄的为人。

《初刻拍案惊奇》卷三十"王大使威行部下，李参军冤报生前"矛头直指谋财害命者。小说实际共有三个故事，入话中二则并不比正话中那则故事弱，而三个故事是一个相同的主旨——谋财害命，终得恶报。篇首诗概括了全篇主旨起着引起下文的作用：

> 冤业相报，自古有之。一作一受，天地无私。
> 杀人还杀，自刃何疑？有如不信，听取谈资。

我们看第一则故事重点叙述的内容：

> 女子道："好叫母亲得知：儿再世前曾贩羊从夏州来，到此翁、姥家里投宿。父子三人，尽被他谋死了，劫了资货，在家里受用。儿前生冤气不散，就投他家做了儿子，聪明过人。他两人爱同珍宝，十五岁害病，二十岁死了。他家里前后用过医药之费，已比劫得的多过数倍了。又每年到了亡日，设了斋供，夫妻啼哭，总算他眼泪也出了三石多了。儿今虽生在此处，却多记得前事。偶然见僧化饭，所以指点他。这两个是宿世冤仇，我还要见他怎么？方才提破他心头旧事，吃这一惊不小，回去即死，债也完了。"卢母惊异，打听王翁夫妻，果然到得家里，虽不知这些情头，晓得冤债不了，惊悸恍惚成病，不多时，两个都死了。看官，你道这女儿三生：一生被害，一生索债，一生证明讨命，可不利害么？略听小子胡诌一首诗：
>
> > 采桑女子实堪奇，记得为儿索债时。
> > 导引僧家来乞食，分明追取赴阴司。

再第二则故事重点叙述的内容：

> 吴将仕蹙着眉头道："昔日壬午年间，虏骑破城，一个少年子弟相投寄宿，所赍囊金甚多，吾心贪其所有。数月之后，乘醉杀死，尽取其资。自念冤债在身，从壮至老，心中长怀不安。此儿生于壬午，定是他冤魂再世，今日之报，已显然了。"自此忧闷不食，十余日而死。这个儿子，只是两生。一生被害，一生讨债，却就做了鬼来讨命，比前少了一番，又直捷些。再听小子胡诌一首诗：
>
> > 冤魂投托原财耗，落得悲伤作利钱。
> > 儿女死亡何用哭？须知作业在生前。

正话故事让作恶多端的人物亲自说教：

> 某自少贫……每每掠夺里人的财帛，以充己用。时常驰马腰弓，往还太行道上，每日走过百来里路，遇着单身客人，便劫了财物归家。一日，遇着一个少年手持皮鞭，赶着一个骏骡，骡背负了两个大袋。某见他沉重，随了他一路走去，到一山坳之处，左右岩崖万仞。彼时日色将晚，前无行人，就把他尽力一推，推落崖下，不知死活。因急赶了他这头骏骡，到了下处，解开囊来一看，内有缯缣百余匹。自此家事得以稍赡。自念所行非谊，因折弓弃矢，闭门读书，再不敢为非。遂出仕至此官位。从那时算至今岁，凡二十七年了。昨蒙君侯台旨召侍王公之宴，初召时，就有些心惊肉颤，不知其由。自料道决无他事，不敢推辞。及到席间，灯下一见王公之貌，正是我向时推在崖下的少年，相貌一毫不异。一拜之后，心中悚惕，魂魄俱无。晓得冤孽见在面前了。自然死在目下，只消延颈待刃，还有甚别的说话来。幸得君侯知我甚深，不敢自讳，而今再无可逃，敢以身后为托，不使吾暴露尸骸足矣。"……太守……常把此段因果劝人，教人不可行不义之事。有诗为证：
> 　　冤债原从隔世深，相逢便起杀人心。
> 　　改头换面犹相报，何况容颜俨在今？

再如《初刻拍案惊奇》卷二十九"通闺闼坚心灯火，闹图圉捷报旗铃"的篇首诗云：

> 世间何物是良图？惟有科名救急符。试看人情翻手变，窗前可不下功夫！

入话中这诗的注脚也很明确：

就是科第的人，总是那穷酸秀才做的……及至肉眼愚眉，
见了穷酸秀才，谁肯把眼稍来管顾他？还有一等豪富亲眷，放
出倚富欺贫的手段，做尽了恶薄腔子待他。到得忽一日榜上
有名，掇将转来，呵脬捧卵。偏是平日做腔欺负的头名，就是他
上前出力。真个世间惟有这件事，贱的可以立贵，贫的可以立
富；难分难解的冤仇，可以立消；极险极危的道路，可以立平。
遮莫做了没脊梁、惹羞耻的事，一床锦被可以遮盖了。说话的，
怎见得如此？看官，你不信且先听在下说一件势利好笑的事。

小说入话故事，叙穷秀才赵琮及第前后岳家人对其夫妇的态度；正
话中说张幼谦与罗惜惜相爱，因张家贫寒，罗家豪富，罗父表面要
幼谦及第便将女儿许他，最终嫌贫爱富，将女儿许与富家，惜惜无
奈邀幼谦偷情，事发后，因幼谦及第，免被追究，两人终成眷属。小
说故事看上去是集中叙科考的，实际将矛头对准了世情的势利炎
凉，酸秀才是为世情所逼，"窗前可不下功夫"的。可见小说批判的
仍是当时社会那种因过分"言利言货"导致的浇薄世风、人情冷暖。
再如《二刻拍案惊奇》卷四"青楼市探人踪，红花场假鬼闹"中的诗：

　　私心只欲蔑天亲，反把家财送别人。何不家庭略相让，自
然忿怒变欢欣。

这诗揭发的就是学霸廪生张寅"赋性阴险，存心不善""苛刻取利"，
父亲死后，勾结官府，贿赂杨巡道，想摆布庶母幼弟，独占家业的不
义行径。不想杨巡道因贪被革，官司无头。张寅是贪私之人，心有
不甘，去向杨乡宦追讨赂银，终遇又贪又酷杨乡宦，身死红花场。
其他如《二刻拍案惊奇》卷十六"迟取券毛烈赖原钱，失还魂牙僧索
剩命"等，均是这方面的作品。

"三言二拍"中更赞扬那种拾金不昧、助人为乐、崇尚信义、重

视友情的高尚品质,这与上面所谈见利忘义、损人利己、谋财害命、为富不仁、昧心取利、唯利是图、势利刻薄的恶劣行为形成了鲜明的对比。《醒世恒言》第十八卷"施润泽滩阙遇友"就是表扬"拾金不昧"的高尚品质。其篇首诗曰:

> 还带曾消纵理纹,返金种得桂枝芬。从来阴骘能回福,举念须知有鬼神。

这里入话中举裴度还带、窦禹钧"返金"故事与正话中所叙施复的拾金不昧共同宣扬了一种"道不拾遗"(《韩非子·外储说左上》)的良好道德风尚,面对当时恶劣的社会风气,作者若再以三代之德治来说教,那显得太"冬烘"了。他只能借助于善恶报应这种信仰威吓来展开他的故事,来实现他救世的抱负。他的说教中也多有作为传统美德的朴实的意味:

> 多少恶念转善,多少善念转恶。劝君诸善奉行,但是诸恶莫作。
> 当下夫妇二人,不以拾银为喜,反以还银为安。衣冠君子中,多有见利忘义的,不意愚夫愚妇到有这等见识。
> 从来作事要同心,夫唱妻和种德深。万贯钱财如粪土,一分仁义值千金。

这里明显体现出儒家以家庭为单位,用"修身齐家"为最基本手段的教化内容,可谓用心良苦。

"三言二拍"借小说故事对朋友间的恩义、情义、信义进行了大力褒扬。如《喻世明言》第八卷"吴保安弃家赎友"叙吴保安为回报好友举荐之恩,弃家千里赎友的故事,表彰了吴保安弃家赎友的义行。而篇首诗《结交行》,是叹末世人心险薄,结交最难的,贬斥的是那种喻于利的小人之交和酒肉朋友：

> 古人结交惟结心，今人结交惟结面。结心可以同死生，结
> 面那堪共贫贱？
> 九衢鞍马日纷纭，追攀送谒无晨昏。座中慷慨出妻子，酒
> 边拜舞犹弟兄。
> 一关微利已交恶，况复大难肯相亲？君不见，当年羊、左
> 称死友，至今史传高其人。

篇末诗更用郭仲翔与吴保安义气结交进行说教：

> 频频握手未为亲，临难方知意气真。试看郭、吴真义气，
> 原非平日结交人。

再如《喻世明言》第七卷"羊角哀舍命全交"的篇首诗也是就"君子
喻于义，小人喻于利"，引管仲与鲍叔贫贱时义气结交，贬斥当时的
重利薄义：

> 背手为云覆手雨，纷纷轻薄何须数？君看管鲍贫时交，此
> 道今人弃如土。

《喻世明言》第十六卷"范巨卿鸡黍死生交"卷首诗贬斥的是那种不
重信义的轻薄儿：

> 种树莫种垂杨枝，结交莫结轻薄儿。杨枝不耐秋风吹，轻
> 薄易结还易离。
> 君不见、昨日书来两相忆，今日相逢不相识！不如杨枝犹
> 可久，一度春风一回首。

小说故事叙张劭应试途中救了重病的范巨卿,两人结为兄弟,张劭误却功名。两人定鸡黍之约,约为重阳相会。范巨卿被蝇利所牵,爽鸡黍之约,自刎而死。范巨卿为失去信义而死,正是对不起张劭所言:"大丈夫以义气为重,功名富贵,乃微末耳。"以及张母所言:"功名事,皆分定。既逢信义之人结交,甚快我心。"张劭又千里赶赴山阳,为范巨卿送葬,篇中诗即表彰张劭"轻功名富贵,重义气"的义行:

> 辞亲别弟到山阳,千里迢迢客梦长。岂为友朋轻骨肉?
> 只因信义迫中肠。

篇末《踏莎行》词又云:

> 千里途遥,隔年期远,片言相许心无变。宁将信义托游
> 魂,堂中鸡黍空劳劝。　　月暗灯昏,泪痕如线,死生虽隔情
> 何限。灵輀若候故人来,黄泉一笑重相见。

这里褒扬的仍是朋友之信义、情义。

不仅在朋友上提倡重交情义气,而且夫妻间也倡导夫妻情义,劝导世人不要嫌贫爱富。如《喻世明言》第二十七卷"金玉奴棒打薄情郎"入话和正文故事中分别讲述了一个朱买臣妻弃夫和莫稽弃妻金玉奴的故事,谴责的都是那些"欺贫重富,背义忘恩"之辈:

> 尽看成败说高低,谁识蛟龙在污泥?莫怪妇人无法眼,普
> 天几个负羁妻?
> 只为团头号不香,忍因得意弃糟糠。天缘结发终难解,赢
> 得人呼薄幸郎。

"三言二拍"也谈色,但是基于男女相悦,建立在感情基础上的

色,同情那些不幸落入娼门的妓女,极力反对强霸骗色、卖色渔利、淫欲无度等不道德的行为。这种思想倾向在小说中用诗词所作的议论总结中,也表现得很明显。如《喻世明言》第一卷"蒋兴哥重会珍珠衫"通过蒋兴哥与其妻三巧儿离散聚合的故事,表达作者对于贪色逐利造成家庭矛盾的理解和认识。作者在篇首词中就表达了一种劝人安分守己的主张:

> 仕至千钟非贵,年过七十常稀,浮名身后有谁知?万事空花游戏。　　休逞少年狂荡,莫贪花酒便宜。脱离烦恼是和非,随分安闲得意。
>
> 这首词名为《西江月》,是劝人安分守己,随缘作乐,莫为酒、色、财、气四字,损却精神,亏了行止。求快活时非快活,得便宜处失便宜。说起那四字中,总道不得那"色"字利害。眼是情媒,心为欲种。起手时,牵肠挂肚;过后去,丧魄销魂。假如墙花路柳,偶然适兴,无损于事;若是生心设计,败俗伤风,只图自己一时欢乐,却不顾他人的百年恩义,假如你有娇妻爱妾,别人调戏上了,你心下如何?古人有四句道得好——人心或可昧,天道不差移。我不淫人妇,人不淫我妻。——看官,则今日我说《珍珠衫》这套词话,可见果报不爽,好教少年子弟做个榜样。

本篇的题旨是"人心或可昧,天道不差移。我不淫人妇,人不淫我妻"。矛头直接对准了淫人妻的陈商。所以陈商的结局是其妻平氏作了蒋兴哥的正妻。

小说谴责的另一个对象是王三巧,特别在其与陈商通奸后,送别陈商时,小说语含讥讽地写道:

> 妇人把衫儿亲手与汉子穿下,叫丫鬟开了门户,亲自送他出门,再三珍重而别。诗曰:

> 昔年含泪别夫郎，今日悲啼送所欢。堪恨妇人多水性，招
> 来野鸟胜文鸾。

然而，故事的构设因为有"穷理""格物"作为方法论，所以三巧儿的
通奸，还是有其原因的，即蒋兴哥：

> 只为蝇头微利，抛却鸳被良缘。

根本的原因还是他把妻子抛闪在家，出门谋利。虽然给予了
当事人以谅解，但还是给了三巧儿以惩罚，先休而后妾：

> 恩爱夫妻虽到头，妻还作妾亦堪羞。殃祥果报无虚谬，咫
> 尺青天莫远求。

追寻造成这场离散悲剧的罪恶原因，小说还揭发了薛婆的"恶"：

> 世间有四种人惹他不得，引起了头，再不好绝他。是那四
> 种？游方僧道、乞丐、闲汉、牙婆。上三种人犹可，只有牙婆是
> 穿房入户的，女眷们怕冷静时，十个九个到要扳他来往。今日
> 薛婆本是个不善之人，一般甜言软语，三巧儿遂与他成了至
> 交，时刻少他不得。正是：
>> 画虎画皮难画骨，知人知面不知心。

重会珍珠衫当然只是一个结构形式，这个结构形式设置巧妙，当面
对那件祖传的珍珠衫时，小说借蒋兴哥之口道：

> "这件珍珠衫，原是我家旧物。你丈夫奸骗了我的妻子，
> 得此衫为表记。我在苏州相会，见了此衫，始知其情，回来把

王氏休了。谁知你丈夫客死。我今续弦,但闻是徽州陈客之妻,谁知就是陈商! 却不是一报还一报?"……这才是"蒋兴哥重会珍珠衫"诗曰:

> 天理昭昭不可欺,两妻交易孰便宜? 分明欠债偿他利,百岁姻缘暂换时。

小说中对于吴大尹的赞美也是建立在对行善者褒扬和对贪财好色者遣责基础上的:

> 公堂造业真容易,要积阴功亦不难。试看今朝吴大尹,解冤释罪两家欢。

> 珠还合浦重生采,剑合丰城倍有神。堪美吴公存厚道,贪财好色竟何人!

> 此人向来艰子,后行取到吏部,在北京纳宠,连生三子,科第不绝,人都说阴德之报,这是后话。

《醒世恒言》第十五卷"赫大卿遗恨鸳鸯绦"借赫大卿与尼姑淫乱,最终丧命的故事劝诫世人戒淫:

> 皮包血肉骨包身,强作娇妍诳惑人。千古英雄皆坐此,百年同共一坑尘。

> 这首诗乃昔日性如子所作,单戒那淫色自戕的。

《醒世恒言》第十六卷"陆五汉硬留合色鞋"只因潘寿儿欲与张荩通奸,不料为陆五汉骗奸,最终潘氏一家因奸被杀。小说结尾以张荩戒淫、悔过自新评论道:

> 赌近盗兮奸近杀,古人说话不曾差。奸赌两般都不染,太

平无事做人家。

《二刻拍案惊奇》卷三十八"两错认莫大姐私奔,再成交杨二郎正本"更以莫大姐好淫,终被拐卖入妓院受苦,劝诫妇女学好,不可贪淫:

> 妇女何当有异图?贪淫只欲闪亲夫。今朝更被他人闪,天报昭昭不可诬。

"三言二拍"中更无情地谴责了那些无耻的骗奸者。如《喻世明言》第二卷"陈御史巧勘金钗钿"梁尚宾骗奸顾小姐终于伏法:

> 一夜欢娱害自身,百年姻眷属他人。世间用计行奸者,请看当时梁尚宾。

这种把创作或改编小说作为弘道和救世载体的作法,标志着一部分士子对待小说的态度确实与此前不同了。特别是下层文人,他们将小说改编与创作也作为像学者注经一样的事业,所以冯梦龙《警世通言叙》说:

> 《六经》《语》《孟》,谭者纷如,归于令人为忠臣,为贤牧,为良友,为义夫,为节妇,为树德之士,为积善之家,如是而已矣。经书著其理,史传述其事,其揆一也。理著而事不皆切磋之彦,事述而世不皆博雅之儒,于是乎村夫稚子,里妇估儿,以甲是乙非为喜怒,以前因后果为劝惩,以道听途说为学问,而通俗演义一种,遂足以佐经书史传之穷。

这里的意思已经很明白了。同样,凌濛初年轻时即有用世大志,但是因为举业蹭蹬，不能如愿，但挽救颓世，济世匡俗，还是他素怀的志向抱负。他在《拍案惊奇序》中说：

> 近世承平日久，民佚志淫。一二轻薄恶少，初学拈笔，便思污蔑世界，广摭诬造，非荒诞不足信，则亵秽不忍闻。得罪名教，种业来生，莫此为甚。而且纸为之贵，无翼飞，一胫走。有识者为世道忧之，以功令厉禁，宜其然也。

他们改编、创作小说的根本目的，就是要致力于挽救日益堕落的世道人心的通俗道德教育运动。所以小说中融入的诗词根本目的还是为了"明道救世"。

第八章　清代白话小说中的诗词韵文

　　经过前代白话小说艺术经验的积累,清代白话小说可以说是中国古代白话小说的成熟阶段。承接《金瓶梅》发展而来的明末清初的"才子佳人小说",在思想内容和艺术表现方法上均为《红楼梦》成为我国古代小说艺术的高峰作了相当的累积。而李渔的短篇白话小说借鉴戏曲的艺术表现手法,在"三言二拍"的基础上又有了新的发展,在清代白话小说中有其特出之处。18世纪是中国古代白话小说的巅峰时期。"富有感伤诗人气质的曹雪芹,用他的全部才情编织了一个凄婉的、无法重圆的'梦'。《红楼梦》以其对历史和现实的巨大涵盖和古典的、抒情的美……最终完成了对中国古代小说的光辉总结。""追求理性思考的吴敬梓则带着哲人的苦笑描摹出一幅色调悲怆的'世相图'。""《儒林外史》不论在创作主体的使命感上,还是处理艺术与生活的关系,以及对小说艺术方法的把握上,都表现出指向未来的巨大张力。曹雪芹和吴敬梓之后,中国古代小说艺术随着整个'封建文化'的加速衰朽,已经基本走到它的尽头。"[1]

　　本章主要选择"才子佳人小说"、李渔的小说、《红楼梦》《儒林外史》等这些具有代表性和典型意义的清代白话小说,就其中融入

---

[1]　李时人:《李汝珍及其镜花缘》,春风文艺出版社1999年版,第7页。

的诗词韵文展开分析研究。

第一节 "才子佳人小说"中的
诗词韵文研究

自《金瓶梅》开创了作家独创的、以小说描写现实生活的先例,到《红楼梦》成为我国古代小说艺术的高峰,期间的明末清初"才子佳人小说"无论在思想还是艺术表现手段上都为《红楼梦》作了相当的积累。我们习惯称其"填补了从《金瓶梅》到《红楼梦》的空白",实际从小说史的角度言,正是"才子佳人小说"的长期累积,才有《红楼梦》对于古代小说艺术的光辉总结。虽然曹雪芹对才子佳人小说作了尖锐的批评,但不能因此否认承认"才子佳人小说"在古代白话小说发展过程中所作出的贡献。

明末清初的"才子佳人小说"现存的有四五十种之多,像《平山冷燕》《玉娇梨》《人间乐》《锦疑团》《两交婚小传》《驻春园小史》《情梦柝》《风流配》《春柳莺》《玉楼春》《玉支玑小传》《飞花咏》《麟儿报》《画图缘》《定情人》《赛红丝》《金云翘传》《幻中真》《铁花仙史》等。因为前此研究者,对于"才子佳人小说"中融入的诗词多见仁见智,褒贬不一,故本节想探究"才子佳人小说"运用诗词韵语对于白话小说的思想和艺术产生了怎样的促进作用和带来了哪些问题。

一、以诗显才来构设故事

"才子佳人小说"中的男女主人公,无不是才思敏捷,诗词歌赋,样样精通的才士、才女。因为小说作者多为中下层文人,他们心目中最大的"才",就是能诗擅词。小说为表现男女主人公的才情,不惜笔墨,大量写其所作的诗词。以诗构设故事。姑以《平山冷燕》为例，看其以诗构设故事的情形。

小说第一回回前总评曰：

> 本欲见山黛小女子之才，故先见山黛小才女白燕之诗；欲
> 见山黛小才女白燕之诗，故先见时、袁老前辈白燕之诗；欲见
> 时、袁白燕之诗，故先见白燕；欲见白燕，故先见君臣宴赏……

第三回写刘太监求诗，知府晏文物求诗；山黛以诗讥诮晏文物引出
窦国一上疏参山黛假冒才女；又引出第四回的周公梦、夏之忠、卜
其通、穆礼、颜贵、宋信玉尺楼与山黛考较诗文；又引出第五回的补
绝对，因山显仁为山黛觅识字侍女，引出冷绛雪；第六回即写宋信
考冷绛雪的咏物难题咏风筝，冷绛雪乘机作《风筝咏》讥诮宋信，又
为陶进士与柳孝廉分别作题扇诗《燕子诗》《高士图》；宋信苦吟不
就，只写得一行是题目一行是起句，冷绛雪为其补续六句，又将宋
信讥诮了一回；冷绛雪被强买为婢，在送往山显仁府上，路过山东
汶上县，在一庙里题诗一首，又引出才子平如衡依韵和诗一首；山
黛与冷绛雪相见恨晚，又巧以《四瑞图》诗试冷绛雪之才，又作《赋
得三十六宫都是春》，因科考引出燕白额，又由袁隐与燕白额说平
如衡之才；平如衡作《感怀诗》道己之才，袁隐来访又说出燕白额之
才；袁隐、平如衡去访燕白额，又插入与张寅的联句，张寅联不出，
平如衡一作到底；袁隐设计迁柳庄听莺引出平如衡，看燕白额作诗
三首，平如衡知燕白额为真才子，急欲相见，燕白额"故作姿态"试
探平如衡；接着二人饮酒联句《迁柳庄听莺》；燕、平二人见宋信扇
子上的山黛《咏白燕》，以为他也是一个大才，往访不遇。张寅邀
燕、平二人，遇宋信，又作诗，宋信又窃山黛的《梧桐一叶落》，骗得
燕、平二人以为他真是大才。后被晏知府戳穿，又引出山黛，又以
宋信之口夸扬山黛之才，引出燕、平二人访求山、冷二才女；中间穿
插了张寅谋娶山小姐，将燕白额与平如衡在迁柳庄听莺的联句，燕

白颔一首《题壁》、一首《赠妓》、一首《赠歌童》,平如衡一首《感怀诗》、一首《闵子祠题壁诗》并各县宗师考的一二名抄了几篇,编为《张子新编》去骗山小姐。燕白颔与平如衡扮作贫士,改名赵纵、钱横也去访求山、冷二才女;行到扬州游览平山堂"见两个燕子,呢呢喃喃,飞来飞去,若有所言,若有所听。二人见了,不禁诗兴勃勃……"各题一首《如梦令》;张寅求窦知府转央冷大户写书进京《张子新编》投递给了山、冷二才女,二人从中看出许多破绽。张寅多求大员到冷府提亲,但只不敢露面。王衮向皇帝荐举燕、平二人,皇帝欲选其一与山黛为配。燕白颔进京后在山府花园门口外粉壁上题诗一首,山黛爱其人其诗,和诗一首;燕、平二人来至接引庵,听普惠和尚说山黛以诗讥诮都察院邬都堂的公子;山显仁到小庵见燕、平二人诗;燕、平二才子与山、冷二才女考较诗词;张寅找山小比较,作诗不出,欲求宋信代作,不料被冷绛雪拿获,并代作取笑了张寅;天子赐婚,四人以平、山、冷、燕四韵,各赋一白燕诗以谢。

"才子佳人小说"以诗词显才来营构故事大致如上述。可以看出"才子佳人小说"运用诗词几乎要淹没人物和情节故事。正如曹雪芹在《红楼梦》第一回批评的那样:

> 至若佳人才子等书,则又千部共出一套,且其中终不能不涉于淫滥,以致满纸潘安、子建、西子、文君,不过作者要写出自己的那两首情诗艳赋来,故假拟出男女二人名姓,又必旁出一小人其间拨乱,亦如剧中之小丑然。

其运用诗词设置故事不外以下几个情况:一是以诗词引出人——才子佳人;二为多以传递诗词显才;三为才子佳人必以诗才而相悦相爱。不独《平山冷燕》如此,其他"才子佳人小说"莫不如此。

如《玉支玑》中写管灰为女选婿,寻访中发现长孙肖(无忝)诗才。管灰得题扇诗一首,传诗与女儿彤秀,彤秀见诗"不衫不履,果是才人之笔",便生怜念之心,怂恿父亲提拔长孙肖。管灰家塾师冷先生亡,有意请长孙肖为西席,不料求馆人多。又引出让裴选、平铎、强之良与长孙肖四人考较诗才,以长孙肖能诗而终选西席。长孙肖平日里只以诗酒为好,不料题诗又道及彤秀小字,又为二人情爱设下伏笔。强之良失馆,暗恨长孙肖,怂恿卜尚书之子卜成仁让知县到管家求婚,又引出彤秀与卜成仁考诗对试。卜成仁出了一个限三十险韵咏雪的诗题,彤秀有一联即报一联,如滕王阁故事,博得众人交口称赞;彤秀出了三个《诗经》题,卜成仁自己作不出,其他人又碍于知县与卜成仁情面不好作,传至长孙肖,被卜成仁逼勒不过,一挥而就。卜成仁欲强娶彤秀,凭乃父势力,将管灰调入京城,管灰临行前,将彤秀许配长孙肖。

又如《飞花艳想》叙柳友梅、竹干霄、杨怀璧及刘有美在西湖游春,适值雪太守府上传出两个诗题《春闺》《春郊》,想借诗选婿。柳友梅即兴作了二诗,刘有美留心把柳友梅二首诗不住地吟哦,假意地叹赏,心下实要念熟了好抄袭他的。不料被雪太守与梅兵备的二位小姐梅如玉与雪瑞云听到了,二人看到了柳友梅并记住了两首好诗,深慕着才子之才情;柳友梅也为二美人情倾意悬。柳友梅为了寻访意中人,在栖云庵遇张良卿、李君文,二人窃得柳友梅《春闺》《春郊》诗,买通了差人周荣,暗使调包计,将柳诗与张诗对调;刘有美也窃得柳友梅诗送交学里。梅如玉与雪瑞云怀疑张、刘二人诗是抄袭得来,雪太守面试诗才,辨别真假,终于真相大白,等等。

因为其刻塑人物手法的单一,或者根本没把创作的重心放在人物的刻画上,而只是着眼于小说故事的构设,所以小说只有故事情节的呈现。"才子佳人小说"的故事情节简单到了可以用几个字概括,这就大大减弱了小说艺术所有的魅力。其中以诗词构设故事,诗词更像是构成故事的道具。因为有了它,才能使故事真实具体,当然是在这类小说故事上的真实具体。因此可见,"才子佳人小说"中的诗词不是用来刻塑人物的,而是用来构设故事的。

总之,"才子佳人小说"以诗显才来构设故事,表现"千部一套"的程式化倾向。这种标准单一的对人物形象特征的把握,不单是作者思想认识上的问题,更有戏曲人物程式化、类型化的影响。这种由主观意念产生的创作方式,即使其出发点很好,想将人物刻塑得多么才华横溢,但因其没有坚实的生活基础,最终只能采取一种简单化的创作方式。

二、以诗传情来构设故事

"才子佳人小说"叙述的是才子与佳人(或兼才女)的爱情婚姻故事,作者们的爱情婚姻理想是才子得遇佳人。"才子佳人小说"不单要求佳人之必具美貌,才子之必具诗才,而且才子佳人往往是才貌皆具。如《定情人》写才子双星"聪明过人,学富五车,更兼姿容秀美,矫矫出群"的"少年风流秀才",双星择偶的标准是:"天地既生了我一个双不夜,世界中便自有一个才美兼全的佳人与我双不夜作配。""有女如玉,怎说不美。美固美矣,但可惜眉目无咏雪的才情,吟风的韵度,故少逊一筹,不足定人之情耳。"

"才子佳人小说"的结构可以大略分为三部分,即一见钟情、拨乱离散、及第团圆。以诗传情示爱来构设故事主要表现在第一部分——一见钟情中。以诗词传情示爱来构设故事,诗词于此成了小说男女主人公情感的纽带。如《定情人》中双星出外寻访"定情人",在浙江绍兴遇到了父亲的同年、义父江章。双星于是来到江家,拜见夫人,又与蕊珠小姐相见。二人一见钟情。蕊珠见双星少年清俊,儒雅风流,又似乎识窍多情,也未免默默动心。一日看到"无可奈何花落去,似曾相识燕归来"诗句,触动情怀,赋诗一首,表达对双星的恋慕。双星见了蕊珠之诗,大加赞叹,亦和诗一首,表达相慕之情……如《宛如约》赵如子女扮男装,化名赵白,遇少年才子司空约,如子爱其诗才,和了司空约的《访美诗》,暗表自己爱慕之心。于是司空约到列眉村寻访赵白……如《驻春园》中云娥小姐在香罗帕上题《双燕》诗一首,包着琥珀坠,赠与黄生作为定情信物。如《吴江雪》中江潮与吴媛通过雪婆传书递简,用诗表达彼此的相思爱慕之情。如《孤山再梦》中钱雨林和万宵娘游春相遇,两相爱慕,通过木婆传诗通情,互表爱慕,等等。

"才子佳人小说"这种才子与佳人传诗示爱的方式显然是学习唐传奇作法,唐传奇的《游仙窟》中已经有了才子与佳人互相吟诗表达爱意的表现方式;《莺莺传》也已经有了作传书递简,通情示爱的作法。"才子佳人小说"在这方面运用诗词时并没有多大的创造。

但是不能否认"才子佳人小说"在运用诗词方面,对于《红楼梦》为人设诗与为情设诗,作了长时期的积淀。设若没有"才子佳人小说"在运用诗词方面这种长时期的探索,曹雪芹也就不可能针对"才子佳人小说"运用诗词的不足,在白话小说运用诗词上取得巨大的成就了。可以说,"才子佳人小说"运用诗词是白话小说运用诗词发展的一个重要环节。

第二节　李渔小说中的诗词研究

李渔小说创作中渗透着他对社会生活的体味。他看多了生活中违情违理的事情,又不可能认清造成"颠倒黑白""阴差阳错"的个中原因,就不免根据他的人生体验抒发感慨和营构故事。李渔又将其戏曲创作理论贯彻于小说创作之中,这样就使其小说富有创作个性。李渔的小说比之于以前的《三言》《二拍》,作家的创作个性深入作品的程度有了大的发展。

李渔小说中的诗词韵语虽仍承前代白话小说的程式,但已能将诗词韵语与小说故事内容紧密结合,故诗词成为其小说不可分割的组成部分。

一、篇首诗中对社会、人生的认识体味

李渔小说的戏剧化色彩很浓,常常将生活中事件夸张放大,集中表现在其小说故事中。这样的集中表现,虽显示出了人物故事虚构和失实带来的小说生活意蕴的不足,但有时也利于读者看透生活的底里,在感受戏剧化生活的同时,也时时品尝得出生活的况味。

李渔对于社会人生的体味常常概括交代在小说的篇首诗中,其蕴含虽不够厚重,但也可看出作者着意构设故事的思想意绪。他常以一个"错"字来概括他所看到过和经历过的世事人情。因为其小说故事惯于抉发生活中悖情悖理的一面,所以一旦将这一面夸大呈现出来时,它就不仅仅是一个喜剧性的故事了,它呈现出来的常常是一种"含泪的笑",更多是一种对于现实生活无可奈何的叹息。因为其不能深入挖掘,故常表现为一种呈现式的叹息。如《无声戏》第一回《丑郎君怕娇偏得艳》篇首诗云:

> 天公局法乱如麻,十对夫妻九配差。常使娇莺栖老树,惯教顽石伴奇花。
> 合欢床上眠仇侣,交颈帏中带软枷。只有鸳鸯无错配,不须梦里抱琵琶。

小说虽讲的是一丑男娶了三个美妇,终以三个美妇屈从于丑男为结局的故事,但读者读后并不会从这出颇具戏剧性的故事中得到快慰,而是从小说故事中深深感受到了"红颜薄命"——当时社会青年女子爱情婚姻不幸的苦味,从中很容易体味出作者内心深处那种无奈哀痛之情。因为屈原"香草""美人"的比兴传统,结

合作者的身世经历，更可体味出古代读书人不遇的苦况。这一切，就不单单是一个"十对夫妻九配差"的问题了，它更有着对"天公局法乱如麻"痛快淋漓的指斥。这就是生活经历赋予作者的感受。正如第三回《改八字苦尽甘来》的篇首诗云：

　　从来不解天公性，既赋形骸焉用命。八字何曾出母胎，铜碑铁板先刊定。

　　桑田沧海易更翻，贵贱荣枯难改正。多少英雄哭阮途，叫呼不转天心硬。

　　所谓"阮途"，史载，魏晋易代之际，阮籍"率意独驾，不由径路，车迹所穷，辄恸哭而返"，后常用来喻英雄末路。李渔前半生也不信命，十九岁他父亲逝世时，他曾作《回煞文》来反对迷信习俗。二十五岁他在婺州应童子试，以五经见拔。此后虽也应过几次乡试，均不第。三十六岁（1646年）清兵攻克金华，李渔经历了受异族辖制、剃发、兵燹、乱离的现世苦难。此后他先避乱深山，后返故乡，做了"识字农"。四十岁时，为生计所迫，离开家乡去杭州，开始了"卖赋以糊其口"的生涯，常常感叹"伤哉，贫也""饥来驱人"，这种苦况直到四十七岁。这期间，他创作完成了小说《无声戏》《十二楼》。

　　由于后半世为生计劳碌奔波，加上人世冷暖、运途坎坷，他对于社会人生的认识持悲观失望的态度，常常归结于天与命。不过，作为旧时代的一个知识分子，遭逢乱世，对前途、志向、理想，一切的一切又归于无有，内心中的苦闷悲痛无处申诉，又迫于统治淫威，不认命他还有什么办法？！真有一种"桑田沧海易更翻，贵贱荣枯难改正。多少英雄哭阮途，叫呼不转天心硬"之感。在他对命运的斥责中，有着生不逢时的感叹，更有着对清王朝的社会统治不满。他只好借创作小说来抒发郁闷了，他的"改八字苦尽甘来"不是有一种生不逢时的慨叹吗？！

第五回《女陈平计生七出》的篇首词云：

> 女性从来似水，人情近日如丸。《春秋》责备且从宽，莫向长中索短。　　治世"柏舟"易矢，乱离节操难完。靛缸捞出白齐纨，纵有千金不换。

> 话说"忠孝节义"四个字，是世上人的美称，个个都喜欢这个名色。只是奸臣口里也说忠，逆子对人也说孝，奸夫何曾不道义，淫妇未尝不讲节，所以真假极是难辨。古云："疾风知劲草，板荡识忠臣。"要辨真假，除非把患难来试他一试。只是这件东西是试不得的，譬如金银铜锡，下炉一试，假的坏了，真的依旧剩还你；这忠孝节义将来一试，假的倒剩还你，真的一试就试杀了。

此中蕴含了作者身处乱世的郁愤。这是对明清易代之际，人心似鬼、人情如丸、黑白颠倒窳败世风的指斥。他之所以用陈二娘在乱军之中还能保守节操来构设故事，不仅仅是对于陈二娘的赞美，更重要的是以此来比堪反衬那些毫无节操的达官士夫，揭露其"金玉其外，败絮其中"的本质。再如第十二回《妻妾抱琵琶梅香守节》本篇篇首词云：

> 妻妾眼前花，死后冤家。寻常说起抱琵琶，怒气直冲霄汉上，切齿磋牙。　　及至戴丧鬓，别长情芽，个中心绪乱如麻。学抱琵琶犹恨晚，尚不如他。

以往对于本篇的评论，多以为此篇宣扬的是传统伦理观念，作者肯定多妻制和肯定寡妇再嫁是败坏纲常名教的失节行为等。实际整个封建社会的节操观念，不仅仅是针对妇女，"三纲五常"本就是一个整体，妇女失节常用来影射士夫的无操守，如柳宗元的《河间传》。即使本篇不是在影射，那批判的也是在当时世风下一种不讲气节操守的风气。所以本篇指斥的仍然是那类失德无守的假正经和伪君子。第七回《人宿妓穷鬼诉嫖冤》入话中揭发的是妓女以"有情有义"的伪装坑人骗人的行为，也能看出末世人心如妓，以蒙以骗为能的丑恶世情。

乱世纷争，所有有关名教的内容，诸如君君臣臣、父父子子等的社会法则一齐崩坏。世风日下，什么名节操守、忠孝节义通通一文不值。"不孝有三，无后为大"，父子之间的血缘亲情关系是宗法制社会最为直接的纽带。在孝的伦理意义上，有儿指望养老本是很正常的想法。这也是中国社会最为正常的关系之一。世风人情的崩坏，父子之间已经变成为一种纯粹的利益继承关系，亲情的体恤关怀已经荡然无存。第十一回《儿孙弃骸骨僮仆奔丧》就是针对这一世态人情而发。篇首作了深刻的批判揭发：

　　古云有子万事足，多少茕民怨孤独。常见人生忤逆儿，又言无子翻为福。

　　有子无儿总莫嗟，黄金不尽便传家。床头有谷人争哭，俗语从来说不差。

李渔的小说着意经营的痕迹很明显，至有研究者说："整个说来，李渔小说目的性太强，而'自我完善'不够，塑造社会、人心的欲望过强，而自我塑造的心思过薄，很像一个涉世未深的人，急于充当他人的人生导师，无论道理讲得怎样条条是道，作品本身缺乏丰富而深沉的人生内蕴，也难以产生预期的效果。李渔小说唯求劝惩和娱乐。忽略了自身的社会人生修养，忘记了文学磨洗自身情感光辉的第一要旨，导致小说的魂魄总是在社会人生的边上游荡，永难进入社会人生本质之中。"①这种初步的感觉并没错。

---

① 　崔子恩：《李渔小说论稿》，中国社会科学出版社 1989 年版，第 16 页。

但是李渔有他着意经营小说的目的或用心。因为他的用心在娱乐,所以并不苛求于对社会生活的深刻反映,只求能吸引读者,让读者觉得好玩、好笑,甚至有时抓住下层市民读者某种趣致和梦寐以求的心理来构设故事。但他的内心深处对于人情世相还是有着深切的认识和体味的。本师时人先生曾指出:"李渔并不是那种头脑冬烘和人生体验、社会思想极为浅薄的作家。"但是"因为他要'戒讽刺'和'娱朝夕',所以他经常偷偷虚化生活的本质内容和人物的真实感情"①。我们且看其"戒讽刺"的理论:

> 笔之杀人,其为痛也,岂止数刻而已哉! 窃怪传奇一书,昔人以代木铎,因愚夫愚妇识字知书者少,劝使为善,戒使勿恶,其道无由,故设此种文辞,借优人说法与大众齐听,谓善者如此收场,不善者如此结果,使人知所趋避。是药人寿世之方,救苦弭灾之计也。后世刻薄之流,以此意倒行逆施,借此文报仇泄怨。心之所喜者,处以生旦之位;意之所怒者,变以净丑之形。且举千百年未闻之丑行,幻设而加于一人之身,使梨园而传习之,几为定案,虽有孝子慈孙,不能改也。噫! 岂千古之文章,止为杀人而设? 一生诵读,徒备行凶造孽之需乎? ……凡作传奇者,先要涤去此种肺肠,务存忠厚之心,勿为残毒之事。以之报恩则可,以之报怨则不可;以之劝善惩恶则可,以之欺善作恶则不可。

可见,李渔所谓的讽刺,是指用来"报仇泄怨"的杀人之笔,而并不是指那种揭发世事人情之笔,但是因为他的不用杀人之笔的原则,即使对于小说中的丑人甚至强盗等,也不肯加一丝揶揄嘲讽之词。但他在"偷偷虚化生活的本质内容和人物的真实感情"时,仍掩饰

---

① 李时人:《明清小说鉴赏辞典・十二楼》,浙江古籍出版社 1992 年版,第 1153、1151 页。

不住半世经历中的悲情苦况,时不时透露出他的无奈和悲苦,也就时不时对世情冷暖、人心世事进行揭发。在第四回《失千金福因祸至》的篇首诗中说:

> 从来形体不欺人,燕颔封侯果是真。亏得世人皮相好,能容豪杰隐风尘。

表面说的是相与人之命运的关联,内中却隐藏不住他对"人心之不同,有如其面"的认识,矛头直指那些不贤不肖者:

> 他(造化)偏要使那贵贱贤愚相去有天渊之隔的,生得一模一样,好颠倒人的眼睛,所以为妙。当初仲尼貌似阳虎,蔡邕貌似虎贲,仲尼是个至圣,阳虎是个权奸,蔡邕是个富贵的文人,虎贲是个下贱的武士,你说哪里差到哪里? 若要把孔子认做圣人,连阳虎也要认做圣人了;若要把虎贲认做贱相,连蔡邕也要认做贱相了。这四个人的相貌虽然毕竟有些分辩,只是这些凡夫俗眼哪里识别得来? 从来负奇磊落之士,个个都恨世多肉眼不识英雄;我说这些肉眼是造化生来护持英雄的,只该感他,不该恨他,若使该做帝王的人个个知道他是帝王,能做豪杰的人个个认得他是豪杰,这个帝王、豪杰一定做不成了。项羽知道沛公该有天下,那鸿门宴上岂肯放他潜归? 淮阴少年知道韩信后为齐王,那胯下之时岂肯留他性命? 亏得这些肉眼,才隐藏得过那些异人。还有一说,若使后来该富贵的人都晓得他后来富贵,个个去趋奉他,周济他,他就预先要骄奢淫欲起来了,哪里还肯警心惕虑,刺股悬梁,造到那富贵的地步? 所以造化生人使乖弄巧的去处都有一片深心,不可草草看过。

以上可以看出,李渔仍然念念不忘其内心深处那种"失路、不遇的英雄"情结,所谓"负奇磊落之士,个个都恨世多肉眼不识英雄;我说这些肉眼是造化生来护持英雄的,只该感他,不该恨他……造化生人使乖弄巧的去处都有一片深心,不可草草看过"的话中,透露出了其潦落半世的悲苦况味。但这只是借机阐发,他并不以此来构设小说故事,他构设小说故事不是为其发抒牢骚的,而只是用来给人"娱朝夕"的。由于没有将其深情冷眼的社会体味形诸小说人物和故事,笔锋却岔开来为娱乐构设故事,当然就只能是"虚化生活的本质内容和人物的真实感情""小说的魂魄总是在社会人生的边上游荡,永难进入社会人生本质之中"了。

即使如此,李渔小说里还是对社会制度的阴暗面有所触及和揭露。如第二回《美男子避惑反生疑》的篇首诗云:

> 从来廉吏最难为,不似贪官病可医。执法法中生弊窦,矢公公里受奸欺。
> 怒棋响处民情抑,铁笔摇时生命危。莫道狱成无可改,好将山案自推移。

小说着眼于"法中弊窦"易造成冤狱来构设故事,虽最终没有造成蒋瑜与何氏含冤受屈,但仍然以知府媳妇的死为代价解开了"弊窦"。小说故事以案情的最终告破并以大团圆终结,但对于封建社会司法制度的腐败及自以为是廉吏的官员的所作所为还是给予了一定程度的批判。

李渔小说不仅仅以末世人情、人心作为他褒贬指斥的对象,而且针对当时社会现实加进了许多劝世的成分。如第七回《人宿妓穷鬼诉嫖冤》叙述了一则妓女的无信滥行的故事,在故事的表层仍有劝人戒嫖的意图:

> 访遍青楼窈窕,散尽黄金买笑。金尽笑声无,变作吠声如

豹。承教承教,以后不来轻造。

再如第八回《鬼输钱活人还赌债》就是构设故事劝人戒赌的,篇首
诗云:

世间何物最堪仇,赌胜场中几粒骰。能变素封为乞丐,惯
教平地起戈矛。

输家既入迷魂阵,赢处还吞钓命钩。安得人人陶士行,尽
收博具付中流。

再如《十二楼》中《归正楼》第一回诗是劝人上进的:

为人有志学山丘,莫作卑污水下流。山到尽头犹返顾,水
甘浊死不回头。

砥澜须用山为柱,载石难凭水作舟。画幅单条悬壁上,好
将山水助潜修。

二、服务于小说故事的诗词韵语

《十二楼》与《无声戏》比,娱乐游戏之笔更加明显。如果说《无
声戏》中还有作者对于社会人生的揭发和对自己半生潦倒的体味
的话,那么《十二楼》就纯粹成了"娱朝夕"的"无声戏"了。因其以
娱乐游戏之笔创作小说的缘故,故其小说中诗词韵语多是作为服
务于小说故事情节构设的游戏之笔,意义、作用都不是很大。

《十二楼》中的回首诗词多是作者结合故事自创,用作概括小
说故事内容的。如《合影楼》第一回的篇首词《虞美人》:

世间欲断钟情路,男女分开住。掘条深堑在中间,使他终

身不度是非关。 堑深又怕能生事,水满情偏炽。绿波惯会做红娘,不见御沟流出墨痕香?

这首作为小说的引首词,对于小说故事的展开不失为一个新颖别致的引子。再如《三与楼》的诗虽云明朝一位高人为卖楼别产而作,但结合故事内容看,很可能是作者创作,用来作为引首概括故事内容的:

茅庵改姓属朱门,抱取琴书过别村。自起危楼还自卖,不将荡产累儿孙。

又云:

百年难免属他人,卖旧何如自卖新。松竹梅花都入券,琴书鸡犬尚随身。
壁间诗句休言值,槛外云衣不算缯。他日或来闲眺望,好呼旧主作嘉宾。

其他如《夺锦楼》词概括故事内容亦较别致:

一马一鞍有例,半子难招双婿。失口便伤伦,不俟他年改配。成对,成对,此愿也难轻遂。

《夏宜楼》第一回六首绝句《采莲歌》亦是作者自创,纯粹是为了引出故事的,几乎与小说没有什么关系。

李渔小说中也有男女主人公以诗传情示爱的。如《十二楼》中如《合影楼》第二回玉娟与珍生也以诗传情,但所用诗词不生动也不高明,没有深入人物的内心世界,所作之诗干瘪无味。

　　总之，李渔小说在前代短篇白话小说的基础上，创作个性明显增强。他在小说篇首诗概括出的对社会、人生的认识、体味，将其与小说故事相比衬，在将人生戏剧化的同时，又使读者深深体会到一种含泪而笑的人生悲苦况味。李渔小说中的诗词韵语个别的也较有特色，但在他笔下散体叙事已较为成熟，故不再过多地借助于诗词韵文的表现力了。

第三节　《红楼梦》中的诗词韵文研究

　　"富于感伤诗人气质的曹雪芹以其全部才情，对我国古代文学的一切优良传统进行了继承和发扬，而《红楼梦》以其对历史和现实的巨大涵盖和古典的、抒情的美，成为中国古代小说艺术的光辉总结。"[1]《红楼梦》在运用诗词韵语方面，不仅在量上是"所有小说之冠"[2]，而且从质上更是综合运用了古代诗歌传统中所有的思想材料和艺术方法。可以说，《红楼梦》是整个中国古代诗性文化的结晶。

　　《红楼梦》在运用诗词韵语方面之所以取得如此高的成就，主要原因在于其能够结合小说的艺术要求和美学品格，以人物为中心运用诗词韵语；在运用诗词韵语时，又能结合诗歌传统言志缘情的艺术特点——缘于人情，故能移人情性，使小说在其美学品格上呈现出一种古典的、抒情的诗美；《红楼梦》融入诗词韵语作为一种文学—文化现象，在其艺术地展现社会人生图景的同时，也蕴涵了作者对于社会人生的理解、爱憎和评价。

---

① 李时人：《李汝珍及其镜花缘》，春风文艺出版社 1999 年版，第 7 页。
② 张敬：《诗词在中国古典小说戏曲中的应用》，载《中外文学》1975 年第 3 卷第 11 期。

一、为人物设诗

曹雪芹在创作《红楼梦》时,因不满于才子佳人小说在人物塑造上的滥用诗词,于是指出:"至若佳人才子等书……不过作者要写出自己的那两首情诗艳赋来,故假拟出男女二人名姓……"(《红楼梦》第一回)同时也表明了他对于小说创作运用诗词的态度:"……我半世亲睹亲闻的这几个女子,虽不敢说强似前代书中所有之人,但事迹原委,亦可以消愁破闷;也有几首歪诗熟话,可以喷饭供酒。至若离合悲欢,兴衰际遇,则又追踪蹑迹,不敢稍加穿凿,徒为供人之目而反失其真传者。"(《红楼梦》第一回)他之所言,正是针对才子佳人小说为诗而设人,编造故事,以至于"大不近情理"的缺陷,故他的创作就是要"追踪蹑迹",写出"半世亲睹亲闻的这几个女子""离合悲欢,兴衰际遇"的"事迹原委",可见,曹雪芹在创作态度上,就是要将诗词韵语用来为《红楼梦》中的人物服务。

从理论上言,人物是小说的生命。随着小说艺术的日渐精进,日渐成熟,人物塑造便成为小说创作的核心问题。"人物写活了,而且符合历史的(生活的)真实,那么他们的行为所构成的情节也活了,也给人以真实感,于是读者感知了一种恍如真实的生活景象,这种景象可以和现实人生参照对比,从而启发人理解人生、理解历史。"①《红楼梦》的成功就在于其成功的人物塑造上,而其运用诗词韵语也是为人而设。

《红楼梦》中的诗词,即使是用来构设情节的,也与人物的命运紧相关联。如第一回甄士隐在梦中抱着女儿英莲,茫茫大士说英莲"有命无运、累及爹娘",口内念了四句言词:

惯养娇生笑你痴,菱花空对雪澌澌。好防佳节元宵后,便

---

① 何满子:《古代小说艺术漫话》,辽宁教育出版社 2001 年版,第 54 页。

是烟消火灭时。

这首诗不仅点出了英莲（香菱）的性格——痴，而且预示出其将来不幸的命运——元宵节失亲被拐，后成为薛蟠的妾。

第五回贾宝玉梦游太虚幻境时，在薄命司见金陵十二钗又副册判词二、金陵十二钗副册判词一、金陵十二钗正册判词十一，分别写晴雯、袭人、香菱、黛玉、宝钗、元春、探春、湘云、妙玉、迎春、惜春、王熙凤、巧姐、李纨、秦可卿等，是用判词来预示人物的命运。《红楼梦十二支曲》分咏金陵十二钗，亦是用来预示人物的命运的。这种谶语式的表现方法，中国古代白话小说中很常见。《红楼梦》之前大都是作为情节发展的线索，用来构设故事情节。只有到了《红楼梦》才自觉将其用作人物的概括交代。适应读者的阅读心理及习惯——关心故事中人物的命运和结局，这种交代更侧重于她们悲剧命运的结局。这些判词的设置，不仅仅要使读者从一开始就对小说人物命运有所了解，而且运用这样朦朦胧胧的谶语式的诗词，在欣赏阅读中更耐人寻味，颇具匠心。

《红楼梦》中的诗词也有用来刻画人物形象的。如第三回用《西江月》二词来刻写宝玉的心性：

　　无故寻愁觅恨，有时似傻如狂。纵然生得好皮囊，腹内原来草莽。　　潦倒不通世务，愚顽怕读文章。行为偏僻性乖张，那管世人诽谤！

　　富贵不知乐业，贫穷难耐凄凉。可怜辜负好韶光，于国于家无望。　　天下无能第一，古今不肖无双。寄言纨绔与膏梁：莫效此儿形状！

用赋及骈文式的韵语刻写黛玉的神情意态：

> 两弯似蹙非蹙罥烟眉，一双似喜非喜含情目。态生两靥
> 之愁，娇袭一身之病。泪光点点，娇喘微微。闲静时如娇花照
> 水，行动处似弱柳扶风。心较比干多一窍，病如西子胜三分。

再如第二十五回刻画癞头和尚与跛足道人的模样：

> 鼻如悬胆两眉长，目似明星蓄宝光，破衲芒鞋无住迹，腌
> 臜更有满头疮。
> 一足高来一足低，浑身带水又拖泥。相逢若问家何处，却
> 在蓬莱弱水西。

《红楼梦》中的公子、小姐们都受过良好的教育，虽然封建社会
对于女子的要求是"无才是德"，但像黛玉、宝钗、湘云等人的才学
还是脱颖而出，甚至她们的才学超过了须眉男子，包括怡红公子宝
玉。在第十八回第一次群芳题咏大观园时，元春的"题大观园"诗、
迎春的"旷性怡情"诗、探春的"万象争辉"诗、惜春的"文章造化"
诗、李纨的"文采风流"诗、薛宝钗"凝晖钟瑞"诗、黛玉的"世外仙
源"诗、代宝玉"杏帘在望"诗、宝玉"有凤来仪""蘅芷清芬""怡红快
绿"诗等，"一次题咏。人物个性朗朗自现"①，"大小姐的雍容华
贵，二小姐的谨慎自守，三小姐的自负清高，四小姐的孤傲玄想，在
各自的题咏中一一显现。李纨的……呈现出一种顺从和庸常的品
性，薛宝钗的……则巧妙地表达了一个道德楷模对贵妃的奉承，对
省亲之政治意义的领会和对成为皇上小老婆那种人生的向往和仰
慕，并且表达得不失大家闺秀的风范，相当委婉得体。而林黛玉的
意趣却在于'借得山川秀，添来景物新'，并且像探春一样强调'仙
境别红尘'……面对金碧辉煌的省亲场面，她毫无顾忌地唱出了

---

① 李劼：《历史文化的全息图像——〈红楼梦〉》，东方出版中心 1995 年版，第 57 页。

'一畦春韭绿，十里稻花香'，质朴清新，一派浑然天成。与黛玉的
这种自然天性相映成趣的则是宝玉的孩子气十足"①。第二十二
回"制灯谜贾政悲谶语"一节中的灯谜诗，也是紧紧围绕大观园中
各女儿的命运而制：

> 贾政心内沉思道："娘娘所作爆竹，此乃一响而散之物。
> 迎春所作算盘，是打动乱如麻。探春所作风筝，乃飘飘浮荡之
> 物。惜春所作海灯，一发清净孤独。今乃上元佳节，如何皆作
> 此不祥之物为戏耶？"

　　第三十七回"秋爽斋偶结海棠社，蘅芜院夜拟菊花题"，在白海
棠诗唱和中"白海棠花在她们的笔下成了各自精神风貌的生动写
照"——探春的清高、宝钗的沉稳大度、黛玉的风流潇洒，湘云的爽
直等。② 特别于宝钗与黛玉，她们的白海棠诗形成了心灵和精神
上的鲜明比照："一个是走向世俗的尊贵，一个走向超凡的孤
寂……薛诗的重点落在世俗的身份上，林诗的精彩见于该诗本身
的诗意。"如果说李纨对薛、林白海棠诗的评判代表了一种世俗向
度，为后文作铺垫的话，那么，另一个高潮，菊花题咏，更适合表现
黛玉的才情。她的"咏菊""问菊""梦菊"，"题目新，诗也新，立意更
新，恼不得要推潇湘妃子为魁了"。林黛玉超凡脱俗的才情，更显
示出其为风流潇洒的绝世才女。宝、黛、钗的"螃蟹咏"，"是菊花诗
会的一个饶有意味的尾声"③。不仅是宝、黛之间表达心心相印、
至死不渝爱情的一个绝佳时机，而且对于宝、黛、钗的爱情纠葛作
了极好的呈现。让宝钗沉稳持重的性格，通过其讽和的诗句"眼前
道路无经纬，皮里春秋空黑黄。酒未敌腥还用菊，性防积冷定须

① 李劼：《历史文化的全息图像——〈红楼梦〉》，东方出版中心 1995 年版，第 56、57 页。
② 同上书，第 59 页。
③ 同上书，第 62 页。

姜"，第一次失控。此间更能体味宝钗品性的内质。为人设诗，在宝钗是"有用心"之人的诗，在黛玉是"痴心"人的诗。

爱诗，像黛玉的爱哭一样，也是她悲情的形式，这是她对理想生活充满希望，而这种希望又无法实现时的情感流露，现实与其希望越来越远，到焚诗稿时，泪已竭，情亦竭，她的生命也就燃烧到了尽头。她之所以与哭与诗相伴，与其说她是才女，不如说她是情痴，是一个文化精魂。集中于黛玉名下的诗篇，有用得天衣无缝的，如《葬花辞》；也有用来作为其情思的陪衬的，如《桃花行》。正如聂石樵先生在总结《红楼梦》与古代文学的关系时所揭示的，其中有庄子、屈原、陶渊明、李商隐、苏轼等人的影响，她是千古诗人的凝聚。

为人物设诗，用来产生反讽效果。如第一回贾雨村的诗及联语：

> 未卜三生愿，频添一段愁。闷来时敛额，行去几回头。
> 自顾风前影，谁堪月下俦？蟾光如有意，先上玉人楼。
> 玉在椟中求善价，钗于奁内待时飞。
> 时逢三五便团圆，满把晴光护玉栏。天上一轮才捧出，人间万姓仰头看。

诗与联语着力刻画贾雨村思慕女色及其想要飞黄腾达的急切心理。娇杏只因主人说雨村"必非久困之人"多顾盼了几眼，贾雨村因这多顾盼了几眼，便"自为此女子必是个巨眼英雄，风尘中之知己也"。这里着力烘染的是贾雨村的名利心重，也为其贪酷无情作铺垫。这与《红楼梦》内在意蕴正好构成对比。

即使在日常的娱乐活动中，所用韵语也能体现出人物的性格特点，不仅仅是烘染氛围。如《红楼梦》第二十八回宝玉、冯紫英、蒋玉菡、薛蟠与妓女云儿饮酒行令：

宝玉笑道:"听我说来:如此滥饮,易醉而无味。我先喝一大海,发一新令,有不遵者,连罚十大海,逐出席外与人斟酒。"冯紫英、蒋玉菡等都道:"有理,有理。"宝玉拿起海来一气饮干,说道:"如今要说悲、愁、喜、乐四字,却要说出女儿来,还要注明这四字原故。说完了,饮门杯。酒面要唱一个新鲜时样曲子;酒底要席上生风一样东西,或古诗,旧对,《四书》《五经》成语。"薛蟠未等说完,先站起来拦道:"我不来,别算我。这竟是捉弄我呢!"云儿也站起来,推他坐下,笑道:"怕什么?这还亏你天天吃酒呢,难道你连我也不如! 我回来还说呢。说是了,罢;不是了,不过罚上几杯,那里就醉死了。你如今一乱令,倒喝十大海,下去斟酒不成?"众人都拍手道妙。薛蟠听说无法,只得坐了。听宝玉说道:

女儿悲,青春已大守空闺。女儿愁,悔教夫婿觅封侯。

女儿喜,对镜晨妆颜色美。女儿乐,秋千架上春衫薄。

众人听了,都道:"说得有理。"薛蟠独扬着脸摇头说:"不好,该罚!"众人问:"如何该罚?"薛蟠道:"他说的我通不懂,怎么不该罚?"云儿便拧他一把,笑道:"你悄悄的想你的罢。回来说不出,又该罚了。"于是拿琵琶听宝玉唱道:

滴不尽相思血泪抛红豆,开不完春柳春花满画楼,睡不稳纱窗风雨黄昏后,忘不了新愁与旧愁,咽不下玉粒金莼噎满喉,照不见菱花镜里形容瘦。展不开的眉头,捱不明的更漏。呀! 恰便似遮不住的青山隐隐,流不断的绿水悠悠。

唱完,大家齐声喝彩,独薛蟠说无板。宝玉饮了门杯,便拈起一片梨来,说道:

雨打梨花深闭门。

……下该薛蟠。薛蟠道:"我可要说了:女儿悲——"说了半日不见说底下的。冯紫英笑道:"悲什么? 快说来。"薛蟠登时急的眼睛铃铛一般,瞪了半日,才说道:"女儿悲——"又

咳嗽了两声,说道:

> 女儿悲,嫁了个男人是乌龟。

众人听了都大笑起来。薛蟠道:"笑什么,难道我说的不是? 一个女儿嫁了汉子,要当忘八,他怎么不伤心呢?"众人笑的弯腰说道:"你说的很是,快说底下的。"薛蟠瞪了一瞪眼,又说道:"女儿愁——"说了这句,又不言语了。众人道:"怎么愁?"薛蟠道:

> 绣房撺出个大马猴。

众人呵呵笑道:"该罚,该罚! 这句更不通,先还可恕。"说着便要筛酒。宝玉笑道:"押韵就好。"薛蟠道:"令官都准了,你们闹什么?"众人听说,方才罢了。云儿笑道:"下两句越发难说了,我替你说罢。"薛蟠道:"胡说! 当真我就没好的了! 听我说罢:

> 女儿喜,洞房花烛朝慵起。"

众人听了,都诧异道:"这句何其太韵?"薛蟠又道:

> 女儿乐,一根毡毯往里戳。

众人听了,都扭着脸说道:"该死,该死! 快唱了罢。"薛蟠便唱道:"一个蚊子哼哼哼。"众人都怔了,说:"这是个什么曲儿?"薛蟠还唱道:"两个苍蝇嗡嗡嗡。"众人都道:"罢,罢,罢!"薛蟠道:"爱听不听! 这是新鲜曲儿,叫作哼哼韵。你们要懒待听,连酒底都免了,我就不唱。"众人道:"免了罢,免了罢,倒别耽误了别人家。"

宝玉和薛蟠所说的令、曲、诗句,都与其性格特点紧密关联。贾宝玉钟情于"女儿",即使在玩乐时节,也忘不了"要说出女儿来"。其下所唱的"滴不尽相思血泪抛红豆"曲,表达的是对于黛玉的无尽相思与情爱。可以说唱词是为了映衬宝玉的形象服务的。"混名人称'呆霸王',最是天下第一个弄性尚气的人,而且使钱如土……"的薛蟠,其所行之令,所唱之唱,也紧紧围绕是其"混""赖"的性格特点,也只有薛蟠能如此。

二、为情设诗

《红楼梦》第一回中即称"大旨谈情";《红楼梦》第五回贾宝玉梦入"太虚幻境"见"一座宫门,上面横书着四个大字,道是'孽海情天'。也有一副对联,大书云:厚地高天,堪叹古今情不尽;痴男怨女,可怜风月债难酬"。脂胭斋在甲戌本第八回有一条批语:"作者是欲天下人共来哭此情字";等等。叶朗先生说:"《红楼梦》的全部艺术虚构和艺术创造,都是围绕着情字这个核心的。"①刘上生先生亦说:《红楼梦》中"以宝黛爱情悲剧为中心的一群年轻女性的不幸命运,简称女儿悲剧。由于女儿悲剧都围绕着'情'或联系着'情'……所以女儿悲剧又可谓之'情'的悲剧"②。孙逊先生等更进一步指出《红楼梦》之"情"是"将作品的主人公与自然万物……以一种亲情来加以维系"③。正由于此,《红楼梦》运用诗词韵语也是围绕"情"进行的。

《红楼梦》既以宝黛爱情悲剧为中心,当然在围绕"情"构设故事以及运用诗词韵语时,多着力于宝黛爱情。曹雪芹所谓的"悲金悼玉"对于宝钗的为人与黛玉的品格,态度极其鲜明。如第五回《红楼梦十二支曲》中唱的,宝黛纯洁真挚的爱情可以说是《红楼梦》"情"的主要成分,如此纯洁真挚的爱情却终是一场"空",却终于"心事虚化",所以《红楼梦》第一回说:

> 此回中凡用"梦"用"幻"等字,是提醒阅者眼目,亦是此书立意本旨。

---

① 叶朗:《中国小说美学》,北京大学出版社 1982 年版,第 203 页。
② 刘上生:《中国古代小说艺术史》,湖南师范大学出版社 1993 年版,第 427、428 页。
③ 张荣明编:《道佛儒思想与中国传统文化》,上海人民出版社 1994 年版,第 245 页。

满纸荒唐言,一把辛酸泪! 都云作者痴,谁解其中味?

脂胭斋在戚序本第十三回总评亦曰:"情即是幻,幻即是情。"可见,幻与梦是作者在宝黛纯洁真挚爱情破灭后的主观思致,是作者歌哭的对象,小说的美学品格具体表现在作者之"痴"创造出的"其中味"里,"作者是欲天下人共来哭此情字"!《红楼梦》中的"泪"成了"情"的盛载,是其具体表现形式。此中之泪,不独是小说主人公的泪,而且有表现作者痴情的"一把辛酸泪",更有辐射开来的普天下痴男怨女的"爱情之泪"及同情之泪。

《红楼梦》中对于"情"的最成功的抒发,莫过于黛玉的《葬花辞》。前此研究者以为《葬花辞》是借落花,写黛玉的悲叹青春难再及其身世命运不幸的,着重于此诗内在的悲痛与忧虑。实际《葬花辞》是"情"之悲慨陈诉,是爱情不得表白的内在苦痛的抒发,亦是情有所寄而不能寄、身有所托而不能托的心的悲吟。黛玉的这份"痴情"正与宝玉的痴情相交通,在第二十九回"痴情女情重愈斟情"一节中说得明白:

　　原来那宝玉自幼生成有一种下流痴病,况从幼时和黛玉耳鬓厮磨,心情相对,及如今稍明时事,又看了那些邪书僻传,凡远亲近友之家所见的那些闺英闱秀,皆未有稍及林黛玉者,所以早存了一段心事,只不好说出来,故每每或喜或怒,变尽法子暗中试探。那林黛玉偏生也是个有些痴病的,也每用假情试探。因你也将真心真意瞒了起来,只用假意;我也将真心真意瞒了起来,只用假意,如此两假相逢,终有一真……即如此刻,宝玉的心内想的是:"别人不知我的心,还有可恕,难道你就不想我的心里眼里只有你! 你不能为我烦恼,反来以这话奚落堵我。可见我心里一时一刻白有你,你竟心里没我。"心里这意思,只是口里说不出来。那林黛玉心里想着:"你心里自然有我,虽有'金玉相对'之说,你岂是重这邪说不重我的。我便时常提这'金玉',你只管了然自若无闻的,方见得是待我重,而毫无此心了。如何我只一提'金玉'的事,你就着急,可知你心里时时有'金玉',见我一提,你又怕我多心,故意着急,安心哄我。"看来两个人原本是一个心,但都多生了枝叶,反弄成两个心了。那宝玉心中又想着:"我不管怎么样都好,只要你随意,我便立刻因你死了也情愿。你知也罢,不知也罢,只由我的心,可见你方和我近,不和我远。"那林黛玉心里又想着:"你只管你,你好我自好,你何必为我而自失。殊不知你失我自失。可见是你不叫我近你,有意叫我远你了。"如此看来,却都是求近之心,反弄成疏远之意。

此刻宝黛之间还处在彼此"真心真意瞒了起来,只用假意"试探的相恋阶段。宝玉挨打之后,黛玉来探视一节,可以说两人之心在渐渐贴近,直至送帕定情,爱情成熟。第三十四回"情中情因情感妹妹,错里错以错劝哥哥"黛玉接到宝玉赠帕时的心理活动:

> 这里林黛玉体贴出手帕子的意思来,不觉神魂驰荡:宝玉这番苦心,能领会我这番苦意,又令我可喜;我这番苦意,不知将来如何,又令我可悲;忽然好好的送两块旧帕子来,若不是领我深意,单看了这帕子,又令我可笑;再想令人私相传递与我,又可惧;我自己每每好哭,想来也无味,又令我可愧。如此左思右想,一时五内沸然炙起。黛玉由不得余意缠绵,命掌灯,也想不起嫌疑避讳等事,便向案上研墨蘸笔,便向那两块旧帕子上走笔写道:……

所以刘耕路先生评价这三首题帕诗说:

　　这三首绝句就其技巧说,够不上是《红楼梦》诗词中的上乘,但要知道这诗不是"作"出来的,而是"哭"出来的,其价值就在于感情之真。没有希望的爱情发展得越深,带来的痛苦也越多。宝、黛间的爱情至此已发展到一个新的深度,到了控制不住感情的程度。一个不顾礼法约束,私自表赠情物;一个不避嫌疑,大胆写出倾诉爱情的诗篇。①

　　在大观园第一次诗会上,通过吟咏白海棠,宝钗和黛玉的追求和境界已昭然若揭:宝钗工于心计的一系列活动后,此时已经取得了贾母、王夫人等的垂爱,正向宝二奶奶的座位一步步地走近。黛玉唯有与宝玉在精神和心灵上息息相通,因其品性孤傲通灵,对于周围环境的变化更加敏感。因其敏感,情有所寄而不能寄,身有所托而终不能托,她对于爱情的发展早有预见。第六十四回"幽淑女悲题五美吟"用黛玉的话说即是:"我曾见古史中有才色的女子,终身遭际令人可欣可羡可悲可叹者甚多。今日饭后无事,因欲择出数人,胡乱凑几首诗以寄感慨……"对于"五美吟",不能只着眼于可悲可叹的"逐浪花"的西施、"饮剑"的虞姬、"命薄"的明妃、"一例抛"的绿珠的悲惨命运,更应该注意黛玉对于"女丈夫"红拂的欣羡。"悲凉之雾,遍被华林",可以说黛玉是第一个领会了大观园的冷酷肃杀气息的。对于爱情自己不能主张,又上无父母,下无弟兄,所以她欣羡红拂的丈夫气概。这也只能是"可欣可羡"而已,黛玉毕竟是黛玉。但有这一点也可看出《红楼梦》的伟大。《红楼梦》有曹雪芹敏锐的艺术感悟能力,又有他超凡的把捉现实的气概,他不粉饰现实,不谀美历史,他用美的事物一步步走向毁灭境地来昭示历史的必然。黛玉的美,美在其"痴情"。黛玉的情性品格主要体现在其对纯洁真挚爱情的向往与追求。现实的情势致使顽石都

①　刘耕路:《红楼梦诗词解析》,吉林文史出版社 1986 年版,第 194 页。

无才补天,对于一个弱女子——多愁多病的黛玉,她能够大胆地表达其对于自由爱情的向往,也足以成为与红拂比肩的"女丈夫"了。还有比从奴役中觉醒,大胆地宣布自己要做人更伟大的吗?! 还有比与自由与爱同归于尽,为爱与自由至死不渝更伟大的吗?!

　　俞平伯先生曾提出一个论点说:"曹雪芹自比林黛玉。"又说:"书中人谁都可代表作者的一部分,却谁都不能代表他的全体。"①我们读黛玉的《桃花行》,就感觉其中不单纯是黛玉的情思,更加进了曹雪芹自己的情思:

　　　　若将人泪比桃花,泪自长流花自媚。泪眼观花泪易干,泪干春尽花憔悴。

　　　　憔悴花遮憔悴人,花飞人倦易黄昏。一声杜宇春归尽,寂寞帘栊空月痕!

诗中的"尽"与"空"等观念意识,更有着作者伤悼颦卿的痕迹。与其说"宝玉看了并不称赞,却滚下泪来",体会到了黛玉之伤情,不如说宝玉(甚或任何一位读者)已感觉到了他与黛玉之爱情终至于折磨的哀音。虽然作者后面再三强调"是潇湘子稿","比不得林妹妹曾经离丧,作此哀音",但此中之一片哀痛和作者对于情节的着意构设,更让人体会的是作者的苦情苦意。

　　如果去掉曹雪芹伤悼黛玉的悲诉,就黛玉此时所处境遇,可以看出诗中不是其自伤身世,而是她看清了周围的情势,触景生情或者说是用与自然同构之情,来抒发其内心深处的那份悲怆不屈之情的。在此时,黛玉所泣已不再是泪,而是"胭脂鲜艳何相类,花之颜色人之泪"的血了。这里有"望帝春心托杜鹃"的意象,这是一份不尽的情思和不屈的情志!《桃花行》内中蕴含的是黛玉对于尘世

————————

① 　俞平伯《读红楼梦随笔》,见《红楼梦研究参考资料选辑》,人民文学出版社 1973 年版,第 104 页。

的彻底绝望,若杜宇啼血:"归去也,归去也!""质本洁来还洁去",尘世本不属于"水"!于此我们不难理解,作者思想深处"因空见色,由色生情,传情入色,自色悟空"的理念。色,是一片泥淖,它象征的是窳败、无情、腐烂掉了的现实,本不是情之居所;而"空"不仅有对于现实的清醒认识,而且也象征了一种精神的、理想的、崇高的、永恒的境界,也正是"世外仙姝寂寞林"的最神圣的归属,即如《葬花辞》所咏:"愿奴胁下生双翼,随花飞到天尽头。"然而"空"毕竟只是一种理念,作者仍旧放不下"以情来把握人生的基本态度":

> 天尽头,何处有香丘?未若锦囊收艳骨,一抔净土掩风流。

"在'色'与'空'之间引进了'情'的观念……把'情'作为连结'色'与'空'的中介。"①正如《红楼梦》第一回所表露的"大旨谈情",情因此成为小说形象体系和意象体系的重心所在。可见。为情设诗,或者情本就是诗魂,或者黛玉的精魂与情与诗本就是三位一体的,即使曹雪芹用诗(因为"空观"理念的作用)将自己的形象嵌入了进去,与人物形象稍有差池,但此中情味,也深刻地映现出了正值"人面桃花相映红"之时,黛玉的"泪尽"——绛珠仙子的情殇。

总之,《红楼梦》作者在运用诗词韵语时,能够结合小说的艺术要求和美学品格,不仅以人物为中心运用诗词韵语构设故事;而且结合诗歌传统"言志缘情"——缘于人情,移人情性的艺术特点,使小说在其美学品格上呈现出一种古典的、抒情的诗美;《红楼梦》融入诗词韵语作为一种文学—文化现象,在其艺术地展现社会人生图景的同时,也蕴含了作者对于社会人生的理解、爱憎和评价。

---

① 张荣明编:《道佛儒思想与中国传统文化》,上海人民出版社1994年版,第253、244页。

第四节　《儒林外史》打破了白话小说
融入诗词韵文的结构模式

论在中国古代小说发展中的贡献,《儒林外史》像《金瓶梅》一样,也是那种具有开创意义的作品。《儒林外史》的开创意义具体表现在哪些方面? 本师时人先生曾指出:"其不论在创作主体的使命感上,还是处理艺术与生活的关系,以及对小说艺术方法的把握上,都表现出指向未来的巨大张力。"①

在《儒林外史》所表现出来的"指向未来的巨大张力"中,"一个极堪注意的文体上的变革,也显示了《儒林外史》的现代小说的特征,即它不再像传统小说那样在叙述中夹有大量的诗词文赋的缘饰了……吴敬梓除了首尾各以一首词起结以外,完全免除了这种文体上的滥套。只要把回目删掉,每回末尾一两行接榫的例行文句删掉,《儒林外史》就完全和现代长篇小说的体裁一样了"②。这样,《儒林外史》便彻底打破了白话小说融入诗词韵文的结构模式。

促成《儒林外史》这种文体上的变革,有着丰富复杂的原因:既有其"简捷地奔向戏剧"的小说艺术方法方面的原因,又有小说用"写实而真实"的创作手法创造其"形象体系"方面的原因,更有小说作者以理性思考的方式来创造小说的"意象体系"方面的原因,等等。

一、"简捷地奔向戏剧"的小说艺术方法促成了《儒林外史》文体上的变革

在对小说艺术方法的把握上,"吴敬梓是一个刻画人物性格的

---

① 李时人:《李汝珍及其镜花缘》,春风文艺出版社 1999 年版,第 7 页。
② 何满子:《汲古说林》,重庆出版社 1987 版,第 162、163 页。

惊人的巨匠。他绝不拿徒劳无功的冗长的描写招人腻烦，他简捷地奔向戏剧。只消三言两语，一切便完成了，人物就凸显了，他们内心的隐秘全部揭开了，他们便作为一个活人行动起来了……作者自己隐藏着爱憎，让人物自己去显出丑相来，这是吴敬样的基本方法"。"吴敬梓的讽刺方法的特征是他善于将光度最小地照射着主人公活动中的喜剧性的顶点，抓住这一刹那，一下子揭露出人物的丑相。"①

吴敬梓对于这种"简捷地奔向戏剧"的小说艺术方法的把握，具体体现在其驾驭语言的能力和水平上。傅继馥先生说，《儒林外史》的语言"简洁——一个词就足以创造一个形象"②。她在具体论述过程中，举例分析说：

> 第一回写夏雨以后，"那黑云边上镶着白云"。"镶"字下得精巧，不仅写活了夏天云彩的细微美妙之处，而且也透露了大自然造景的"天巧"，仿佛是用手镶嵌上去的。
> 范进中举笑疯，被打晕在地。"众邻居一齐上前，替他抹胸口，捶背心，舞了半日。"（第三回）急救护理的动作应该既紧张又科学，偏用了个"舞"字。这一个字就把争相奉承的势利心、装腔作势的丑态，写得淋漓尽致。《红楼梦》写贾宝玉挨打后，众人七手八脚抢着扶持，也很生动。如果作一比较，可以进一步体味这个"舞"字的简洁。

如果这里的景物描写和场面描写放在前此白话小说中，采用的描写方式就会截然不同。要描写夏雨之后夏天云彩，后面就要有"怎见得这云，有诗为证：……"或"果然好云"后接着来一段赋及骈文式的韵语；要描写众邻居救护范举人的场面，后面就会出现"你看

① 何满子：《论儒林外史》，人民文学出版社 1981 年版，第 67、68 页。
② 李汉秋编：《儒林外史研究论文集》，中华书局 1987 年版，第 392 页。

这众人："，接着一段赋及骈文式的韵语排列出救护场面。《儒林外史》不会这么啰唆，它就要简洁地用一个词创造一个形象。

吴敬梓对于这种"简捷地奔向戏剧"的小说艺术方法的把握，还体现在其描写景物时，能够运用中国绘画的"传神写意"的手法，"轻易而简洁地"将风景勾勒出来。他不用那些滥调的诗词韵语作"蜻蜓点水式的"交代。如《儒林外史》描写王冕在七泖湖边放牛时写道：

> 那日，正是黄梅时候，天气烦躁。王冕放牛倦了，在绿草地上坐着。须臾，浓云密布，一阵大雨过了。那黑云边上，镶着白云，渐渐散去，透出一派日光来，照耀得满湖通红。湖边山上，青一块，紫一块。树枝上都像水洗过一番的，尤其绿得可爱。湖里有十来枝荷花，苞子上清水滴滴，荷叶上水珠滚来滚去。王冕看了一回，心里想道："古人说：'人在图画中'，其实不错！可惜我这里没有一个画工，把这荷花画他几枝，也觉有趣！"又心里想道："天下那有个学不会的事？我何不自画他几枝？……"

"作者只花了极经济的笔墨，就抹出了一幅如此素雅，如此清新的雨过天晴的湖上风景。""这些风景的神韵他全部细心地把捉过"，"他轻易而简洁地勾出风景，他让我们看到几笔疏落的线条，风景就完了。但它们美丽的特征我们全部体味得到，看得见"①。这里描写景物"不是为了描写风景而写风景，而是给一个小画家，将来会成为清高脱俗的人物，安排一个美丽幽雅的环境，这里谐和美满的田园情调和人物内心一致"②。正如苏轼评价王维的诗、画曰：

---

① 何满子：《论儒林外史》，人民文学出版社 1981 年版，第 70 页。
② 中国社会科学院文学研究所中国文学史编写组编：《中国文学史》，人民文学出版社 1979 年版，第 1099 页。

"诗中有画,画中有诗",《儒林外史》这里的景物描写庶几可以这样来评价。周月亮先生在谈到这里的景物描写时用其细腻深情的笔触指出:

> 七泖湖畔的湖光荷色陶冶了他幼小的心灵,对他人生哲学的形成、人生道路的选择具有启蒙性质的作用。围绕着他的景物描写,细腻漂亮,生气灌注,饱含着返归自然的气韵。那"苞子上清水滴滴,荷叶上水珠滚来滚去"的荷花,不仅使王冕爱上自然,也是王冕能出污泥而不染的高洁人格的写照。那么普通的景色,表现得那么自然、淡雅,又充满了生命和情意,充满了动的情志。好像是客观地描绘自然,其实只有通过高洁的主观品格和情感才能达到。物的形象是人的情趣的返照。这种意境显现着王冕(作者)的人生境界的追求。饱含着作者对那种人格的企慕的情愫,与塑造王冕形象的意义相一致。并且人与自然交融的画面大于人物形象的内涵,已经不仅是一种人格理想,而且是一种理想的人生境界了:保全人的淳真本性,主体独立自足,情操高洁,又自由自在……①

这种"一般不苟细地传达对象的表记,而只是显示它们的精神"的"简单和质朴"的叙述方法,"和中国古典小说只集中力量描写人物与社会关系的优秀传统一致"②。在古代小说发展过程中,艺术经验积累到了一定程度,一旦有了合适的时机,这种与小说艺术方法的优良传统相一致的"简捷地奔向戏剧"的小说艺术方法,便促成了《儒林外史》文体上的变革。

---

① 何满子、李时人主编:《明清小说鉴赏辞典》,浙江古籍出版社 1992 年版,第624页。
② 何满子:《论儒林外史》,人民文学出版社 1981 年版。

二、用"写实而真实"的创作手法创造其"形象体系"促成了《儒林外史》文体上的变革

在处理艺术与生活的关系时,《儒林外史》用的是"还原写实法",即"因写实而真实"①的创作手法。

一般来说,"以《儒林外史》的人物中有那么多儒林中人,尤其是以舞文弄墨为业的斗方名士,在以往的小说中不知该有多少诗文出现"②。而《儒林外史》所以能"完全免除了这种文体上的滥套",是由小说所采用的足以深刻剔挖社会生活底蕴和揭发人物心灵深处的创作手法所决定的。

《儒林外史》的作者所面对的是当时那个窳败社会中的各色"世相"。它以封建社会士大夫的生活和精神状态为中心,"八股士、假名士以及全民皆然地趋炎附势的势利见识……这三类流行色构成了令作者痛心疾首的文化现状"③。

"八股士"眼睛紧盯的是攫取功名富贵的"八股时文"的举业。他们认定了"文章制艺"才是立身处世的根本,有功名就有官做,有了官做就有富贵,有了功名一切的问题都迎刃而解了。社会的一切都是围绕这一套功名富贵的。讲"举业"马二先生最内行,最看得明白:

> 举业二字,是从古及今人人必要做的。就如孔子生在春秋时候,那时用"言扬行举"做官,故孔子只讲得个"言寡尤,行寡悔,禄在其中",这便是孔子的举业。讲到战国时,以游说做官,所以孟子历说齐梁,这便是孟子的举业。到汉朝用"贤良方正"开科,所以公孙弘、董仲舒举贤良方正,这便是汉人的举

---

① 周月亮:《儒林外史与中国士文化》,安徽大学出版社 1995 年,第 3 页。
② 何满子:《汲古说林》,重庆出版社 1987 版,第 162、163 页。
③ 同①,第 4 页。

业。到唐朝用诗赋取士，他们若讲孔孟的话，就没有官做了，所以唐人都会做几句诗，这便是唐人的举业。到宋朝又好了，都用的是些理学的人做官，所以程、朱就讲理学，这便是宋人的举业。到本朝用文章取士，这是极好的法则，就是夫子在而今，也要念文章、做举业，断不讲那"言寡尤，行寡悔"的话。何也？就日日讲究"言寡尤，行寡悔"，那个给你官做？孔子的道也就不行了。

他们的眼里"出""处"的根本就是做官和富贵，若时下再讲"文""行"，就是不合时宜，是傻瓜、呆子。

"词赋"在他们看来不是"实学"，浪有虚名，更是"坏人心术"的东西。根本就是他们攫取功名富贵的障碍。第十回当娄三公子向鲁编修说出杨执中"可以算得极高的品行，就把这一张诗拿出来送与鲁编修看"。鲁编修看罢，愁着眉道："……但这样的人，盗虚声者多，有实学者少。我老实说，他如果有学问，为甚么不中了去？只做这两句诗当得甚么？……依愚见，这样人不必十分周旋他也罢了。"在第十三回中马二先生向蘧公孙谈八股文章时，道："文章总以理法为主……既不可带注疏气，尤不可带词赋气。带注疏气不过失之于少文采，带词赋气就有碍于圣贤口气，所以词赋气尤在所忌。"当公孙又问及批文章时，马二先生又道："也是全不可带词赋气。小弟每常见前辈批语，有些风花雪月的字样，被那些后生们看见，便要想到诗词歌赋那条路上去，便要坏了心术。古人说得好，'作文之心如人目'，凡人目中，尘土屑固不可有，即金玉屑又是着得的么？……""八股士"的范进们竟然连苏轼的大名也不知道。他们专心地忙着讲"时文"，眼睛盯紧了那一套"功名富贵"，哪里有时间、有心思赋诗填词呢！

像《儒林外史》里的"那些名士或山人，多是功名爬不上去，想谋富贵而不可能，想受人敬重而不可得，所以有的就走巧路，学着诌几句滥调的诗，冒称高雅；因为诗是写在斗方纸上，所以称为'斗方名士'。他们奔走富贵者之门，扯扯谎，帮帮闲，骗些银子，或混碗饭吃"①。吴敬梓不屑让"斗方名士"恶臭的"诗"进入他的文学领地。周月亮先生说得好，"《外史》衡量士人的一个隐蔽而又坚强的标准"是"智性"。"景兰江说到底是个'愚人'，显例便是这位驰骋诗坛二十余年的老将，所作也不过与匡二这个只看了一夜'诗法入门'的初学者的作品旗鼓相当。""陋智焉能悟真诗之所在?"②

　　不单单是智慧才学问题，他们的性情、心思不在诗的创作上。在他们，"诗只是借以扬名显姓、制造声望的手段……诗名也是功名的一种……对诗的热爱本来是寻找自由、寻找生命的精神家园的最有生命气息的行为，却被他们糟蹋得恶臭不堪……显示出一种极为卑劣的'实用人格'"③。"赵雪斋是个医生，只因为会写几句诗，他把他自己便说得是这样忙碌：'前月中翰顾老先生来天竺进香，邀我们同到天竺做了一天的诗；通政范大人告假省墓，船只在这里住了一日，还约我们到船上拈题分韵，着实扰了他一天；御史荀老先生来打抚台的秋风，丢着秋风不打，日日邀我们到下处作诗……现今三公子替湖州鲁老先生征挽诗，送了十几个斗方在我那里，我打发不清。……'牛布衣诗名较大，客死在芜湖的古庙里，就有一个叫作牛浦的，偷得他的诗稿，刻了一块图章，冒充牛布衣。测字的丁言志，念诗中了迷，也带了二两四钱五分银子郑重其事地跑到妓院里要和妓女谈诗。"④

　　像《儒林外史》第十二回"名士大宴莺脰湖"这种最可能作诗的场面，也只提了半句"牛布衣吟诗"。而这个游湖胜会却是：娄玉亭三公子、娄瑟亭四公子、蘧公孙骥夫、牛高士布衣、杨司训执中、

①　李汉秋编：《儒林外史研究论文集》，中华书局，1987 年版，第 22 页。
②　周月亮：《儒林外史与中国士文化》，安徽大学出版社 1995 年版，第 119 页。
③　同上书。
④　同①，第 77 页。

权高士潜斋、张侠客铁臂、陈山人和甫八位名士,带挈杨执中的蠢儿子杨老六共合九人之数,由"牛布衣吟诗,张铁臂击剑,陈和甫打哄说笑,伴着两公子的雍容尔雅,蘧公孙的俊俏风流,杨执中古貌古心,权勿用怪模怪样"组成的一出"含泪的笑"的活闹剧。

再看第十八回所谓的"西湖诗会":

> 赵雪斋道:"吾辈今日雅集,不可无诗。"当下拈阄分韵,赵先生拈的是"四支",卫先生拈的是"八齐",浦先生拈的是"一东",胡先生拈的是"二冬",景先生拈的是"十四寒",随先生拈的是"五微",匡先生拈的是"十五删",支先生拈的是"三江"。分韵已定,又吃了几杯酒,各散进城。

这哪里是诗会,简直是一群闲汉无赖在"分赃",你从里面甭想得到什么诗情雅韵。再看此辈的所谓的"诗":

> 次日出去访访,两人也不曾大受累,依旧把分韵的诗都做了来。匡超人也做了。及看那卫先生、随先生的诗,"且夫""尝谓"都写在内,其余也就是文章批语上采下来的几个字眼。拿自己的诗比比,也不见得不如他。众人把这诗写在一张纸上,共写了七八张。匡超人也贴在壁上。

那么,在《儒林外史》中那些讲究"文行出处",有真性真情的君子、贤士、奇人们有没有诗词呢? 吴敬梓《文木山房集》中就有不少感情真挚、意境如画的诗,但吴敬梓没有借《儒林外史》炫耀他的诗,这不是他的性格。吴敬梓曾研究过经学,对《诗经》也有不少卓见,写过七卷《诗说》。《儒林外史》三十四回写杜少卿说《诗经》,但他用不着引诗为证。他不过是借说诗"反对功名富贵之泯灭人性和丧失天良";借说诗体现其以"治经"为"人生立命处"的精神宗旨;借说诗"对当时罪恶窳败的政治与社会痛加攻击和针砭"①。

他的那些讲究"文行出处"、有真性真情的君子、贤士、奇人们,因为社会环境——"明"(清)政府对文化思想变本加厉进行钳制,不断大兴"文字狱"——不允许他们通过诗歌创作来表达用世之志;面对罪恶窳败的社会、人心,他的良心、责任、使命感不容许他在此时此刻借人事或借景物抒发其感慨和情致,只能以如刀的笔触去揭发和鞭挞这个窳败的社会和人心。他所树立的人格典范也就是实现他没有机会实现的理想,或为其理想奋斗着的典型。"志于道,据于德,依于仁,游于艺"(《论语·述而》),即使是"艺",也是儒家"六艺"之中的应有之意,是"述而不作",是对社会、人心有基本规范和教育作用的"艺"。吴敬梓太专注了,也太沉重了,他的诗情内化作了理性的对于时弊的指摘。

中国古代文化—文学的传统太强大了。《儒林外史》除了首尾各以一首词起结以外,第七回写王惠请仙扶乩问"功名",请得了关大帝,判了一首《西江月》。这里用词式的廋词隐语,暗示人物的命运,与《红楼梦》"金陵十二钗正副册"判词是一种形式。不过《红楼梦》借助梦境——宝玉梦游"太虚幻境"见到了"金陵十二钗正副册"的方式犹给人以幻设之感,而《儒林外史》是实实在在写请仙扶乩问"功名"的,后面还以人物的遭遇来进一步证实,变"有诗为证"为"有事为证"了。这就加强了小说构设人物故事的真实性程度,将小说故事"编"得更集中,更具有"真实感"。

三、以理性思考的方式来创造小说的"意象体系"促成《儒林外史》文体上的变革

吴组缃先生曾经对吴敬梓思想形成作过深入细致的分析研究,我们现将吴先生的意见概括如下:

---

① 吴组缃:《儒林外史的思想和艺术》,见李汉秋编《儒林外史研究论文集》,中华书局1987年版,第9页。

1. 他看的嘴脸,受的冷暖,经历的人事,体验的世情,都很丰富深刻。这就培养了他的富有正义的敏锐感觉,和体察现实的清醒头脑,使他看透满清黑暗统治下士大夫阶层的堕落与无耻,看透政治的罪恶与社会的腐败,使他的心倾向于他所接触的微贱的和落拓不得意的人物。总之,他的这种身世经历,就是他的严肃的现实主义精神的直接渊源。

2. 他在"穷""达""沉""升""贫贱"与"富贵"之间,有过苦痛的思想斗争,到了写作《儒林外史》以前几年,他才斗争过来,思想上才完全坚定了下来。这不是很简单很轻易的思想斗争过程。没有这种占去他大半生的切身苦痛经验,他不能有那种强烈敏锐的憎恶八股制艺、憎恶功名富贵的感情;更不能通过日常现象中的一些人与事,那样深刻地领会到那根源和本质——政治和社会的罪恶,也就不能有鲁迅所说的"秉持公心,指摘时弊""戚而能谐,婉而多讽"的他的这种对现实的态度和看法。

3. 因为祖父、父亲的影响,他轻视功名富贵,讲究文行出处。

4. 他是要以正统的儒家思想作为自己立身处世的站脚点,以与满清统治下的现实社会与政治对抗;并且也以一个自以为正统儒者的观点,以一种热爱自己民族与社会的积极态度,欲罢不能地要对当时罪恶窳败的政治与社会痛加攻击和针砭。①

因此可见,吴敬梓的思想精髓是:"功名富贵无凭据"——鄙薄功名富贵的势利观念;出处讲究文行;追求一种理想的人生境界:保全人的淳真本性,主体独立自足,情操高洁,又自由自在……

在创作主体的使命感上,"吴敬梓的出现,意味着文化人作为真正的叙事人(而不是代言人)第一次出现在中国小说史上。《儒林外史》是地道的有极高文言修养的文人写的白话而非已有平话之整理本,也就是说,它是真正的士子写士子的小说"②。面对"令

① 李汉秋编:《儒林外史研究论文集》,中华书局 1987 年版,第 4—39 页。
② 周月亮:《儒林外史与中国士文化》,安徽大学出版社 1995 年版,第 2 页。

作者痛心疾首的文化现状",作者思考的是"士子的'切身处境'与'真际问题'"。"它要追问功名富贵的依据,追问人怎样生、路怎样行的依据。"①

但是要"秉持公心,指摘时弊",来创造小说的"意象体系",不是仅以理性思考的方式,只凭思想和理性就能完成的。黑格尔说:"在艺术里,感性的东西是经过心灵化了,而心灵的东西也借感性化而显现出来了。"②美国诗人庞德也说:"意象是一种理性和感情的结合体。"③可见,小说意象是强调一种交融着思想观念与情感意绪的直觉形象,是思想观念与情感意绪两者的结合和升华。这是小说形象特有的高度。

吴敬梓是个具有思想家气质的小说家,他在处理小说意象交融着的思想观念与情感意绪时,经历了一场艰难的与时代及其自我的搏斗,期间他"经受着无穷的克己的苦恼。如果从《儒林外史》所呈示的作家的艺术认识来观照作家的内心世界,那么,小说便是作家通过苦恼而达到的对自己的战胜"。在"毫不含糊地直面他所认识的社会问题、'指摘时弊'"④时,他选择了运用一种理性的冷峻笔调,将人生底蕴揭发得深入透彻。这种理性的冷峻"是一种深情冷眼的冷,是出于一种真正的深透的热,能够保持艺术节制、体现艺术创作冷热辩证法的热,越是深深体味,就越能感受其博大仁爱的热"。《外史》"作为一部写实的叙事文学作品,其感情是隐大于显的……它表面上浮动着嘈杂的人事纷争……",但在那"变动不居的舞台的深层、在那纷呈的人物、世相之中有一种静穆而强烈、优美而严肃的情愫"。

小说中"人物性格在展现,情节在发展,场景在转换,悲喜交

① 周月亮:《儒林外史与中国士文化》,安徽大学出版社1995年版,第4页。
② 黑格尔:《美学》第一卷,商务印书馆1979年版,第49页。
③ 伍蠡甫编:《现代西方文论选》,上海译文出版社1983年版,第264页。
④ 李汉秋编:《儒林外史研究论文集》,中华书局1987年版,第269、271页。

呈、错综复杂,但这情愫始终那么严肃、优美。从开篇到卒章,这种情愫有目标地定向前行,显示着一种境界。那嘈杂的人事纷争的场面,是作者展示给我们的诉诸我们认知的世相世情,是作者描摹的'物象',使我们看破一些什么;这情愫诉诸我们的体味,是那'物象之理',使我们憧憬些什么。这情愫,这物象之理就是作家的人生哲学、审美理想的真谛和底蕴"①。

《儒林外史》的"审美理想是(作者吴敬梓)审美情感的理性凝结,(是作者)审美需要的自觉化。所谓审美需要归根到底是一种人生要求。所以,所谓审美需要的自觉化,其核心和关键是人生哲学化。所谓审美情感既不是某种片面的物质需要的情感,也不是抽象认识和伦理认识的情感,而是综合于、超出于这一切的人的整体需要——审美需要产生的情感,是一种积淀了感性的理性,积淀了理性的感性,是一种整个人格、精神境界的情感体现。作为审美情感凝结升华而成的审美理想是凝结着理性的感性性相的境界,是一种立象以尽意的能突破理性定义上限的、用理性文字不能表述完整的对于现实的、现实与未来联系的感性性相的整体把握"②。

吴敬梓看到"道德自我完善"的重大意义,他从人的心灵深处挖掘,故在写人的精神时达到了深邃的境地。他在深入体察世情人心时,用艺术的解剖刀,秉承着"疗治救亡"的"公心",用其理性、智慧和"博大仁爱的热",执着地为 18 世纪中国知识分子探索精神前途。他于此表现出一种思想家的气质、深刻而正确的理性,帮助他的艺术创作臻于高深之境。

《儒林外史》全篇贯注着吴敬梓的审美理想,它的艺术效果是作者的审美理想和他的艺术认识达到一种完美契合的结果。他在把握创造小说意象的"冷热辩证法"时,面对罪恶窳败的社会、人

---

① 李汉秋编:《儒林外史研究论文集》,中华书局 1987 年版,第 362、363 页。
② 同上书,第 363 页。

心，他的良心、责任感、使命感不容许他在此时此刻借人事或借景物抒发其感慨和情致，不容许他游离于人事之外作一点儿不关痛痒的议论，他只能以如刀的笔触去揭发和鞭挞这个窳败的社会和人心，为自己，也为同类找寻一条还能体现"人"的尊严的出路。吴敬梓太专注了，也太沉重了，他的诗情内化作了理性的对于时弊的指摘。他对其所要表现的生活已经是烂熟于心了，他的小说意象在他的艺术认识的统驭下简直就是喷泻而出的，所以不加缘饰，不讲求"技巧"，只用白描就够了。

结论　白话小说中融入
诗词韵文评价

　　白话小说融入诗词韵语固然有连篇累牍，拖拖沓沓，破坏了小说故事情节的完整性，让读者常感发腻的情况，但不能因此抹杀了白话小说中的一些诗词韵文在增强小说艺术表现力时所发挥的功能和所起的作用。应该看到中国古代白话小说融入诗词韵文现象是在特定的历史背景和特定的文化—文学环境中形成并发展的。

　　古代白话小说肇始于讲唱，唱或吟成为唐五代白话小说运用韵文的根本原因。在借助讲唱这种表演传达手段的发展过程中，讲书唱书中韵文的描叙功能有所增强，特别是用于人物语言和对话描写的成分在叙事中占了相当比重。在白话小说的发展过程中，韵语显然并不适合于小说的叙事要求，后世白话小说中更多地用其进行场景、场面以及人物肖像描写。

　　白话小说在依靠形象体系和意象体系实现其理解人生、发现人生、评价人生的目的和作用时，白话小说中融入的诗词韵文起着一种不可或缺的辅助作用。《诗经》在中国古代文化中被视为"五经"之一，倍受尊崇。诗歌的社会功用也为人们普遍承认。史传引诗的说理议论方式，形成一种"有诗为证"的理解人生、评价人生的叙事格局。传统文化重经、重史的意识，使得古代白话小说在实现其社会功用时，很自然地吸收了这种表现方式。

　　诗歌及其支流的赋、词、曲等在中国古代文学中处于正统地位,形成了相当厚实的诗性文化传统,其艺术精神和艺术表现方法在白话小说产生之前业已成熟,白话小说在发展过程中,学习、借鉴诗歌传统的艺术表现方法,消化、吸收诗歌传统的艺术精神,来增强其艺术表现力和小说美学品格,逐渐走向了为人、为情设诗的白话小说融入诗词韵文的艺术形式。《红楼梦》的融入诗词韵文,使得中国古代诗性文化精神在白话小说中得以成功地体现。但是随着整个封建文化的加速衰朽,古代白话小说在其发展过程中,也体现出了其指向近现代小说美学要求的叙事特征。《儒林外史》的出现,打破了古代白话小说融入诗词韵语的结构模式,成为中国古代小说叙事模式向近现代小说叙事模式转变的征兆之一。

主要参考书目

《平山冷燕　玉娇梨》,中华书局 2000 年版。

《七修类稿》,(明) 郎瑛,上海书店出版社 2001 年版。

《二刻拍案惊奇》,(明) 凌濛初,上海古籍出版社 1992 年版。

《十二楼》,(清) 李渔,上海古籍出版社 1992 年版。

《三国志通俗演义》,(明) 罗贯中,上海古籍出版社 1980 年版。

《三国演义》,(明) 吴承恩著,胡适主编,亚东图书馆本,海南出版社 1998 年版。

《大唐三藏取经诗话校注》,李时人等校注,中华书局 1997 年版。

《少室山房笔丛》,(明) 胡应麟,上海书店出版社 2001 年版。

《文心雕龙》,(南朝梁) 刘勰著,杨明照校注,古典文学出版社 1958 年版。

《无声戏》,(清) 李渔,人民文学出版社 1999 年版。

《王阳明全集》,(明) 王阳明,上海古籍出版社 1992 年版。

《艺文类聚》,(唐) 欧阳询著,汪绍楹校,上海古籍出版社 1982 年版。

《世说新语》,(南朝宋) 刘义庆著,余嘉锡笺疏,上海古籍出版社 1993 年版。

《乐府诗集》,(宋) 郭茂倩,上海古籍出版社 1998 年版。

《冯梦龙全集》,(明) 冯梦龙,上海古籍出版社 1993 年影印版。

《古代短篇小说名作评注》，何满子、李时人撰，上海古籍出版社 2000 年版。

《史记》，（西汉）司马迁，中华书局 1959 年版。

《尔雅》，十三经注疏本，中华书局 1979 年影阮刻本。

《左传》，杨伯峻注，中华书局 1981 年版。

《左传全译》，王守谦等译注，贵州人民出版社 1990 年版。

《永庆升平全传》，（清）郭广瑞、贪梦道人，上海古籍出版社 1993 年版。

《汉书》，（东汉）班固，中华书局 1962 年版。

《传奇》，（唐）裴铏著，周楞伽注，上海古籍出版社 1980 年版。

《全本金瓶梅词话》，香港太平书局 1993 年版。

《全唐五代小说》，李时人编校，陕西人民出版社 1998 年版。

《全唐诗》，（清）彭定求等编，中华书局 1960 年版。

《庄子》，（战国）庄周，中华书局 1961 年版。

《西游记》，（明）吴承恩著，李卓吾评本，上海古籍出版社 1994 年版。

《西游记》，（明）吴承恩著，胡适主编，亚东图书馆本，海南出版社 1998 年版。

《西湖二集》，（明）周清源，浙江人民出版社 1981 年版。

《论语》，杨伯峻译注，中华书局 1980 年版。

《佛本行集经》，（隋）阇那崛多，大正藏三册。

《宋元小说家话本集》，程毅中辑注，齐鲁书社 2000 年版。

《宋元平话集》，丁锡根点校，上海古籍出版社 1990 年版。

《杨家府演义》，上海古籍出版社 1980 年版。

《连城璧》，（清）李渔，上海古籍出版社 1992 年版。

《闲情偶记》，（清）李渔，上海古籍出版社 2000 年版。

《孟子》，杨伯峻译注，中华书局 1960 年版。

《拍案惊奇》，（明）凌濛初著，章培恒整理，王古鲁注释，上海古籍出版社 1982 年版。

《诗经　楚辞》，上海古籍出版社 1998 年版。

《诗薮》，（明）胡应麟，上海古籍出版社 1958 年版。

《封神演义》，（明）许仲琳著，李时人校点，浙江古籍出版社 1997 年版。

《拾遗记》，（东晋）王嘉著，齐治平校注，中华书局 1981 年版。

《济公全传》，新疆人民出版社 1999 年版。

《荀子》，中华书局 1954 年版诸子集成。

《说文解字》，（汉）许慎，中华书局 1963 年版。

《唐诗纪事》，（宋）计有功，上海古籍出版社 1965 年版。

《容与堂本水浒传》，（明）施耐庵、罗贯中，上海古籍出版社 1988 年版。

《高僧传》，（南朝）释慧皎，上海古籍出版社 1991 年版。

《续齐谐记》，（南朝）吴均，顾氏文房小说本。

《隋炀帝艳史》，中华书局 2000 年版。

《喻世明言》，（明）冯梦龙编著，人民文学出版社 1958 年版。

《敦煌变文集》，王重民等编，人民文学出版社 1957 年版。

《楚辞章句》，（东汉）王逸，中华书局 1958 年版。

《墨子》，中华书局，1956 年排印本。

《儒林外史》，（清）吴敬梓，人民文学出版社 1977 年版。

《穆天子传》，（晋）郭璞注，丛书集成本。

《醒世姻缘传》，（清）西周生，齐鲁书社 1984 年版。

《醒世恒言》，（明）冯梦龙编著，顾学颉校注，作家出版社 1956 年版。

《七缀集》，钱锺书，上海古籍出版社 1985 年版。

《三国演义与民间文学传统》，〔俄〕李福清，上海古籍出版社 1997 年版。

《三国演义诗词鉴赏》，郑铁生，北京出版社 1995 年版。

《小说考信编》，徐朔方，上海古籍出版社 1997 年版。

《才子佳人小说史话》，苗壮，辽宁教育出版社 2000 年版。

《马克思主义文艺论著选讲》，纪怀民等编著，中国人民大学出版社 1991 年版。

《中印文学关系源流》，郁龙余编，湖南文艺出版社 1987 年版。

《中国小说学通论》，宁宗一主编，安徽教育出版社 1995 年版。

《中国小说叙事模式的转变》，陈平原，上海人民出版社 1988 年版。

《中国小说美学》，叶朗，北京大学出版社 1982 年版。

《中国小说源流论》，石昌渝，生活·读书·新知三联书店 1994 年版。

《中国历代小说序跋选》，丁锡根编著，人民文学出版社 1996 年版。

《中国历代文论选》（一卷本），郭绍虞主编，上海古籍出版社 1979 年版。

《中国文学史》，中国社会科学院文学研究所，人民文学出版社 1979 年版。

《中国文学史》，章培恒、骆玉明，复旦大学出版社 1996 年版。

《中国文学批评史》，郭绍虞，上海古籍出版社 1979 年版。

《中国文学批评通史》，王运熙、顾易生主编，上海古籍出版社 1996 年版。

《中国文学语言发展史略》，朱星，新华出版社 1988 年版。

《中国古代小说艺术史》，刘上生，湖南师范大学出版社 1993 年版。

《中国古代小说研究》，刘世德，上海古籍出版社 1983 年版。

《中国古代文体概论》，褚斌杰，北京大学出版社 1998 年版。

《中国古代思想史论》，李泽厚，安徽文艺出版社 1994 年版。

《中国古代哲学的逻辑发展》，冯契，华东师范大学出版社

1997 年版。

《中国古代道德修养论》，张祥浩，南京大学出版社 1993 年版。

《中国古典小说卷中诗词鉴赏》，李保初、李修书主编，华文出版社 1993 年版。

《中国古典小说的文体独立》，董乃斌，中国社会科学出版社 1994 年版。

《中国古典诗歌欣赏与批评》，刘跃进，清华大学中国语言文学系教材。

《中国传统伦理思想史》，朱贻庭主编，华东师范大学出版社 1989 年版。

《中国佛典通论》，刘保金，河北教育出版社 1997 年版。

《中国诗史》，陆侃如、冯沅君，百花文艺出版社 1999 年版。

《中国诗学》，（第一辑），南京大学出版社 1991 年版。

《中国诗歌艺术研究》，袁行霈，北京大学出版社 1996 年版。

《中国俗文学史》，郑振铎，上海书店 1984 年版。

《中国爱情小说中的两性关系》，何满子，上海书店出版社 1999 年版。

《中国通俗小说总目提要》，江苏社科院明清小说研究中心，中国文联出版公司 1990 年版。

《中国章回小说考证》，胡适，上海书店出版社 1979 年版。

《从小说看中国人的思考样式》，〔日〕中野美代子著，若竹译，北京十月文艺出版社 1989 年版。

《六朝骈文形式及其文化意蕴》，钟涛，东方出版社 1997 年版。

《历史文化的全息现象——论〈红楼梦〉》，李劼，东方出版中心 1995 年版。

《文史探微》，黄永年，中华书局 2000 年版。

《文学与美学》，龚鹏程，台湾业强出版社 1986 年版。

《文学概论》，童庆炳，武汉大学出版社 1989 年版。

《水浒概说》,何满子,上海古籍出版社 1993 年版。

《冯沅君古典文学论文集》,袁世硕汇编整理,山东人民出版社 1980 年版。

《古代小说与诗词》,林辰、钟离权,辽宁教育出版社 2001 年版。

《古代小说艺术漫话》,何满子,辽宁教育出版社 2001 年版。

《古代汉语》,王力,中华书局 1981 年版。

《古典诗词艺术探幽》,艾治平,湖南人民出版社 1981 年版。

《古诗考索》,程千帆,上海古籍出版社 1984 年版。

《异体诗浅说》,吴积才,云南教育出版社 1986 年版。

《汲古说林》,何满子,重庆出版社 1987 年版。

《红楼梦诗词曲赋评注》,蔡义江,北京出版社 1979 年版。

《红楼梦诗词解析》,刘耕路,吉林文史出版社 1986 年版。

《红楼梦研究参考资料》,人民文学出版社 1976 年版。

《西游记考论》,李时人,浙江古籍出版社 1991 年版。

《西游记研究论文集》,作家出版社 1957 年版。

《论中国古典小说的艺术》,宁宗一、鲁德才编,南开大学出版社 1984 年版。

《论儒林外史》,何满子,人民文学出版社 1981 年版。

《余嘉锡论学杂著》,中华书局 1963 年版。

《佛学研究十八篇》,梁启超,辽宁教育出版社 1998 年版。

《佛教与中国文学》,孙昌武,上海人民出版社 1988 年版。

《佛教的起源》,杨曾文,今日中国出版社 1989 年版。

《宋元小说史》,萧相恺,浙江古籍出版社 1997 年版。

《宋元小说研究》,程毅中,江苏古籍出版社 1999 年版。

《宋元文学史稿》,吴组缃、沈天佑,北京大学出版社 1989 年版。

《宋元明诗概说》,[日] 吉川幸次郎著,李庆等译,中州古籍出版社 1987 年版。

《宋元话本》，程毅中，中华书局 1980 年版。

《宋代文学通论》，王水照，河南大学出版社 1997 年版。

《宋代白话小说研究》，黄孟文，[新]友联书局 1971 年版。

《宋代说书史》，陈汝衡，上海文艺出版社 1979 年版。

《宋辽金元小说史》，张兵，复旦大学出版社 2001 年版。

《李汝珍及其镜花缘》，李时人，春风文艺出版社 1999 年版。

《李渔小说论稿》，崔子恩，中国社会科学出版社 1989 年版。

《国学概论》，章太炎讲演，曹聚仁记录，巴蜀书社 1987 年版。

《奇特的精神漫游：〈西游记〉新说》，刘勇强，生活·读书·新知三联书店 1992 年版。

《明代小说史》，陈大康，上海文艺出版社 2000 年版。

《明末清初小说述录》，林辰，春风文艺出版社 1988 年版。

《明清小说鉴赏辞典》，何满子、李时人编著，浙江古籍出版社 1992 年版。

《诗词散论》，缪钺，上海古籍出版社 1982 年版。

《诗国高潮与盛唐文化》，葛晓音，北京大学出版社 1998 年版。

《话本小说史话》，张兵，辽宁教育出版社 2000 年版。

《话本小说概论》，胡世莹，中华书局 1980 年版。

《郑振铎全集》，花山文艺出版社 1998 年版。

《金瓶梅大辞典》，黄霖主编，巴蜀书社 1991 年版。

《金瓶梅西文论文集》，徐朔方，上海古籍出版社 1987 年版。

《金瓶梅诗词文化鉴析》，陈东有，巴蜀书社 1993 年版。

《金瓶梅诗词解析》，孟昭连，吉林文史出版社 1991 年版。

《金瓶梅研究》，复旦大学出版社 1984 年版。

《金瓶梅新论》，李时人，学林出版社 1991 年版。

《美学》，[德] 黑格尔著，朱光潜译，商务印书馆 1979 年版。

《说书小说》，陈汝衡，中华书局 1935 年版。

《说稗集》，吴组缃，北京大学出版社 1987 年版。

《闻一多全集》，湖北人民出版社 1993 年版。

《唐代歌诗与诗歌》，吴相洲，北京大学出版社 2000 年版。

《唐声诗》，任半塘，上海古籍出版社 1982 年版。

《唐诗杂论、诗与批评》，闻一多，生活·读书·新知三联书店 1999 年版。

《唐诗综论》，林庚，人民文学出版社 1987 年版。

《秦汉的方士与儒生》，顾颉刚，上海古籍出版社 1998 年版。

《钱锺书谈艺录读本》，钱锺书，上海教育出版社 1992 年版。

《理学与中国文化》，姜光辉，上海人民出版社 1994 年版。

《隋唐五代燕乐杂言歌词研究》，王昆吾，中华书局 1996 年版。

《插图本中国文学史》，郑振铎，作家出版社 1957 年版。

《敦煌变文论文录》，周绍良、白化文编，上海古籍出版社 1982 年版。

《港台及海外学者论中国文化》，姜义华等编，上海人民出版社 1988 年版。

《赋史》，马积高，上海古籍出版社 1987 年版。

《赋学概论》，曹明纲，上海古籍出版社 1998 年版。

《道佛儒思想与中国传统文化》，张荣明编，上海人民出版社 1994 年版。

《雅俗之间的徘徊》，吴建国，岳麓书社 1999 年版。

《鲁迅全集》，人民文学出版社 1981 年版。

《儒林外史与中国士文化》，胡益民、周月亮，安徽大学出版社 1995 年版。

《儒林外史研究论文集》，李汉秋编，中华书局 1987 年版。

后　记

　　本书是在我的博士论文基础上修改完成的。因字数所限,删去了一些引述的诗词韵文。我的导师李时人先生没有看到本书出版,我感到深深的愧疚!谨以此书深切缅怀我的导师李时人先生!

　　我是那种努力读书,却总是读得曲曲折折的学生。感谢我的导师李时人先生,给了我走向新生活的机会;感谢先生的耳提面命,谆谆教诲,我才走上学术研究的道路。感谢慈祥可亲的师母。

　　我喜欢读先生《西游记考论》的《后记》,这是一篇充满了精神感召力的文章,是先生几十年人生的体悟。先生与其属相——"牛"非常相称。无论从先生的人生格言"天行健,君子以自强不息""以不息为体,以日新为业"看,还是就先生治学上追求的三原则"求实、创新、循序渐进"看,如果你了解先生几十年带有"传奇性"的人生阅历,你就会深深体味到先生那种严谨求实、踏实奋进的"耕牛"精神。我不仅从自己的切身感受上为之感动,而且也为先生那种清醇的人格内涵常常感动——"与本书相联系的种种人和事所体现的人间情意常常给我多难的人生以慰藉和鼓励。痛苦磨难也许常常与生命同在,但能感受到人间真情的人理应为大家作出自己的努力"。荀子曰:"诵数以贯之,思索以通之,为其人以处之……夫是之谓德操。"先生可谓能!在我跟随先生多年的读书生活中,我有两本"书"没有读完。一本是盛满了先生学问的"书",一本是镌刻着先生人格和精神的"书"。这两本书是我人生学问的教科书,我必将终生捧读!

　　感谢答辩委员会审阅本论文的尊敬的先生们! 感谢前辈学者何满子先生! 感谢夏乃儒先生、严耀中先生! 同门兄弟姐妹们在本书的写作过程中给予过关心帮助,在此一并表示谢意。

　　感谢南昌大学旅游学院的黄细嘉教授、龚志强教授、朱旺力书记、陈洪伟教授、旷天伟教授、何琳副书记、杨征主任、姜海燕主任及诸位同事给予我的帮助。本书的出版得到了江西省"一流本科专业"建设经费(9166 - 27050022)的资助,特此致谢。

　　感谢我的妻子曾咏梅博士及家人在日常生活中给予我的悉心照顾。

孙步忠

2002 年 4 月于上海师范大学,2019 年修订于南昌大学